ZERO NOVEL

# 약속 한번 깼었지

꿀이흐르는 장편소설

III

동아

# 목 차

# 약속 한번 깼었지

꿀이흐르는 장편소설

III

동아

# 약속 한번 깼었지 III

초판 1쇄 인쇄일 | 2021년 6월 15일
초판 1쇄 발행일 | 2021년 6월 22일

지은이 | 꿀이흐르는
펴낸이 | 박성면
펴낸곳 | (주)동아

출판등록 | 제406-3960100251002007000071호
주소 | 경기도 파주시 문발로 115, 세종대학교출판부 206호
전화 | (031)8071-5201
팩스 | (031)8071-5204
E-mail | bear6370@hanmail.net

정가 | 12,800원

ISBN 979-11-6302-499-6 (04810)
979-11-6302-496-5 (set)

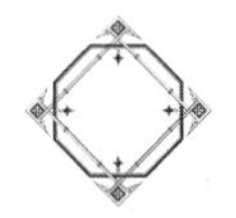

## chapter 17 (2)

“예년보다 마물이 많다더니.”

디아린은 방어막을 치며 그렇게 중얼거렸다.

둘째 날, 더 깊은 곳으로 들어온 그녀는 바로 중하급 마물과 마주쳤다. 그나마 선발대들이 거의 다 처리해서 망정이지. 바닥만 해도 마물 사체로 즐비했다.

‘남색 표시가 압도적으로 많네. 좋아.’

중하급 마물 한 마리쯤이야, 디아린에겐 별거 아니었다.

‘신기한 건 이쪽이지.’

이작도 손쉽게 마물을 잡아 버렸으니까.

사실 북문석에 있을 때만 해도 이 정도는 아니었던 것 같은데. 이작의 실력이 일취월장했음을 피부로 느낄 수 있었다.

‘램드한테 특훈을 받았다더니 진짜 엄청 굴렀나 봐…….’

특수한 남색 가루를 마물 사체에 표시용으로 뿌린 후, 이작이 물었다.

“주인님. 마법, 쓰실 수 없으시죠.”

“2계급 마법까지는 쓸 수 있어.”

첫날, 그리고 오늘.

디아린은 감초와 비슷한 걸 받아서 씹어 먹었다. 묘한 단맛이 우러나는 나무껍질 같은 거였는데, 그걸 다 씹어 먹고 삼키자 옆에 있는 거대한 보리수나무가 환하게 빛났다. 궁중 마법사들이 웅성댔다.

'오오!'

'이것이 7계급 마법사의 마력이군요!'

사실은 7계급이 아닌 8계급이지만, 구분할 수 있는 사람은 적어도 이 황실엔 없었다. 그렇게 디아린의 마력은 이데아 숲의 상징인 신성한 보리수나무에 임시로 봉인되었다.

'황금색 리본도 고이 카바나에 두고 왔고.'

마법사들은 디아린의 팔에 희한한 팔찌도 채워 주었다. 붉은 쇠사슬로 줄이 된 팔찌였는데, 펜던트처럼 자그마한 모래시계가 달려 있었다. 마법 처리가 되었는지, 이리저리 흔들려도 한 방향으로만 모래가 떨어졌다.

"어제는 세 시간이었는데 오늘은 네 시간 동안 마력이 봉인된대."

"딱 토벌전 시간이네요."

셋째 날인 내일은 여섯 시간.

그리고 마지막 날은 24시간으로 토벌 시간이 늘어난다.

'마지막 날엔 23시간 59분까지만 마력이 봉인되긴 합니다만 말이지요.'

'그게 한계치의 한계치이죠. 하하하!'

각 진영들 간의 '진짜' 난전이 일어나는 건 내일과 마지막 날이었다.

이작은 이를 갈면서 말했다.

"어제 같은 일은 절대 없을 테니까 안심하세요."

로마이어 켈스튜더 공자의 진영에 속해 있는 마법사가 마물을 잡다가 실수로 디아린에게 공격을 날린 일. 실수라곤 하지만, 정말 실수라고 믿는 이는 거의 없었다.

"죄송해요."

"아냐. 네 덕분에 반만 다쳤는데?"

이작은 "으으." 하면서 두 손으로 얼굴을 감쌌다.

"차라리 절 때리세요. 주인님."

"아니, 난 진짜……."

고마워서 하는 말인데.

……라는 말은 끝을 맺지 못했다.

"이작, 저쪽에! 저기!"

"네?"

디아린이 가리키는 방향을 본 이작의 두 눈이 번쩍 빛났다. 숲 안쪽, 덤불에서 반짝 하고 빛나는 장밋빛 석영 고리. 그러나 반대편에서도 소리를 지르며 뛰어오고 있었다.

"찾았다!"

"찾았습니다!"

로마이어 켈스튜더—3황자 쪽의 진영이었다.

"먼저 주워야 한다!"

"뛰어!"

디아린이 눈이 동그래져 외쳤다.

"이작!"

"네!"

이작이 재빠르게 디아린을 등에 업고 미친 듯이 뛰었다. 그 가공할 속도에 당황한 로마이어 켈스튜더 쪽 기사가 바로 검을 냈다. 공격할 요량이었다.

'죽이지만 않는다면 상관없는 것이 규칙!'

이작은 휘둘러지는 검을 피하며 바로 검을 뽑았다. 하지만 이작이 아무리 요즘 램드에게 특훈을 받았다고는 하나, 디아린을 뒤에 업은 채 싸우는 건 무리였다.

디아린은 바로 내려서 뛰었다.

기사 두 명은 이작에게 가로막혀 붙잡혔지만 한 명은 디아린을 빠르게 따라왔다. 디아린이 장미 석영 고리로 손을 뻗으려는 순간, 갑자기 선득한 느낌이 등 뒤에서 느껴졌다.

바로 뒷걸음질 친 그녀가 스태프를 꺼내자마자 캉! 하는 소리와 함께 검과 스태프가 부딪혔다.

'손목 나갈 뻔했어!'

디아린은 얼얼한 손목을 갈무리하며 바로 앞의 투구 쓴 기사를 올려다 보았다. 투구로 얼굴을 가리고 있던 기사가 갑주를 들어 올렸다.

켈스튜더 공작가 특유의 주황색 눈동자.

"로마이어 켈스튜더 공자."

"진영 사령관끼리 단독으로 만나다니 흔치 않은 기회군요. 디아린 콘클이스터 영애님."

그렇게 말하며, 로마이어는 비틀어진 미소를 지었다.

"저희 가문을 박살 내어 놓고 참으로 태평하십니다."

"제가요? 그럴 리가 없는데."

"옛말에 그런 말이 있지요. 남을 괴롭히는 자, 지옥에 떨어져 사지가 박살 나리라. 참……."

로마이어는 입만 웃으면서 말했다.

"이미 지옥은 겪었겠지요? 콘클이스터 영주 부부는 영애님이 어린 시절 영지가 썩어 죽어 버렸으니까요."

'이 새끼가……?'

입은 얼굴 가죽이 모자라서 뚫어 놓은 구멍인가?

그런 눈으로 디아린은 로마이어를 쳐다보았다. 로마이어는 그런 디아린을 눈치채지 못한 듯 나불댔다.

"아무래도 영애님이 부모님이 계시지 않아 제대로 배우지 못하신 모양입니다."

음침하게 악담을 퍼붓고, 능구렁이 같은 미소를 짓는다. 하지만 악마 같은 미소는 디아린이 한 수 위였다.

'뭐, 뭐야.'

너무 악마 같아서 로마이어가 살짝 흠칫한 순간이었다. 디아린이 턱을 들어 올렸다.

"로마이어 켈스튜더 공자? 일전에 대마물 켄자스 사건 때, 저를 1급 죄수로 수배해 수도에 송환하라고 한 사람이 누구였죠?"

"그건……."

"제 허리띠에 몰래 은방울꽃을 집어넣으려고 한 사람도, 누군지 본인이 제일 잘 알 텐데요. 공자?"

"……."

전자는 켈스튜더 공작.

후자는 켈스튜더 공작 부인.

이들뿐 아니라, 그 잘난 켈스튜더 식탁 사건에서 디아린을 엿 먹이려고 한 이논도 있지만.

디아린은 그건 생략해 주었다. 이미 그 말까지 나올까 싶어 로마이어는 안절부절못하는 눈치니까. 디아린이 생긋 웃었다.

"그러니 공자의 말대로라면……."

'옛말에 그런 말이 있지요. 남을 괴롭히는 자, 지옥에 떨어져 사지가 박살 나리라.'

"공자는 지금 대단한 패륜을 저지른 거네요. 본인 부모님의 사지를 사이좋게 박살 내 버린 패륜을 축하드립니다?"

방금 자기가 한 말 그대로였다.

로마이어의 얼굴이 붉으락푸르락 변했다.

"아, 아니네요. 공자의 부모님은 이혼하셨으니 이제 부부가 아니죠. 지옥엔 따로 떨어지시겠어요."

"이 정신 나간 방계 계집이!"

결국 로마이어가 화가 끝까지 나 검을 들어 올렸다.

죽이면 안 되고, 깊은 상처를 내면 크게 지탄받는다는 규칙마저 잊을 정도로 화가 났다. 분명한 살의를 담고 휘둘러진 검은, 날카로운 소리와 함께 마법 방어막에 막혔다.

'어, 언제 방어 마법을……! 아뿔싸!'

보통 마법 방어진은 적어도 발현하는데 분 단위의 시간이 걸린다. 하지만 그건 말 그대로 '보통'의 경우. 초 단위로도 마법 방어막을 생성할 수 있는, 말도 안 되는 최상위급 마법사가 눈앞에 있었다.

"참, 그리고 제가 아까 말씀드리는 걸 잊었는데. 공자?"

디아린은 스태프를 바닥에 내리꽂고 말했다.

"전 디아린 콘클이스터가 아니라 디아린 오드 콘클이스터입니다. 황가에서 친히 하사하신 천룡의 미들 네임을 멋대로 빼먹으면 안 되죠, 이 건방진 개새끼야."

"크억!"

그녀는 2계급의 마력을 한계까지 끌어당겨 로마이어의 고간을 자비 없이 걷어찼다. 그대로 흰자가 뒤집힌 로마이어가 거품을 물고 쓰러져 비명을 질렀다.

"고, 공자님!"

"켈스튜더 공자님!"

디아린은 반짝이는 장미 수정 고리를 보란 듯이 흔들며 웃었다.

"오드 진영에서 500점 추가 획득이네? 넌 계속 처울기나 해."

산뜻한 목소리로 말한 디아린은, 여전히 괴성을 지르면서 엎드려 꿈틀거리는 로마이어의 몸을 꽉꽉 밟고 지나갔다.

"악! 크악!"

마법 방어막은 마치 비눗방울처럼 그녀의 주위를 둥실 감싸고 있다. 덕분에 감히 어떤 기사도 칼을 겨눌 생각을 하지 못했다.

"둘째 날! 1등 진영은 오드 진영입니다!"

"와아아아!"

"와아아아아!"

아름다운 천막과 차양 아래 있던 귀족들이 놀라워했다. 어제와 오늘, 둘 다 디아린의 진영이 대단한 점수 차로 이긴 것도 놀라웠지만. 또 다른, 아주 흥미로운 소문이 퍼졌기 때문이다.

"로마이어 켈스튜더 공자가 '거기'를 다쳤다고요?"

"왜요? 갑자기 왜요?"

"마물에게 물어 뜯기기라도 했나요?"

"그게, 오드 영애님에게 칼을 휘두르려다가 오히려 걷어차였다더라고요!"

"아니, 아무리 그래도 그게 터질 정도인가요……?"

"근데 하필 자빠진 곳에 뾰족한 돌이 있는 바람에, 지금 가 보면 피가 아주 낭자하고……!"

"아이고. 대를 잇긴 글렀네요."

"그러게 왜 상대 사령관에게 검을 휘둘러서, 쯧쯧."

켈스튜더 공작가에 제대로 망조가 들었다네.

혀를 차는 소리와 비웃음 소리가 차양 아래서 계속 들려왔다.

다음 날, 세 번째 토벌전.

이날 로마이어 켈스튜더는 건강상의 이유로 참여하지 않았다. 못했다는 말이 맞았다. 대신해 켈스튜더의 휘하 가문인 베너드 소후작이 총대를 멨지만, 역부족이었다. 사령관이 빠진 진영은 사기가 죽을 수밖에 없었다.

따라서 세 번째 날 역시 디아린 진영이 승리를 차지했다.

* * *

*오드 진영 : 8525점*
*켈스튜더 진영 : 3830점*
*흑조 진영 : 4095점*

샤이는 디아린의 머리카락을 빠르게 땋아 내리면서 말했다.

"정월제의 월계관은 아가씨의 몫일 거예요."

"맞아요."

"점수 차이가 이렇게 크게 날 줄 몰랐다고, 귀족들 천막에서도 다들 이 얘기뿐이랍니다."

쥬드와 베리가 덧붙이는 말에 디아린이 빙긋 웃었다. 날렵하지만 따뜻한 재질의 사냥복을 야무지게 입고, 어깨에 망토를 둘렀다. 높게 땋은 머리카락을 보니 어쩐지 로르가 생각났다.

'갑자기 로르가 왜 생각나지? 그리고 얘넨 언제 오는 거야?'

상념은 금방 깨졌다. 샤이가 물어 왔기 때문이다.

"아가씨, 장미 석영 고리는 이쪽에다가 달까요? 마도석 주머니 옆에요."

디아린이 고개를 끄덕였다.

허리띠에 전리품인 장미 석영 고리 네 개가 마치 고리 장식처럼 달랑였다. 진영의 사령관은 이 보너스 물품을 토벌 시간마다 소지하고 다녀야 했다.

"그으럼 내일 봐요. 다들."

"조심해서 다녀오세요. 아가씨!"

"다녀오세요!"

정월제 토벌일 마지막인 오늘은 24시간.

누군가가 '황금 모래시계'를 찾아내기 전까지는 토벌은 끝나지 않는다.

"더군다나 오직 사령관들만 황금 모래시계를 잡을 수 있고요."

"아주 난전이겠어요."

이건 말 그대로 사냥제의 연장이라, 숲 안쪽에 막사와 시종들이 있긴 하지만. 그것도 드문드문 있는 것이다.

평소처럼 마력을 봉인한 디아린은 흘긋 옆을 보았다. 로마이어 켈스튜더가 보였다. 그는 어쩐지 행동이 부자유스러워 보였다. 귀족들은 자연히 수군댔다.

“켈스튜더 공자, 오늘은 나왔네요?”

“저런, 얼굴 창백한 걸 보세요.”

“황금 모래시계를 잡기 위해선 어쩔 수 없다죠?”

다들 아닌 척 로마이어의 고간만 보는 것 같은데. 그는 실제로 어설프게 움츠려 있었다.

이작이 디아린을 보고 양손을 흔들며 반갑게 외쳤다.

“주~인~님~!”

“오늘 넌 이쪽이야.”

“으아악!”

이작이 램드한테 목덜미를 턱 잡혔다. 램드는 허참 하고 혀를 찼다. 그러거나 말거나 디아린은 정렬한 진영의 기사들을 둘러보았다. 미리 계획한 대로 에제트는 없었다. 진영 소속 기사들은 전부 디아린을 지켜보고 있었다.

디아린은 팔짱을 끼고 그들을 둘러보며 말했다.

“얘기는 전해 들었지? 오늘은 전원 황금 모래시계 수색에 전념해.”

어차피 가장 안쪽으로 들어가야 했다. 황금 모래시계의 점수가 큰 만큼, 모든 진영에서 사활을 걸 게 뻔했다. 앞에 선 기사들이 고개를 끄덕였다.

“예, 사령관님!”

“선택과 집중이 중요하지요! 마물들을 포기하는 대신, 황금 모래시계를…….”

“아니.”

감춰진 디아린의 손목에서 적조의 문양이 빛났다가 사라졌다.

“일정 계급 이상의 마물들은 전부 내가 잡는다.”

가장 앞에 있던 램드가 그대로 한쪽 무릎을 꿇고 앉았다.
“모든 것은 오드의 명예를 위해.”
이작이 바로 따라 무릎을 꿇었다.
“오드의 명예를 위해!”
모든 기사가 따라서 무릎을 꿇고 크게 외쳤다.
“오드의 명예를 위해!”
“오드의 명예를 위해!”
“오드의 명예를 위해!”

* * *

혼자 돌아다니던 디아린은 눈동자를 굴렸다.
‘막사로 가서 남색 가루를 좀 더 보충받아야겠네.’
생각했던 것보다 더 엄청난 마물들이 몰려들었다. 그 덕에 잔뜩 챙겨 온 가루도 벌써 바닥이 보였다.
디아린은 이정표를 따라, 숲 안에 설치된 막사 쪽으로 향했다. 말이 숲이지, 이곳은 거대한 마물들의 서식지. 산이라고 해도 무방했다. 얼마나 드넓은지 한참 걸어가야 했다.
‘흐린 게 비도 올 것 같고……?’
비가 오면 온도가 뚝 떨어질 텐데. 그러면 황금 모래시계 수색에도 아무래도 속도가 떨어진다. 디아린은 그렇게 생각하며 걸음을 내디뎠다.
그때.
‘에제트?’
분명히 에제트 것으로 추정되는 인영이 보였다. 바닥에 무릎을 굽히고 앉아 무언가를 찾는 듯한 뒷모습이었는데…….
디아린은 가까이 다가가며 조심스레 입을 열었다.

"에제트?"

그의 어깨가 움찔 떨렸다. 바로 뒤를 본 에제트가 일어났다. 디아린은 얼떨떨한 표정으로 물었다.

"여기서 뭐 해? 석영 고리 찾고 있는 거야? 근데 여긴 나눠서 찾기로 한 구역이 아니잖……, 뒤에 뭐 감추고 있어?"

에제트가 난감한 듯 입을 살짝 벌렸다. 그러면서도 그는 금세 디아린과 거리를 좁혔다. 무언가를 감추고 있는 듯, 오른손은 등 뒤였다.

디아린의 이마가 찡그려졌다.

"혹시 손 다친 거야?"

"다친 건 아닙니다."

"보여 줘."

"별 게 아닌데요."

"보여 주시라고요."

에제트가 드물게 머뭇거렸다. 디아린의 얼굴에 불신이 더욱 짙어졌다. 계속 아니라고 우기고 있으면 아예 마력으로 손발을 결박하고 확인할 것 같은 눈빛이었다.

결국 에제트는 등 뒤에 감추고 있던 것을 보여 주었다. 디아린의 눈동자가 동그래졌다. 그 단단한 손에, 연보랏빛 겨울 야생화 몇 송이가 들려 있었기 때문에.

겨울 풀꽃의 나지막한 향기.

디아린은 고개를 들어 에제트를 바라보았다. 그의 귀는 붉게 물들어 있었다. 에제트는 가볍게 헛기침을 하며 말했다.

"꽃잎이 연보라색이어서."

자세히 들여다보니 이 황량한 겨울에, 고르고 골라 꺾어 모은 티가 났다.

디아린은 잠시 말을 이을 수가 없었다.

"날 주려고?"

"……그럼 제가 누구한테 꽃을 줍니까."

정말로 별거 아닌, 들판에나 피는 야생화라서.

그래서 막사로 돌아가면 샤이에게나 훅 건네 놓으려고 했다. 디아린의 꽃병에 꽂아나 놓으라고.

이렇게 바로 들켜 버릴 줄은 정말로 몰라서.

디아린은 손을 내밀어 그 몇 송이 안 되는 꽃을 가져갔다. 에제트는 망설이면서도, 순순히 꽃을 넘겼다.

'연보라색…….'

그의 눈에 자신의 눈동자는 이런 색으로 보이는 걸까?

디아린이 고개를 들어 올렸다.

"고마워, 에제트."

입가에 사르르 번지는 미소.

순간 심장이 꽉 죄이는 것 같아, 에제트는 느리게 숨을 내쉬었다. 왼손에는 작고 긴 야생화 꽃다발. 오른손에는 흑단목 스태프. 양손을 가득 채운 디아린은 에제트와 함께 숲 막사로 걸어가며 물었다.

"그런데 에제트, 원래 반대쪽에 있기로 계획했잖아. 장미 석영 고리들은?"

에제트가 살짝 뜸을 들이다가 말했다.

"못 찾았습니다."

"하나도?"

"예."

바로 디아린이 실망한 표정을 지었다.

원래 그들이 세운 계획은, 에제트 혼자 남은 장미 석영 고리 수색에 전념하는 것이다.

대신 마물 토벌은 디아린에게.

그리고 황금 모래시계는 기타 모든 기사들이 수색하는 것으로.

"얘네가 생각보다 영악하게 움직이네. 우리가 황금 모래시계에 전념하는 걸 아는 모양……, 그거 뭐야?"

에제트의 품 안에서 얼핏얼핏 장밋빛이 반짝이고 있었다. 디아린은 그의 재킷을 걷어 당겼다. 사랑스럽게 반짝이는 장미 석영 고리 두 개가 바로 보였다.

"……?"

"……."

"……?"

에제트가 필사적으로 웃음을 참는 게 느껴졌다. 디아린이 결국 목소리를 높였다.

"에제트 아스페르……."

말은 끝까지 이어지지 못했다. 에제트가 디아린의 앞에 한쪽 무릎을 꿇고 앉았기 때문이다.

"죄송합니다. 장난을 좀 쳐 보고 싶었었거든요."

"그렇게 막 꿇는 것도 장난의 일부지?"

"아시는군요."

에제트는 픽 웃은 후 디아린의 오른손 위에 입을 맞췄다. 그는 그녀를 올려다보며 말했다.

"그럼, 전 사령관님의 계획에 마저 따르지요. 램드 쪽으로 합류해 황금 모래시계 수색에 전념하겠습니다."

* * *

"전원! 이쪽으로 향한다!"

로마이어는 이를 으득 갈았다.

"정보에 의하면 오드 계집은 현재 혼자 움직이고 있어. 8황자와 잠시 마주쳤다지만 금방 헤어졌다더군."

다른 기사가 걱정스럽게 되물었다.

"혼자 움직여도, 일단은 7계급 마법사가 아닙니까?"

"어쨌든 지금은 2계급이다. 그리고 이걸 가져왔지."

"그건……!"

기사들의 눈이 커졌다. 마도석 밧줄이었다. 죄를 지은 마법사를 포획하는 용도. 저 밧줄이라면 확실히 마력이 임시 봉인된 디아린 오드 콘클이스터를 잡을 수 있었다.

"그렇지만 말입니다. 아예 황금 모래시계와 장미 석영 고리의 수색도 포기하고 오드 영애에게만 병력을 집중시키는 건 좀……."

"닥쳐!"

로마이어는 손을 들어 그의 뺨을 퍽 때렸다. 고개가 넘어갔던 부하가 바로 벌벌 떨었다.

"죄, 죄송합니다!"

다른 귀족 청년들과 눈치를 보던, 켈스튜더 휘하 가문인 베너드 소후작이 결국 총대를 메고 나섰다.

"로마이어 공자님. 아무리 그래도 살인은 금물입니다."

"죽이려는 건 아니야. 그래. 죽이려는 건 아니라고! 그냥 적당히 팔다리를 부러뜨려 주려는 거지. 그것도 문제인가?"

로마이어의 눈에서는 얼핏 광기까지 보이고 있었다. 베너드 소후작은 결국 질린 얼굴로 한 발자국 물러났다.

오늘 아침, 마약성 진통제까지 복용한 로마이어. 그는 복수하지 못할 바에는 차라리 혀를 깨물고 죽겠다는 생각을 하고 왔다.

"그리고 콘클이스터 그 계집이 장미 석영 고리를 네 개나 챙겼지. 규칙대로라면 장미 석영 고리는 빼앗을 수 있어. 그걸로 우리 진영의 점수를 채운다면 절대 손해는 아니야."

어쨌든 진영 사령관이 세운 계획이자 명령.

켈스튜더 진영의 기사와 귀족들은 날래게 이동했다. 발 빠른 기사 하나가 진즉 오드 영애에게 따라붙어 있었다. 덕분에 그들은 오래지 않아 흔들리는 연갈색 머리카락을 발견할 수 있었다.

로마이어가 바로 뛰어들어 디아린을 붙잡았다.

"네년!"

디아린의 눈이 커졌다.

"너 이 개새끼가 여긴 어떻게……?"

그녀는 순식간에 붙잡혔다. 몸에 묶인 밧줄을 본능적으로 확인한 디아린이 입술을 짓씹었다. 마력을 붙잡는 특수한 각인과 뿌려진 마도석 가루 때문에 제대로 힘을 쓸 수가 없었다.

"마도석 밧줄까지 동원했단 말이야?"

"하하하! 그래!"

로마이어는 터져 나오는 웃음을 참을 수가 없었다. 하지만 곧 분노가 눈빛을 뚫고 지글지글 끓어올랐다.

"팔다리가 몽땅 부서지면 지금처럼 여기저기 휘젓고 다니지도 못하겠지. 아, 이참에 평생 네 혼약자와 춤도 못 추게 아예 병신을 만들어 줄까?"

킥킥 웃으며 로마이어가 디아린의 턱을 들어 올렸다. 분노와 어쩔 수 없을 두려움으로 질려 있을 연보랏빛 눈동자가…….

'아니잖아?'

디아린이 생긋 웃었다.

그와 동시에, 기다렸다는 듯이 철갑이 부딪히는 부스럭거리는 소리가 뒤편에서부터 들렸다. 켈스튜더 진영 기사들이 바로 검을 빼들며 외쳤다.

"기, 기습이다!"

"제기랄! 포위됐어!"

"포위당했습니다, 켈스튜더 공자님!"

"무슨……!"

로마이어가 당황한 틈을 타 디아린이 힘껏 그를 몸통으로 밀쳤다.

"악!"

"공자님!"

"사령관님!"

"오드 영애부터 잡아라!"

로마이어의 바로 옆에 있던 기사가 재빨리 디아린의 어깨를 낚아챘다. 하지만, 그보다 더 빠르게 움직인 인영이 있었다.

"래, 램드 베스턴!"

"왜 남의 사령관을 납치하려 합니까?"

이 사람이 솜털 하나라도 다치면 자신은 꼴까닥 저세상 행이란 말이다. 디아린의 손을 묶은 밧줄을 풀면서 램드는 진심으로 켈스튜더의 기사들을 쏘아보았다. 기사들이 파랗게 질려 램드의 날이 선 시선을 피했다.

그사이 진영이 순식간에 가다듬어졌다. 켈스튜더의 진영을 가운데에 몰아두고, 오드의 진영 기사들이 동그랗게 포위한 꼴이었다.

"유인한 거였나, 디아린 오드 콘클이스터!"

"그럼 내가 등신같이 혼자 여길 다니니?"

"제기랄!"

욕설을 내뱉은 로마이어는 바로 목소리를 높였다.

"두려워하지 마라! 우리는 오십이지만, 저쪽은 스물다섯에 불과하다! 절반밖에 되질 않는다는 말이다!"

그랬다.

정신을 차리고 냉철하게 살피니 숫자가 현저히 차이 났다. 더군다나 가장 걱정했던 8황자도 보이질 않았다.

"우리가 이길 수 있다! 오드 사령관을 생포하라!"

사기를 높이기 위해, 로마이어가 힘주어 외친 말에 디아린이 웃음을 터뜨렸다.

"미안한데, 로마이어 사령관."

그녀의 목소리는 상황과 어울리지 않게 너무도 느긋했다.

"내가 왜 이렇게 깊은 곳까지 너흴 유인했다고 생각해?"

"무슨……."

"우리 한번 잘 싸워 보자?"

"그게 대체 무슨 말이냐고!"

그때였다.

"크릉……."

"크르릉……."

"로마이어 사령관님! 마물, 마물입니다!"

"이데아의 숲에 마물 한두 마리 나타나는 건 당연하지!"

신경질적으로 외친 로마이어에게 사색이 된 대답이 돌아왔다.

"하, 한두 마리가 아닙니다!"

겁에 질린 목소리.

로마이어는 그제야 뒤를 돌아보았다. 곧 그의 안색에서도 핏기가 쭉 빠져나갔다.

"뭐, 뭐야! 어, 언제 이렇게……."

딸꾹.

로마이어는 말을 끝까지 잇지 못하고 딸꾹질을 했다. 얼추 보아도 수십 마리는 되어 보이는 늑대형 마물들이 떼거리로 몰려오고 있었다. 검게 피어오르는 안개. 두 눈에서 피가 뚝뚝 떨어지는, 괴기하고도 공포스러운 광경이었다.

"너희들 대체 무슨 짓을……!"

로마이어는 더 말을 잇지 못하고 딸꾹질이나 했다.

렘드가 스릉 하고 검을 뽑았다.

"체르턴 열매와 짐승의 피를 미리 섞어 뿌려 놓은 보람이 있군요. 그럼, 점수 차이를 어마어마하게 벌려 볼까요."

* * *

일정 계급 이상의 마물들은 신수 소환사에게 끌린다. 특히 갓 소환사가 된 이들일수록 이 경향이 심했다.

'그것도 1년 정도면 조절을 할 수 있게 되지.'

디아린은 타고난 마법 덕분에 이 조절을 더욱 빨리 할 수 있게 되었다.

"허억, 허억……."

로마이어 켈스튜더는 신음을 흘렸다. 그의 이마는 깨져서 피가 흐르고 있었다.

"이건 반칙이다!"

"뭐가 반칙인데?"

태연히 되묻는 디아린 때문에 로마이어의 관자놀이에 힘줄이 솟았다.

"너, 힘을 감추고 있었잖아!"

디아린은 흠 하면서 주변을 둘러보았다. 바닥에 마물들의 사체가 즐비했다. 그녀의 밑에서 뻗어져 나온 실처럼 가느다란 붉은 촉수들이 남색 가루를 흩뿌렸다.

꼭 별이 흩날리는 것처럼, 희한하고 몽환적인 광경이었다.

하지만 로마이어의 눈에는 오직 저 가느다란 촉수들밖에 보이지 않았다. 괴물로밖에 보이지 않는 저 모습이!

디아린의 스태프에서 뻗어 나와 살랑거리는 저 수백 겹의 실타래 같은 촉수들.

'괴물 같은 것! 역시 콘클의 혈족이었어!'

시간은 조금 전으로 돌아간다.

램드는 그야말로 괴물 같은 기사였다.

전혀 당황하지 않는 그의 진두지휘 아래, 마물들은 빠르게 사냥되었다. 그 정신없는 광경 속에서도, 로마이어는 오직 디아린만 눈으로 좇았다.

그녀가 슬쩍 이 난전에서 멀어지는 걸 보고 필사적으로 쫓아왔다. 그 결과로 외려 둘은 외딴 곳에 단둘이 있게 되는 상황에 처해졌다. 로마이어는 좋다고 히죽히죽 웃었다.

난전에 정신이 없을 램드 베스턴도 없겠다, 지금에야말로 저 건방진 방계를 손봐 줄 절호의 기회라고 생각했는데…….

'왜 하필 또 마물 수백 마리가 나타난 건데!'

아까는 수십.

지금은 수백?

이데아의 숲에 참전하는 모든 이들은 마도석 경량 갑옷을 하사받는다. 그래서 부상자는 있을지언정 사망자가 나오는 경우는 드물었다. 하지만 그것도 웬만큼이지, 수백 마리의 마물?

물고기 몇 마리가 발꿈치의 굳은살을 떼어먹는다고 해서, 생명에 지장이 가지는 않는다. 하지만 수천 마리가 몰려들어 몸을 뜯어먹기 시작한다면?

당연히 살 수 없다. 죽는다.

그 직후였다.

공포에 질렸던 로마이어가 말도 안 되는 광경을 목격하고 만 건. 디아린의 스태프에서 뻗어 나온, 실처럼 가느다란 수천 개의 마력들. 그것이 그대로 수백 마리의 마물들을 일시에 꿰뚫어 버린 것이다.

그야말로 압도적인 광경.

로마이어는 순간 발을 휘청거렸다. 하지만 곧, 디아린의 약점을 잡았다는 것을 깨달았다.

"부정하게도! 비겁한 방법으로 마력 봉인의 규칙을 피했구나!"

"무슨 소리야. 나 2계급 마력 맞는데?"

"그러면 어떻게 그런 말도 안 되는 마법이 나온단 말이냐!"

디아린은 뚜벅뚜벅 로마이어 앞으로 걸어갔다.

로마이어는 저도 모르게 뒷걸음질 치다가 나무에 등이 턱 하고 막혔다.

"넌 8황자 저하한테 목검을 쥐여 준다고 해서 토끼 사냥을 못 할 것 같아?"

"뭐, 뭐?"

"마력만 임시로 봉인됐지 나는 7계급 마법사거든? 그럼 내 마법적 지식도 같이 봉인당했겠냐고, 이 뇌에 호두알 든 새끼야."

다만 마력만은 2계급의 것이라, 촉수의 굵기와 길이도 현저히 줄어들었지만.

"이, 이 비겁한 방계 계집 주제에……!"

붉으락푸르락해지는 로마이어는 정작 디아린에게 덤벼들진 못했다. 바로 앞에서 목이 꿰뚫리는 수십 마리의 마물을 보고 만 까닭이다. 디아린은 부들부들 떨기만 하는 이 한심한 작태를 보고 쏘아붙였다.

"비겁한 건 너겠지. 내게 해를 끼치려고 왔잖아. 혼자 몰래 내 뒤를 밟은 것만 해도……."

"……."

디아린은 기사가 아니다. 독기 품고 숨죽여 따라오는 로마이어의 기척을 눈치채진 못했다.

'몰랐으니까 아무 생각 없이 신수 소환사의 힘을 개방한 거고.'

결과적으로, 로마이어와 수많은 마물들이 뒤엉키는 이런 장관이 생긴 것이다.

"이봐! 어딜 가는 거냐!"

가 버리려는 디아린의 팔을 홱 로마이어가 낚아챘다.

"아직 마물들이 남았잖아! 날 지키지 않고 어딜 가는 거야!"

"진짜 듣자 듣자 하니까."

디아린은 싸늘한 얼굴로 로마이어의 정강이를 퍽 걷어찼다.

"흐억!"

그대로 주저앉은 로마이어의 턱을 발끝으로 들어 올렸다.

"대체 내가 왜 널 지켜야 하는데?"

"그, 그야 나는 켈스튜더 공작가의 장남이니……까……."

공작가 정도 되는 대귀족들은 혈통에 대한 자부심이 컸다. 디아린이 아무리 엄청난 공적을 세우고 준황족의 반열에 들어도, 고까운 것이다. 어쩌면 인정하기 싫어 더 발버둥 치는 경우일지도 모르고. 게다가 수도도 아닌, 먼 북문석이나 지켰다는데 잘 와닿지도 않았다.

"고귀하신 네 목숨을 위해 하찮은 몰락 방계인 내 목숨 정도는 아무렇지도 않다?"

"그……, 그윽……. 컥!"

디아린의 스태프 끝이 로마이어의 명치를 콱 눌러 찍었다.

"크아악!"

비명을 내지르며 로마이어가 데굴데굴 나무뿌리 위에서 굴렀다. 디아린은 마지막으로 발로 로마이어의 허리를 퍽 걷어차고 빙긋 웃었다.

"그럼 혼자 잘 살아남아 보세요, 로마이어 켈스튜더 공자님?"

"아, 안 돼! 안 돼! 돌아와! 가지 마!"

디아린은 뒤도 돌아보지 않고 호다닥 도망가 버렸다.

신수 소환사의 힘은 다시 걸어 잠근 상태.

"크릉……."

로마이어의 안색이 얼음장처럼 질렸다.

* * *

룰루랄라 걸어 나왔던 디아린은 바로 기다리던 기사들과 합류했다.

"사령관님."

"여긴 끝났어. 가자."

"넵!"

기합이 잔뜩 든 기사들을 재빨리 걸음을 옮겼다. 디아린도 뒤처지지 않게 열심히 움직였다.

울창한 나무 밑을 지나가는데, 기사가 중얼거렸다.

“이상하군요. 여기 이정표들이 전부 부러뜨려져 있습니다.”

“……이정표가?”

디아린이 눈을 가늘게 뜬 바로 그 순간. 기사들이 그대로 픽픽 쓰러지기 시작했다.

“영애님! 숙이십시오!”

바로 옆에 있던 기사 한 명이 디아린을 홱 잡아 품으로 숨겼다.

순식간이었다.

모든 기사가 쓰러진 것은. 디아린을 보호하고 있던 기사 역시, 흐물흐물 쓰러졌다. 디아린은 거의 반사적으로, 그리고 다급하게 마법 방어막을 만들어 냈다.

“경? 경!”

너무도 찰나에 벌어진 일.

디아린은 어안이 벙벙해지다 못해 얼굴이 창백해졌다. 다행히 죽은 것은 아니었다. 기사들은 숨이 붙어 있었다.

‘전부 잠들었어.’

아주 지독한 수면 침을 쏜 게 틀림없었다.

그때였다.

슈욱—!

디아린의 바로 옆을 스쳐 가는 날카로운 소리.

관자놀이를 아슬아슬하게 훑고 지나간 좁고 거센 바람에 디아린의 머리카락이 휩쓸려가며 세차게 흔들렸다. 그녀를 지나쳐, 흙바닥에 꽂힌 날카로운 그것은…….

‘볼트?’

슈슈슉—!

동시에 여러 개가 바람을 가르는 소리가 들렸다.

치지직!

그녀의 바로 코앞에서 막힌 볼트(석궁용 화살)들이 강렬한 스파크를 일으키며 바닥으로 떨어졌다. 디아린의 표정이 변했다. 보통 무기들은 마법 방어막에 이렇게 반응하지 않는다. 이 날카로운 볼트들의 강한 거부 반응은 한 가지를 뜻했다.

'마도석 볼트야.'

마법사를 사냥하기 위해 만들어진 살상용 무기.

당연히 토벌제 무기의 반입 불가 목록이었는데, 대체 어떻게?

거친 소리와 함께 또다시 날아온 볼트.

디아린의 방어막을 부술 듯이 쏟아지기 시작했다. 평소였다면 이깟 볼트들은 안개비처럼 내려도 전혀 상관이 없었을 텐데, 지금은 상황이 다르질 않은가.

'이 봉인 팔찌를 부수기 전까진 황금색 리본에 담긴 마력을 끌어 쓸 수도 없는데.'

물론 팔찌를 부순다면 당연히 반칙. 디아린은 사령관이고, 사령관의 반칙은 곧 진영의 패배로 돌아간다.

'암살자인가? 지금 내 근처에 한두 명 정도 있는 건가?'

그나마 다행이라면 다행이지만. 물론 저들이 전부는 아닐 터.

사령관이라는 위치를 떠나 디아린은 예비 황자비다. 그녀를 죽이려면 정말로 작정을 했다는 건데, 고작 암살자를 두 명 보냈을 리가 없다. 분명 흩어져서 디아린을 찾고 있었을 거고, 먼저 발견한 저들이 디아린을 공격하기 시작한 게 틀림없었다.

디아린의 눈이 목에 걸린 황금빛 호각으로 향했다.

지금 이 호각은 애매한 선택 사항이었다.

운이 좋다면 호각을 불어, 근처의 오드 진영에서 지원을 받을 수 있지만. 만약 운이 나쁘다면…….

'어디 또 숨어 있을 암살자들한테 내 위치나 더 알리는 꼴이겠지?'

고민은 짧았다.

'선택 사항이 없잖아?'

그녀에게 선택 사항이 없었던 게 어디 하루 이틀이었나. 디아린은 심호흡을 한 후, 호각을 입에 물고 최대한 소리를 내어서 불었다.

—삐이이이이이익!

숲에 커다란 소리가 울렸다.

기사라면, 혹은 암살자라면 이 소리를 못 들을 리 없을 터. 디아린은 호각을 문 채로 스태프를 꺼내 들었다. 여기에서 한들거리던 황금색 리본이 그렇게 그리울 수가 없었다.

—삐이이이이이익!

나무에서 흑색 일색의 남자가 뛰어내렸다. 그는 날카로운 검을 뽑아 들고 디아린을 향해 돌진했다. 호각을 빼앗으려고 하는 모양이었다.

디아린은 바로 최소한의 방어막만 남겨두고, 마력으로 좁고 뾰족한 칼날을 만들어 냈다. 암살자는 마법사가 상대하기 가장 까다로워하는 직업이었다. 왜냐하면…….

'이거 미친놈 아냐!'

디아린은 진심으로 그렇게 생각했다.

툭.

암살자의 팔이 디아린의 마력 칼날에 그대로 썰려 바닥에 떨어졌으니까.

일부러였다. 일부러 피하지 않은 것이다. 암살자의 팔이 그대로 끊겨 바닥으로 떨어지고, 피가 분수처럼 뿜어졌다.

살을 내주는 대가로 뼈를 취하는 것.

유리한 위치를 선점한 암살자가 디아린의 목 깊숙이 칼을 휘두르려고 한 그때.

디아린의 손목이 뒤에서부터 확 잡혔다. 그녀의 시야 앞으로 새까만 머리카락이 들어온다. 디아린은 그대로 누군가의 품 안에 끌려들어 갔다.

강렬한 피 냄새.

"큭!"

바로 앞에서 휘둘러진 검이 암살자의 가슴을 찌른다. 피가 흩뿌려진다. 암살자는 피를 뿜어내며 외쳤다.

"네, 네놈이……!"

어떻게 여기에……!

암살자는 끝까지 말을 잇지 못했다. 자신을 잡아먹을 듯, 황금색 눈동자가 맹수의 안광처럼 선득하게 빛났기 때문이다. 순간이지만 오금이 저렸다.

"컥!"

복부를 걷어차인 암살자는 그대로 바닥으로 고꾸라졌다. 에제트는 곧바로 몸을 숙였다. 디아린의 근처 바닥에 꽂힌 볼트를 하나 손에 쥔 에제트는, 곧장 짙은 나무 위쪽을 향해 무서운 악력으로 던졌다.

쿵!

나무 위에서 온몸을 검은 옷으로 꽁꽁 두른 남자가 떨어져 데굴데굴 굴렀다. 에제트가 갑자기 디아린의 손을 잡았다. 그대로 그녀를 잡아끌고 추락한 남자에게로 성큼성큼 걸어가기 시작했다. 당황한 디아린은 엉떨결에 끌려갔다.

가까이서 본 남자의 얼굴은 시퍼렇게 변해 가고 있었다. 디아린은 설마 하면서 입을 열었다.

"볼트에 독이?"

그것도 이렇게 빠르게 중독되는 걸 보니 분명 맹독이 틀림없었다. 에제트는 옴짝달싹도 못 하는 남자의 앞에 무릎을 굽히고 앉았다. 문제는, 여전히 디아린의 손을 잡아끌고 있다는 점이다.

왜 안 놓아주지, 하는 의문이 찰나 스쳤다.

디아린은 에제트와 함께 몸을 굽혀야 했다. 에제트가 남자를 보며 서늘하게 말했다.

"볼트를 안 맞았어도 자결하려고 했겠지."

"……."

이미 암살자의 혀뿌리는 독에 굳어 옴짝달싹도 하지 못했다. 하지만 눈은 이리저리 재빠르게 돌아가고 있었다. 무언가를 찾는 게 분명한 시선.

에제트가 조소했다.

"네 동업자들을 찾나? 이쯤이면 도착해 합류할 거라고 예상하고 있나 보군."

"……!"

암살자의 눈이 부릅떠졌다. 에제트의 말이 그의 정곡을 찔렀음을, 디아린조차 알 수 있었다. 진작 합류해야 할 암살자들이 아직도 오지 않는다면 이유는 하나뿐일 터.

사실 암살자의 코에는 아까부터 진한 피 냄새가 느껴지고 있었다. 그리고 지우지 못한 죽음의 냄새. 이건 잘 숙련된 암살자들이나 맡을 수 있는 냄새였다. 암살자는 두 눈을 시퍼렇게 뜨고 그대로 죽음을 맞이했다.

에제트는 칼로 암살자의 소매를 찢었다. 잘라 낸 옷 천으로 감싼 다음, 독이 발린 볼트 촉을 주의 깊게 챙겼다. 디아린이 주변을 살피러 뒤편으로 고개를 막 돌리려고 했을 때였다.

갑자기 에제트가 그녀의 손을 잡아당겼다.

"에제트?"

디아린의 시선이 에제트의 얼굴 쪽으로 향했다. 그리고 그 순간, 디아린이 멍하니 눈을 깜빡였다.

"……?"

"왜 그러십니까?"

"아니……."

늘 안개에 싸여 있던 에제트의 얼굴이 용의 비늘이 다닥다닥 돋아난 듯 보였다. 그 순간 느껴지는 기이한 거리감에, 디아린은 반사적으로 두 눈을 내리깔았다.

마주치지 못하는 시선.

에제트의 미간이 좁혀졌다.

"디아……."

"얼굴이 평소랑 좀 다르게 보여서. 그게 다야."

디아린은 빠르게 털어놓았다. 에제트에게 거짓말을 할 생각도, 그럴 여유도 없다는 건 그녀 자신이 제일 잘 알았다.

"다르게 보인다고요."

디아린의 말에 저도 모르게 제 얼굴로 손을 올려보던 에제트는, 날카로운 눈으로 주변을 둘러보았다.

"몰아닥치겠군요."

동시에 에제트는 디아린에게 말했다.

"지금부터 최대한 멀리 도망칠 겁니다. 막사 쪽은 가지 못할 거고, 아마 숲에서 밤을 새야 할 것 같습니다."

디아린이 고개를 끄덕였다. 에제트는 그녀에게서 시선을 떼고 말했다.

"하나 약속해 주실 게 있어요."

"뭔네?"

"뒤를 돌아보지 마세요. 제가 됐다고 할 때까지요."

"……뒤를?"

왜?

의아했지만 디아린은 고개를 끄덕였다.

"안 볼게."

에제트가 희미하게 웃었다.

"그럼 가지요. 봐 둔 곳이 있습니다."

디아린이 보지 못한 뒤.

에제트의 등.

그의 등은 상처에서 배어난 피로 인해, 무서울 정도로 새빨갛게 젖어 가고 있었다.

* * *

에제트가 봐 두었다는 곳은 나무에 절묘하게 가려진 굴이었다. 오면서 본 것이었지만, 확실히 이정표는 거의 다 부러뜨려져 있었다.

디아린은 얼굴을 가볍게 찡그렸다.

'대체 암살자가 몇 명이나 되는 거지.'

아까 암살자와 에제트의 대화를 미루어 볼 때, 좇아오던 암살자 무리는 에제트가 해치운 게 틀림없었다.

문득 디아린은 강한 의문이 들었다. 아무리 암살자가 많다지만, 그래도 상한선은 있는 법이다. 암살자 군대를 투입한 것도 아닐 테고. 그렇다면 지금 이렇게 숨을 게 아니라, 차라리 암살자들과 싸우면서 막사 쪽으로 가는 게 현명하지 않은가?

'그런데 왜 에제트는 굳이 숨는 걸 선택한…….'

디아린의 이마가 홱 찌푸려졌다.

'혹시?'

일단 그녀는 스태프를 소환해 동굴 바닥에 꽂았다. 엷게 퍼지는 빛. 보호 마법이었다. 지금은 2계급 마력밖에 쓰지 못하는 만큼 방어막은 척 보기에도 얇았다.

'그래도 없는 것보단 나으니까.'

몇 번의 기습 공격은 막아 줄 것이다. 스태프를 두고서, 디아린은 옆쪽으로 홱 고개를 돌렸다. 망토를 풀고 있는 에제트가 보인다.

"에제트."

"예."

그는 묘하게 자신에게 등을 보이지 않았다. 여기까지 오는 내내 그랬다. 너무도 자연스럽게 말이다. 디아린은 에제트의 바로 앞에 걸어가 섰다. 그의 얼굴은 여전히 용의 비늘처럼 보이지만, 디아린은 이게 무서운 게 아니었다.

잠깐 낯설 뿐이지.

디아린은 두 팔로 에제트를 끌어안았다. 그의 몸이 굳는 게 느껴진다. 디아린의 양손이 에제트의 등을 만진다. 손바닥에 닿아 오는 이 축축한 느낌.

"피……."

엄청나게 많은 피.

디아린은 홱 에제트의 등을 확인하려고 했지만, 그는 너무도 빠르게 그녀의 양 손목을 붙잡았다. 잡은 손에 힘이 들어갔다. 디아린은 두 손목이 잡힌 채로 에제트를 올려다보았다.

"안 심합니다."

"……안 심하다고?"

"예."

"상처 볼래."

"디아린."

"중독된 거야? 볼트 촉에 독이 발려져 있었잖아. 얼마나 아파? 왜 난 네 얼굴을 바로 확인할 수가 없지?"

왜 그래서 네 상처를 바로 알 수가 없는 걸까?

불현듯 몰려드는 서러움.

아니, 이런 감정을 느끼는 것도 지금은 사치였다. 디아린은 재빨리 망토를 바닥에 깔고, 에제트를 앉혔다. 그의 앞에 앉아 말했다.

“에제트.”

“예. 디아린.”

“나 더 속이면 가만 안 있을 거야.”

디아린의 목소리엔 진심이 뚝뚝 묻어났다. 에제트는 시선을 한 번 피했다가, 물었다.

“뭘 물어보시려고요.”

“독 볼트에 맞았어?”

“등에 난 상처는 검에 맞은 겁니다. 검에 독은 없었고요.”

“그래서, 독 볼트에 맞았냐고.”

“……팔 쪽에 한 발 맞았어요. 그게 답니다.”

디아린의 눈엔 제대로 보이지 않았지만, 지금 에제트의 얼굴은 평소보다 훨씬 핏기가 적은 상태였다. 하지만 그것은 에제트, 자신의 사정이고.

에제트의 눈에 보이는 건 디아린뿐이라서. 자신의 상태보다 먼저 눈에 들어오는 게 그녀의 안위였다. 우습게도 그랬다. 그에겐 디아린의 얼굴이 창백해지다 못해 파리해지는 저 모습밖에 보이질 않았다.

나지막이 한숨을 내쉰 에제트는, 갑자기 상의 단추를 풀어 옷을 젖혔다. 조금씩 떨리던 디아린의 손가락이 갑자기 뚝 멈췄다. 당황한 게 분명했다. 에제트는 독이 천천히 몸을 파고드는 와중에도 웃음이 나올 것 같았다. 대신해 나온 건 고통 어린 기침이었지만.

“에제트!”

“디아린.”

기침을 토해 낸 에제트가 제 팔뚝을 보여 주었다. 디아린의 눈이 커졌다.

은은하게 빛나는, 성력을 머금은 손수건.

“이건…….”

“당신이 주신 손수건이죠.”

팽팽한 셔츠 위, 손수건을 마름모꼴로 길게 접어 팔뚝에 묶여져 있었다. 그런 후에 옷을 입으니 바깥에선 전혀 티가 나지 않았다.

“이곳에 딱 볼트가 박히더군요.”

그래서 그 긴박한 상황에서도, 혹시 이게 꿈인가. 아니면 연극인가. 전자든 후자든 자신을 위해서 신이 이제야 보여 주는 재미있는 위안거리일까. 그런 생각이 스쳤다.

잔류해 있던 최상위급 성물의 신성력이 순간 맹독을 중화시켜 버렸으니까.

사람에게는 저마다의 행운이 반드시 있다고들 하지. 그래서 에제트에게도, 배정된 몫의 행운이 있다면.

“그게 당신이겠지.”

“…….”

앞이 싹둑 잘린 말인데도, 디아린은 에제트가 하려던 말을 짐작할 수 있었다.

그래서일까. 눈물이 날 것만 같았다.

‘지금은 아냐. 울 장소도 상황도 아니야.’

디아린은 입술을 한 번 꾹 깨물고 물었다.

“에제트.”

“예, 디아린.”

“죽을 것 같아? 솔직하게 말해. 죽을 것 같다면 어떻게든 숲을 나가서 막사로 돌아가야 해.”

“당신이 절 어떻게 운반하시려고요.”

디아린은 단호하게 말했다.

“그건 내가 알아서 할 일이야. 지금 난 네 사령관이잖아. 에제트 아스페르크.”

그녀의 시선이 에제트를 똑바로 응시했다.

"그러니까 죽을 것 같은지, 아니면 내일 아침까지 살 자신이 있는지만 정확하고 솔직히 말해."

"솔직하게요."

"날 걸고."

에제트는 물끄러미 디아린을 응시했다. 이럴 때의 거짓말은 미덕이라지만, 그녀는 결코 거짓말을 참아 줄 것 같진 않았다. 그러나 정말 다행히도.

"살 만합니다. 당신은 어디에도 걸고 싶지 않으니, 당신을 향한 제 영혼을 걸고."

"……."

디아린은 머리를 묶고 있던 리본을 풀었다. 그리고 에제트의 어깨와 팔뚝 사이를 최대한 꽉 동여맸다. 독이 더 이상 심장 쪽으로 향하지 않게 하기 위한 최소한의 응급처치였다.

신음 소리가 작게 흘러 동굴을 채웠다. 디아린은 어깨에 두르고 있던 망토를 풀어내 에제트의 어깨를 조심조심 감쌌다. 상처에 닿지 않게 조심하며, 그의 머리를 제게 기대게 했다. 에제트는 길게 숨을 내쉰 후, 눈을 감았다.

"디아린. 당신은 죽으면 다시 환생한다고 하셨죠."

"응."

"그럼 절 다시 찾아오실 겁니까?"

굴 밖에서, 비가 떨어지는 소리가 들렸다.

"내가 환생할 때마다 세계가 달라졌어. 죽으면 다른 곳에서 환생할 거야."

"장수 기원제라도 열고 싶군요."

"나?"

"당신 말고 누가 있습니까, 저한테."

그러면서 에제트는 피식 웃었다. 평소보다 힘이 없는 웃음이라, 디아린은 덜컥 심장이 내려앉는 것 같았다. 불안하게 술렁이는 뱃속을 다잡으려 노력하며.

디아린은 에제트의 손을 붙잡듯 꽉 잡았다.

“내일 아침에 또 인사할게. 잘 자. 에제트.”

“당신도요.”

에제트는 눈을 느리게 깜빡였다. 피를 치사량만큼 흘린 건 아니지만, 독이 점점 퍼지면서 눈꺼풀이 무거워졌다.

조금은 불규칙하게 들려오는 숨소리.

‘무서워.’

무서웠다. 디아린은 제게 몸을 기대고 잠든 이 혼약자가 죽을까 봐 두려웠다. 평소보다 훨씬 차가운 에제트의 뺨을 감쌌다.

‘장대비가 쏟아지네.’

다행이라면 다행이었다. 기척이 지워질 테니까. 온도가 뚝 떨어진 게 문제였지만, 모닥불은 피울 수가 없었다. 연기나 불빛이 새어 나가면 곤란했기 때문이다.

‘그나마 마도석을 여러 개 챙겨 와서 다행이야.’

체온 유지에 각별히 신경을 써야 했다. 사람은 3일을 먹지 않아도 버틸 수 있지만, 일정 체온 이하로 떨어지면 30분도 버티지 못하고 죽고 만다.

디아린이 손에 마도석을 꽉 쥐었다. 금세 빛나며 열기를 발하는 마도석. 두 개를 에제트의 옷 안에 넣어 준 디아린은, 불붙인 이 열기가 제발 오래 가기를 기도했다.

* * *

다음 날 아침.

뜬눈으로 밤을 새다가, 디아린은 깜빡 잠이 들었다. 정신이 어렴풋이 들자마자 에제트의 안위부터 떠올랐다.

'에제트는?'

마치 대답처럼 곁에서 들려오는 나지막한 숨소리. 에제트였다.

'살아 있어…….'

가시처럼 곤두섰던 신경이 파르르 녹아 버리는 것 같다.

살아 있다.

디아린은 조심스럽게 에제트를 벽에 기댄 후, 이마에 이마를 대어 보았다. 다행히 체온은 식지 않았고, 얼굴은…….

'어제보다 더 창백한 것 같은데……, 맞나? 아무튼 빨리 막사로 돌아가야 해.'

일어난 디아린은 손목에 달린 모래시계 팔찌를 보았다.

—23:29

마력 봉인이 풀리기 전까지 이제 30분이 남았다. 이 모래시계 팔찌는, 마력 봉인 시간을 재고 있기도 했지만, 황금 모래시계를 찾은 이가 나타나면 알려 주는 용도기도 했다.

'아직 한 번도 울리지 않았어.'

디아린은 밤새 그들을 지킨 보호막에서 스륵 빠져나갔다. 스태프와 에제트를 그대로 두고, 동굴 밖으로 나오자 햇볕이 눈을 찔렀다.

그녀는 조심스럽게 근처를 빙글 돌며 나무들을 살폈다.

디아린의 눈이 번쩍 뜨였다.

'있어!'

전날, 에제트가 도망치면서도 나무마다 표시해 놓은 곳에 다시 새로운 획이 그어져 있었다. 에제트가 말한 그 표시가 맞았다.

디아린은 목에 걸고 있는 황금색 호각을 최선을 다해 불었다.

—삐이이이이이익!

그 순간 그렇게 듣고 싶었던 목소리가 들렸다.
"영애님! 영애님! 저하! 에제트 저하!"
"램드 경! 여기요! 여기!"
거의 폭풍처럼 뛰어온 램드가 흙먼지를 일으키며 디아린 앞에 멈춰 섰다. 그는 단숨에 모든 상황을 파악했다.
"아스페르크 저하는 어디 계십니……."
램드는 바로 동굴을 알아채고 뛰어 들어갔다.
'수문석 생환자 최고야……!'
생존에 특화된 파악과 대처법. 디아린은 감격스러워서 어쩐지 조금 울 것만 같았다. 디아린도 일단 따라서 스태프를 회수했다.
"에제트 괜찮나요?"
램드가 서둘러 다가가 진맥을 해보고 고개를 끄덕였다.
"괜찮습니다. 안심하세요."
사실 긴장하고 있었던 모양인지.
"영애님!"
"괜찮아요."
디아린은 스르르 힘이 빠지려는 걸 겨우 지탱하고 섰다. 그녀는 스태프를 지팡이처럼 짚고 말했다.
"일단 에제트부터 빨리 데리고 돌아가서 궁의한테 보여요."
"예."
램드는 에제트를 등에 업었다. 볼트 축도 알뜰히 챙긴 램드는 재빨리 움직이면서 엄청난 소식을 말해주었다.

"영애님."

"네?"

"황금 모래시계의 위치를 모든 진영이 알았습니다."

디아린은 헉 하고 숨을 삼켰다. 바로 상황 파악이 되었다.

"그래서 혼자 뛰어왔군요."

"예. 지금 저희 진영 모든 기사가 황금 모래시계를 지키며 대치중입니다."

황금 모래시계는 오직 진영의 사령관만이 잡을 수 있는 게 규칙.

"어느 쪽이죠?"

"서쪽 16번째 이정표입니다."

"그럼 난 그쪽으로 바로 갈게요. 경은 에제트를 막사에 데려다 놓고 와요."

'따로 가겠다고?'

램드는 순간 갈등했다.

"내가 뛰어가는 속도보다 램드 경이 미친 듯이 날아가는 속도가 빠를 테니까, 괴물 같은 경의 속도를 믿어요."

다시 말해…….

숨도 쉬지 말고 뛰어서 에제트를 숲 속 막사 궁의에게 데려가 보여 주고, 다시 이정표 쪽으로 뛰어가며 디아린과 합류하란 소리다.

"……오랜만에 근육통 좀 앓겠군요."

"근육을 오래 안 쓰면 녹슨다니까요."

"하하."

램드는 "하압." 하고 기합을 넣은 후, 그야말로 번개 같은 속도로 뛰어갔다.

* * *

'디아린 영애님은 어디에 계신 거지. 실종이라던 그 말이 진짜가?'

리슐리외 작센느, 그러니까 작센느 공자의 후계자이자 오드 영애 소속인 그는 날카로운 눈으로 주위를 둘러보았다. 지금 모든 진영이 30분이 넘는 시간 동안 대치 중이었다.

바로 황금 모래시계를 두고서.

'그나마 진영이 셋인 게 다행인가. 흑조의 진영도 켈스튜더의 진영도 서로를 견제하느라 멋대로 돌진하지 않아.'

전날, 로마이어는 피투성이가 되어 실려 갔다. 죽지는 않았지만 부상을 꽤나 입었다. 치료를 받고, 정신을 차리고, 다시 여기까지 들것에 실려서 오려면 적지 않게 시간이 걸릴 거다.

'문제는 흑조의 로드야.'

오드 진영도, 켈스튜더 진영도 사령관이 부재해 있지만 흑조의 진영은 달랐다. 흑조의 로드는 건재했고 진영의 사령관이 있기 때문에 지금 가장 유리한 쪽이었다. 그래서 오드 진영도, 켈스튜더 진영도 흑조의 진영을 중심적으로 저지하고 있었다.

팽팽한 트라이앵글. 그때였다.

"로마이어 공자님이 오고 계신답니다!"

"조금 있으면 도착하신답니다!"

들려온 소식에 모든 진영 기사들의 눈빛이 날카로워졌다. 여차하면 이 세 등변의 대척점이 무너진다.

'그렇게 되면 가장 불리한 건 사령관이 부재한 우리다.'

리슐리외가 그렇게 생각한 직후였다.

"고개 숙여라!"

"……!"

"……!"

"……!"

램드의 우렁찬 목소리에 오드 진영의 모든 기사들이 반사적으로 고개를 숙였다. 기사들의 중앙에 던져진 건 다름 아닌.

"마, 마물이다!"
"검은 안개잖아!"
한껏 난폭해진 마물이 길게 울음소리를 내자, 여기저기서 마물들이 달음질치는 소리가 들렸다.
"이게 무슨 짓이오!"
"다 같이 죽자는 셈이냐, 램드 경!"
"엄살 한번 요란하군."
마물을 떼거지로 불러와 놓고, 땀을 뻘뻘 흘리며 비웃는 램드는 다른 기사들 눈엔 솔직히 좀 미친놈처럼 보였다. 그들의 시선에 디아린이 들어온 건 바로 몇 초 후였다.
"주인님!"
마찬가지로 대치 중이던 이작이 커다랗게 외쳤다.
"주인니이이임!"
리슐리외의 입가에도 커다란 함박웃음이 지어졌다.
"영애님!"
망토는 어디다 뜯어 버리고 왔는지 알 수 없지만, 분명히 디아린이었다. 오드 진영의 사령관!
허리띠에 달린 장미 석영 고리들이 마치 전리품처럼 빛났다.

—23:50

"오드 진영의 사령관이 오셨다!"
"오드 영애님이 오셨어!"
"마물을 잡아라! 아직 정월제 토벌은 끝나지 않았다!"
우렁차게 외친 램드가 바로 검을 들었고, 허둥지둥 기사들도 대열을 가다듬었다. 여기저기서 마물과 싸우는 사이, 디아린은 재빨리 안으로 뛰어 들어갔다.

—23:55

지척에서 빛나는 작은 태양처럼 빛나는 황금빛 모래시계. 손만 뻗으면 잡힐 것 같이 가까웠다.

'황금 모래시계!'

"어딜!"

재빠르게 따라 붙은 티드로 기드곤이 디아린의 손목을 붙잡고 음산하게 웃었다.

"저한테 양보하시지요, 영애님?"

"싫은데요?"

티드로의 고운 미간에 주름이 진 그때였다.

"크어어!"

어디서 튀어나온 것인지, 곰처럼 거대한 덩치의 마물이 아가리를 벌리고 황금 모래시계 쪽에서부터 튀어나왔다. 눈에서 흐른 피와 검은 안개가 물씬 피어올랐다.

"허억!"

"영애님!"

"주인님!"

램드가 그야말로 가공할 속도로 몰려드는 마물 다섯 마리를 해치우고 외쳤다.

"오드 영애님!"

"로드 티드로!"

—23:58

그야말로 간발의 차.

티드로는 반사적으로 디아린을 마물 아가리를 향해 밀치고 뒷걸음질 쳤다. 그쪽엔 황금 모래시계가 있지만, 일단은 목숨이 먼저였다.

"젠장!"

디아린을 밀치면서 발을 헛디딘 티드로가 뒤로 엉덩방아를 찧은 그 순간이었다.

—23:59

'시간 종료!'

파직!

"헉!"

붉은색의 거대한 마력 기둥. 대지에서부터 폭발하며 창공을 꿰뚫었다. 폭발한 마력은 그대로 집채만 한 마물을 집어삼켰다. 순식간에 쓰러진 마물이 쿵 하고 지면을 울렸다.

"……."

"……."

"……."

근처에 있던 모두가 순간 얼이 빠졌다. 그 와중에도 착실히 마물을 처리한 램드가 다급하게 외쳤다.

"영애님!"

이작도 뒤늦게 정신을 차리고 외쳤다.

"주인님? 주인님!"

거대하게 폭발했던 마력 원통이 한순간에 흔적도 없이 잦아든다. 그 중앙에 디아린이 있었다. 그녀의 손에 잡혀 있는 황금 모래시계. 한순간 침묵이 숲을 꽉 메웠다. 직후.

"와, 와아아아아!"

"오드 진영이 황금 모래시계를 잡았다!"
"이겼다! 완전히 이겼어!"
기사들이 얼싸안고 기뻐했다. 다른 진영들은 아쉬워할 겨를도 없이, 그저 얼빠진 얼굴로 방금 목도한 엄청난 마력 기둥을 되새김질하느라 정신이 없었다.
디아린은 자신이 잡은 황금 모래시계를 보고 살짝 미소를 지었다. 그러다 고개를 돌려, 여전히 얼떨떨한 표정으로 주저앉아 있는 티드로 기드곤을 보았다.
가장 가까이에서, 압도적인 마력을 고스란히 보게 된 로드 티드로는 아예 혼이 빠져 있는 표정이었다. 하지만 곧 그는 정신을 차려 소리쳤다.
"이, 이건 무효입니다! 마력을, 마력을 많이 썼잖아요! 오드 영애님!"
"황금 모래시계를 잡고 난 다음에, 마력 봉인이 풀린 후에 썼으니까 아무 문제도 안 되는걸요?"
"그런……!"
"정 의심되시면 보리수나무에 가서 확인해 보세요. 다 기록이 남을 테니까."
티드로는 입을 딱 다물었다. 그도 알고 있는 것이다. 디아린의 말에 거짓이 없음을.
여기서 더 물고 늘어지면, 오히려 자신의 이미지만 곤두박질치리라. 그렇다면 차라리, 겸허한 패자로 이미지를 잡는 게 더 좋을 것이다. 일어난 로드 티드로가, 헛기침을 하며 디아린에게 다가갔다.
그는 신사답게 정중한 목소리로 말했다.
"정월제의 승리를 축하드립니다. 오드 영애님. 멋진 한판승이었습니다."
디아린이 티드로를 보며 빙그레 미소를 지었다. 그녀가 그에게 두어 걸음 다가갔다.
세 발자국.

네 발자국.

점점 거리가 가까워졌다. 그렇게 가까이 걸어가 붙었다. 남들이 보기엔 꽤 친밀한 사이로 보일 정도로.

"……오드 영애님?"

"티드로 기드곤 백작. 당신 말이에요."

디아린이 속삭이는 목소리로 물었다.

"흑조 소환했다는 거, 거짓말이지?"

"……!"

티드로 기드곤의 눈이 찢어질 듯 부릅떠졌다. 그가 저도 모르게 뒷걸음질 쳤다. 디아린은 빙긋 웃고, 뒤돌아서 램드와 이작 쪽으로 걸어갔다.

"이작……."

말은 끝까지 이어지지 못했다. 디아린의 얼굴에서 순간 핏기가 죄 빠져나가더니.

"영애님? 영애님!"

"주인님!"

디아린은 그 자리에 그대로 쓰러져 정신을 잃었다.

* * *

"세상에, 이천 마리가 넘었대요! 오드 진영에서 잡은 마물이요!"

"과연 압도적이네요."

"그런데 오드 영애님은 왜 실려 가신 건가요?"

"나무에 봉인됐던 마력을 너무 급하게 쓰시는 바람에 지금 아예 기절하셨다던데요."

"그럼 오늘 밤 정월제 연회는요?"

"불참한다고 하시더군요."

오늘 황실 대연회홀에서는 정월제를 기념하는 아주 성대한 연회가 열릴 예정이었다. 그런데 정작 북쪽 날개 궁은 조용했다. 그림자가 설핏 들었다가 사라진 건 어느 틈이었다.

뚜벅, 뚜벅.

온통 조용하고 어두웠다.

어느새 나탈리가 잠들어 있는 침대에 가까이 다가간 사람의 눈에는 온통 핏발이 서 있었다.

티드로 기드곤.

그는 나탈리를 도무지 용서할 수 없었다. 디아린 오드 콘클이스터에게, 자신의 정체를 까발릴 수 있는 사람은 오직 이 빌어먹을 동생뿐이었으니까!

어떻게 기르던 개가 자신을 물 수 있는가. 극도의 배신감에 티드로 기드곤은 물 한 잔도 마실 수 없었다. 타는 듯한 갈증이 분노와 뒤섞여 제정신을 차리기 힘들었다.

티드로 기드곤은 음산한 목소리로 중얼거렸다.

"나탈리, 사랑하는 나의 나탈리. 감히 이 오라비를 배신하다니. 네가 기어이 우리 가문을 잡아먹는구나."

티드로 기드곤의 손에는 가늘고 질긴 노끈이 들려 있었다. 그는 베개에 흐트러진 긴 백금발을 헤치고 노끈을 묶었다.

"죽어라. 기드곤 가문을 위해서 죽……."

"가문이 아니라 지를 위해서겠지."

"……!"

티드로 기드곤은 척추에 벼락이라도 맞은 듯 정지했다. 그가 끼긱 소리를 낼 것처럼 떨면서 뒤를 돌아보았다.

탁.

꺼져 있던 마법 등이 일시에 켜져 방 안을 환히 밝혔다. 탁자에 앉아서 티드로 기드곤을 지켜보고 있는 디아린. 그녀가 음산한 미소를 지었다.

"이제는 북쪽 날개 궁에서 살인까지……, 정말 눈에 뵈는 게 없나 봅니다. 로드 티드로?"

디아린의 차림새는 전혀 환자 같지 않았다. 풍성한 금빛 드레스 자락은 나풀거렸고, 긴 머리카락은 보석 장신구로 고정했다. 허리에 차고 있는 천룡의 송곳니며, 발에 꼭 맞는 매끈한 새틴 구두는 오직 한 가지 사실을 말해주고 있었다.

그녀가 환자가 아니라는 사실을!

티드로 기드곤은 말까지 더듬으며 물었다.

"부, 분명 아파서 연회에 참석을 못 한다고……."

"그걸 믿었니?"

"……!"

디아린의 안색은 말끔했다. 기절해서 못 일어난다는 사람이라기에는 지나칠 정도로.

"언제부터……, 언제부터 연기였지?"

"글쎄."

고개를 갸웃한 디아린이 산뜻한 목소리로 대답했다.

"네 앞에서 일부러 쓰러졌을 때부터?"

"……!"

디아린의 뒤에 서 있던 이작이 물었다.

"주인님. 잡을까요?"

"잡아."

바람같이 도약한 이작이 순식간에 티드로 기드곤을 제압했다.

"놔! 놓으라고!"

티드로는 와중에도 나탈리를 완벽히 죽이지 못한 게 걸렸다. 어떻게든 뒤를 필사적으로 돌아보려고 했다.

"아. 지금 나탈리를 찾는 거예요? 그런데 어쩌지?"

디아린이 픽 웃었다.

"거기 누워 있는 건 내 시녀들이 열심히 만들어 놓은 가짜인데."

'가짜라고?!'

티드로의 두 눈이 부릅떠졌다. 다시 보니, 긴 백금발은 그저 백금색 실타래였다. 천을 뭉쳐 사람 형태를 만든 가짜 인형이었던 것이다. 진짜는 저쪽. 나탈리는 마치 유령처럼, 방문 쪽에서 나타났다.

"하하……."

티드로 기드곤은 웃음을 흘렸다. 그러나 금세 이마에 힘줄이 벌겋게 도드라졌다.

"나탈리 기드곤! 뒷골목을 굴러다니는 창부도 너보다는 고귀하겠구나!"

티드로는 목에 핏대를 세우고 외쳤다.

"고작 알량한 설탕물에 홀려서 하나뿐인 혈육, 나를 저버린 천하의 패륜 같……, 컥!"

"너 진짜 주둥이는 얼굴 가죽이 모자라서 뚫어 놓은 구멍인 줄 알아?"

"컥! 커헉!"

구둣발에 깊은 분노를 담아, 티드로 기드곤을 사정없이 걷어찬 디아린이 "후." 하면서 일어났다. 이작이 바로 티드로는 옴짝달싹도 못하게 꽁꽁 묶었다.

디아린이 턱짓했다.

"데리고 가자. 에제트가 이미 준비는 끝내 놨다고 하니까."

"네, 주인……."

"……오드 영애님."

내내 파랗게 질린 얼굴로 있던 나탈리가, 힘겹게 입을 열었다.

"네?"

"저에게……, 5분만 시간을 주실 수 있나요?"

"5분요? 그래요."

선선한 대답.

"감사합니다."

나탈리는 디아린을 지나쳐 티드로 기드곤에게 다가갔다. 티드로 앞에 꿇어앉은 그녀는 바닥에 떨어져 있던 노끈을 주워 들었다. 티드로 기드곤이 제 목을 조르려고 했던 바로 그 노끈.

"이걸로……. 이걸로 내 목을 조르려고 한 거야, 오라버니?"

"나, 나탈리!"

"오라버니 입맛에 맞게 키우다가, 입맛이 더러워지니까 죽이려고 한 거구나."

"이 건방진 년이! 닥쳐! 닥치고 빨리 날 풀란 말이다!"

익숙한 욕설. 나탈리는 거기에 언제나 겁을 먹고 양보해야 했다.

"나는 기드곤의 가주다. 내가 없으면 기드곤은 끝나고 말아! 나탈리, 너도 잘 알잖느냐!"

"……오라버니."

나탈리는 두 손으로 티드로 기드곤의 머리를 감싸 품에 안았다.

"나탈리……."

티드로 기드곤이 안도의 한숨을 내쉰 그때였다.

"컥! 커허헉!"

예고는 없었다.

티드로의 목이 지독하게 졸렸다. 질기고 가느다란 노끈이 잔인하게 살을 파고들었다. 티드로가 끅끅댔다.

"오빠 같은 쓰레기가 가주인 가문 같은 건 없어지는 게 나아."

"나, 크흑, 나탈……, 컥!"

티드로는 마구 발버둥을 쳤다. 눈동자가 뒤집혀 끔찍했다.

'여기서 죽이는 건 곤란한데.'

디아린은 눈을 깜빡이며 그런 생각이나 했다.

얼마 후.

게거품을 물고 기절한 티드로 기드곤이 대연회홀, 황제 앞에 던져졌다. 사람들이 웅성거렸다.

"뭡니까? 대체 저게 무슨 꼴이죠?"

"로드 티드로 아닌가요?"

"근데 이게 무슨 지린내……, 세상에. 지금 로드 티드로가 옷에다가 실례를 한 건가요?"

"망측해라!"

경악과 비웃음이 부채와 장갑 사이로 흘렀다. 황제, 브루노 9세는 이 해괴망측한 꼴을 보고 눈썹을 치켜 올렸다.

"대체 이게 지금 무슨 일이오……. 일리룸 공?"

황제 앞에 선 일리룸 공작은 환히 웃고 있었다. 그러나 속으로는 아주 식은땀이 났다.

'영애님. 대체 왜 이런 일을 저한테 떠넘기시는 겁니까?'

신수의 소환사는 제국민들에게 있어 일종의 성역이었다. 그런 성역을 건드리게 되다니, 꿈도 꿔 본 적 없었다. 일리룸 공작은, 정말 살면서 해 볼 수 있는 모든 기상천외한 일을 디아린을 만난 이후로 다 해 보는 느낌이었다.

"지고하신 황제 폐하. 저는 일리룸 공작으로서 이 자리에 선 게 아닙니다."

"음?"

"율사원의 위원장으로 정식으로 고발할 일이 있기 때문입니다."

율사원이라는 말에 귀족들이 술렁댔다.

"율사원이라니요……."

"들은 적 있습니다. 이번 율사원 위원장을 일리룸 공작님이 맡으셨다는군요."

"그런데 율사원이 무슨 이득이 있다고……."

율사원. 제국 귀족들로 구성된 윤리 의회였다.

정치적인 일에는 입장을 거의 표하지 않아 존재감이 유리구슬보다 투명하고 희미했지만 율사원은 법제상 분명한 발언권과 고발권을 가지고 있었다. 명예직이나 마찬가지인 이 자리를, 며칠 전 일리룸 공작이 승계받기로 했다. 이유는 물론.

'영애님이 왜 이걸 맡으라고 하신 건가 했더니.'

디아린이 시켜서.

사실 명예직 한두 개 겸임하는 것쯤이야, 일리룸 공작에겐 책 한두 권 읽는 것과 마찬가지로 별거 아닌 일이긴 했지만.

황제의 미간엔 이미 주름이 깊게 잡혀 있었다.

"그래. 제국의 윤리를 수호하는 율사원의 위원장이자 일리룸의 가주인 일리룸 공."

황제가 비꼬듯이 물었다.

"대체 고발할 일이 무엇이지?"

"예, 폐하."

겉보기엔 철혈의 중립. 일리룸 공작은 차가운 검은 눈으로 주변을 둘러보았다. 기절해 침을 질질 흘리던 추한 꼴의 티드로 기드곤은, 이미 궁내 시종들이 달라붙어 제대로 부축한 지 오래였다.

"흑조의 소환사, 로드 티드로는 신수를 소환한 적 없다는 것입니다."

"……!"

"……!"

"……!"

대연회홀이 한 차례 크게 들썩였다. 황제가 바로 얼굴을 굳혔다.

"일리룸 공. 말을 가려서 하게! 그는 이미 검증이 끝난 흑조의 소환사다!"

"폐하. 검증은 사람이 하는 일입니다. 그렇다면 그 사람이 매수되어 있었다면 어떻겠습니까?"

"일리룸 공작님!"

티드로의 신수 소환 감정을 보았던 쉘던 백작. 그가 얼굴이 창백해져서 뛰쳐나왔다.

"대체 그 무슨 모함이십니까? 저는 청아한 유리알만큼이나 깨끗한 사람입니다!"

일리룸 공작은 뒤도 쳐다보지 않았다. 사실 황제의 얼굴이 점점 더 겨울날 얼음처럼 굳어지고 있어서, 그럴 여유가 없었다.

황제가 서슬 퍼런 어조로 물었다.

"그러니까, 그 말은 로드 티드로의 등에서 피어난 흑조의 날개가 거짓이라는 건가?"

황제가 기어이 노성을 질렀다.

"삿된 환영 마법이라도 된다는 건가!"

모든 귀족들이 숨을 죽인 그때.

"으읏……."

티드로 기드곤이 정신을 차렸다.

"왜 내가 여기에……."

혼미한 얼굴로 주변을 둘러보다가, 문득 아랫도리가 축축하다는 사실을 깨닫는다. 한 박자 늦게 티드로의 얼굴이 새빨개졌다.

허겁지겁 주위를 둘러보자, 후작 영애와 눈이 마주쳤다. 정월제 날 자신에게 손수건을 선물해 주었던 영애였다. 티드로를 보며 얼굴을 붉히던 후작 영애였는데. 그녀는 지금은 마치 못 볼 걸 본 사람처럼, 홱 티드로의 눈길을 피해 버렸다. 파리한 얼굴은 덤이었다. 티드로는 어안이 벙벙해졌다.

'이게 다 대체 무슨……?'

"로드 티드로."

일리룸 공작이 정중하게 말했다.

"흑조의 날개를 발현해 주시지 않겠습니까?"

"……그게 갑자기 무슨 말씀입니까?"

"정중하게 부탁드리는 것입니다."

대연회홀 수백 쌍의 눈길이 전부 티드로 기드곤에게 향했다. 끊임없이 수군거리는 소리들이 흘러나왔다.

일리룸 공작은 헛짓거리를 하는 성품은 아니다. 평소 진중하고 냉철한 일리룸 공작이 저렇게까지 확신을 갖고 발언하니 다들 의심이 자라날 수밖에 없질 않나. 더군다나 티드로가 흑조의 날개를 발현하는 것을 본 이는, 몇 명 되지도 않았다. 황제를 포함해 흑진주 홀에 입장했던 소수가 전부였으니까.

티드로 기드곤은 하, 하면서 대놓고 조소를 머금었다.

"예. 너무나 당황스러운 부탁이지만, 일단 들어는 드리지요."

거만할 정도로 자신만만한 태도.

티드로 기드곤이 심호흡을 했다. 곧 아름다운 한 쌍의 검은 날개가 티드로 기드곤의 등 뒤에서 피어났다. 순식간에 대연회홀이 소란스러워졌다.

"세, 세상에!"

"흑조의 날개예요."

"신수 흑조라고요!"

전설 속 신화 그대로의 광경에, 어떤 귀족들은 감격하여 들고 있던 부채마저 떨어뜨렸다. 티드로 기드곤은 아름다운 날개를 팔랑거리며 팔짱을 꼈다.

'그런데 몸이 왜 이렇게 힘들지……? 평소랑 다르게…….'

그때.

"로드 티드로. 발목에 차고 있는 마도구를 빼고 이야기를 하고 싶습니다만."

"……!"

순간 티드로는 혀를 깨물고 기절할 뻔했다. 그는 시퍼레진 안색으로 홱 뒤를 돌아보았다. 곧 티드로 기드곤의 눈이 크게 벌어졌다.

"8, 8황자 저하?"

에제트 아스페르크 키르헨. 그가 서 있었다.

하지만 티드로 기드곤은, 8황자가 중독되었다는 소리를 분명 들었다. 공공연히 떠도는 소문 따위가 아니었다. 티드로 기드곤이 미리 돈을 주고 시종을 매수해 둔 덕에 들을 수 있는 비밀이었다. 그런데…….

'어떻게 저렇게 멀쩡하지?'

에제트는 너무도 태연스럽게, 황자의 연회복을 입고 서 있었다. 그 말끔하고 근사한 모습. 방금 전의 디아린 오드 콘클이스터, 그 빌어먹을 여자를 연상케 했다.

'설마 둘이서 짜고…….'

순간 척추를 타고 올라오는 기이한 불안감.

티드로 기드곤은 재빨리 정신을 차리고 턱짓을 했다. 신수의 로드에게 배정되는 기사들은 연회 홀에도 있었다. 그들이 재빨리 막아섰다. 티드로 기드곤이 당당하게 말했다.

"황제 폐하, 그리고 8황자 저하. 전 공식 절차가 아니라면 절대로 제 몸에 손을 못 대게 하겠……."

다음 순간, 티드로 기드곤은 두 눈을 부라렸다. 그건 홀에 있던 모두가 마찬가지였다.

"바, 방금……."

고작 말 한 마디 하는 사이였다. 그사이에 에제트가 티드로 기드곤의 발목에서 마도구를 수거해 버린 것이다. 심지어 기사들이 지키고 있는 상태에서! 그 가공할 만한 속도는 황제조차도 내심 경탄할 정도였다.

티드로 기드곤은 목에 핏대를 세우며 외쳤다.

"지금 감히 제 몸에 멋대로 손을 댄 겁니까? 아무리 8황자 저하라고 하셔도 불쾌합니다!"

그는 홱 황제를 돌아보았다.

"황제 폐하! 이는 신수 흑조에 대한 기만이 아닙니까! 흑조의 분노를 어찌 감당하시려고 이러십니까!"

그러자 황제의 얼굴에 난색이 스쳐갔다.

티드로 기드곤의 말은 틀린 말이 아니었다. 대대로, 신수들은 본인의 소환사를 매우 특별하고 귀중하게 여겼다.

약 200년 전. 신수의 소환사를 알아보지 못하고 갖은 모욕을 한 산적 무리 천이백 명이 그대로 잿더미로 불타 사라졌다는 유명한 실화도 있을 정도였다.

"아스페르크. 로드 티드로에게 이 무슨 무례냐."

"할바마마."

에제트가 갑자기 한쪽 무릎을 꿇고 앉았다. 그의 뒤에 서 있던 램드는 당황한 기색도 없이 곧바로 주군을 따라서 무릎을 꿇었다. 대연회홀의 귀족들이 크게 웅성거렸다.

"신수의 명예는 곧 아키르 제국의 명예입니다. 만일 이 의심이 헛된 불티에 불과하다면, 로드 티드로에게 무릎 꿇고 사죄하겠습니다. 또한."

에제트는 바닥을 내려다보며 말을 이었다.

"오늘부로 당장 북문석으로 돌아가 마물 1만 마리를 사냥해 할바마마께 진상하겠습니다."

"마물 1만 마리라뇨?"

"갑자기 북문석으로 돌아가시겠다는 게……."

"정월제의 월계관을 쓰지도 않으시고요?"

황제의 눈이 에제트의 가슴에 달린 훈장으로 향했다. 저 중 하나가 '수호자의 검'을 하사받은 황족에게 수여되는 것이다.

1만 마리의 마물을 잡은 황족.

그렇다면 황제에게는 손해 볼 것이 없는 장사다.

"좋다."

티드로 기드곤이 얼굴이 창백해져 목소리를 높였다.

"황제 폐하!"

"그대가 양해하시오. 로드 티드로. 비록 날개를 보여 주는 게 마력이 많이 소모된다고는 하나, 이 일만 끝나면 짐이 친히 마도석 1만 개를 그대에게 보내 주겠소."

티드로 기드곤이 이를 악물었다. 황제가 저렇게까지 말하는데 물러날 수 없었다. 그러나 다행히도.

'내 몸에 있는 마도구는 두 개지. 그 분은 반드시 두 개를 다 착용하고 쓰라고 했지만, 지금 아주 짧게만 보여 주고 접는 거야.'

그리고 감히 흑조의 로드를 의심한 대가로 8황자를 제 앞에 무릎 꿇리겠다.

흑조의 분노를 이유 삼아 저 반반한 얼굴을 자근자근 짓밟아 주리라!

눈을 감고 티드로 기드곤은 천천히 마력을 끌어모았다. 그의 손목에 다시 한번 흑조의 문양이 둥글게 그려진 찰나…….

"커흡!"

대연회홀에 있던 모두의 얼굴이 경악으로 물들었다.

어마어마한 피가 티드로 기드곤의 입에서 쏟아져 나온 것이다.

"아악! 으아악! 흡! 사, 살려 줘! 흐읍!"

티드로 기드곤은 대량의 피를 끊임없이 토해 냈다. 끔찍한 고통에 절로 몸이 앞으로 고꾸라졌다. 불에 지진 칼이 흉부를 엉망으로 난도질하는 것 같았다. 울컥울컥 올라온 피가 티드로 기드곤의 얼굴을 악귀처럼 물들였다.

피어나지 못하는 날개.

쏟아지는 피.

"……."

"……."

"……."

모두가, 심지어 황제조차도 충격으로 말을 잇지 못했다.

대연회홀에 한순간 조명이라도 꺼진 듯, 거대한 침묵이 감돌았다. 구석에 처박혀 이 광경을 지켜보고 있던 디아린에게, 슬금슬금 한 인영이 다가왔다.

"디아린 양."

"딜리스 룬?"

디아린이 작은 목소리로 물었다.

"잘 처리했어요?"

"물론이죠."

지금 황궁에 있는 사람들은 느끼지 못하지만, 5분 전을 기점으로 하여 황궁 전체에 모든 보안 마법이 발동되었다.

딜리스가 작게 속삭였다.

"원래는 85%만 발동이 되어야 하는 상태인데 말이지요."

아키르 황궁에는 엄청나게 다양한 보안 마법진이 걸려 있다. 하지만 이 보안 마법진을 작동시키는 것에도 마도석이 수도 없이 소모됐다. 그래서 항상 모든 보안 마법을 켜 놓는 건 아니다.

평상시엔 70%.

대규모 연회 때는 85%.

국외 주요 인사를 초대했을 때는 90%.

황제의 대관식 때는 99%.

이렇게 보안 매뉴얼이 따로 있었다.

보안 마법진이 99%로 작동이 될 경우에는, 마도석 등불을 제외한 모든 마법의 사용이 임시로 중단된다. 하지만 그야말로 마도석을 잡아먹는 괴물.

디아린이 어깨를 으쓱했다.

"에제트가 북쪽 날개 궁의 주인이라서 좋네요. 보안 마법을 올려 달라고 청탁할 수도 있고."

"영애님도 북쪽 날개 궁의 주인이시잖아요. 사실, 알데트루다 룬은 영애님을 보고 바로 99%로 올리기로 결정했을 걸요?"

딜리스의 말이 디아린이 웃었다.

아키르 황실 수석 마법사 알데트루다 룬. 그녀는 황궁의 마법 보안 관리직도 겸하고 있었다.

"이제부터 딱 한 시간 동안은 99%의 보안이 유지된대요."

디아린이 고개를 끄덕였다. 만약 황궁의 보안 레벨을 낮춰 달라고 청탁했으면, 알데트루다 룬은 거절했을 것이다. 게다가 그건 알데트루다 혼자 결정할 수 있는 일도 아니었다. 하지만 올려 달라는 청탁은 반대였다. 보안을 더 빡세게 해 달라는 건 사실 청탁이라고 할 수도 없었다.

그럼에도 '청탁'이라고 표현한 것은, 디아린이 알데트루다 룬에게 한 가지 더 부탁할 일이 있었기 때문이다.

'그건 나중에 생각하고.'

디아린은 여전히 피를 미친 듯이 토하고 있는 티드로 기드곤을 보았다.

아까까지만 해도 흑조의 로드였던 남자. 설령 황제라고 해도 그의 몸을 증거 없이 마음대로 뒤져 볼 수는 없었다.

'하지만 분명 마도구를 두 개 이상 꼈을 거란 말이지. 어딘가 아주 깊숙한 곳에 말이야.'

그것도 아키르 황궁의 평소 보안 마법진을 피할 만큼, 아주 정교한 마도구 말이다. 99%로 올린 보안 마법으로 임시 먹통을 만들지 않았다면, 분명히 또 그 가짜 흑조의 날개를 피워 내 이 위기를 유유히 피했을 게 뻔했다.

디아린 곁에 서 있던 딜리스는 이마를 살짝 찌푸렸다.

"그런데 저 로드 티드로……, 아니, 티드로 기드곤은 어떻게 성물 감정을 피할 수 있었을까요? 아무리 매수를 했다고 하지만 말이에요."

"단순히 환영 마법이 아니라, 흑조의 기운이 묻어나는 환영 마법을 썼어요. 그러니까 성물 감정을 속일 수 있었겠죠."

신수의 영혼석이 가미된 마법.

이 말인즉슨.

"로드 티드로에게도 거대한 부작용이 생길 거예요."

"거대한 부작용……."

"꼴을 보아하니 모르고 응한 것 같긴 하지만요."

거대한 부작용이라.

피를 토하며 데굴데굴 구르는 티드로 기드곤을 보며 딜리스는 납득했다.

"확실히 심상치 않은 부작용이네요. 저렇게 피를 쏟아내야 한다니."

'사실 저게 아니지만요.'

디아린은 속으로 쓴웃음을 머금었다.

저건 디아린이 말한 마법 부작용이 아니었다. 그저 인간의 육체가 신수의 힘을 감당하지 못해서 생기는 반작용이었다. 하지만 그냥 마법 부작용으로 퉁칠 생각이었다. 에제트한테도 그렇게 얼버무렸다.

아니면, 디아린이 저것과 비슷한 반작용을 앓고 있다는 걸 에제트가 알게 될 테니까.

'그런 거 알아서 좋을 건 없지.'

진짜 신수의 마법 부작용은…….

"꺄, 꺄아악!"

"로, 로드 티드로의 얼굴이!"

모두의 얼굴이 공포에 질렸다. 차가운 눈으로 티드로 기드곤을 바라보던 딜리스조차 흠칫했다. 티드로 기드곤의 얼굴에 급격히 검은 낙인들이 찍히기 시작한 것이다. 아니, 정확히는 낙인들이 떠올랐다.

마치 새의 날개를 엉망으로 찢은 듯한 끔찍한 낙인들이었다. 얼굴에 인두를 마구잡이로 지진 듯 온전한 살갗을 찾기 힘들 정도였다. 흰자도, 치아 위도 가릴 것 없었다. 누군가 잉크를 찍은 칼로 얼굴을 마구 그어 대는 것 같았다.

저것이 바로 진정한 신수의 마법 부작용.

지금부터 티드로 기드곤이 겪어야 할 진정한 지옥 같은 고통이었다.

* * *

연회장이 얼기설기 정리가 되고 정월제 무도회는 엉망이 되었다.

'……는 사실 아니지만.'

어디든 사람 모이는 곳이 그렇지 않은가?

말초 신경을 강타하는 짜릿한 화젯거리가 두 개나 나타났는데, 불타오르는 게 정상이다.

크리스털로 반짝이는 샹들리에, 달콤한 음악 선율. 플로어엔 쉬지 않고 춤곡이 반복된다. 귀족들은 춤추거나 삼삼오오 모여 얘기를 나누느라 바빴다. 사실 후자가 압도적으로 많았다.

"디아린."

그때, 디아린에게 다가온 에제트가 손을 내밀었다.

"한 곡 추실까요."

"영광이지요."

디아린은 에제트의 손을 잡고 댄스 플로어로 나갔다. 귀족들이 적당히 피해 주었기 때문에, 조금 늦게 합류했음에도 어느새 그들은 중앙 가장 좋은 자리 위였다.

마주 인사를 하고. 허리와 어깨에 각각 손을 올리고. 두 몸이 멀어졌다 붙을 때마다 짧은 대화가 오간다.

"언제부터 알고 계셨습니까?"

요컨대 이런 물꼬의 대화.

에제트의 말은 티드로 기드곤의 '진짜 정체'를 언제부터 알고 있었냐는 뜻이다.

'여기서 묻기엔 너무 엿들으려는 귀가 많지 않나?'

물론 무도회의 사교춤이야말로 남녀가 밀어를 나누기 딱 좋은 곳이지.

'이런 긴장감 한번 즐겨 봐도 재밌겠네, 뭐.'

디아린은 빙긋 웃었다.

"병아리가 많이 어린데도 이리와 늑대들이 침을 흘리지 않아서 말이지요, 아스페르크 저하."

각성한지 고작 한 달도 안 된 신수의 로드에게, 마물이 덤벼들지 않는다? 말이 안 되는 이야기라는 소리다.

"그런 얘긴 처음 듣는군요."

"은둔자들은 기록을 남기는 걸 싫어하잖아요? 그래서 그렇겠죠."

이 말은 신수들이 자신들에 대해 상세히 기록에 남겨지는 걸 싫어한다는 뜻이다. 이것도 디아린이 적조의 소환사가 되어서야 안 사실이긴 했지만.

"디아린."

"말씀하세요, 아스페르크 저하."

"이름으로 부르시죠."

"아스페르크도 이름이시잖아요."

"그래서 계속 그렇게 부르시겠다고요."

"네, 저하."

디아린이 빙긋 웃었다. 에제트가 눈썹을 슬쩍 치켜올렸다. 그가 갑자기 그녀의 허리를 강하게 안쪽으로 잡아당겼다. 디아린이 움찔 놀라 에제트의 어깨를 부여잡았다.

"에제트!"

디아린의 가슴이 놀라서 두근거렸다. 하마터면 스텝이 무너질 뻔했다. 알고 있으면서, 아니 본인이 그렇게 만들었음에도 에제트는 뻔뻔했다. 뻔뻔하게 디아린을 손쉽게 다시 리드했으니까.

디아린은 새삼 에제트의 힘이 남다르다는 사실과, 또 그의 몸이 여전히 단단하다는 사실을 깨달았다.

몸…….

"디아린."

"응? 응."

"몇 곡이나 더 추실 겁니까?"

"나? 이것만 추고 돌아가야지."

"왜요?"

에제트는 진심으로 의아해져서 물었다. 디아린의 댄스 카드에는 공란이 없었다. 이작 드리엄과 리슐리외 작센느 공자, 그놈부터 시작해서 온갖 남성 귀족들이 빽빽하게 이름을 써 놨다.

"왜라니?"

디아린이 눈을 깜빡였다.

"오늘 그 티드로 기드곤 때문에 무리해서 나온 거잖아. 들어가서 이젠 쉬어야지. 아무리 궁의 실력이 좋았고 마침 해독약이 구비되어 있었다고 해도."

그러고 보니 춤을 추는 내내, 디아린의 손은 에제트가 다친 팔뚝 부분만은 피하고 있었다.

"우린 이제 돌아가서 쉬자, 같이 있어 줄게."

그녀의 그 말에 왜 그렇게 마음이 일렁이는 건지.

에제트는 물끄러미 디아린을 응시했다. 술렁이는 감정에 익사당하는 기분이다. 디아린을 숨도 쉬지 못하게 끌어안아 버리고 싶어져, 에제트는 애꿎은 손만 꽉 쥐었다 풀었다.

"그러지요, 디아린."

* * *

그날. 늦은 저녁.

시종은 에제트의 침실에 조용히 들어왔다. 마도석 난로를 확인하기 위해서였다. 모시는 황족의 수면을 깨우지 않기 위해, 살금살금 걷는 것쯤이야 황궁의 사용인이라면 기본으로 익히는 기술이었다.

살금살금 들어오던 시종은, 두 눈을 크게 떴다. 이미 잠들어 있을 거라고 생각했던 에제트가…….

'일어나 계시잖아?'

에제트가 침대에 걸터앉아 있었다. 반사적으로 인사를 하기 위해, 시종이 허리를 굽혔다.

"8황……."

에제트가 손가락을 들어 조용하라고 신호했다.

시종이 바로 입을 다물었다. 그러고 보니까……. 침대에 이불을 덮고 잠들어 있는 인영이 보였다.

'오드 영애님?'

헉.

시종은 바로 못 본 척했다. 이상한 생각이 든 건 아니었다. 둘의 옷차림은 전혀 흐트러지지 않았고, 그런 농밀한 분위기도 아니었다. 다만 디아린은 잠들어 있었고, 에제트는 침대에 앉아 그녀를 바라만 보고 있었을 뿐.

조용히, 아무 말도 없이.

어두운 밤. 조명이라고는 쏟아지는 달빛이 전부인 시간. 시종은 신속하고 조용하게 다시 돌아 문을 나섰다. 에제트는 닫힌 문 쪽으로 흘긋 시선을 옮겼다.

기사의 기감으로 알 수 있었다. 문 근처에는 아무도 없다는 사실을. 설렁줄을 잡아당기지 않으면 이 근방은 계속 조용할 터. 에제트는 디아린의 손을 잡았다. 그리고 손가락 마디에 입술을 갖다 댔다.

키스하듯 누르는 입술이 뜨겁게 느껴져서일까.

디아린의 손끝이 움찔거렸다.

그러든지 말든지, 에제트는 손등에도 입을 맞췄다. 결국 디아린이 눈을 떴다.

"에제트 아스페르크."

디아린이 눈을 가늘게 뜨고 말했다.

"자라며."

"주무세요."

"네가 이러는데 어떻게 자."

"제가 어떻게 했는데요."

디아린은 어이가 없어졌다.

사실, 디아린이 에제트 침대에서 뜬금없이 눈을 붙이고 있는 데에는 이유가 있었다.

'내가 에제트한테 말려들었지.'

아무리 그래도 중독됐던 몸인데, 에제트가 평소처럼 멀쩡할 리가 없었다. 휴식이 절실한 몸으로 직접 대연회홀에까지 나가 티드로 기드곤의 마도구를 수거했다.

당연히 피곤할 텐데…….

"대체 왜 안 자는 거야, 에제트?"

"글쎄요."

"내가 이렇게 누워 있어도 잠 안 와?"

"안 옵니다."

"안 피곤해?"

이건 디아린이 나름, 나탈리한테 영양가 있는 음식을 권하려고 고안한 방식이다. 원래 사람이 그렇질 않은가. 남이 먹는 걸 보면 먹고 싶고 남이 자는 걸 보면 자고 싶어지는 법인데. 에제트는 흘긋 디아린을 보았다.

"디아린."

느릿느릿한 목소리.

"당신이 옆에 누워 있는데 제가 잠이 올까요."

그의 손이 그녀의 손가락 사이사이를 파고들어 잡았다.

황금색 눈동자가 천천히 움직인다. 디아린의 이마에서부터 눈, 입술까지. 느리게 내려간 눈빛.

"솔직히 말씀드릴까요."

"……."

"전혀 안 옵니다."

디아린은 진심으로 당황했다. 그녀는 바보가 아니었다. 에제트가 순간적으로 내보인 진심을 못 알아챌 수가 없었다. 벌떡 일어나려는 디아린의 어깨를 에제트가 내리눌렀다.

"어디 가시려고요."

"내 침실로 가야지, 이제."

"오늘은 시녀들도 놀게 해 주겠다며 제 침실에 오셨잖습니까."

"……."

"더 있다 가시죠."

디아린이 눈동자를 한 번 굴렸다. 희한하게 민망해서 가 버리려고 했지만, 확실히 생각해 보면 지금 가 버리는 게 더 이상했다.

"그럼 좀 더 있다 갈게."

에제트는 픽 웃었다. 그는 디아린의 어깨를 잡고 있던 손을 거뒀다.

"디아린."

"응?"

"물어볼 게 있습니다."

"응."

"오늘 티드로 기드곤이 피를 토했잖습니까."

그것도 엄청나게.

사람이 저렇게까지 많은 피를 토할 수 있을까? 다들 경악할 정도였다.

어리고 심약한 귀족들 몇은 놀라서 기절까지 했으니 말 다한 셈이다.

'왜 저 얘길 꺼내지.'

디아린은 살짝 불안해졌다.

"저번에 당신이 피를 토한 게 적조의 힘을 감당하기 어려워서라고 했었죠."

"……응."

마법 부작용도 있지만, 기본은 그것이다.

"그럼 당신도 그만큼이나 피를 토했던 겁니까?"

'적당히 둘러댈까.'

"적당히 둘러대지 마시고요."

"……."

"디아린."

디아린은 가끔, 에제트가 부르는 호명에 무슨 마법이 걸린 게 아닐까 하는 생각이 들었다. 그는 쉬운 감정으로 자신을 부르지 않는다. 그래서 디아린도 쉽게 거짓을 말하고 싶지 않았다.

적어도, 에제트에게만큼은.

"에제트."

"예, 디아린."

"난 고위 마법사라서 티드로 기드곤만큼은 피를 토하지 않았어. 가끔 마법을 쓸 때가 문제였는데, 그건 걱정 안 해도 돼. 해결했거든."

"해결이요."

"응. 그러니까 이렇게……."

상체를 일으켜 앉은 후 디아린은 황실 마법 경보를 요리저리 피해, 별빛을 자아내는 마법을 시전했다. 누구나 홀릴 정도로 아름다운 마법인데, 정작 그 마법을 시켜보는 에제트의 눈동자는 서늘하고 건조할 뿐이었다.

그 눈동자가 변한 건, 침대에 떨어지기 시작하는 까만 깃털을 보고 난 후였다.

이게 대체 뭐지.

에제트는 마치 환상 같은 검은 깃털을 잡았다. 하지만 손바닥 위에 닿은 눈송이처럼, 새까만 깃털은 맥없이 사라졌다.

"이게 뭡니까?"

"내가 토한 피."

"……."

순간 에제트는, 제 귀가 미친 건가 했다.

"마법이야."

그러나 디아린은 그저 산뜻한 낯빛이다.

"원래는 적조의 소환사니까 붉은 깃털을 떨어뜨려야 하는데, 너무 위험하잖아. 그래서 환각 마법을 걸어서 이렇게 까맣게……, 에제트?"

디아린이 얼떨떨한 표정을 지었다. 그도 그럴 것이……, 눈 깜빡할 새 에제트의 품 안이었기 때문이다.

맞닿은 몸. 심장이 뛰는 소리만이 침묵 속에서 조용히 전해졌다.

"붉은 깃털이요."

"……응."

"영원히 붉은 깃털을 보지 않을 수 있다면 좋겠군요."

"그럴 순……, 없어. 난 적조의 로드인걸."

"……그렇지요."

에제트는 무슨 말을 해야 하는지, 쉬이 감이 잡히지 않았다. 다만 분명한 건.

나는 당신의 불행이 괴롭다. 당신을 감싼 모든 불행을 죽이고 싶다. 그래서…….

"에제트."

디아린은 에제트를 밀어냈다. 그리고 두 손으로 그의 뺨을 감쌌다. 둘의 시선이 마주친다.

남들에겐 그저 건조한 눈빛만 보내던 소년. 그러나 디아린에게는 망설임 없이 용혈을 내어 주던 혼약자.

"속상해하지 마. 이미 있었던 일을 되돌릴 수는 없으니까."

우리는 결국 시간을 따라 걸어가야 하는 사람들.

"당신은 괜찮습니까?"

"괜찮아. 안 괜찮아도 어떡해. 벌써 일어난 일인데."

"그렇죠."

"그렇지?"

에제트는 고개를 숙이고 피식 웃었다.

가끔, 아니 자주. 에제트는 디아린이 아주 강한 사람이라고 생각했다. 전생도, 이번 생도 모두 그녀에게 가혹하기만 하질 않은가.

특히 콘클 공작은…….

에제트는 디아린의 손목을 감싸 잡았다.

작년 이맘때 즈음 적조의 영혼석이 매달렸다가 꺼내졌다고 했던가. 비록 그 실험에 성공해, 디아린은 적조의 소환사가 되었다곤 하지만.

"사계탑에서 연구가 진행되고 있다고 하셨지요."

"응. 상당히 어렵지만 죽을 만큼 어렵진 않대."

"그건 마법사들의 표현 방식입니까?"

"그렇게 되나."

빙긋 웃는 디아린을 보며, 에제트도 약하게 웃었다.

디아린의 피를 무식하게 뽑아간 덕에, 연구는 순조롭게 진행되고 있다고 했다. 그러니 몇 년만 더 기다리면 될 터다.

'콘클이스터의 피에 흐르는 금계를 해제하게 될 날.'

에제트가 물끄러미 디아린을 본다.

제 피를 전부 빼 줘도 아깝지 않다고 생각하는 그녀를 본다.

사실 에제트는 콘클 공작을 죽일 생각이었다. 다만 그게 현명한 방법이 아닌 걸 안다. 콘클 공작가는 천 년이 넘는 역사를 지닌 가문이니. 그래서 에제트는, 한때 보류했던 물음표에 답을 찾았다.

'제가 황태자가 되길 바라십니까?'

'천천히 결정해. 아주 천천히 결정해도 돼.'

'그렇게 말하는 건 당신밖에 없을 겁니다.'

'괜찮아. 내가 계속 기다려 줄 테니까.'

황태자의 관을 가지기로.

## chapter 18

“들으셨습니까? 신수의 소환사를 감정하던 쉘던 백작이 사형된다는군요.”

“정말로 조작이었다니…….”

“그뿐입니까. 티드로 기드곤은 더 끔찍하게 죽을 예정이라는군요.”

궁중인들이 목소리를 낮춰 소곤댔다.

“이미 사람의 몰골이 아니라던데……. 황제 폐하께서는 엄청나게 분노하셨다고 합니다.”

“하긴요. 황제 폐하께서 대외적 위신을 얼마나 신경 쓰시나요. 대륙에 얘기가 퍼질 생각만 해도, 다들…….”

그때, 뒤를 돌아본 시종이 깜짝 놀라 고개를 숙였다.

“오드 영애님.”

궁중인들이 “헛.” 하면서 급하게 숨을 삼켰다.

디아린은 그들의 대화를 듣지 못했던 척, 태연하게 물었다.

“황제 폐하께서 부르셔서 왔는데요.”

“아아, 네. 이쪽으로.”

안내받아 안쪽으로 들어가는 디아린을, 궁중인들은 흘끔흘끔 쳐다보았다.

그들의 얼굴은 하나같이 창백했다. 너무 가볍게 입을 놀렸나 했다.

"들어가시지요."

시종은 디아린을 안내하다가 조심스럽게 물었다.

"저어, 영애님. 혹시 방금 다른 분들이 한 말 들으셨습니까?"

"어떤 말이요?"

"아, 아닙니다!"

시종은 안도의 한숨을 내쉬었다.

디아린은 여전히 무슨 말을 하는지 모르겠다는 표정으로 미소만 머금고 있었다.

하지만 속내는 달랐다.

'좋아. 내가 이 사건의 제일 큰 연루자라는 건 잘 모르는군.'

디아린은 안으로 들어갔다.

알현실은 겉으론 예전에 왔을 때와 변함이 없었다.

황제는 옥좌 위에 앉아 있었고, 그 아래로는 생전 처음 보는 사람들이 줄지어 서 있었다. 날렵한 신체와 대비되는, 무언가 흐릿한 인상. 돌아서면 기억이 안 날 것 같은 얼굴들. 하지만 그들에게서 흘러나오는 묘한 살기가 몸을 따끔따끔 찔렀다.

'아.'

그들이구나.

'황제의 그림자들.'

하지만 그들은 절대 일반 사람들에게 모습을 드러내지 않는다. 이렇게 대놓고 보여 준 이유는…….

디아린은 치맛자락을 잡고 허리를 숙였다.

"오드 아 키르의 영광이신 황제 폐하께 인사 올립니다."

"왔나, 오드 영애."

황제는 옥좌에 등을 기댄 채로, 손가락으로 관자놀이를 툭툭 쳤다. 그의 표정은 정말이지 굉장히 살벌했다. 오히려 시종들은, 디아린이 '공평한 혈통'이라서 다행이라는 생각까지 할 정도였다. 저 무시무시한 눈빛조차 제대로 보이지 않을 테니까. 그 말 그대로, 현재 같은 공간에 있는 시종들은 숨조차 제대로 못 쉴 지경이었다.

황제의 그림자들은 나란히 고개를 숙이고, 옆으로 비켜섰다. 하지만 디아린은 알 수 있었다. 황제는 이렇게 디아린을 압박하고 있는 것이다.

"대연회 직전, 나탈리 기드곤이 '사드마의 편지'를 올렸더군."

알아들은 디아린이 공손히 두 손을 모았다.

사드마의 편지.

제국의 귀족들은, 일생에 딱 한 번 황제에게 직통으로 편지를 올릴 수 있었다. '사드마의 편지'를 받은 황제는, 반드시 그 편지를 직접 읽어 봐야 했다. 일생을 통틀어, 황제 볼 길이 요원한 계급 낮은 귀족들에게는 중요한 권리였다. 대부분 억울한 일을 고할 때 쓰였다.

"나탈리 기드곤이 보낸 사드마의 편지는 고발장이었다. 제 오라비가 '가짜 흑조의 로드' 행세를 하며, 군주를 기만하고 있음을 고발했지."

황제는 두 눈을 부라리고 있었다.

현재 그는 이틀 넘게 제대로 잠을 못 청한 상태였다. 자신의 위신이 깎이다 못해 바닥을 친 어마어마한 이번 사건. 대륙 전체가 비웃을 거라고 생각하니 도무지 잠이 오지 않았다.

모든 연루자에게 가장 무거운 형벌을 내려야 했다. 티드로 기드곤은 이미 손톱과 발톱이 산 채로 전부 뽑혔다. 그런데 나탈리 기드곤, 그 영악한 게 '사드마의 편지'를 보내놓았다.

황제는 당장이라도, 나탈리 기드곤을 처참히 죽여 버리고 싶었지만 명색이 고발을 한 공이 있는데 그럴 순 없었다. 비록 황제가 그 편지를 읽기도 전, 대연회에서 어마어마한 일이 터졌지만. 무엇보다…….

의심스러웠다.

"오드 영애."

"하문하시옵소서, 폐하."

"나탈리 기드곤은 유약한 레이디다. 짐은 가문과 가주에 '절대 복종'하는 어린 귀족들을 너무나 많이 봐 왔지."

"……."

"나탈리 기드곤이 어찌 용기를 내 '사드마의 편지'로 제 오라비의 중죄를 고발할 수 있었겠는가?"

황제는 예리한 눈으로 디아린을 꿰뚫듯이 바라보았다.

"만약……, 누군가 도와준 게 아니라면."

그랬다.

황제는 디아린을 의심하고 있었다. 나탈리를 사면해 주기 위해, 일부러 '사드마의 편지'를 올리라고 알려 준 게 아닌가 하고.

만약 그 사드마의 편지가 아니었다면, 나탈리는 이미 연좌제를 적용해 끔찍한 처형을 당했을 것이다.

"지고하신 황제 폐하."

디아린은 잠시간 생각을 정리하는 척하다가 대답했다.

"제 생각을 물어보시는 거라면, 티드로 기드곤이 더 이상 흑조의 환각 마법을 유지하지 못할 걸 나탈리 기드곤이 알았기 때문이 아닐까 합니다."

이 엄청난 사기극.

모든 게 들통날지도 모른다는 공포감이 가주에 대한 생리적인 두려움을 앞설 수도 있었다.

"그건 7계급 마법사로서의 의견인가?"

"그렇습니다. 폐하."

"하지만 나탈리 기드곤이 그대와 사이가 좋았다고 들었다. 정월제에서 손수건도 걸어 주었다고 하던데."

디아린은 두 손을 꽉 쥐었다.

황제의 예리한 눈이 그 작은 손짓도 모조리 관찰했다. 디아린이 눈을 꾹 감았다가 떴다.

"사실 폐하, 이런 말씀 드리기 몹시 저어되오나."

"속히 말하도록 하라."

"정월제 날, 나탈리 기드곤의 손수건은 본래……. 제 혼약자이신 8황자 저하께 올라갈 물건이었습니다."

"무어라?"

황제가 이마를 찌푸렸다.

"아스페르크에게?"

디아린의 연보랏빛 눈동자가 잘게 떨렸다.

"하지만 제가 미리 알아채고 단단히 주의를 주었지요. 그러더니 정월제에 그런 일이 일어난 겁니다."

"흠……."

황제가 되물었다.

"손수건으로 질투를 한 것이냐?"

순간 디아린의 뺨이 확 붉어졌다. 그녀가 당황한 표정으로 고개를 숙였다. 그 모든 걸 주의 깊게 보고 있던 황제가 크게 웃음을 터뜨렸다.

"그래! 둘의 사이가 유달리 좋은 건 짐이 예전부터 알고 있었지. 곧 혼인을 앞둔 사이니 이 얼마나 보기 좋단 말이냐."

황제의 뒤에 조용히 시립해 있던 시종장이 거들었다.

"폐하. 황실과 사계탑의 단단한 결속이 아니겠습니까."

"옳은 말이로다."

확연히 너그러워진 기분으로, 황제는 손짓을 했다.

"나탈리 기드곤은 고발을 한 공로를 참작해 사형은 하지 않을 것이다. 다만 더 이상 궁중에 둘 수는 없는 노릇."

"네, 폐하. 당연한 말씀이십니다."

황제는 고심하다가 말을 이었다.

"앞으론 거울 궁엔 아무도 들이지 않도록 하라."

"명 받들겠습니다, 폐하."

디아린은 그렇게 말하고, 다시 인사를 한 후 조심조심 물러났다.

'와. 심장 떨려 죽는 줄 알았네.'

황제가 의심할 건 너무 잘 알았다.

'그렇다고 그림자까지 대동할 줄이야. 하마터면 실수할 뻔했어.'

길고 화려한 복도에서 걸음을 옮기는 디아린에게, 시선 하나가 따라붙었다. 3황자 벨마르였다. 디아린에게 다가가려는 3황자 벨마르에게, 수하가 급히 귓속말을 건넸다.

"저하. 서둘러 궁으로 돌아가 보셔야겠습니다."

벨마르는 디아린의 뒷모습을 보았다가 이내 뒤를 돌아 자신의 궁으로 향했다.

3황자의 궁은 언제나 무덤처럼 고요했는데, 오늘은 달랐다. 안쪽이 적잖게 소란스러웠다. 그래 봤자 몇 마디 대화 정도였지만, 평소 3황자의 궁의 사용인들은 시체처럼 말수가 없었다. 궁의 주인인 3황자가 침묵을 선호했기 때문이다.

"도대체 누가 궁에서 소란을 피우느냐."

벨마르의 뒤에 서 있던 수하가 목소리를 높였다.

"3황자 저하. 이상한 선물이 하나가 당도하였습니다."

이상한 선물. 벨마르의 시선이 그쪽을 향했다.

"선물 안에서 독이 감지되었습니다."

'독?'

황족에게 독살 위협이란 드문 일이 아니었다. 하지만 그것도 어릴 때의 일. 이만큼 장성한 황족에게 독살 시도라니. 이상한 일이었다.

벨마르의 수하가 벌컥 화를 냈다.

"그럼 당장 갖다 버리면 될 일을 이리도 시끄럽게 만들어!"
"하, 하지만 선물 상자가 좀 지나치게……."
"지나치게?"
수하가 얼굴을 찡그리며 상자를 보았다가 순간 납득했다. 왜 사용인들이 상자를 바로 버리지 못했는지 이해가 갔다. 엄청나게 화려했기 때문이다. 순금이 숱하게 붙은 상자는, 황제의 하사품이라고 해도 믿을 정도로 굉장히 호화로웠다. 그리고 상자를 감싸고 있는 짙은 보랏빛 리본.
벨마르가 손짓했다.
"풀어."
수하가 서둘러 뛰어가 상자를 풀기 시작했다. 그 안에 들어 있는 것은……. 한 개의 날카로운 볼트.
"여기서 독이 감지되었군요."
예리한 볼트의 바닥재로 깔려 있는 것은…….
"자수정들이 왜 전부 깨져서 바닥에 깔려 있……. 컥!"
혼자 중얼거리던 시종이 단말마를 내질렀다. 그의 목에서 피가 줄줄 흐르더니, 그대로 앞으로 고꾸라졌다.
벨마르의 직속 기사의 잔인한 손속.
시종들의 안색이 전원 납빛이 되었다. 시종들은 부들부들 떨며 순식간에 숨이 끊어진 시종을 밖으로 끌고 나갔다. 벨마르는 그쪽에는 시선조차 주지 않고 물었다.
"어디에서 독이 감지되었다는 건가."
"이 볼트의 촉입니다."
벨마르의 축축한 눈이 볼트, 그리고 완전히 조각나 반짝이는 자수정들을 바라보았다.
"할마마마는 어디 계시지."

* * *

"오, 벨마르."

오블리잔 황후가 나긋나긋 웃으며 자리에 앉았다.

"본후가 너무 오래 기다리게 하였구나. 자, 너희는 가서 벨마르가 좋아하는 로즈마리 차를 내오렴."

티 테이블 반대편으로 걸어 간 벨마르가 고개를 살짝 숙였다. 그리고 두 손으로 테이블 위의 모든 도자기 장식을 쓸어 버렸다.

쨍그랑!

고매한 화병이 굴러져 깨졌다. 값비싼 대리석으로 만들어진 작은 천사 조각상들도 바닥에 떨어져 깨져 버렸다. 자리에 있던 모든 시녀들이 얼어붙었다. 다만, 오블리잔 황후의 인자한 미소만이 여전했다.

"다들 무엇 하느냐? 로즈마리 차를 가져오라고 했다."

황후의 축객령. 모든 사용인은 새하얘진 안색으로 재빨리 물러났다.

벨마르는 여전히 그 자리에 암울한 무표정으로 서 있었다. 오블리잔 황후는 젖은 티 테이블을 보며 말했다.

"아깝구나. 대륙 최남단 군도 왕국에서 진상한 진귀한 화병인데 말이다. 테두리에 장식한 건 최상위급 에메랄드지."

"할마마마."

벨마르가 입을 열었다.

"왜 그러셨습니까."

"무엇이?"

"모르셔서 물으시는 겁니까?"

"아니, 벨마르."

황후의 진갈색 눈동자가 벨마르 쪽으로 향했다.

"정월제의 일이라면, 그게 네가 화를 낼 이유가 되지 않는다고 생각하여

물은 것이다. 본후는 그저 8황자에게 경고를 하려고 했을 뿐이란다."
"제가 얼간이로 보이십니까."
"벨마르 엔리프 키르헨."
오블리잔 황후가 미소를 지었다.
"본후의 친손자가 얼간이일 리가 있느냐?"
"제 궁에 누군가 마도석 볼트를 보냈습니다."
순간 황후의 미소에 약하게 금이 갔다.
"그래서?"
"마도석 볼트는 마법사를 공격하기 위한 것이잖습니까."
"그래서."
"8황자에게 경고하기 위해서라고 하셨는데 어째서 마도석 볼트를 준비하신 겁니까. 다른 먹이를 노린 게 아니라면."
"벨마르, 벨마르."
황후는 부채를 나긋나긋 부쳤다.
"어떤 삿된 것이 네게 그 말을 흘렸는지는 모르지만……."
오블리잔 황후의 미소가 깊어졌다.
"이번에 창고를 새로 지었다는구나. 그래, 사들인 자수정이 그리 많은데……. 그런다고 콘클이스터가 어떻게 네 것이 되겠느냐?"
오블리잔 황후의 미소는 언뜻 비웃음처럼도 보였다.
"차라리 본후가 쏜 독 볼트를 맞고 식물인간이 되는 게 낫지. 그럼 쉽게 네 것이 될 테니."
황후에게는 가문의 비기인 중화약이 있었다.
아무리 죽을 맹독에 중독된 사람도, 어떻게든 목숨은 살려 두는 중화약. 다만, 식물인간이 되는 막대한 부작용이 있었지만.
황후의 말을 듣는 벨마르의 표정은 그대로였다. 하지만 황후는 어렵지 않게 알 수 있었다.

"좀 기분이 풀린 모양이구나. 그래, 본후는 다 너를 생각해서 한 일이니 너무 화내지 말거라."

"앞으론 그러지 마십시오."

"그래, 당연하지. 본후 또한 피해가 막대하단다, 벨마르."

에제트가 중독된 일은 크게 공론화되지 않았다. 상대적으로 티드로 기드곤이 가짜 소환사였다는 사건이 너무도 컸기 때문이다. 하지만 공론화되지 않았다고 해서 묻혔다는 소리도 아니다.

황후의 본가인 듀르셰 공작가에선 이미 엄청난 피해를 입었다. 복구하려면 제법 시일이 걸릴 것이다. 더군다나 8황자가 직접 볼트 촉을 가지고 황제에게 진상했으니, 황제도 뒤로 수사를 계속하고 있었다. 황후와 듀르셰 공작가는 당분간 바싹 몸을 사리고 있어야 한다는 소리다.

"본후는 어릴 때 8황자를 죽여야 한다고 생각했지. 그 어린 것은 어릴 때부터 눈빛이 달랐어. 보렴, 결국 자라 버려서 우리 목덜미를 물어뜯으려고 하지 않니."

"제가 황제가 되면 모든 게 해결된다고 말씀드렸잖습니까."

"벨마르."

황후가 부드러운 목소리로 말했다.

"솔직해지렴. 8황자를 이길 자신은 없지 않니? 아니면, 너도 수문석 지하에 뛰어들어 보겠느냐?"

3황자 벨마르는 대답하지 않았다. 다만 그의 음습한 눈동자가 갈 곳을 잃고 방랑했다.

"그러지 않겠지. 그러지 않기를 바란단다. 8황자의 몸에는 천한 기사의 피가 반이나 흐르고 있지만 넌 아니지. 넌 본후의 적손이야. 이렇게 잘 큰 내 적손이란 말이지."

"예. 작고한 콘클 공작 부인이 저를 성심껏 돌보아 주셨지요."

순간 오블리잔 황후의 눈빛에 숨기지 못한 분노와 광기가 일렁였다.

"감히 본후 앞에서! 그 천한 여자 얘기를 하는 거냐?"

황후는 들고 있던 부채를 바닥에 거칠게 내던졌다. 그녀의 온 얼굴이 무섭게 일그러졌다.

"콘클 공작 부인이 너를 정말로 성심껏 돌보았다고 생각하느냐? 그것은 궁에 불이 났을 때 어린 너만을 던져 놓고 나왔어. 제 아들만을 살려 나왔단 말이다! 그 후에 네게 잘해 준 건 본인에게 돌아올 비난이나 덜기 위해서였지!"

황후는 혐오스럽다는 눈으로 벨마르의 화상 자국을 보았다. 그의 온몸에 남아 있는 화상 자국은, 옷을 벗으면 더욱 심했다.

"콘클이스터가 마음에 들었다고 해서 콘클을 용서하지 말거라. 벨마르. 너에게 그런 결점이 없었다면 넌 진작 황태자로 봉해졌을 것이란다."

오블리잔 황후의 남편, 브루노 9세는 '완전한 것'에 집착하는 성정이었다. 만약 벨마르가 어릴 적 화상 사고를 당하지 않았다면, 어찌 황후의 적손이자 제국의 빛인 듀르셰 공작가의 혈통을 담은 그가 황태자가 되지 못했겠는가.

황후는 느리게 심호흡을 했다.

"어쨌든 콘클이스터를 향한 네 마음은 오래가길 바란단다. 벨마르. 7계급의 마법사라니, 본후로서도 몹시 탐나지 않느냐?"

"그렇다면……."

벨마르가 느린 어조로 물었다.

"3황자비로도 괜찮으십니까?"

"그럼. 물론이지."

"곧 좋은 소식을 들려드리겠습니다."

"기대하마. 자, 그럼 이제 앉아서 차나 마시자구나."

벨마르는 바로 맨바닥에 무릎을 꿇었다. 그리고 황후가 내던진 부채를 잡아 노예처럼 두 손으로 올렸다.

"오드 영애에게 드레스와 보석을 좀 선물해야겠구나."

오블리잔 황후는 우아한 손짓으로 부채를 잡아 들었다.

* * *

‘이게 진짜인지.’

에제트는 건조한 눈으로 올라온 문서를 다시 한 번 읽어 보았다.

[티드로 기드곤 폐(廢)백작이, 콘클 공작과 아주 미세한 연이 있음을 발견하였습니다. (추가 조사 필요)]

콘클 공작이라니.

“이걸 어디에서 발견했지?”

에제트의 앞에는 클로디어스가 서 있었다. 그는 에제트의 숨겨진 그림자로, 언뜻 보기엔 인상이 무척 희미했다.

“정월제가 열리는 그 날부터 저하께서 로드 티드로……, 아니, 가짜 흑조의 로드의 저택을 뒤져 보라고 하셨지요.”

그 당시엔 아무도 로드 티드로를 의심하지 않았다. 하지만 에제트는 그런 명을 내렸고, 클로디어스는 의아해하면서도 따랐다. 한밤중에 티드로 기드곤의 백작저에 잠입해서, 그의 방을 뒤졌다. 그러다가 발견했다.

“콘클 영지의 주소가 편지 봉투에 ‘눌러 적힌’ 흔적을 말이지요.”

“콘클 영지의 주소라.”

“예. 막상 조사해 보니 평범한 식당이었습니다.”

하지만 식당의 밑에는 제법 큰 지하실이 있었다. 흔히 고위 귀족들이 비밀 정보를 처리할 때 쓰는 위장 장소였다.

“더 찾아봐야 했지만 시간이 부족했습니다.”

클로디어스의 말을 들으며 에제트는 서류를 다시 접었다. 클로디어스는 조심스럽게 입을 열었다.

"대체 왜 티드로 기드곤 백작이 콘클 공작과 연이 있는 것인지 알 수가 없습니다. 저하."

알 수 없다. 이해도 가지 않았다.

디아린은 콘클의 방계. 그녀와 에제트가 무탈하게 결혼하는 것. 그것이 콘클 공작에게는 가장 이득이었다.

하지만 티드로 기드곤이 나타나면서 어떻게 되었는가. 디아린과 에제트는 각기 다른 염문설의 주인공이 되어야 했다. 그리고 사교계에 퍼진 소문을 따지자면 에제트와 나탈리 기드곤의 염문설이 더 컸다.

"제대로 조사하려면 사람을 좀 더 늘려야겠군."

"예. 안 그래도 물색 중입니다."

"램드에게도 말해 놓지."

"감사합니다. 괜찮으시다면 딜리스 룬에게도 말씀해 주십시오. 수문석 생환자인 그녀에게 결투장을 날려 보려던 마법사도 제법 될 겁니다."

"램드에게 결투장을 쏟아붓던 경처럼?"

클로디어스가 희미하게 웃었다.

"그럼 물러가 보겠습니다, 저하."

클로디어스가 조용히 물러나고, 때맞춰 램드가 들어왔다.

"클로디어스 경은 갔습니까?"

"그래."

"아주 소리 없이 조용히 가는군요. 그게 특기이긴 하지만요. 그래서 그림자에 더 잘 어울리기도 하고요."

그림자.

일전 디아린의 독살 사건이 해결되면서, 에제트는 황제에게 흑태자—아키르 황태자의 그림자 조직을 반납했다. 한 치의 오차도 없었다. 본래 흑태자는 황태자의 소유니까 당연했다.

하지만 그냥 넘긴 건 아니었다. 에제트는 흑태자를 넘기기 전, 그들에 대한 모든 걸 직접 보고 듣고 파악했다. 뛰어난 기사가 검을 휘두르는 모습만 보아도, 일정 부분 깨달음을 얻을 수 있는 법.

에제트는 그 방식으로 그림자 조직을 창설했다.

"경이 네게 사람을 더 늘려 달라고 하더군."

"예……. '흑범'의 유일한 일원인 클로디어스 경의 몸이 부서지고 있으니 그 정도는 해야겠죠."

'흑범'은 램드가 임의로 그림자에 붙인 이름이었다. 에제트도 딱히 이름에 신경을 쓰는 성격은 아니라 편한 대로 두고 있었다.

"클로디어스 경이 과로사로 죽으면 안 되죠."

에제트가 픽 웃었다.

흑태자의 지식과 방식을 토대로 한 흑범은 단시간에 괄목할 만한 성장을 이루긴 했다. 그러나 사람이 너무 적었다.

"몇 명 추려 줄 테니까 이들의 결투장은 계속 받아."

램드는 고개를 끄덕였다. 어쩔 수 없었다. 클로디어스도 이런 식으로 흑범의 일원이 되었으니까.

수도의 내로라하는 기사들은 호승심이 강했다. 수문석 지하의 생환자인 램드에게 매일 결투장이 날아온 이유였다. 패배하면 떨어져 나가는 게 당연한데, 유독 클로디어스만은 지치지도 않고 결투장을 보냈다.

그 모습에 질린 램드는 결투장을 박박 찢어 버렸다. 게다가 검술도 얼마나 희한한지, 기사라기보다는 무슨 암살자 같았다. 이후 에제트에게 푸념을 했더니, 에제트는 외려 흥미를 보였다.

'결투장 계속 받아 줘.'

클로디어스가 정확히 32번째로 패했을 때.

그때 램드와 클로디어스는 어쩔 수 없이 사제 비슷한 게 되어 있었다.

'검술이 이상하다 했더니, 어릴 때 그림자에서 키워졌다고.'

그 가문이 몰락해 없어지면서, 자연스레 클로디어스도 방출되었다고 했다. 에제트는 그런 클로디어스를 흑범으로 삼았다. 클로디어스는 상상 이상으로 그 일을 잘 해내고 있었다.

비록 자기 말곤 사람이 없어서 죽어 가고 있지만…….

'비슷한 방식으로 납치, 아니. 물색하고 발탁해 오면 되니까.'

딜리스에게도, 비슷한 마법사가 있다면 연락하라는 용건을 전한 램드가 고개를 끄덕였다. 딜리스 역시 수문석의 생환자이니, 결투는 아니더라도 겨뤄 보자고 들이대는 마법사들이 제법 있을 것이다.

'그런데 딜리스는 원체 차가우니까 눈빛으로 먼저 이겼을지도 모르지 않나. 그럼 나만 복작한 수도 생활을 보내고 있는 건가.'

에제트는 논외였다. 너무 공적이 대단해 결투장을 날리는 기사도 없었다. 램드는 운명이니 하고 체념했다. 그가 그렇게 세상에 순응할 때.

똑똑.

문 두드리는 소리가 들리고 시종이 들어왔다.

"황자 저하. 황제 폐하께서 사람을 보내셨습니다."

고개를 까딱이자 시종장이 들어왔다.

에제트에게 깊게 허리를 굽힌 시종장이 말했다.

"8황자 저하. 폐하께서 내일 열리는 대회의에 오드 영애님과 함께 참석하라고 전하셨습니다."

* * *

'이런 때 디아린 영애를 대동한 귀족 회의라니.'

일리튬 공작은 피어오르는 냉소를 참았다.

가짜 흑조의 사건으로, 현재 아키르의 황궁은 꼴이 말이 아니었다. 중앙궁에서는 이틀에 한 번은 실신한 사용인들이 실려 나갔다. 그만큼 황제의 심기가 불편하고, 날카로웠기 때문이다.

황제, 브루노 9세는 과할 정도로 타인의 시선을 신경 쓰는 성격이었다. 정확히는 자신의 명성에 흠집이 갈까 봐 전전긍긍하는 것이다.

그러나 용혈은 용혈.

"모든 귀족들은 들으시오."

황제는 머리가 좋았다. 어떻게 해야 아키르 황궁에 집중된 시선이 분산될지, 아주 잘 아는 군주였다.

"그간 게이트의 부재로 아키르 제국을 비롯한 각국은 큰 불편을 겪었지."

에제트가 수문석 지하에서 생환하면서, 대마물 스켈루스를 끌고 오지 않았더라면.

"내 손자인 8황자가 아니었더라면 대륙은 여전히 암흑이었을 터."

황제의 공치사에 에제트가 가볍게 고개를 숙였다. 황제 브루노 9세는 가장 상석에 앉아 근엄하게 말했다.

"오늘부터 아키르 제국은 게이트의 대대적인 복원을 시작하겠소."

대회의장에 "호오." 또는 "드디어."라는 등 놀라움이 한 차례 스쳐 지나갔다.

"제국 오드 아 키르는 명실상부 대륙 최고의 제국! 짐은 사계탑과의 협력을 통해 건국제가 돌아오기 전, 제국 5개 도시에 게이트를 완전 복구할 예정이오."

'5개나?'

'그렇게 많은 요석이 있다고?'

몇몇 귀족들의 표정이 심각해졌다.

게이트 하나를 세우는 데 드는 요석은 어마어마했다. 더군다나 지금 요석은 황금을 주고도 사기 어려웠다. 영지를 가진 귀족들은 하나같이 요석을 닥치는 대로 사들이고 있었다.

본인의 영지에 게이트를 복원 또는 설치해야 하니까.

하지만 공급되는 물량은 턱없이 부족했다. 나라, 아니 대륙 전체에서 게이트를 세우고자 혈안이 되어 있었다. 원래도 비싼 주재료인 요석의 가격이 하늘을 뚫는 건 당연한 일이었다. 덩달아 마물 사체 값조차 같이 뛰고 있는 시기인데…….

'황실에서 저만한 요석을 보유하고 있는 이유는 하나뿐이질 않는가.'

에제트 아스페르크가 끌고 온, 대마물 스켈루스의 사체. 스켈루스에서 수급할 수 있었던 요석의 양이 어마어마했던 것이다. 경매를 통해 스켈루스의 사체를 처분했지만, 품고 있던 요석은 이미 다 빼놓은 상태였다.

황제가 에제트를 불렀다.

"아스페르크?"

"예, 할바마마."

"스켈루스를 쓰러뜨린 공을 황제의 이름으로 다시 한번 치하하며, 남은 하나의 게이트는 네가 원하는 곳에 세우도록 하마."

번뜩.

수많은 귀족들의 시선이 일거에 에제트에게 몰렸다.

'아무래도 북문석 영지에 설치하겠지.'

'가장 오래 있었으니까.'

'혹은 콘클 영지에 설치하지 않겠나? 콘클 공작이 이미 청탁을 했을 게 뻔해.'

지금 콘클 공작의 자리는 비워져 있었다. 얼마 전, 급한 일이 생겼다며 콘클 영지로 내려가 버렸기 때문이다. 수백 쌍의 눈이 몰리는데도 에제트의 표정은 여전했다. 그는 외려 광활한 대회의장을 한 번 훑어보기까지 했다.

에제트가 입을 열었다.

"할바마마. 저는 후일 하사받을 영지에 게이트를 설치하고 싶습니다."

생각지도 못한 대답. 대회의장이 거세게 술렁였다. 황후의 얼굴에는 미소가 걸렸다.

"하하하하!"

황제만이 크게 웃음을 터뜨렸다.

"아주 현명하구나, 아스페르크! 대마물을 쓰러뜨린 무력에 뒤지지 않는 현명함이야. 역시 나를 가장 닮은 손자답다!"

오블리잔 황후의 표정에 걸린 미소가 한층 짙어졌다.

황제, 브루노 9세는 디아린에게로 시선을 옮겼다.

"오드 영애."

"예, 황제 폐하."

"영애가 쓰러뜨린 대마물 켄자스. 그것의 요석은 모두 영애의 것이지. 사계탑에선 영애가 원하는 곳에 게이트를 무조건 세워 주겠다고 하였다."

'사계탑에서?'

'원하는 곳에?'

'무조건?'

몇몇은 충격까지 받을 정도의 파격적인 말이었다. 게이트를 세우는 데 필요한 것은 두 가지다.

1. 충분한 요석
2. 사계탑의 협조

말하자면 사계탑에선 디아린을 편애한다고 아예 공고를 내린 것이다. 디아린은 사계탑의 주인, 엔리크를 떠올렸다. 사계탑을 떠날 때 엔리크는 "그대, 빠른 시일 내 또 놀러 와요." 하고 양손을 흔들었었지. 어쩐지 웃음이 나왔다.

황제가 재차 물었다.

"영애는 어디에 게이트를 세우고 싶지?"

긴장감이 대회의장을 꽉 메웠다.

과연 저 영애가 어디에 게이트를 세워 줄까?

게이트의 가치는 천문학적이다.

게이트만 있다면, 해당 영지 자원의 우송료가 80% 이하로 줄어든다. 전략적 요충지며 관광 명소로 발돋움하기도 훨씬 쉬워지는 건 당연지사. 디아린은 황제를 바라보았다.

"황제 폐하."

"말하거라."

"일전에 나들이를 간 곳이 무척 아름다워서 꿈에도 나오던 지경이었습니다. 언젠가 시간이 된다면 탑주님도 모시고 가고 싶을 정도로요."

"흠?"

갑자기 왜 나들이 얘기를 하나?

"그러니 저는……."

디아린은 흘긋 맞은편을 보았다. 일리룸 공작이 앉아 있는 그 자리.

밖에서는 친분 없는 척하는지라 디아린을 보는 일리룸 공작의 표정은 차가웠다. 딱 봐도 중립을 표방하는 철혈의 공작이었다.

"'5월의 유원지'에 게이트를 설치하겠습니다."

"……!"

일리룸 공작이 떡하니 입을 벌렸다.

* * *

"아니. 정말 너무 순진하신 것 아닙니까?"

"고작 아름다운 곳이라고 해서 그 귀하기 그지없는 게이트를 설치해 주겠다니요?"

"세상 경험이 없어서인지……. 이득 계산은 하나도 안 하시고……."

쯧쯧.

여기저기서 혀 차는 소리가 난무했다. 그만큼 너무 파격적인 사안이었으니까. 그때 누군가 슥 하고 말을 꺼냈다. 아주 흐린 인상의 남자였다.

"그런데 말입니다. 사실 오드 영애님한텐 게이트가 그리 귀한 건 아니지 않겠습니까?"

"예?"

"무슨 말입니까?"

"아니, 생각해 보십시오. 그 나이에 7계급 마법사이신 분입니다. 후일 사계탑의 주인이 될 게 분명한 분이잖습니까? 게이트가 우리 같은 사람들한테나 안달 날 일생일대의 대박이자 몽환경이지, 영애님한테는……."

"그러면……."

"그렇다면……."

5월의 유원지와 디아린은 아무런 일면식이 없다. 표면적으로는 그랬다. 유원지의 주인인 일리룸 공작은 철의 중립이니까. 그런데도 디아린은 마음에 든다는 이유 하나만으로 그 귀한 게이트를 설치하겠다고 공언했다.

'그 영애의 마음에 들기만 한다면?'

방금 전까진 합심해서 혀를 차던 귀족들이 하나둘씩 입을 다물었다.

"일단은 접견을 신청합시다."

* * *

오전 회의가 파하고, 디아린은 이상한 곳으로 옮겨졌다. 정확히는 대회의장에 마련된 알현실 비슷한 곳이었는데…….

"그냥 알현실이라고 부르면 됩니다. 이름도 '청해(靑海)의 알현실'이지요."

"아하, 네."

"원래는 황제 폐하의 것이지만, 전통적으로 회의장에 참석한 황녀님이 주로 쓰시던 곳입니다. 지금은 황녀님이 계시지 않아 비워져 있었지요."

황제의 시종장은 그렇게 엄숙하게 말했다.

“황제 폐하께서 특별히 이곳에 영애님이 들이기를 허락하셨습니다.”

“폐하의 은혜에 감사드립니다.”

예법에 맞춰서 인사 후, 고개를 들어 올리던 디아린의 눈썹이 순간 꿈틀거렸다.

‘저 단추 어디서 봤는데? 어디서 봤지?’

바로 디아린은 팔에 끼고 있던 마도석 팔찌를 실수인 척 떨어뜨렸다.

툭.

“아, 제가 주워 드리겠습니다.”

“감사해요.”

시종장이 허리를 굽혀 마도석 팔찌를 주워 주었다. 디아린은 팔찌를 뚫어보라 쳐다보는 척, 시종장의 단추를 매섭게 뜯어보았다.

루비로 조각된 반달 문양. 하지만 저건 달이 아니었다. 태양의 햇볕을 표현하는, 직선 여러 개가 반달 주위로 양각되어 있었으니까.

태양은 전통적으로 황제를 가리키는 상징. 따라서 어떤 귀족가의 문양에도 태양을 쓸 수 없다. 그래서 반만 자른 태양을 문양으로 만들어, 새빨간 루비로 만든 그 단추는…….

‘……콘클이스터 가문 보물 상자에 있던 건데?’

순간 디아린의 등골에 소름이 쭉 돋았다.

왜?

왜 저게 저자의 소매에 달려 있는 것인가?

시종장이 고개를 들자, 디아린은 재빨리 적당한 미소를 머금었다.

“그럼, 영애님.”

“네, 시종장.”

“저는 이만 물러가겠습니다. 바로 귀족들이 만남을 신청할 겁니다.”

“알겠습니다.”

'그래. 일단 나중에 생각하자.'

디아린은 의자에 앉은 후, 두 손으로 양 뺨을 톡톡 쳤다. 정신을 차리고 당면한 일부터 처리하는 게 순서였다.

황제가 황녀들이 쓰던 귀한 알현실을 내준 건, 지금 디아린에게 할 말 있는 귀족들이 너무 많기 때문이다. 황제의 눈에도 보일 정도라는 건 숫자가 정말 어마어마하다는 소리였다.

문이 열리고 알현을 신청한 귀족들이 우르르 들어왔다.

오후 회의까지 시간이 부족해 한 번에 여럿을 만나야 해서, 스무 명이나 입장했다.

"오드 영애님께 인사 올립니다."

"인사 올립니다."

"앉으세요."

'다들 게이트가 굉장히 필요한 사람들이랬지.'

디아린은 일단 부드러운 미소를 지었다.

"왜 제게 알현을 신청한 건가요?"

주저거리는 침묵은 짧았다.

"영애님!"

가장 앞에 앉아 있던 중년의 남성 귀족이 열변을 토했다.

"다음 게이트는 저희 에발론 영지에 설치해 주십시오! 그렇게만 해 주신다면 농한기 때 남는 일손을 영애님께 무조건 지원해 드리겠다고 약조하겠습니다!"

귀족들의 눈이 동그래졌다.

'아니?'

'저렇게 먼저 치고 가겠다니?'

순식간에 너나 나나 나서기 시작했다.

"샐론드 영지는 서쪽 항만을 끼고 있는 영지로……."

“이곳엔 아름다운 라벤더 대농장이 있습니다. 영애님, 관광 명소로서…….”

“대체 왜 어차피 수도에 있는 5월의 유원지에 게이트를 설치하겠다고 하신 겁니까? 황궁에도 게이트가 있잖습니까!”

‘우와. 시끄러워.’

디아린은 헛기침을 했다. 바로 조용해졌다.

“회의에서 말씀드렸다시피 제 은사이신 사계탑의 탑주님을 모셔 가고 싶어서랍니다. 그게 전부예요.”

“…….”

“…….”

“…….”

이 말이 멍청하게 들릴까, 멍청하지 않게 들릴까?

‘전자든 후자든 상관없지.’

“다음 게이트들은 좀 더 보류하고, 제 마음에 드는 곳에 설치할 예정이에요.”

“그런…….”

“마음에 드는 곳……?”

자신을 멍청한 귀족 아가씨로 봐도 좋다. 아니면 영악한 마법사로 보아도 좋고. 어쨌든 그 손에 들린 보석을 빼앗고 싶어서 온갖 감언이설을 늘어놓을 테니까.

그중 어떤 게 설탕을 섞은 물일지. 아니면 꿀일지.

사실 5월의 유원지에 게이트를 설치한 건 자신에게 돌아올 배당금을 더 엄청 많이 받고 싶어서인 것도 있지만…….

‘이 사람들이 아는 것도 아니잖아?’

음흉한 미소를 감춘 디아린은 적당히 대화를 나누고 먼저 자리에서 일어났다.

그래. 사실은 그 단추가 미치도록 신경이 쓰였다.

회의장에 돌아온 디아린을 보며, 에제트가 미간을 살짝 찌푸렸다.

"디아린. 무슨 일 있습니까?"

"피곤하냐고 물을 줄 알았는데."

그 말에 에제트가 잠시 디아린을 빤히 응시했다.

"피곤한 표정은 아니잖아요."

디아린이 눈을 깜빡였다.

"그게 보여?"

"짐작은요."

디아린은 시종장에 대해서 생각하느라 머리가 핑핑 돌 지경이었다.

이상하지 않은가. 시종장이 왜 콘클이스터의 귀중품을 가지고 있는 걸까? 그 단추는 콘클 공작가 창고 깊숙한 곳에 보관되어 있는데.

물을 수는 없었다. 위험한 주제였고, 이곳에는 사람이 엄청나게 많았다. 비록 콘클 공작은 부재해 있지만, 콘클 휘하의 귀족들이 몇이던가. 사람 많은 곳에서 발설하는 것은 너무나 멍청한 짓이었다. 물론 그렇다고 밤까지 기다리기에는…….

"8황자 저하께서 황제 폐하와 함께 게이트 시찰을 가신다니, 항만 영지에는 대대손손 영광이겠군요."

"역사적이지 않습니까. 드디어 게이트가 재건축되다니 말이지요."

바로 저 게이트 시찰이 문제였다.

황법에 따라, 에제트가 수문석 지하에서 끌고 온 대마물 사체는 제국에 귀속된다.

하지만 법이 그러할 뿐, 모두가 이 요석이 에제트의 공로임을 잊지 않는다. 그래서 에제트는 첫 게이트를 복원하는 상징적인 의미로 황제와 함께 남만 항구 도시로 공식 시찰을 떠나야 했다.

황제와 함께 가는 거라서, 에제트는 회의가 파하는 즉시 숨 가쁘게 움직일 예정이었다.

'나 혼자 알아보기도 애매한데.'

고민하는 디아린의 겉모습만은 평소처럼 온유하다. 그 누구도 그녀의 본심을 간파하지 못한다. 에제트는 물끄러미 그녀의 옆모습을 보았다가, 의자에 등을 기댔다.

* * *

그날 밤.

"안녕하십니까, 오드 영애님."

침실 창문을 닫던 디아린은 그야말로 소스라치게 놀랐다. 웬 남자가 저 멀리 구석에 처박혀 서 있었다.

"클로디어스입니다."

"아, 클로디어스 경……."

"이리 뵙게 되어 영광입니다. 절 바로 알아봐 주시는군요."

"'흑범'의 일원이라고요."

"……예."

'방금 멈칫하지 않았나?'

디아린은 아직 몰랐지만, 클로디어스는 램드가 붙인 '흑범'이라는 이름을 몹시 부끄러워했다.

"황자 저하께서 가져다드리라고 하신 게 있습니다."

"네? 에제트가요?"

"그렇습니다. 읽어 보시고 돌려주십시오. 소각해야 합니다."

"네."

디아린은 바로 서류를 넘겼다. 서류는 두껍지 않았지만, 거기에 적힌 내용은…….

"……클로디어스 경?"

"예. 영애님."

"티드로 기드곤 폐(廢)백작이, 콘클 공작과 아주 미세한 연이 있다고요?"

"그렇습니다. 아직 조사가 덜 끝냈지만 지금까지의 정황으로는, 콘클 공작이 티드로 기드곤을 가짜 흑조의 로드로 만든 것 같습니다."

그렇게 보고한 클로디어스는 조심스럽게 물었다.

"……얼굴이 창백해지셨는데 괜찮으십니까? 영애님."

"아, 네. 괜찮아요."

디아린은 나지막이 숨을 내쉬었다.

왜 생각지 못한 곳에서 자꾸 콘클이 나오는 걸까?

가짜 흑조의 로드도 그렇고.

'시종장의 단추도 그렇고…….'

디아린의 눈동자가 갈피를 잃었다. 방황하는 한 쌍의 눈동자. 클로디어스가 말문을 뗐다.

"영애님."

"네?"

"황자 저하께서 저를 왜 보내셨는지 아십니까?"

"이 문서 전하라고 보낸 거 아니에요?"

"그것도 그렇지만."

클로디어스는 에제트가 '본론'으로 꺼낸 말을 똑똑히 기억하고 있었다.

"영애님이 하고 싶은 말이 있는데, 그 말을 하기 어렵다면, 제게 말해 놓으면 된다고 전하셨습니다."

"……."

디아린은 입을 꾹 다물었다. 어쩌면 에제트가, 자신의 표정을 잘 읽을 수 있다는 건 농담이 아니었을 수도 있겠다.

"클로디어스 경."

"예. 영애님."

"전 아직 이 정보를 정리하지 못했어요. 그래도 괜찮을까요?"

오히려 혼란을 가중시킬 수도 있었다. 그만큼 이상하고 수상쩍은 정보이질 않은가.

'황제의 시종장이, 콘클과 연이 있다니…….'

그저 우연일지도 모른다. 콘클 공작가의 보석 창고가 한 번 물갈이되며 정리를 한 건지도 모른다. 클로디어스는 정중하게 말했다.

"그게 어떤 말이든, 영애님이 하시는 말이라면 전혀 상관없다는 게 황자 저하의 생각이실 겁니다."

"그렇군요."

디아린은 메모를 한 종이를 클로디어스에게 넘겼다.

* * *

황제와 에제트가 항만 도시로 떠난 당일. 북쪽 날개 궁은 '칩거'를 내세우며 모든 손님을 거절했다.

'그래 봤자 일주일도 안 되는 칩거지만요?'

어쨌든 황후가 보러 올 것 같아서 그렇게 말했다.

다른 그냥 궁들이라면 모를까, 황궁 4대 궁의 '칩거'는 존중해야 했다. 디아린의 예상대로, 에제트가 떠나자마자 황후의 시녀장이 찾아왔다. 하지만 '칩거'라는 말에 어쩔 수 없이 그냥 돌아가야 했다.

그런데……, 이걸 무시할 수 있는 사람이 이 황궁에 딱 한 명 있었다.

"이, 이러시면 곤란하다고 전해 드려! 북쪽 날개 궁은 지금 칩거 중이고……."

시끌벅적한 소리에 디아린은 마법진을 연구하다가 말고 일어나 밖으로 나왔다.

"무슨 일이에요?"

"아가씨!"
"영애님!"
샤이가 굉장히 난감한 얼굴로 말했다.
"청조(靑鳥)의 로드……, 로드 올리비아께서 갑자기 찾아오셔서 영애님을 만나야겠다고……."
"네?"
디아린의 이마가 구겨졌다.
'아니, 이놈의 신수 로드들은 왜 다 날 돌아가며 찾아와. 또 왜, 또 왜.'
물론 티드로 기드곤은 가짜였지만.
"만나 볼게요."
"네에? 아, 아가씨!"
샤이가 서둘러 뒤따라왔다.
바로 얼마 전, 황궁에 도착한 청조의 로드. 그녀는 로드 티드로와는 달리 사교 활동을 잘 하지 않았다. 그저 조용히 천록에 머물기만 했다. 이렇게 직접 다른 궁으로 찾아오다니 몹시 드문 일이었다.
로드 올리비아가 기다리고 있다던 응접실은 엉망이었다. 분위기가 엉망이라는 소리다. 사용인들은 응접실에서 잔뜩 긴장한 채로 서 있었으며, '로드 올리비아'라고 불리는 여자는…….
앉지도 않고 뻣뻣하게 버티고 서 있었다.
'왜 저러고 있지?'
특이한 건 옷차림이었다. 그녀는 망토를 벗지도 않고 있었으니까.
'북문석 출신이라고 했는데 황궁의 겨울이 춥나? 망토 모자까지 뒤집어쓰고 있네.'
"디아린 오드 콘클이스터입니다. 무슨 일이신가요, 로드 올리비아?"
"……."
"……?"

로드 올리비아는 디아린에게서 시선을 확 돌렸다. 아니, 돌린 수준이 아니라 아예 등을 지고 서 버렸다.
'왜 저래?'
북쪽 날개 궁의 사용인들은 당황해서 식은땀을 뻘뻘 흘리기 시작했다. 로드 올리비아가 말했다.
"천록으로 지금 오십시오. 오드 영애님."
천록. 당대 신수의 로드들이 머무는 궁. 황궁 안에 있지만 자연에 둘러싸여 있어서 꼭 다른 세상 같다던 그곳.
샤이가 간신히 용기를 냈다.
"로드 올리비아. 죄송한 말씀이지만, 북쪽 날개 궁은 현재 칩거 중입니다."
강단 있는 대답과는 달리, 샤이의 맞잡은 손은 덜덜 떨리고 있었다. 신수의 로드가 가지는 위치가 그 정도였다. 너무 신성해서 숨을 내쉴 때마다 절로 경외감이 드는. 로드 올리비아는 샤이를 쳐다보지도 않았다.
"청조의 소환사인 제가. 오드 영애님을. 천록으로 부르겠다고 했습니다."
아주 고압적인 말이었다. 심지어 무례하게까지 들리는 말이었다. 시간이 지날수록 점점 샤이를 닮아 가는 시녀들이, 식은땀을 흘리다가도 발끈하려던 때였다.
"신수 청조가 저를 보고 싶어 하시나요?"
디아린이 입을 열었다.
"그렇다면 가겠습니다."
'아가씨!'
'영애님!'
샤이가 토끼 눈이 되었다. 그건 사용인들도 마찬가지였다.
"준비가 끝나면 천록으로 와 주시지요."
로드 올리비아는 여전히 뒤를 보지 않은 채로 한 마디를 더 덧붙였다.
"또한 영애님. 반드시 천룡의 송곳니를 차고 방문해 주시길 바랍니다."

* * *

북쪽 날개 궁에서 천록까지 오는 데는 한참 걸렸다. 그만큼 외진 곳에 있었다. 방치된 곳이라는 뜻은 결코 아니었지만.

기원을 바치기 위한 순례자들이 모이는 성지처럼, 잘 관리된 천록은 그저 아름답고 고요했다.

'특이한 곳이네.'

천록은 중앙에 커다란 정원을 두고, 총 다섯 개의 건물들로 이루어져 있는 형태였다. 다른 건물들의 크기는 엇비슷했는데, 유독 제일 안쪽에 있는 건물은 거대했다.

그 거대한 건물에는 두 짝의 정문이 달려 있었는데, 문부터가 몹시 호화로웠다. 루비, 가넷, 산호, 스피넬 등. 다채로운 붉은 보석들이 가득 박혀 있었다. 그 수많은 보석들에 햇볕이 내리쬐니 태양이 추락한 듯 몹시도 눈부셨다. 디아린의 안내를 맡은, 천록의 시종이 말했다.

"저긴 적조의 궁입니다. 오드 영애님."

"……아, 그렇군요."

'그래서 저렇게 온통 빨간 보석을 붙여 놨나 보네.'

"청조의 궁은 이쪽이랍니다."

청조의 궁.

그 궁답게, 문에는 온통 새파란 보석들이 가득할 줄 알았는데 아니었다. 예술품처럼 아름답긴 했지만 다른 본궁에서도 흔히 볼 수 있는 문이었다.

"응접실입니다."

디아린은 안으로 들어갔다. 들어가자마자 당황한 건 덤이었다.

'아니 무슨 응접실이 이렇게 넓어?'

응접실이 무슨 본궁의 대연회홀만 했다. 게다가 천장도 몹시 넓었다. 황제의 알현실처럼, 계단 위에는 상석 의자가 있었고 거기엔 로드 올리비아가

앉아 기다리고 있었다.

시종은 응접실 문을 닫고 조용히 나갔다.

"로드 올리비아. 저를 왜 여기까지 부르신 건가요?"

디아린이 물어본 그 순간이었다. 로드 올리비아의 등에서 푸른 날개가 피어나기 시작했다. 디아린의 두 눈이 동그래졌다.

순식간에 커다래진 푸른 날개가 한 번 크게 퍼덕인다. 빛을 뿜으며 로드 올리비아에게서 분리되는 날개. 날개는 이윽고 독립적인 형태를 띠며 거대한 새의 모습으로 변하기 시작한다.

거의 홀의 절반이 찰 만큼 거대한 신수.

청조였다.

'세상에.'

원래 신수는 타인에게 모습을 잘 드러내지 않는다. 그리고 모습을 드러내라 강요받는 것도 굉장히 싫어했다. 가짜 흑조의 로드, 티드로 기드곤이 등장할 수 있었던 이유기도 했다.

푸른 깃털. 고압적인 은색 눈동자. 청조의 눈빛이 디아린을 향한다. 왠지 모르게, 적대감이 느껴진다고 생각할 무렵.

쿵.

청조의 왼발이 디아린의 바로 앞에 아슬아슬하게 멈췄다. 그러더니…….

"건방지구나. 감히 나의 소환사에게 무릎을 꿇지 않다니."

"당신……!"

로드 올리비아가 놀란 목소리로 외쳤지만, 청조는 들은 척도 하지 않았다. 청조는 재차 디아린에게 강요했다.

"꿇어라. 예의를 갖춰."

로드 올리비아가 당황한 목소리로 소리쳤다.

"이분은 가짜 흑조의 소환사와 상관이 없는 분이라고 말씀드렸잖아요!"

'어라. 이번엔 소환사 목소리가 안 딱딱하네.'

디아린의 머릿속으로 그런 생각이 먼저 스치는데, 청조가 하하 코웃음 쳤다.

"소문이 파다하던데, 어떻게 그걸 믿는 거지?"

청조는 선명한 적의를 디아린에게 보이고 있었다.

"네가 가짜 흑조의 로드와 염문설이 돈 여자라고 하던데."

'그런 염문설이 돌기는 했지만.'

"아니에요."

"아니라고?"

"네."

청조의 두 눈이 가느스름해졌다. 청조는 이윽고 노성을 내질렀다.

"감히 어디서 거짓을 고하는 것인가? 이토록 삿된 인간이라니!"

청조의 기운이 살벌해졌다.

일전의 가짜 흑조의 로드 사건.

감히 신수의 소환사를 사칭한 정신 나간 인간이 있었다는 사실도 열받는데, 그놈 때문에 덩달아 청조의 로드도 홍역을 치렀다. 정확히는 청조의 로드에게 이것저것 다양한 검사를 해서, 청조의 기분이 아주 나빠진 것이다.

그런데 마침 걸린 가짜 흑조의 로드와 염문설이 돌았던 여자. 게다가…….

"감히 '오드'의 이름을 가진 것도 이해가 안 가. 정말이지 기가 차는군. 한낱 인간이 무슨 오드의 이름을……."

쉽게 말해 디아린은 이것저것 청조의 마음에 안 드는 요소를 다 갖고 있는 존재라는 소리였다.

"그 송곳니도 내놓고 가라. 아니, 그전에……, 꿇으라는 내 말은 들리지 않는가? 한낱 인간이 감히 신수의 말을 무시하다니!"

청조의 눈에서 새파란 불꽃이 타오른 직후. 마치 왕관 위의 태양처럼, 붉은 불꽃이 거세게 타올라 청조를 막아섰다. 청조의 두 눈이 크게 뜨였다.

〈이 새끼가 지금 누구한테 꿇으라고 시키는 거예요?〉

〈건방져졌구나, 레무스.〉

"……!"

디아린이 흠칫하고 뒷걸음질 친 그 순간이었다. 그녀의 등 뒤에서 거대한 붉은 날개가 피어오르더니, 그대로 마력 기둥으로 변했다. 순식간에 쏘아진 마력이 청조 레무스를 얽매여 자비 없이 쓰러뜨렸다.

쾅!

"……!"

신수 청조는 디아린을 보고 바로 상황을 판단했다.

"너, 너. 설마!"

대신 대답이라도 해 주는 것처럼, 디아린의 몸이 덜렁 들렸다. 자신들의 주인을 대연회홀 가장 상석 의자에 떡하니 내려놓은 붉은 날개들이 곧장 현신화했다.

불사조를 뜻하는 신수.

적조 올로르는 평소, 디아린 앞에 나타나던 크기가 아니었다. 청조만큼이나 거대했다. 그래서 그 광활한 응접실을 가득 채울 정도로.

〈눈치를 챘으면 말을 좀 조심하는 게 어때요, 레무스?〉

〈넌 여전히 주둥아리가 장식이구나, 아주. 크기부터 줄여라. 내 주인이 큰 새를 좋아하지 않는다.〉

올과 로르가 먼저 크기를 줄였다. 청조는 그야말로 대패닉 상태였다. 은색 눈동자가 마구마구 굴러갔다.

"대체, 대체 이게 무슨 상황인 건지……."

〈크기부터 줄이라고 했잖아!〉

"아, 알았어!"

올이 버럭 소리치자 청조 레무스가 바로 크기를 줄였다. 허둥대는 와중에도 올과 로르와 비슷한 크기로 나름 눈치를 챙겨 줄였다.

이제 상황이 이상해졌다.
덩그러니 서 있는 두 명의 여자.
그 앞에 또 오도카니 서 있는 세 마리의 새.
상황을 정리하는 듯한 침묵이 잠깐 흘렀다. 디아린은 청조는 그렇다 치고, 로드 올리비아가 좀 더 신경 쓰여서 그쪽을 보았다.
'기절한 거 아니겠지.'
일단 주저앉아는 있는데…….
다행히 두 눈은 똑바로 뜨고 있었다. 손이 벌벌 떨리고 있기는 했지만. 청조 레무스는 그 와중에도 디아린의 허리띠에서 눈을 못 떼고 있었다. 왜 저러는지 몰라서, 디아린은 말했다.
"얘랑 얘기 좀 하고 올게."
디아린은 청조 레무스를 데리고 테라스로 나갔다.

* * *

차가운 바람을 맞자 청조는 정신을 좀 차린 듯했다.
"너는 어쩌다가 저런 폭군을 소환해 했나?"
"폭군? 누가?"
"누구긴, 너의 신수……. 됐다."
청조 레무스가 한숨을 푹 내쉬었다. 그러면서도 그녀의 어깨 너머를 흘끔거리는 게, 어지간히 올로르가 무서운 모양이었다.
"저, 아까 일은 미안하다. 내 사과를 받아 주겠나?"
디아린은 청조 레무스를 바라보다가 따뜻하게 웃었다.
"싫어."
단칼에 거절당했다. 당황한 레무스가 입을 뻐끔거리다가 겨우 되물었다.
"……왜?"

"내가 적조의 소환사니까 네가 사과하는 거잖아. 내가 평범한 사람이었으면 네가 사과했겠어?"

"……."

레무스는 부리를 다물었다. 밤바람 같은 침묵이 흐른다. 레무스가 천천히 입을 연다.

"정말로 미안하다. 멋대로 몰아가서. 앞으론 절대……, 평범한 사람들에게도 이렇게 무례하게 굴지 않겠다고 청조의 이름을 걸고 약조하지."

디아린은 레무스를 빤히 바라보다가 대답했다.

"그래, 그럼."

"……받아 주는 것 한번 산뜻하군."

청조 레무스는 눈동자를 데구르르 굴렸다. 할 말이 있다고 티를 폴폴 내는 모습에 디아린이 물었다.

"왜?"

"나, 오드의 송곳니를 한 번 더 보고 싶다."

"오드의 송곳니?"

"그래. 난 이번만 해도 벌써 여러 번 소환된 거긴 해. 하지만 그동안은 그걸 볼 수 없었단 말이지."

시조는 '천룡의 송곳니'의 주인을 명확히 지정해 놓았다.

천룡의 미들 네임, 오드를 하사받은 자일 것.

그런 이가 없다면 궁내 성물 보관소 가장 깊숙한 곳에 봉인해 놓는 것.

그것이 황실의 법이었다.

오드의 미들 네임을 하사받은 이는 극히 드물었다. 아키르 제국 천 년 역사를 전부 통틀어서도.

그래서 청조 레무스는 오드의 미들 네임을 하사받은 이가 있다는 사실에 들떴다. 바로 자신의 소환사인 올리비아에게 보러 가자고 할 정도로. 그랬는데 문제의 그 가짜 로드와 엮인 사람임을 알고 더 날뛰어 버린 것이다.

"자, 봐."

달빛을 받아 청아하게 빛나는 상아색 송곳니.

천룡 오드는 죽어 없어졌다. 하지만 이리 작은 흔적이 남아 있는 걸 감사히 여겨야 할까.

청조 레무스는 중얼거렸다.

"보고 싶구나. 내게 처음으로 이름을 지어 준 소환사가."

"'레무스'라는 이름을 천룡이 지어준 거야?"

"그래."

"다른 신수들도?"

"그렇다. 원랜 다들 신수일 뿐이었지."

그 전까지는 '고귀한 청조시여'라고만 불리던 제게, 처음으로 이름을 부여해 준 천룡 오드.

디아린은 레무스의 말을 듣고 문득 깨달았다.

'아, 그렇구나.'

진짜 신수라면, 자신에게 이름을 지어 준 천룡 오드가 가장 보고 싶겠구나. 괜히 티드로 기드곤 폐백작, 그 새끼가 진짜 흑조의 로드인지 아닌지 의심할 것도 없었다.

청조 레무스는 그 후로도 한참을 천룡의 송곳니에서 눈을 떼지 못했다.

* * *

늦은 밤에야 디아린은 침실로 돌아올 수 있었다. 걱정해 몰려드는 샤이와 시녀들을 물리고, 그녀는 침대에 털썩 앉았다

디아린의 양옆에 올과 로르가 새로 변해 앉았다.

"올, 로르. 다녀왔어?"

〈다녀왔어요.〉

〈다녀왔다.〉

"어땠어? 소환 마법 다시 시작할까?"

〈자, 일단 이것부터 받아라.〉

로르가 깃털 사이에 숨기고 있던 잎사귀를 건넸다. 디아린이 받아 든 그 순간, 공기의 흐름이 바뀌었다. 그 즉시 그녀의 발밑에서 거대한 마법진이 그려지기 시작했다.

"이거……."

〈음소거 마법이다.〉

"그 마법은 갑자기 왜? 야! 마법이 시전되면 경보가 울린다고!"

당황한 디아린은 자리에서 일어났다.

뭐야, 이거. 얘네 왜 이래……, 싶던 디아린은 멈칫했다.

"아냐. 뭔가 다르네."

〈그래.〉

로르가 대답했다.

〈이건 세계의 마법이다. 이게 경보에 걸리려면 한여름의 빗방울도, 햇볕도, 겨울의 바람과 별빛조차 걸리게 되겠지.〉

"세계의 마법……."

〈오래 안 걸린다.〉

디아린은 내내 말이 없는 올을 돌아보았다.

"올?"

그 순간.

올이 거대하게 확장되었다. 거의 천장에 머리가 부딪힐 정도로. 뒤이어 로르가 날개를 퍼덕여 날아올랐다. 신수는 허공에서 완전히 빛으로 분해되었다.

별빛이 쏟아지는 것처럼, 차갑고 눈부신 빛들이 디아린의 몸 위로 쉴 새 없이 쏟아졌다.

사역 마법으로 얼기설기 소환해 두었던 신수. 그래서 디아린은 적조를 사역마라고 부르기에 주저가 없었다.

하지만 지금은…….

시야가 백색으로 물들었다. 모든 걸 뒷받침하는 건 신목의 마법. 신목의 잎이 완전히 흩어져 디아린을 감쌌다.

"헉!"

디아린은 숨을 급하게 몰아쉬었다. 물에 빠져들어 가다가 간신히 빠져나온 것 같았다. 산소가 모자란 가슴이 마구 뛰었다. 뜨끈뜨끈한 온몸. 바닥에 주저앉아 있는 그녀.

디아린은 얼이 빠져 멍하니 눈을 깜빡였다.

빛에서 새의 모습으로 변한 올과 로르가 사뿐히 그녀의 앞에 내려앉았다. 올이 디아린을 빤히 바라보았다. 디아린과 꼭 닮은 연보랏빛 눈동자. 신수와 소환사는 한동안 서로를 말없이 바라보기만 했다.

올이 고개를 갸웃하더니, 약간 웃었다.

"안녕, 주인님."

품속에 숨겨 둔 신목의 꽃을 내밀며, 올이 말했다.

"우리, 집에 돌아왔어요."

"여기가 집이야?"

"주인님 계신 곳이 집이죠."

"그래?"

디아린은 빙긋 웃으며 올과 로르를 끌어안았다.

"잘 돌아왔어, 올로르."

## chapter 19

사계탑은 요즘 바빴다. 연구대 위는 어지러웠다.

수많은 마도석, 가루, 실험용품. 그리고 삶은 계란과 날계란들까지. 복잡하기 그지없었다.

"마지막 검증을 마쳐 보겠습니다."

엄숙한 목소리.

마법사는 연구대 위를 진지하게 응시했다.

잘 삶아 껍질을 벗겨 낸, 뽀얀 달걀이 보였다. 그 옆에 있는 것은 특이한 빛을 띤 크림. 곳곳에 마도석 가루가 박혀 반짝였다. 마법사는 크림을 한 국자 푹 떠서 달걀 표면에 조심스럽게 발랐다.

단단하게 삶아져 있던 달걀이 서서히 풀어지더니 이윽고, 반투명한 날달걀로 돌아갔다.

"……!"

"……!"

"……!"

마법사들이 기쁨의 소리를 질렀다.

"성공했어요! 완벽히 성공했습니다!"

"열에 의한 프로히트론(단백질) 변성의 비가역화를 풀어 버렸습니다!"

"이게 다 혜성처럼 나타난 마도석 기물 덕분 아니겠습니까?"

마법사들이 얼싸안고 기뻐했다.

"물론! 이론적으로는 무척이나 정밀한 작업으로 변성 조건들을 제거한다면, 가열 변성된 프로히트론의 재접힘이 가능하지만 말이지요!"

"됐어요. 이미 끝난 걸 다시 설명할 필욘 없죠."

"맞습니다. 머리 아파요."

어쨌든 결론은 하나였다.

"저희가 엄청난 화상 치료제를 만들어냈습니다."

대체 어디에서 이런 치료제 레시피가 나타났는지, 사계탑의 그 누구도 몰랐다. 알고 있는 건 오직 둘뿐이었다.

하나는 사계탑의 주인인 엔리크. 다른 하나는 디아린을 성심성의껏 돕는 이너럴.

이너럴은 포장된 치료제를 보며 말했다.

"탑주님. 황자비 저하가 약에 특히나 빠삭하신 것 같습니다."

"콘클이스터 가문이 약재를 다루는 가문이었나?"

"글쎄요? 그런 말은 들어 본 적 없는데요."

"흐음."

이너럴은 약재를 상자에 담으며 말했다.

"사람을 보냈으니, 그에게 넘겨 달라 하시더군요. 필요하다고요."

엔리크가 빤히 상자를 쳐다보자, 이너럴이 한숨을 푹 내쉬었다.

"탑주님. 안 그래도 제조 비용은 확실하게 청구했습니다."

"뭐?"

그것 때문에 쳐다본 게 아닌 엔리크는 황당해졌다. 이너럴은 재차 한숨을 내쉬었다.

"비 저하가 가진 돈이 얼마인데 그걸 떼어 드시겠습니까. 정말, 탑주님은 아무리 그래도 너무 쩨쩨하신 거 아닙니까?"

"이 녀석이 요즘 너무도 건방지구나."

믿는 구석이 있는 이너럴이 가슴을 쫙 폈다.

"제가 요즘 비 저하랑 친해서 말입니다."

"됐다, 됐어."

엔리크는 치료제 상자를 가리켰다.

"디아린 그 아이가, 왜 이걸 본인 스스로 유통하겠다고 하는지 몰라서 그런다."

사계탑은 부유했다. 이 부유함에는 거대한 상단과 수만 개의 거래 줄이 한몫했다. 이 획기적인 화상 치료제도, 사계탑에 맡겨 파는 게 훨씬 이득이었다. 이너럴은 고개를 갸웃하다가 말했다.

"탑주님이 수수료 장사하셔서 화나신 게 아닐까요?"

"내가 언제 수수료 장사를 했느냐!"

이너럴은 이미 듣지 않고 있었다.

"아키르 황후의 환심을 사려는 게 아니겠습니까? 아키르의 개족보 때문에 3황자가 황후의 친조손이니까요."

"그럴 수도 있겠군."

3황자의 몸에는 엄청난 화상 자국이 있었다. 특히 이너럴은 이를 잘 알고 있었다.

10여 년 전부터 오블리잔 황후는 사계탑에 수시로 치료제 의뢰를 넣었었다. 오직 3황자의 화상 자국을 없애기 위해서. 물론 전부 실패했지만, 이번만은 다를 거라는 확신이 강하게 들었다.

얼마 후, 새로이 만들어진 치료제 상자는 아키르 제국으로 옮겨졌다. 정확히는 디아린이 마련해 놓은 작은 집으로.

화상 치료제를 하나하나 살핀 '여자'는 이윽고 디아린에게 편지를 썼다.

[화상 치료제는 잘 받았습니다. 영애님이 말씀해 주신 대로 이 치료제를 갖고…….]

"황제의 시종장과 접선해 보겠습니다."

여자가 작게 중얼거리며 편지를 이어 썼다.

편지를 다 쓰고, 봉한 후에는 거울 앞으로 걸어갔다. 거울에 비치는 여자의 머리카락은 짙은 흑갈색. 흔히 볼 수 있는 머리색이었다. 그러나 여자가 머리카락을 잡아당기자, 신기하게도 색깔이 스르르 벗겨졌다. 눈부시게 아름다운 백금발이 드러났다.

여자, 아니, 나탈리 기드곤은 거울을 물끄러미 쳐다보았다.

가짜 흑조의 로드의 여동생이었던 자. 새까맸던 눈썹과 속눈썹도 어느새 백금색으로 돌아가 있었다.

'마법…….'

여자의 손에 들린 가발이 바로 마법 용품이었다. 머리 뒤에 달린 연두색 펜던트 안에 마도석이 숨겨져 있었다.

대륙에는 체모를 물들이는 염색약도 있었지만, 오래 쓸 수는 없었다. 사용하면 머리카락이 금세 짧게 끊어지고 두피에 심한 상처가 나는 탓이다. 덕분에 염색약은 가발이나 인형의 머리를 만들 때에만 쓰였다.

하지만 나탈리의 가발은 달랐다. 특별했다. 눈썹과 속눈썹 색깔까지 마법으로 바꾸어 주니까. 디아린이 아니었으면 절대 구하지 못했을 가발.

그리고 디아린이 아니었으면 절대 살아남지 못했을……, 나탈리.

'황제가 보낸 암살자들이 도착했었다고 했지.'

황제 브루노 9세. 미친 용. 그는 일단은 남들의 이목을 생각해, 나탈리를 관대히 풀어 주었지만 뒤로 공작질을 했다. 몰래 암살자들을 보냈으니까.

만일 나탈리가, 침대에서 자고 있었다면 그대로 변사체가 되었을 터. 나탈리를 도망치게 한 것도, 숨겨 준 것도…….

디아린이었다.

'오드 영애님.'

나탈리의 녹안이 물끄러미 거울을 쳐다보았다.

'전 더 이상 레이디 기드곤도 아니잖아요. 제국 최고의 권력자에게 밉보인 몸일 뿐인데, 왜 제게 이렇게 은혜를 베푸시는 건가요?'

'베풀다뇨? 이제 절 위해서 일하면서 갚아야죠.'

그 말에 나탈리는 그만 웃고 말았다.

나탈리는 다시 가발을 썼다. 다시금 입혀지는 흑갈색. 나탈리는 머리카락을 질끈 묶었다. 아름다운 백금발도, 한계까지 조인 몸도 아니지만 좋다. 전혀 상관없었다.

"먼저 남부 에스터 흑단목으로 스태프를 만든 장인을 찾아 놓으라고 하셨지……."

나탈리 기드곤은 내일부터 디아린을 위해 본격적으로 일하는 사람.

사람이 될 예정이었다.

* * *

시간은 구름처럼 흘러, 어느새 초봄. 아키르 제국에도 어김없이 새로운 봄이 다가왔다.

가장 먼저 계절감을 느끼는 곳은 역시 황궁의 광활한 화원이었다. 봄이면 특히 만개하는 부드러운 색감의 꽃들. 햇살은 느긋하게 내렸고, 밀려오는 바람에도 꽃향기가 짙었다. 어쩔 수 없이 사람들의 기분이 말랑해지는 계절.

요즘, 황제의 직속 시종장에게는 중요한 돈줄이 생겼다.

"대체 어디서 이런 약을 구하신 겁니까?"

시종장은 의미 모를 웃음을 지으며 말했다.

"가문에 내려오는 치료제를 이제야 구현하는 데 성공했지요."

바로 화상 치료제였다. 어찌나 약효가 대단했는지, 오래된 화상 자국을 감추고 사는 귀족들은 웃돈을 얹어 주고서라도 이 치료제를 구입하고자 난리였다.

"정말 최고입니다."

"좀 더 구매할 수 있을까요?"

"돈은 얼마든지 더 드리겠습니다!"

대부분의 귀족들은 몸에 흠이 있는 걸 좋지 않게 여겼다. 화상 자국은 말할 것도 없었다. 그런 만큼 화상 치료제는 비밀리에, 그러나 불티나게 팔렸다. 이 조용한 입소문이 내궁 최고의 권력자에게 들어가는 것은 당연한 일.

"황후 폐하께 인사 올립니다."

시종장이 허리를 깊이 숙였다 폈다. 오블리잔 황후는 금실로 자수를 놓은 화려한 부채를 가볍게 부치며 말했다.

"시종장."

"예, 황후 폐하."

"어째서 본후에게 먼저 찾아오지 않았지?"

주어가 적잖게 생략된 말.

하지만 시종장은 바로 알아들을 수 있었다. 화상 치료제가 가장 필요한 이는, 다름 아닌 3황자인데. 어째서 그 사실을 잘 알고 있으면서도 황후를 찾아와 화상 치료제를 진상하지 않았느냐는 질책이었다.

시종장은 유려한 미소를 지었다.

"폐하. 저는 그저, 다른 귀족들에게 치료제를 '시험'해 본 것입니다."

"시험?"

"귀한 몸에 문제라도 생기면 안 되지 않습니까."

3황자의 귀한 몸. 황후의 표정이 약간 풀렸다.

"그렇군. 그렇다면, 시험 결과는 어떤가?"

아주 성공적인 것으로 아네만.

시종장은 고개를 가볍게 숙였다.

시험이라는 말은 진짜였다. 3황자의 잔인한 손속을, 시종장은 누구보다 잘 알았으니까. 혹여 이 치료제로 인해, 그 몸에 문제라도 생긴다면 자신은 갈가리 찢기리라.

"당장 황후 폐하께 진상하겠습니다."

"내 시종장만 믿지."

황후가 자애로운 미소를 지으며 부채를 탁 접었다.

* * *

"……그게 무슨 말인가?"

시종장은 순간 귀를 의심했다.

"3황자 저하에게는 팔지 않겠습니다."

그렇게 말하는 것은 이 화상 치료제를 만들어 주는 의술사였다. 시종장은 당황한 얼굴로 되물었다.

"어째서인가?"

"일전에."

의술사의 얼굴이 일그러졌다.

"3황자 저하에게 팔려 가, 끔찍한 화상을 입고 죽은 평민 소년이 제 남동생입니다."

"……이런."

시종장은 끄응 하고 주먹을 말아 쥐었다. 그 역시 아주 잘 아는 일이었다.

3황자 벨마르 엔리프 키르헨. 그는 10년에 가까운 긴 세월 동안, 적잖은 평민 아이들을 샀다. 당장 한 끼를 위해 자식 정도는 팔아먹을 수 있는 가난한 부모는 제법 많았다.

딱히 비정하지 않더라도, 돈깨나 있어 보이는 이에게 팔아 아이의 고생을 덜어 주려는 부모도 있었다. 이렇게 팔려 온 아이들의 공통점은 심한 화상 자국이 있다는 것이다.

그들은 각종 화상 치료제의 시험용으로 사용된 후 죽었다. 황후가 완벽하게 감추어 준 덕에, 아는 귀족은 극히 소수인 얘기였지만.

시종장은 얼굴을 찌푸리고, 의술사의 심기를 거스르지 않으려 노력하며 물었다.

"네 남동생을 끌고 간 게 3황자 저하라는 사실을 어떻게 안 것이지?"

오블리잔 황후의 뒤처리만큼은 시종장인 자신도 혀를 내두를 정도인데. 고작 평민 의술사에 불과한 이이가 어떻게 알았단 말인가?

의술사는 차분히 대답했다.

"높으신 귀족분 중에 아는 분이 있습니다."

"높으신 귀족……."

'복잡하게 됐군.'

의술사는 이 화상 치료제를 그냥 막 내주지 않았다.

피부의 상태를 정확히 알아야 한다는 것을 이유로, 구매를 원하는 사람의 신상을 집요하게 요구했기 때문이다. 그 정도는 어려운 일이 아니라, 시종장이 긴밀히 협조해 주었다.

'덕분에 따로 몇 병 빼놓을 수가 없는데.'

시종장의 얼굴에 근심이 어렸다.

황후의 청을 거절할 순 없었다. 이런 속사정을 얘기할 수도 없다. 핏줄은 핏줄인지 그녀 또한 손속이 몹시도 잔인했다.

'이 의술사는 내게 황금알을 낳는 거위다.'

오블리잔 황후는 황금을 낳는 거위도 마음에 들지 않으면, 달래는 게 아니라 배를 그대로 갈라 버리는 성격이었다.

'의술사가 죽게 놔둘 순 없지.'

그리하여 시종장이 선택한 방법은.

"황후 폐하께 인사 올립니다."

"왔는가, 일어나게."

"말씀하신 치료제를 진상하러 왔습니다."

황후는 황홀한 눈으로 시종장이 올리는 화상 치료제를 보았다.

"이것인가."

"그렇습니다, 폐하."

공손히 대답한 후, 시종장은 마른침을 삼켰다.

'아슬아슬하게 한 병을 만들어 낼 수 있었어.'

시종장이 매주 의술사에게 받아 오는 치료제는 스무 병. 그것들을 티 나지 않게 조금씩 덜어내어 아슬아슬하게 한 병을 만들어 냈다.

정확히 일주일이 흐른 후.

"시종장."

다시금 시종장을 호출한 오블리잔 황후는 우아하게 찻잔을 내려놓았다. 그녀의 얼굴엔 밤하늘처럼 짙디짙은 미소가 걸려 있었다.

"본후의 기분이 몹시 좋군. 벨마르의 화상 자국이 몹시 호전되었어."

'과연.'

그 심한 화상 자국이 호전될 정도라니 새삼 약효가 대단하단 생각이 들었다. 시종장은 깊숙이 허리를 숙였다.

"경하드리옵니다. 황후 폐하."

"자네 덕이지."

시종장을 공치사한 오블리잔 황후가 손짓했다. 옆에 시립해 있던 황후의 시녀장이, 미리 공수해 놓은 상자를 시종장에게 가져다주었다.

"황후 폐하, 이건……."

"본후의 사례일세. 자, 열어 보게."

상자를 열어 본 시종장의 두 눈이 번쩍 뜨였다.

"황후 폐하! 이리 귀한 건 감히 받을 수 없습니다. 성직 임명권 아닙니까?"

성직 임명권.

아키르 제국에서 성직 임명권이란, 제국 수도의 원하는 신전 보직을 하사할 수 있는 권한이었다. 몹시 진귀한 임명권이었고, 이걸 이렇게 많이 가지고 있는 가문은 몇 없었다.

황후의 친정 가문이자, 제국의 빛인 듀르셰 공작가를 제외한다면.

오블리잔 황후는 고상한 목소리로 말했다.

"본후의 성의를 거절하진 않겠지."

"……감사히 받겠습니다, 황후 폐하."

'어쩔 수 없다.'

시종장의 욕심은 어느새 하늘처럼 부풀어 올랐다.

결국 시종장은, 첫 번째 방식을 고수하기로 했다. 여러 통의 약을 조금씩 퍼서, 한 병을 만든 다음 황후에게 꼬박꼬박 갖다 바친 것이다. 그건 시종장에게 아주 좋은 선택이었다.

3황자의 화상 자국은 점점 옅어졌고, 황후는 포상에 인색하지 않았다. 심지어 그 뻣뻣한 3황자가 직접 찾아와서 감사 인사를 했을 정도였다. 실로 상상도 못 한 상황. 세력 굳건한 황족만이 전유할 수 있는 귀한 답례품들이 이틀에 한 번꼴로 시종장에게 쏟아졌다.

시종장은 황홀한 기분에 휩싸였다.

"시종장이 도자기 수집에 오래전부터 공을 들이고 있다고요. 이건 내가 가장 아끼는 도자기입니다."

3황자 벨마르의 말에 시종장은 송구한 표정을 지었다.

"황자 저하. 이렇게 귀한 도자기는 받을 수 없습니다."

"제게 귀한 약을 주셨으니 응당 보답하는 것뿐입니다."

벨마르는 황후에게 교육받은 대로, 묵례까지 했다. 더 깊이 고개를 숙였던 시종장은, 문득 기묘한 기시감을 느꼈다.

3황자 벨마르를 보는데, 어째서 8황자 에제트가 얼핏 스쳐 지나가는 걸까? 전혀 다르게 생겼는데, 입은 옷의 느낌이라든지 그런 게 묘하게…….

"후일 내가 유일한 용혈이 되면 시종장의 공로를 절대 잊지 않을 것입니다."

"……!"

시종장의 귀가 번쩍 뜨였다. 그 말은, 지금까지 받은 어떤 귀물보다도 더 달콤하게 들리는 말이었다. 시종장은 일이 아주 잘 풀린다고 생각했다.

그러니까, 다음 날 치료제를 받으러 가기 전까지만 해도.

"치료제가 더 없다니 그게 대체 무슨 말이지, 시종장?"

오블리잔 황후는 재미있는 농담을 들었다는 듯이 웃으며 되물었다. 시종장은 참담한 얼굴로 황후에게 고개를 조아렸다. 황후의 얼굴에서 미소가 천천히 걷히기 시작했다.

"아무래도 본후의 성의가 모자랐나 보군."

"……황후 폐하."

시종장은 앞으로 모은 두 손을 꽉 말아 쥐었다.

'의술사가 사라졌다.'

고작 이틀 사이에, 사람이 완전히 증발했다.

처음엔 납치인가 싶었다. 하지만 오블리잔 황후에게도 약의 출처를 들키지 않은 시종장이다. 대체 누가 의술사의 존재를 알고 납치를 감행한단 말인가?

그러니 의술사의 실종이 뜻하는 건 하나였다.

'도망갔다. 그 빌어먹을 평민 놈이!'

백방으로 뒤졌지만 찾을 수가 없었다.

"시종장."

황후는 나긋나긋 부채질을 하며 등을 기댔다.

"이번에 듀르셰에서 멋진 고성을 하나 내놓을까 생각 중이라네. 그대가 원한다면 본후가 그대에게 선물해 줄 수도 있어."

"황후 폐하. 망극하옵니다. 진실로 더는……."

"그만."

황후는 부드러운 눈빛으로 말했다.

"알겠네. 사정이 있는 것 같으니 이해하지. 게다가, 사실 본후도 그간 그대가 보내 준 치료제를 친정에 보내 조금씩 연구를 했다네."

"그 말씀은……."

"그대의 치료제에 비해 효과는 다소 떨어지지만, 비슷한 것을 만들어 내는 데 성공했어."

"과연! 역시 듀르셰 공작가입니다."

순간 시종장은 진심으로 감탄했다. 황후는 안타까운 표정으로 시종장을 응시했다.

"하지만 진품에는 턱없이 모자라지."

"……."

"본후의 말뜻을 그대는 잘 알겠지?"

다시 말해 어떻게든 진품을 다시 제공하란 뜻이었다.

"물론입니다. 황후 폐하."

고개를 깊숙이 숙인 시종장이 나갔다. 그가 밖으로 나가자마자 황후의 얼굴이 서늘한 무표정으로 변했다.

"한낱 시종장 주제에!"

황후의 얼굴엔 숨기지 못한 분노가 넘실거렸다.

시종장은 자신을 농락하고 있었다. 후일 황제가 될, 지고한 자신의 친손주

3황자 벨마르가 시종장에게 확실한 미래를 약속해 주었다. 그런데 그런 약속을 받자마자, 이렇게 치료제를 못 내놓겠다고 뻗대는 꼴을 보라!

오블리잔 황후의 눈빛이 새까매졌다.

"이런 식으로 감히 본후와 줄다리기를 해 보겠다는 거구나. 한낱 시종장 따위가……."

건방지고 건방진 것.

비슷한 화상 치료제를 만들어 냈다는 말은 당연히 거짓말. 황후와 3황자에게는 아직 그 화상 치료제가 필요했다. 아주 절실하게.

"그 배를 갈라서라도 치료제를 내놓게 해 주지."

오블리잔 황후의 미소가 표독스러워졌다. 그저 그런 화상 치료제였다면, 황후 역시 굳이 황제의 시종장과 척을 지고 싶지 않으니 넘어가 주었을 것이다.

하지만 이 화상 치료제는 아니었다. 달랐다. 뛰어나도 너무 뛰어났으며, 심지어 지금은…….

'이제 가슴과 등 부근만 남았어.'

벨마르의 끔찍했던 흉터 자국이 아주 많이 없어졌다. 가슴과 등만 완전히 치료하면, 벨마르 역시 남편인 황제가 요구하는 '정상인'이 되는 것이다.

어떻게든 시종장이 숨겨 놓은 치료제를 찾아야 했다. 듀르셰 공작가의 전 가산을 탕진해서라도. 가문의 그림자를 총동원해서라도, 반드시. 듀르셰가 진행하고 있는 모든 일을 일시로 멈추어도 좋으니, 그 모든 걸 시종장에게 집중시켜야 했다.

시종장이 꽁꽁 감춘 화상 치료제의 비밀.

황후는 끓인 밀랍을 편지 봉투 위에 부었다. 그리고 끼고 있던 황후의 반지를 빼내, 문양으로 밀랍을 꾹 눌러 봉했다.

"이 편지를 듀르셰에 보내도록 하여라."

"예, 황후 폐하."

오직 그것을 알아내기 위해, 하나의 왕국이나 마찬가지였던 듀르셰 공작가의 모든 톱니바퀴가 일시적으로 멈췄다. 매일매일 엄청난 경제적 손실이 생겼지만, 황후는 내탕금을 쏟아부으면서까지 멈추지 않았다.

그 모든 그림자가 단 한 명, 시종장에게 집중된 끝에.

엄청난 비밀 하나가 황후의 손에 들어왔다.

* * *

"무슨 일로 갑자기 보자고 한 것이오, 황후?"

거대한 알현실. 황제는 황후의 갑작스러운 만남 요청을 허락했다.

"더군다나 이 많은 이들을 이끌고?"

황후의 뒤에는, 듀르셰 휘하 모든 가문의 가주들이 함께한 상태였다.

"폐하."

황제가 이마를 약하게 찌푸렸다. 오블리잔 황후는 뒤쪽으로 손짓했다.

"죄인을 끌고 오라!"

기다렸다는 듯이, 황후의 기사들이 사람 하나를 질질 끌고 왔다. 바로, 황제의 직속 시종장이었다. 웬만한 귀족들도 쩔쩔매는 황궁의 실세!

"폐하. 제 친정인 듀르셰 공작가에서 고발하는 서신입니다."

오블리잔 황후는 손수 품고 왔던 편지를 황제의 시종에게 건넸다. 두 손으로 편지를 받은 시종이 재빨리 계단을 다시 올라 황제에게 올렸다. 미심쩍은 눈으로 황후를 보던 황제가, 편지를 펼쳤다.

곧 황제의 두 눈이 커졌다.

"이건……!"

"아뢰옵기 황공하오나, 폐하."

황후가 시종장을 손가락질하며 말했다.

"폐하의 직속 시종장이 실은 콘클 공작과 내통하는 사이였음을 고발합니다."

"……!"

"……!"

"……!"

순식간에 알현실이 충격에 빠졌다.

듀르셰 휘하의 가주들은, 급파된 황후의 명에 따라 허둥지둥 입궁하긴 했다. 하지만 그런 소식에 대해선 전혀 언질을 듣지 못했다. 그뿐이랴. 여기엔 적잖은 귀족들이 있었고, 그들은 하나같이 충격적인 얼굴을 했다.

'황제의 직속 시종장이?'

'다른 사람도 아닌 콘클 공작과 내통하고 있었다고?'

귀족 절반의 등에서 식은땀이 쭉 흘러나왔다. 하지만 반대로 생각하면…….

'기회다.'

콘클 공작에 엄청난 타격을 입힐 수 있는 기회! 더군다나 이를 고발한 듀르셰에는 황제의 엄청난 신임이 쌓일 것은 덤.

"이 서신이 진짜요, 황후?"

"어찌 폐하께 거짓을 고하겠습니까? 증거 역시 완벽히 찾아 놓았습니다."

"……."

황제의 얼굴이 무시무시하게 변했다. 하지만 듀르셰의 가신들은 탐욕스러운 미소를 감추느라 애써야 했다. 곧 황제의 입에서 노호가 터져 나올 테니까.

콘클 공작에게 근위대를 보낼 것이며, 또한 며칠 후에는 황후와 듀르셰 공작가를 대대적으로 치하할 게 분명하니까!

황제가 분개한 목소리로 외쳤다.

"여봐라! 당장 아스페르크와 오드 영애를 불러오라!"

황제의 노호에 황후의 얼굴에는 승리감이 어렸다. 분명히 콘클의 방계 핏줄에게 죄를 물으려는 것이다. 당연히 아스페르크에게도 커다란 불똥이 튀겠지.

'그렇게만 된다면 황위는 자연스레 벨마르에게 넘어갈 터!'

황후는 즐거운 마음으로 기다렸고, 금세 8황자와 오드 영애가 도착했다는 전언이 왔다.

"아스페르크!"

황제가 쩌렁쩌렁한 목소리로 외쳤다.

"할바마마."

에제트는 특유의 그 건조한 낯빛으로 고개를 숙였다. 황제가 옥좌 팔걸이를 내리치며 고함쳤다.

"너의 비밀 고발이 맞았다!"

'비밀 고발?'

황후는 순간 두 귀를 의심했다. 이게 무슨 말인가?

그러나 에제트는 무표정한 얼굴로 예를 갖췄을 뿐이다.

"황공하옵니다. 할바마마."

"진실로 콘클 공작이 짐의 시종장을 매수했어! 감히 군신 간의 금칙을 어기다니, 감히……."

황제의 턱에 힘이 들어갔다.

"짐은 콘클 공작과 시종장의 내통을 최초로 알아채고 비밀리에 고발한 8황자에게 무한한 치하를 내리는 바!"

"……!"

"……!"

"에제트 아스페르크 키르헨! 짐이 친히 너에게 근위대를 이끌 권한을 하사하겠노라! 지금 당장 출병해, 반역자 콘클 공작가를 포위해라!"

에제트가 바로 한쪽 무릎을 꿇고 앉았다.

"황명을 받들겠습니다. 할바마마."

황후가 멍하니 입을 벌렸다.

이런 품위 없는 짓은, 그녀가 황후로 책봉된 이래 처음 해 보는 일이었다.

하지만 그럴 수밖에 없었다. 황제의 근위대를 이끌 권한. 그것은 대대로 황태자에게만 하사되는 엄청난 특권이었기 때문이다.

'대체 언제……, 어떻게?'

어떻게 8황자는 자신보다 먼저 시종장의 배신을 알았던 것인가? 정처 없이 흔들리던 황후의 눈빛이, 어느 한쪽에 가서 고정되었다.

"황후 폐하, 단 위에 올라가 앉으시지요."

"사람들의 눈길이 피로하군. 적당히 앉고 싶은데."

황후가 눈짓을 했다. 시녀장은 눈치껏 황후가 원하는 자리를 알아챘다. 바로 디아린의 옆자리. 에제트와 함께 호출된 이후, 시종일관 얌전히 앉아 있는 그녀.

"황후 폐하."

"……오드 영애."

디아린의 옆 자리에 앉은 황후는, 우아하지만 피곤한 티를 내며 몸을 기댔다. 실제로도 몸이 피곤했다. 두통까지 오기 시작했으니까. 아파 오는 이마를 꾹꾹 누르며, 황후가 힘없는 목소리로 물었다.

"어찌 이런 무서운 일이 궁내에 일어난단 말인가."

"저도 놀랐습니다, 황후 폐하."

"그런데……, 영애는 어찌 시종장의 내통을 안 거지?"

"그게……."

디아린이 머뭇거렸다. 황후는 바로 다정한 미소를 머금었다.

"편히 말하게. 영애의 어머니 자리에도 앉아 주려 했던 본후가 아니더냐? 일국의 국모에게 무엇을 편히 말하지 못하겠는가."

어차피 수면 위로 요란하게 떠오른 일이다. 디아린이 말해 주지 않아도, 황후는 북쪽 날개 궁에 사람을 대거 투입해서라도 반드시 알아낼 요량이었다. 오블리잔 황후의 이런 말뜻을 디아린이 모를 리 없었다. 결국 디아린은 고민하면서 입을 열었다.

"실은 어젯밤 제게 편지가 한 통 왔습니다. 황후 폐하."

황후의 미간에 대번 주름이 잡혔다.

"편지라 하였는가?"

"네. 익명의 편지였는데, 그 편지에 시종장의 배신에 대한 내용이 적혀 있었습니다."

황후의 눈이 날카로워졌다.

"그래서?"

"에제트 저하가 바로 폐하께 고해야겠다고 결정하셨지요."

'혹여 황후가 곤란한 질문을 한다면 전부 제게로 떠넘기십시오.'

디아린에게 에제트의 말은 영원히 유효하다.

"그렇군. 아스페르크가 현명한 결정을 했구나."

황후는 의례상 그렇게 말하였으나, 표정이 딱딱해지는 건 어쩔 수 없었다.

듀르셰에서 보내 온 증거들은 정말로 확실한 것들밖에 없었다. 다른 누구도 아닌, 황제에게 직접 고발할 일이었다. 더군다나 상대가 그 눈엣가시인 콘클 공작.

콘클 공작을 끌어내리기 위해, 듀르셰와 황후가 얼마나 많은 돈을 쓰고, 얼마나 많은 공을 들였는지 짐작하기조차 어려웠다. 그 어마어마한 고생을 했는데 최초 고발의 공로는 북쪽 날개 궁에.

황후는 당장이라도 찻잔들을 죄 깨뜨려 버리고 싶었다.

익명의 편지를 받았다는 디아린의 대답조차 가짜일 수 있지만, 지금은 아무것도 속단할 수가 없었다.

그리하여 고작 몇 분 사이.

이 어마어마한 손해를 가늠해 보던 오블리잔 황후의 분위기는, 점점 살벌해지고 딱딱해졌다. 상전의 기분에 몹시 민감한 사용인들이 먼저 긴장해 움츠러들 지경이었다.

하지만 바로 옆자리에 있는 디아린만은 예외였다. 그녀는 진심으로 전혀, 조금도 불편하지 않았다.

오히려 이 상황이 너무 재밌었다.

그렇지 않은가.

전부 디아린의 계획대로였으니까.

'내가 바보도 아니고 그 공을 그냥 다른 사람에게 넘기겠냐고.'

화상 치료제는 디아린의 것. 처음부터 작정하고 시종장에게 접근했다.

'일리룸 공작님이 잘 도와줘서 다행이야.'

일리룸 공작의 그림자인 가짜 의술사는 이미 타국으로 몸을 숨겼다. 아마 적당히 잠잠해지면 다시 돌아올 것이다.

'확실히 듀르셰는 대단하고.'

황제가 바로 분노를 터뜨릴 만큼 상세한 증거들을 듀르셰는 찾아왔다. 그것만큼은 디아린도 저렇게 빨리 해낼 자신이 없었다. 듀르셰와 황후가 눈에 불을 켜고 찾아온 증거를 홀라당 삼킨 기분은 아주 나쁘지 않았다.

"결국 8황자 저하가 근위대까지 통솔하게 되시는군요."

"그러게 말입니다."

귀족들의 작은 속삭임이 귀에 들려왔다.

에제트가 근위대를 통솔하게 됐다는 사실은, 오늘 저녁이면 온 수도의 귀족들이 다 알게 될 것이다. 그만큼 파급력이 큰 일이었으니.

문득 디아린은 기이한 감정이 들었다. 만약 그녀가 아니었더라면, 에제트는 북문석성에서 평안히 살았을까? 황후는 계속해서 에제트를 뒤로 핍박했지만, 그뿐이다.

북문석 기사단에서 에제트를 깔보는 이는 단 한 명도 없었다. 에제트가 수문석 지하에서 살아 돌아오기 전부터 그랬다. 그러니 전부 에제트가 타고난 기량 덕분이라고밖에 설명할 수 없었다.

디아린을 만나지 않았다면, 그랬다면.

에제트는 북문석성에서 조용하지만 안온하게 수호자의 의무를 수행하며 일생을 보냈을지도 모르지.

'인생에 만약이란 건 없다지만 말이야.'

일단 디아린의 청사진은 눈앞에 펼쳐졌다.

'그럼, 이제 콘클이 어떻게 나올까?'

* * *

쾅!

콘클 공작이 집무실 책상을 거세게 내리찍었다.

"이게 대체 무슨 일이란 말인가!"

콘클 공작저가 완전히 포위된 건, 정확히 10분 전. 죄목은 매수. 그리고 반역 도모였다. 콘클 공작은 분노를 감출 수가 없었다.

"그 늙어 빠진 미친 용이 결국!"

만약 황제에게 해결 의지가 있었다면, 결코 이렇게 요란하게 일을 벌이지 않았을 것이다.

은밀함을 좋아하는 황제의 성격상, 콘클 공작을 불러 1:1 심문을 진행했겠지. 하지만 황제는 다름 아닌 '근위대'로, 그것도 8황자를 통솔자로 세워 콘클 공작저를 포위했다.

어떻게든 일을 크게 벌이는 것이다.

여기엔 황제의 분노뿐 아니라, 황실의 힘을 과시하려는 목적도 분명히 있을 터. 콘클 공작은 어떻게든 숙여야 하는 위치가 된 것이다.

"감히, 감히……."

콘클 공작의 턱에 힘이 들어갔다. 시종장과의 내통이 어떻게 들통났는지는 지금 그리 중요한 게 아니었다. 그보다 중요한 건, 이 엄청난 위기 상황을 어떻게 타개하는지가 아니겠는가.

콘클 공작은 우선순위를 냉정하게 파악할 줄 알았다.
"집사!"
"예, 가주님!"
"당장 북쪽 날개 궁에 사람을 보내라!"
현재 황궁에 있는 유일한 콘클의 혈통. 디아린을 생각하며 콘클 공작이 이를 갈았다.
"콘클이스터는 콘클을 위한 가문이다! 8황자가 콘클이스터에게 품은 정이 몹시 깊다고 하니, 반드시 콘클이스터의 협조가 필요해!"
"알겠습니다!"
그렇게 허겁지겁 디아린에게 사람을 보냈다. 하지만 돌아온 것은…….
콘클 공작이 이마를 찌푸렸다.
"이 서류는 뭐지?"
"여, 영애님이 콘클 공작님께 이 봉투를 반드시 전하라고 하셨습니다."
"편지인가?"
"공작님이 보시면 알게 되실 거라고……."
전령 역을 맡았던 가신은 불쌍할 정도로 덜덜 떨었다.
콘클 공작은 편지치고는 꽤 커 보이는 것을 뜯었다. 안에 들어 있는 건 편지가 아니었다. 다만 제법 두꺼운 서류 뭉치였다.
제목은 다음과 같았다.

[아키르 제국 영지 평가 목록]

"이런 것을 왜 보낸 것이지?"
콘클 공작이 디아린의 의도를 바로 파악하지 못하고 이마를 찌푸렸다. 그건 가신도 마찬가지였다. 집무실에 시립해 있던 집사가 조심스러운 목소리로 말했다.

"가주님. 그 서류는 디아린 아가씨가 콘클이스터 영지민들을 이주시킬 때 밤낮으로 보던 서류입니다."

"콘클이스터 영지민들을 이주시킬 때?"

"예, 가주님."

"……."

서서히, 콘클 공작의 얼굴이 딱딱하게 굳었다.

조롱이었다. 디아린 오드 콘클이스터, 그 건방진 계집이 자신을 조롱하고 있는 것이었다.

"곧 콘클 공작령이 망할 테니, 영지민들을 이주시킬 준비나 하라고?"

"……."

"감히, 감히! 미천한 방계 주제에! 감히 누구에게!"

콘클 공작의 이마에서 힘줄이 툭툭 불거졌다. 머리끝까지 분노한 그가 서류를 거칠게 내던졌다. 당장이라도 그 건방진 계집에게 본때를 보여 주고 싶었지만, 시기가 적절치 않은 게 한이었다.

"감히 내게 반기를 든 죄는 후일 톡톡히 치르게 해 주겠다! 콘클의 방계는 영원히 콘클을 거스를 수 없어!"

씨근덕거리던 콘클 공작이 길게 심호흡을 했다.

"그래도 지금은 콘클이스터밖에 답이 없다. 그것은 8황자의 혼약자이고, 황제 또한 그 계집을 무한히 신뢰하고 있으니……."

사계탑의 주인이 디아린을 극진히 대한다는 소식은 이미 콘클 공작의 귀에도 들어온 소식이었다.

"집사!"

"예, 가주님."

콘클 공작이 가신들과 집사에게 명령했다.

"가문의 창고를 열어라! 가장 귀한 보석들을 궤짝으로 채워 그 계집에게 가져다주어라! 지금은 어떻게든 그 계집의 마음을 돌려놔야 하니까!"

"예, 예. 공작님."

가신들이 바로 납작 엎드렸다. 지금 콘클 공작의 심기를 조금이라도 건드렸다간, 목이 날아가는 건 자신들이 될 테니까. 집사와 가신들이 재빠르게 나가려던 때였다.

"한낱 보석으로는 콘클이스터의 마음을 돌릴 수 없어요."

문 쪽에서 들려오는 나긋나긋한 여성의 목소리. 반사적으로 뒤를 돌아본 가신들이 바로 묵례를 했다. 집사 역시 허리를 깊게 굽힌 후 말했다.

"엘리제 아가씨. 오셨습니까."

엘리제 콘클. 콘클 공작의 친딸.

그녀는 아름다운 금발이 깊게 굽이치는 대단한 미인이었다. 들어서는 걸음걸이마저 우아해, 그야말로 귀족 영애의 표본 같은 여자였다. 엘리제의 짙은 눈이 아버지인 콘클 공작을 응시한다.

"보석보다는 유품이 어떨까요, 아버지?"

콘클 공작은 엘리제와 시선을 마주치며 물었다.

"유품이라니, 그게 무슨 말이지?"

엘리제가 부드럽게 대답했다.

"아이참. 콘클이스터 영주 부부의 유품 말이에요."

"그게 내게 있었나?"

"네. 아버지. 디아린 콘클이스터가 정략혼 후, 아이까지 낳으면 그때 돌려주겠다고 예전에 아버지가 말씀하셨잖아요."

"그랬던가."

콘클 공작이 이마를 찌푸렸다.

"정확히 어디 있는지 기억이 나질 않는군."

그런 사소한 일 따위. 오래 기억하고 있을 리가 없었다. 엘리제가 말했다.

"제 기억으로는 가문 보물 창고의 깊숙한 곳에 있답니다."

"과연 아가씨의 명석함은 대단하십니다."

"맞습니다, 엘리제 아가씨."

가신들이 너 나 할 것 없이 찬사를 곁들였다.

"집사! 당장 가서 찾아 봐라!"

"예, 가주님."

집사가 허락받은 고용인들을 데리고 서둘러 집무실을 떠났다.

가신들은 콘클 공작의 분위기가 조금 누그러진 걸 보고 안도의 한숨을 삼켰다. 그들은 콘클이스터의 유품이 가지는 가치를 높이기 위해, 아부성으로 입을 열었다.

"그러고 보니, 콘클이스터 영주 부부는 아직도 장례식을 치르지 못했잖습니까."

"아. 맞습니다. 그랬지요."

콘클이스터 영지는 전염병으로 완전히 폐쇄된 땅이었다.

"전염병 때문에 죽은 사람들의 시체를 한 구덩이에 모아 화장하고 단체로 장례를 치르지 않았습니까?"

"그런데 그건 평민들의 얘기고……, 영주급 귀족들은 그런 식으로 화장을 할 수 없잖습니까?"

아키르 제국의 법이 그랬다.

"유골이 아니면 최소한 유품이라도 있어야 하는데, 화장을 못 했으니 유골도 없고. 유품은……, 신이 도우셨지요. 마침 공작저 창고에 있다니까요."

아무리 전염병으로 영지가 폐쇄되었어도, 영주의 인장 반지라든지 그런 건 정화 마법을 걸어서라도 갖고 나올 수 있었을 텐데. 그걸 콘클 공작이 예전에 들고 나왔었다. 그야말로 멋진 약점.

'쓸모가 있겠군.'

그를 잘 파악한 콘클 공작의 안색도 조금 누그러졌다.

"집사가 유품을 찾아 나오면, 그걸 당장 북쪽 날개 궁에 들고 가 협의를 보아라."

"예! 공작님. 그리하겠……."

"아버지."

엘리제의 목소리가 뚝 떨어진다. 가신들의 시선이 일거에 엘리제를 돌아보았다. 엘리제는 공작 영애다운, 지극히 기품이 느껴지는 눈길로 창밖에 시선을 한 번 던졌다.

이미 수도의 콘클 공작저는 완전히 포위된 상태였다. 근위대의 공식적인 통솔자, 에제트의 허락이 없다면 그 누구도 공작저 밖으로 나가지도, 들어오지도 못했다. 하지만 잔뜩 겁에 질려 있던 하녀들도, 에제트를 보고 미묘하게 얼굴을 붉혔다.

확실히 이해는 갔다. 8황자는 그만큼 아름다운 얼굴을 가지고 있었으니까.

"아버지께서 허락해 주신다면, 북쪽 날개 궁에는 제가 가고 싶어요."

* * *

한편, 콘클 공작저에서도 손꼽히게 호사스러운 방.

"도련님, 괜찮으신지요?"

하인이 걱정스러운 목소리로 물었다. 그의 시선은 이 콘클 공작가의 하나뿐인 도련님, 아그란 콘클 공자에게 향해 있었다.

아그란 콘클.

그는 몹시 허약한 인상이었다. 실제로도 크게 다쳐서, 다리도 절뚝거렸다. 그래서 콘클 공작의 명에 의해 완전히 칩거한 지 벌써 몇 년째인지 모른다.

콘클 공작은 아그란을 결코 바깥과 어울리지 못하게 했다. 사소한 편지조차도 나눌 수도 없게끔. 아그란은 커다란 창문 근처에 앉아, 밖을 내다보고 있었다.

창밖으로는 여동생인 엘리제 콘클이 탄 마차가 막 저택 정원을 빠져나가고 있었다. 그를 함께 지켜보던 아그란의 또 다른 하인이 중얼거렸다.

“분명히 아무도 나갈 수 없다고 들었는데요.”

“아, 근위대에서 허락을 해 주었다고 들었습니다. 근위대 통솔자가 그 방계 아가씨의 혼약자인 8황자 저하니까요.”

다른 하인의 대답에 고개를 주억거린다.

“참, 엘리제 아가씨의 하녀들이 8황자 저하의 얼굴에서 눈을 못 떼더라고요.”

“그런…….”

확실히 8황자는 대단히 수려한 외모이긴 했다. 큰 키며 곧은 자세에 유려하고 단단한 손.

하인들의 목소리가 줄어들었다. 내내 하인들의 말을 듣고만 있던 아그란이 창밖을 더듬어 보았다.

“보고 싶구나, 디아린의 혼약자인 황자 저하라니. 내 다리만 멀쩡했어도 직접 가서 인사라도 했을 텐데.”

“도련님…….”

아그란은 곧 꺼질 듯한 미소를 지었다.

“디아린이 황자 저하와 나란히 선 모습을 보고 싶어지네.”

은은한 그리움이 묻어났다.

“디아린은 조금 차가워서 무섭지만, 그래도 아주 먼 옛날부터 사랑스러운 아이였으니까…….”

“사랑스럽다고? 다리를 절뚝이더니 이젠 정신마저 함께 나갔느냐?”

그때 뚝 떨어지는 일갈. 하인들이 바로 놀라서 물러섰다.

“가주님.”

“가주님을 뵙습니다.”

콘클 공작이었다. 그는 싸늘한 얼굴로 아그란을 쳐다보았다.

"그 요망하고 영악한 계집이 나를 조롱했다!"

아그란은 바로 입을 다물었다. 창백하게 질리는 낯. 콘클 공작은 이를 부득 갈면서 창밖을 쳐다보았다. 여전히 물 샐 틈 없는 포위. 너무도 치욕스러웠다.

제국 5대 공작가 중 하나인 자신의 저택을 이렇게 포위하다니!

'콘클이스터 영주의 유품이 먹혀야 하는데.'

부모 장례식도 치르지 못한 것이니 유품이 절실하겠지. 유품을 떠올리던 콘클 공작의 낯이 어두워졌다. 콘클이스터 영주의 유품은 몇 가지가 있었다.

영주의 반지.

보석 브로치.

붉은 실크 손수건.

이런 하찮은 것들은 방금 보고받아 생각이 났지만, 다른 하나만은 선명히 기억하고 있었다. 절대 잊을 수 없던, 콘클이스터의 숨겨진 보물.

'적조의 영혼석.'

콘클 공작이 손을 세게 말아 쥐었다.

그랬다. 콘클 공작이 적조의 영혼석을 발견한 것은, 다름 아닌 콘클이스터 영지에서였다. 그 빌어먹을 콘클이스터 영주가 적조의 영혼석을 가지고 있었을 줄이야!

아무도 모르는 일이었다. 심지어, 유일한 콘클이스터의 혈육 디아린도 모르고 있는 일.

'건방진 방계 영주 놈. 감히 직계 가주인 내게 영혼석을 내놓을 수 없다고 버티더니…….'

적조의 영혼석. 그것의 가치를 알아본 건 콘클 공작뿐이었다. 한낱 시골 귀족인 콘클이스터 영주는 그게 적조의 영혼석이라는 사실도 몰랐다.

좋게 꾀어내서 받아 가려고 했지만, 이상하게 완고했다. 무작정 드릴 수 없는 물건이라고, 대체 이 돌의 정체가 뭐냐고 캐묻기까지 했다. 적당히 귀한 보석이라고 둘러댔지만, 이미 자란 의심.

이러다간 꼼짝없이 황실에 적조의 영혼석을 빼앗길 것 같았다.

결국 콘클 공작은 여러 방법을 써 적조의 영혼석을 손에 넣었다. 그러니 적조의 영혼석도, 콘클이스터 영주의 유품이라면 유품이라고 할 수 있을 터.

'이미 영혼석은 증발했지만.'

신전에 매일매일 얼마를 갖다 바쳤는데 경매에도 실패했지 않았나. 그 일을 생각하니 또 가슴에 열불이 치솟았다. 그러다가 문득, 기이한 의문이 든다.

왜 갑자기 이렇게 모든 일들이 콘클 공작가를 겨냥해 생기는 것인가? 마치 누군가가 대놓고 작전을 짠 것처럼. 이런 함정은 황제가 짤 수 있는 게 아니다. 황후 역시 마찬가지였다.

묘하게 들어맞기 시작하는 아귀,

'설마.'

스물두 살에 7계급 마법사가 된 디아린 콘클이스터.

분명 마력이라곤 조금도 없는 특이 체질이었다. 그저 적조의 영혼석과 접촉 실험을 하면서 운 좋게 강대한 마력을 얻은 거라고 추측만 했다. 실제로 콘클 본성 지하 3층에서 실험을 하는 사제들이 그런 게 틀림없다고 말했으니까.

'만약 그게 아니라면?'

적조의 로드가, 설마…….

콘클 공작의 머리에 강한 의심이 스쳤다.

* * *

"오드 영애님께서 접견을 허락하셨습니다."

고귀한 '공작 영애'인 엘리제였지만, 북쪽 날개 궁에 들어오기까지는 수많은 확인을 거쳐야 했다.

고작 디아린을 만나기 위해서.

엘리제는 자존심이 상했지만 내색하지 않았다. 황궁의 사용인들은 예의 발랐지만 묘하게 차갑고 고고했으니까.

엘리제는 시녀의 안내를 따라 응접실로 들어갔다. 응접실에는 이미 디아린이 앉아 있었다. 그녀가 손을 들어 자리를 권했다.

"자리에."

엘리제는 디아린의 맞은편 의자에 앉았다. 엘리제를 따라온 하인들이, 얼른 탁자 위에 보석 상자들을 늘어놓았다. 연보랏빛 눈동자가 보석 상자들을 훑어본다.

디아린은 손짓으로 사용인들을 전부 물렸다. 드넓은 응접실에 단둘이 남았다. 하지만 기이한 침묵이 응접실을 꽉 채워, 외려 숨이 막혔다.

엘리제가 새삼스럽다는 표정으로, 입을 열었다.

"디아린. 옛날의 너는 기껏해야 방계 아가씨였는데, 이제는 오드 영애님으로 불리는구나. 나조차도 영애님이라는 특이한 호칭은 쓰지 못하는데."

"지금 그 얘길 하러 온 거야?"

엘리제는 알 수 없는 미소를 지었다.

"네 혼약자를 봤어. 이렇게 가까이서 본 건 오늘이 처음인데, 무척 수려하더구나. 이럴 줄 알았으면 내가 8황자와 혼약하겠다고 아버지께 매달릴걸."

"어머."

"그럼 8황자와 결혼하는 건 내가 되었겠지. 그편이 더 재밌었을 텐데."

엘리제가 거만한 미소를 지었다.

"네가 보기에도 그렇지 않아? 고귀한 콘클의 공작 영애가 선택한 게 계승권도 멀디먼 8황자라니. 그런데 그 8황자가, 결국 황태자에 가장 가까운 자리를 차지하게 되다니……. 연극의 한 장면처럼 재밌잖아?"

"그딴 게 재밌으면, 엘리제."

디아린이 빙긋 웃었다.

"지금이라도 가서 네 아버지에게 매달려 봐. 어떻게 알아? 콘클 공작님이 반색하며 널 홀딱 벗겨서 북쪽 날개 궁의 침실로 들이밀지."

"……."

"사실 네가 그렇게 말해 주길 바라고 계실 수도 있잖아?"

"……하."

엘리제는 디아린을 노려보며 웃었다.

"네 혼약자는 알아? 네 외양은 이렇게 설탕처럼 달콤하고 어여쁜데, 입에는 칼을 물고 있다는 걸."

디아린은 아무런 대답도 하지 않았다. 하지만 엘리제는 본능적으로 답을 알 수 있었다.

"그런 것도 이미 알고 있구나. 8황자는."

사교계에 그간 쭉 퍼진 소문. 8황자가 디아린에게 깊은 감정을 느끼고 있다는 바로 그 소문. 엘리제 역시 그 소문을 잘 알고 있었다. 하지만 반쯤은, 그냥 가십거리일 뿐이라고 생각했다.

그런데 그게 사실이었다니.

"……."

엘리제는 상체를 숙여, 탁자로 손을 뻗었다. 하인들이 진열하고 간 보석 상자들만 열 개가 넘는다. 이 안에 있는 보석들은 그저 그런 보석들도 아니었다. 콘클 가문의 창고에서도 최고급으로 치는, 엄청나게 값비싼 보석들뿐이었다.

"아버지가 많이 급하긴 하셨나 봐. 네게 이렇게 귀한 보석들을 바리바리 보냈어. 물론 이건 곁다리일 뿐이지만."

진짜는 여기 있질 않은가.

엘리제가 손끝으로 상자를 가볍게 내밀었다.

"콘클이스터의 유품."

"……뭐?"

"네 부모님의 유품이라고, 디아린."

"……."

디아린의 입술이 처음으로 가볍게 벌어졌다. 연보랏빛 눈이 엘리제가 내민 작은 보석함에 고정된다. 어찌 저것을 모르겠는가. 분명히 콘클이스터의 문양인데.

디아린이 중얼거렸다.

"이 유품은 내가 정략혼 후 아이를 낳으면 돌려주겠다더니."

"지금 아버지가 찬물 더운물 가릴 때가 아니셔서 말이야."

디아린을 물끄러미 콘클이스터의 보석함을 응시했다. 사실, 그녀는 죽은 가족에 대한 감정이 그리 크지 않았다.

지난 삶이 그렇지 않았는가.

디아린은 그녀의 이번 가족도 흰 사슴족 원로라고 짐작했다. 마력을 봉인하고, 그 누구에게도 마음을 주지 않으며. 그래서 디아린은 항상 세상과 조금 유리된, 꼭 부유해 있는 것 같은 기분이었다.

홀로 발끝이 조금 떠 있는 느낌.

한참 후에야 알게 되었다. 디아린의 가족들은 흰 사슴족 원로가 아니라는 사실을.

이제 와서 알아보았자……. 아무 소용도 없지만 말이다.

'오히려 전혀 모르는 거지들보다도 가족들을 경계했을 정도니까.'

다시 말해 이 보석함도 디아린에게는 그렇게 필요한 게 아니었다. 이런 걸로 감정적 우위를 잡아, 황제에게 애걸하길 원한다면, 더더욱. 디아린은 고개를 들어, 엘리제를 바라보았다.

눈 한 번 깜빡이지 않고, 그 시선을 받아 내던 엘리제가 픽 웃으며 눈빛을 돌렸다.

"알아? 난 옛날부터 네 그 눈빛이 싫었어. 항상 눈앞의 세계는 관심 없다는 듯 혼자 초연한 태도였지. 짜증 나게."

"나도 너 싫어."

"……한 마디도 안 지는 것도. 난 고귀한 직계 혈통이고 너는 고작 방계인데."

엘리제는 탁 하고 보석함을 닫았다. 그리고 조금 거칠게 테이블 위에 올려놓았다.

"아버지는 멍청해. 손속만 잔인하지 실은 멍청하다고."

"……뭐?"

"내가 그런 말 할 줄 몰라서 놀란 모양이네? 미안한데, 나도 머리라는 게 있어서 말이야."

비웃은 엘리제가 말했다.

"왜 아버지가 멍청한 줄 알아? 디아린 오드 콘클이스터, 진짜로 네게 중요한 건 이딴 보석 쪼가리도, 유품 보석함도 아니니까."

"무슨……."

그걸 엘리제가 어떻게 알고 있단 말인가?

"너한테 중요한 건 이딴 것들이 아니잖아."

그녀의 말이 이상했다. 엘리제의 말은 확신 그 자체였다. 그래서 디아린은 미약하게 이마를 찌푸렸다.

"이딴 것들이 아니면, 나한테 중요한 게 뭔데?"

"뭐냐고?"

엘리제가 차가운 미소를 지었다. 그녀는 품 안에서, 작은 비단 주머니 하나를 꺼냈다. 그러더니 그것을 디아린에게 거칠게 던졌다.

"너한테 유서 깊은 대 가문 콘클이 빌빌 기어야겠어?"

그녀를 덮치는 묘한 불안감. 디아린은 엘리제를 노려보다가 천천히 비단 주머니를 펼쳤다. 그리고 그 안에 있는 것은…….

"말해 봐. 디아린 콘클이스터! 그래야겠냐고!"

붉은 손수건.

새빨간 손수건이었다.

순간 거대한 종이 울린 듯한 환각이 들었다.

환각 마물로 인해 묻혔던 기억 중, 절대 잊으면 안 됐던, 잊을 수 없었던 한 가지가 거짓말처럼 떠오른다.

"이건……."

반다의 손수건.

첫 번째 생에서 반다의 피로 새빨갛게 물들었던, 바로 그 손수건이었다.

엘리제가 아름다운 얼굴로, 그러나 파르르 떨면서 말했다.

"디아린 콘클이스터. 네가 처음 콘클 공작저에 왔을 때, 솔직히 난 네가 얼굴만 예쁜 미친 애인 줄 알았어. 넌 말이야. 겉만 멀쩡했으니까."

그래서 엘리제는 디아린이 꺼림칙했다. 그녀는 살고자 하는, 인간의 기본적인 욕망이 없었다. 없는 것처럼 보였다. 하지만 콘클 공작은 디아린의 눈빛이 보이지 않는 모양이었다.

이해가 가지 않았다. 아버지의 눈에는, 저 유령처럼 넋이 나간 눈빛이 어째서 보이지 않는 걸까?

"그런 눈빛으로 이 손수건만은 안 놔줬으니까. 필리프 후작이 널 얼음 창고에 처넣지만 않았으면 넌 이걸 절대 놓지 않았을 거야."

추운 곳에서는 종종 정신을 잃기 마련이다. 그때에도 디아린은 이 붉은 손수건을 놓지 않았다.

예쁘고 똑똑하나너니. 얼굴은 예쁜 게 맞는데 머리는 맛이 간 아가씨가 아니냐고, 기감 좋은 몇몇 사용인들이 몰래 떠들 정도였다. 필리프 후작은 혹여 디아린이 콘클의 수양딸 자리를 박탈당할까 봐 이런 소문을 잘 단속시켰다.

가끔은 억지로 디아린을 얼음 창고에 집어넣고 이 손수건을 빼앗았다. 그 손수건은 후일 콘클이스터의 보석함에 들어가 창고에 조용히 자리했다. 어찌 된 일인지 디아린은 이후 단 한 번도 손수건을 달라고 하지 않았지만…….

거기까지 회상하던 엘리제의 얼굴에 순간 당혹감이 서렸다.

"……아린, 디아린! 어디 가는 거야!"

디아린이 그대로 일어나더니, 나가 버리려고 했기 때문이다. 한 손에는 예의 그 붉은 손수건을 꽉 쥔 채로.

"디아린 콘클이스터!"

엘리제가 황급히 디아린을 불렀다. 디아린이 우뚝 멈춰 뒤를 돌아보았다. 엘리제는 순간 흠칫했다. 감정을 죄 닦아 낸 듯 싸늘한 눈빛. 연보랏빛 눈동자엔 끔찍한 냉기만이 감돌고 있었다. 엘리제는 저도 모르게 주춤 뒷걸음질을 쳤다.

하지만 전혀 부끄럽지 않았다. 자신뿐만 아니라, 닳고 닳은 귀족 가주조차 방금 디아린을 보면 틀림없이 뒷걸음질을 쳤을 테니까.

세상을 증오하는 대마법사를 마주친 것처럼 섬뜩했다.

"너 왜, 지금, 무슨……."

"가."

"디아린 오드 콘클이스터!"

"다시 부를 테니 돌아가라고."

디아린은 더 이상 엘리제에게 관심조차 두지 않았다.

그녀는 유령처럼 응접실을 나와 침실로 정신없이 향했다. 동굴에 홀로 몸을 숨기듯 들어가, 마치 죽음을 꺼내 보듯, 그 붉은 손수건을 손에 쥐었다.

'반다의 손수건.'

반다의 피로 흠뻑 젖어 붉게 변했던 그 손수건.

마법으로 누군가를 되살리기 위해서는, 반드시 필요한 조건이 있었다.

그 사람의 피.

그래서인가. 사슴족의 원로들은, 환생 후 디아린을 만날 때마다 이 손수건을 건네주었다. 어떻게 영혼이 아닌 물건을 들고 환생할 수 있는지는 알 수 없었다.

원로들이 어떻게 해냈는지도 모른다.

다만 원로들은 계속 환생했다. 그렇게 디아린과 마주쳐, 전생의 기억을 떠올리게 되면 반다의 손수건을 디아린에게 내밀기만 했을 뿐.

'이걸로 반다를 반드시 살리라고 하면서…….'

두 번째 생에서도, 세 번째 생에서도, 디아린은 반다의 손수건을 건네받았다. 그걸로 부활 대마법진을 그렸지만 매번 실패해 죽기만 했다.

'이번 생은 아니야. 아직 만나지 않았다고.'

이번 생의 디아린은 흰 사슴족의 원로를 만난 적이 없다.

디아린이 깊이 숨을 내쉬었다.

아무리 환각 마물로 인해 기억이 흐려졌다고는 하지만, 그래도 이번 생의 굵직하고 충격적인 사건 정도는 기억하고 있었다.

"내가."

스스로에게 되새기듯 천천히 소리 내어 말한다.

"내가 원로들을 만나 놓고 잊을 리가 없어."

이건 가정이 아니라 확신이었다.

그렇다면 언제, 어떻게 이 손수건을—반다의 피를 전해 받은 것인가? 왜 이걸 콘클에 오기 전부터 쥐고 있었다는 것인가?

"흰 사슴족의 원로들이 나보다 먼저 기억을 떠올릴 리도 없어."

이제껏 그랬잖아.

태어나자마자 마력까지 봉인했잖아.

그런데 대체 어떻게?

소름이 돋았다. 디아린은 손수건을 꾹 뭉쳐 잡았다. 아주 긴 시간이었다.

피가 물들 대로 물든 손수건은, 그리 쥐었음에도 아무것도 묻어나는 게 없었다.

디아린은 손수건을 접어 챙겼다. 내내 그녀의 기분과 눈치를 살피며, 얌전히 있던 올과 로르가 슬그머니 말을 붙였다.

〈주인님.〉

〈인간아.〉

〈어디 가요?〉

〈어디 가나.〉

"콘클이스터 영지."

〈좋아요! 가서 그 미친 원로들이 있는지 찾아보고 있으면 머리 뿔을 다 뜯어 버려요!〉

〈너희는 둘 다 제정신이 아니다.〉

"올만 제정신이 아니겠지……."

헛웃음을 지은 디아린이 두 손으로 얼굴을 천천히 쓸어 넘겼다.

'정신 차려야 해. 정신…….'

손이 차갑게 식어 있다는 사실을 뒤늦게 인지한다.

그래. 죽을 듯이 놀란 건 놀란 거고.

디아린이 털썩 침대에 다시 주저앉았다. 로르의 깃털이 살랑살랑 움직여 찻잔에 식은 차를 따랐다.

〈좀 마셔라. 그리고 진정해.〉

"……응."

식은 차를 마시고, 찻잔을 두 손으로 쥔다. 디아린은 문득, 이 모든 게 다 현실성이 없다는 생각이 들었다.

"콘클이스터 영지에 가 봐야겠어. 일주일 안으로. 대충 아픈 척을 해야겠다."

그 짧은 사이 이미 계획은 완성된 상태였다.

게이트를 이용할 것이다. 게이트를 이용한다면, 적어도 하루 안에 수도로 돌아올 수 있었다. 대신 밤낮으로 말과 마차를 바꿔 타야겠지만……. 원래 돈을 들이면 들이는 만큼 시간을 살 수 있는 게 아니겠는가?

그로부터 며칠 후. 만반의 준비를 끝낸 디아린은 황궁을 몰래 나섰다.

최소한의 돈을 제외하고는 짐도 따로 없었다. 디아린은 기동성이 생명인 기병대처럼 재빠르게 다녀올 예정이었으니까.

'좋아. 그럼 다녀와 볼까.'

그런데 어쩐 일일까.

"……."

콘클이스터 영지엔 에제트와 함께 도착하게 되었다.

* * *

'처음부터 이럴 생각은 아니었는데 말이지.'

북쪽 날개 궁의 주인에게만 하사된 쪽문으로 나오는 건 식은 수프 먹기였다. 하지만 나가서, 재빠르게 5월의 유원지 쪽으로 빠지려고 할 때…….

'에제트를 마주쳤지?'

얼마나 당황스러웠는지 디아린은 순간 자신이 꿈을 꾸나 했다.

"에제트? 왜 여기 있어?"

"잠깐 일이 있어서 궁에 들렀습니다."

그랬는데.

"램드가 식은땀을 뻘뻘 흘리고 있더군요."

"램느 경이 말한 거야?"

"그렇게 됐네요."

디아린이 얼굴을 찡그렸다.

"아니! 내가 먼저 매수했는데!"

이작은 어떻게든 따라오겠다며 매달릴 성격이라, 램드더러 알아서 처신하라고 했다. 특별히 돈도 좀 쥐여 줬는데 어떻게 이렇게 배신을!

에제트가 피식 웃었다.

"램드는 제 앞에 있을 땐 거짓말을 못 하는 성격이라 어쩔 수 없습니다."

다시 말해, 에제트가 오늘 우연히도 환궁하지 않았다면, 그래서 북쪽 날개궁에 들어오지 않았다면. 오늘 디아린이 콘클이스터 영지에 가는 줄 절대 몰랐을 거란 소리였다.

디아린은 한숨을 내쉬었다.

"내가 운이 나빴네."

"제가 운이 좋았던 거지요."

에제트는 말고삐를 쥐며 물었다.

"남부까진 어떻게 가시려고요. 황궁의 게이트는 허락이 필요한데……. 아."

그러다 그는 알겠다는 듯 고개를 끄덕였다.

"5월의 유원지에 있는 게이트를 쓰시려는 거군요."

"일리룸 공작님이 열쇠를 주셨거든."

디아린은 이미 공작에게 열쇠도 받았다. 이런 걸 그냥 선뜻 준다는 게 이해가 안 갔지만, 뭐 그러려니 했다. 에제트는 고개를 갸웃했다.

"일리룸 공작저에 한번 방문해 봐야겠군요."

"응. 공작님 좋은 분이셔."

"흑심이 없다면요."

"응?"

"아닙니다."

어쨌든, 여행에 있어 기사가 있고 없고의 차이는 제법 컸다. 에제트가 몰 수 있는 말은 디아린이 감당할 수 있는 말보다 덩치가 훨씬 컸다.

속력이 훨씬 빠르고, 덜 지칠 테니 시간이 단축될 터. 디아린은 말안장에 올라, 그의 앞에 앉았다. 그녀의 뒤에 앉아, 디아린의 몸을 껴안듯이 잡은 에제트가 말고삐를 쥐었다.

디아린은 높아진 시야에 적응하려 애썼다. 에제트가 뒤에서 단단히 받치고 있어 줘 안정감이 드는 게 다행이었다.

"그런데 에제트."

디아린이 물었다.

"황제 폐하가 콘클 공작저를 포위하라고 하셨다며."

"그랬지요."

"에제트가 근위대 통솔자라며."

"예."

"……근데 이렇게 자리를 비워도 돼?"

에제트는 대수롭지 않다는 목소리로 말했다.

"말을 계속 바꿔 타고, 게이트를 이용하면 하루가 걸리지 않을 겁니다. 하루 이틀 정도 얼굴을 비추지 않을 재량은 있고요."

디아린은 어이가 없어서 웃음을 흘렸다.

그래 뭐. 근위대 통솔자가 그렇게 하시겠다는데 힘없는 내가 어쩌겠어? 좋은 게 좋은 것. 디아린은 제 어깨와 허리를 단단히 감싸는 품이 기이하게 따뜻하다는 생각이 들었다.

에제트의 체온은 서늘한 편인데 어째서일까?

* * *

"저 성벽이야, 에제트."

그렇게 둘은, 콘클이스터 영지에 도착했다. 내내 얌전히 디아린의 영혼에 깃들어 있던 올과 로르는, 음산한 성벽을 보자마자 떠들어 대기 시작했다.

〈우와. 유령의 땅 같아요!〉

〈폐쇄됐다더니 지키는 인간도 없군.〉

'정말로 오랫동안 폐쇄됐으니까.'

디아린은 눈을 한번 굴려 보았다.

유령의 땅 같다는 표현은 결코 과하지 않았다. 이곳, 콘클이스터 영지는 폐쇄된 지 한참이나 지난, 말 그대로 죽어 버린 땅. 의례상 감시하는 인원들조차 철수했을 정도로 완벽히 버려진 땅이었다.

성문은 완전히 닫혀 있었다. 닫혀 있다 못해 열 수도 없게끔 싸구려 합성철을 녹여 부어 놓았다. 다시 말해 올라갈 수 있는 방법은, 성벽을 타는 것뿐이라는 소리였다.

"성벽이 무척 높군요."

에제트가 끝도 없이 솟은 성벽을 보면서 말했다. 여타 영지들보다도 훨씬 가파른 높이였다.

"적의 침입을 막기 위해서, 성벽을 높이 쌓았다고 들었어."

그렇게 말한 디아린이 고개를 갸웃했다.

"난 성벽을 타고 올라갈 수 있는데, 에제트는 어떻게 올라오지?"

"어떻게 올라가려고요?"

"이렇게."

디아린은 스태프를 꺼냈다. 즉시 반투명한 계단이 형성되더니, 성벽을 따라 층층이 쌓이기 시작했다.

"이거 나만 밟을 수 있거든. 다른 사람이 밟을 수가 없어."

에제트는 신기하다는 듯 계단을 디뎌 보았다.

반투명한 계단. 디아린의 무게는 아무렇지도 않게 지탱하는 계단인데, 에제트는 아예 발을 디딜 수가 없었다. 허공에 발을 올린 것처럼 그저 푹 빠져 버릴 뿐이었다.

"그럼 디아린."

에제트가 고개를 젖혀 성벽 위를 바라보았다.

"저 위에 있는 밧줄만 내려 주십시오. 저걸 내려 주시면 알아서 올라가겠습니다."

"응? 밧줄? 어디에?"

디아린은 이마를 찌푸렸다. 날이 어두워서 그런지 뭐 아무것도 보이지 않는데, 올과 로르가 말했다.

〈쩌어기 있잖아요, 주인님.〉

〈왼쪽 끝에 있다.〉

그 말을 듣고 보니 밧줄 비슷한 게 보였다. 디아린은 깜짝 놀랐다.

"저걸 타고 이 성벽을 올라올 수 있다고?"

"아마도요."

'말도 안 돼.'

디아린은 의심에 가득 차서 계단을 올랐다.

한참 높은 계단을 오르고 오르고 또 올라서 겨우 도착한 성벽. 에제트가 말한 그 자리에 정말로 밧줄이 있었다. 희한했다. 올과 로르는 신수니까 시력이 남다르다 쳐도, 에제트는 어떻게 이게 보인 걸까?

'정말로 용혈이란…….'

다행히 밧줄은 아주 굵었다. 아주 가느다란 철사를 엮어서 만들어서인지, 시간이 그리 많이 지났음에도 제법 쓸 만했다. 디아린은 낑낑대며 무거운 밧줄을 내렸다.

툭.

무서운 속도로 추락하는 밧줄. 디아린은 성벽에 딱 붙어 걱정스럽게 아래를 내려다보았다. 사실 어두워서 잘 보이지도 않았지만.

"에제트가 벽에서 떨어지면 어쩌지?"

〈주인님은 용혈을 좀 과소평가하는 경향이 있어요.〉

〈동감한다. 다른 용혈이라면 모르겠는데, 저 녀석은 충분히 할 것 같군.〉

"……그래?"

두 신수의 말 그대로였다.

밧줄을 팽팽 잡아당겨 본 에제트가 손짓으로 옆으로 피하라고 신호를 보냈다. 올과 로르가 그대로 전해 주었다.

〈옆으로 피하래요.〉

〈옆으로 피하란다.〉

말 잘 듣는 디아린이 곧장 옆으로 피했다. 그러더니 에제트가 정말로, 순식간에 밧줄을 잡아 타고 그 높은 성벽을 올라왔다.

"밧줄이 쓸 만하네요."

"어? 응……."

"안으로 들어가 볼까요."

가벼운 운동이라도 했다는 것처럼 손을 툭툭 터는 에제트를 보며 디아린은 멍하니 눈을 깜빡였다.

'그렇군.'

디아린은 정말로, 자신이 용혈을 과소평가했음을 인정하고 마음속 깊이 반성했다.

* * *

'생각했던 것 이상이잖아.'

콘클이스터 영지는 황폐했다.

땅이 지나치게 죽어서 흙이 아예 새까맸다. 살아 있는 것이라곤 전혀 없었다. 잡풀 한둘이 솟아나 있는 게 그나마 전부였다. 사람은 고사하고 동물조차 오랫동안 살지 않은 곳.

그나마 긴 시간에 악취마저 흩어진 게 다행일까. 영지의 중앙에 있는 성을 보았다. 영주의 성, 디아린이 어릴 때 살던 옛집이었다.

"에제트. 여기서 갈라서야 해."

콘클이스터의 성은 구조가 굉장히 특이했다. 디아린이 성 안쪽으로 들어가 헤집고 돌아다니려면, 다른 사람이 문을 고정하는 장치를 반드시 붙잡고 있어 줘야 했다. 사병을 많이 둘 수 없는 작은 영지가 고안한 독특한 보안 방식이었다.

'원래는 스태프의 리본으로 장치를 묶어 놓고 돌아다니려고 했는데 말이지.'

그럴 필요가 있나. 에제트가 있는데. 결국 효율을 따지다 보니 한 가지 결론이 도출되었다. 임시로 올을 에제트에게 붙여 주면 된다.

'콘클이스터 영지는 땅이 아예 썩은 거지. 그런 건 엄청난 힐란 열매로 막을 수밖에 없는데. 그걸 들고 다닐 순 없잖아.'

'그럼 어떡해?'

'우리가 있잖나. 백조의 힘이 역행된 거니 우리가 있으면 막을 수 있다.'

로르가 그렇게 말도 했으니까. 디아린은 바로 올을 불렀다.

"올."

〈으. 주인님 싫어요.〉

"올?"

〈으아아아.〉

올이 결국 뾰롱 하고 나타났다. 붉은 새가 어쩐지 평소보다 좀 더 늠름한 모습이다. 아무것도 없던 허공에, 갑자기 붉은빛과 함께 등장한 신수. 에제트의 눈이 드물게 커졌다.

"이건……."

"적조야. 이름은 올."

올은 디아린 앞에서의 싹싹한 성격은 다 갖다 버렸는지, 부리를 조용히 다물고 고압적인 눈빛만 하고 있었다. 게다가 적을 견제하는 맹수처럼, 에제트 주변을 빙글빙글 날며 배회하기까지 했다.

〈올.〉

로르가 올에게 말했다.

〈그만하고 그 녀석 어깨에 앉아 가지 그래.〉

〈난 주인님 어깨 외엔 앉지 않아.〉

로르는 그럴 줄 알았다고 생각했다.

"디아린."

그때, 에제트가 디아린의 손을 잡아 들어 올렸다. 그녀의 손등에 가볍게 입을 맞추고서 부드럽게 웃는다.

"그럼 이따가 보도록 하지요."

올이 '이 자식이……?' 하는 눈으로 부리를 떡 벌렸다.

〈이거 나 보라고 하는 거야! 그치! 그렇지요 로르!〉

〈…….〉

올은 참지 않았다. 바로 날아오른 신수는 디아린의 뺨에 부리를 톡 아프지 않게 두드렸다.

"……?"

"다녀올게요, 주인님."

"……?"

하는 짓이 어쨌든, 올은 보는 것만으로도 경외감이 흘러나오는 신수였다. 붉은 깃털에 감도는 황금빛이 증명하질 않는가. 용혈을 타고 태어나, 필연적으로 신수를 경애해야 하는 에제트는 흘긋 올을 보았다.

다섯 신수 중에서도 가장 고귀한 신수. 사라진 전설이었던 적조.

디아린의 것과 꼭 같은 연보랏빛 눈동자를 보자 피식 웃음이 나올 뻔했다. 에제트는 적조에게 조금 더 호감을 품을 수 있게 되었다. 단순히 적조가 디아린과 닮은 부분이 있기 때문에.

에제트의 이런 생각을, 올은 다행히 눈치채지 못하고 고개만 까딱였다. 그리고 거만한 투로 말했다.

“이만 출발하지, 헨의 자손아.”

“그러지요.”

순순히 대답한 에제트가 디아린에게 가볍게 웃어 보였다.

“이따가 봐.”

디아린이 두 손을 흔들었다. 그녀는 순식간에 멀어지는 에제트와 올을 보며, 로르에게 물었다.

“걔네 괜찮겠지?”

〈괜찮을 거다. 아마도.〉

“……아마도야?”

〈올은 네 애착…… 혼약자를 망가뜨릴 만큼 바보가 아니다.〉

“애착 뭐?”

잘못 들었나? 서둘러 헛기침을 한 로르가 말을 돌렸다.

〈우리도 슬슬 출발하자, 늦겠군.〉

* * *

오랜만에 들어오는 콘클이스터의 저택은 을씨년스러웠다.

하긴, 사람이 살지 않은 지 몇 년인가.

전염병 방지를 위해 아주 독한 소독약을 들이붓고 폐쇄된 곳이었다. 천이나 종이는 진즉 상했다는 풍문도 돌았다. 그런 소문은 과연 거짓이 아니었는지 직물들은 모조리 상한 상태였다. 얇은 천들은 아예 커다랗게 구멍이 나 흔들리고 있었고.

스산한 죽음의 냄새마저 감도는 곳. 그래도 구조는 기억이 났다.

‘일단은 기록물이 있는 곳으로 가야겠지.’

대부분의 귀족들의 저택이 그러하듯, 가문의 기록물이 남겨져 있는 곳은 숨겨져 있다. 직계 가족들만 아는 비밀 장소가 따로 있다는 소리다. 그리고 콘클이스터의 혈육인 디아린은 당연히 그곳이 어디인지 알고 있었다.

'이런 기억은 남아 있어서 다행이다.'

그놈의 환각 마물 때문에 디아린은 얼마나 많은 기억을 유실했는가. 디아린은 몇 번의 계단을 빙빙 돈 끝에, 작은 서고를 발견할 수 있었다.

"젠장. 여기도 벌써 소독약을 뿌렸구나."

디아린은 얼굴을 찡그렸다. 희게 쌓인 먼지. 먼지 냄새. 묵은 종이와 바랜 잉크 냄새. 하지만 꽂혀 있는 책들은 너덜너덜했다.

"남아 있어라, 제발……."

공식적인 기록물이나, 혹은 선대 조상들이 남긴 기록물은 필요 없었다. 디아린이 찾는 것은 영주의 필체가 남은 기록물들이었다. 디아린은 하나하나 빠르게 넘겨 보았지만 딱히 맞는 게 없었다.

"하긴 남들이 보기엔 그냥 손수건인데. 이런 것에 대한 기록이 남겨져 있을 리가 없나……."

〈육아 일기 같은 걸 찾아봐라. 귀족들은 그런 걸 종종 쓴다고 네 대피소 관리자가 그랬잖나.〉

로르에게 일리룸 공작은 그냥 대피소 관리자로 낙인찍힌 지 오래였다.

"……그건 일리룸 공작님이 특이한 게 아닐까? 이번 생의 내 부모님들은 그렇게 살가운 분들이 아니셨어."

기록물을 열여섯 권째 넘겨 보던 디아린은, 문득 안쪽에 꽂혀진 평범한 수첩을 발견했다.

그녀가 수첩을 열어 보았다.

〈별 내용은 없군.〉

로르의 중얼거림 그대로였다. 일기장으로 쓴 모양인 수첩은 너무도 간단했다.

아이가 또 젖을 먹지 않는다.

유모의 걱정이 이만저만이 아니다. 의사를 수배해 봐야겠다.

여기에도 뿌려진 소독약 탓인지 중간중간 번져 엉망이었다. 이래선 글자를 다 읽기도 힘들었다. 수첩을 살펴보던 디아린이 기이한 점을 발견했다.

"뭔가 좀 이상한데."

디아린은 이마를 가볍게 찌푸렸다가, 챙겨 왔던 작은 단검을 꺼내 들었다. 로르가 바로 놀라서 물었다.

〈인간? 뭐 하냐? 야!〉

디아린은 손가락을 아주 살짝 그었다.

따끔.

디아린의 손가락에서 떨어진 피가 방울방울 흘러 수첩의 중앙에 모였다. 가느다란 금박 문양을 따라 붉은 피가 실처럼 뻗었다. 수첩이 툭 하고 열리더니, 순식간에 짙은 안개가 디아린을 감쌌다.

로르가 허 하면서 말했다.

〈과거 회상 마법이군. 콘클이스터의 피에만 반응하는 모양이다.〉

"그러게."

순순히 대답하면서도, 디아린도 나름 질린 눈이었다. 과거의 일부분을 환상 마법으로 구현해 내는 마법이 수첩에 숨겨져 있다니. 이건 엄청난 고난이도의 마법이었다.

〈그런데 뭐랄까, 좀 기이하군.〉

"기이하다고? 뭐가?"

〈조금만 기다려 봐라. 좀 더 집중해 봐야 알 것 같으니.〉

"응? 응."

그렇게 대답하며 디아린은 눈을 꾹 감았다 떴다. 그녀를 감싸던 안개가 어느새 옅어지더니, 방금 전까지 있던 장소와는 전혀 다른 곳이 펼쳐져 있었다.

'여긴 옛날……, 콘클이스터 영주의 집무실인데.'

소독약이 뿌려지고 폐쇄된 곳이 아니라, 말끔한 방. 수도 귀족들의 집무실처럼 부유하진 않지만 진중한 색감의 가구들이 잘 놓인 곳이었다.

그리고 집무실의 중앙에는…….

한 남자가 서 있었다.

남자의 얼굴을 본 디아린의 표정이 처음으로 굳었다. 로르가 의아한 목소리로 물었다.

〈저 남잔 누구지?〉

"콘클이스터 영주님."

〈아아.〉

로르는 제대로 알아들었다.

〈네 아버지군. 죽었다던.〉

"……응."

콘클이스터 영주. 디아린의 이번 생의 아버지였던 남자.

〈네 얼굴이 왜 예뻤나 했더니 아버지가 미인이군. 좀 차갑게 생겼지만.〉

로르가 말해서 디아린이 상황과 어울리지 않게 픽 웃었다.

붉은 눈동자에 짙은 갈색 머리카락. 확실히 미남이지만, 눈빛이 아주 차가웠다. 하긴, 디아린의 옅어진 유년 기억 속에도 아버지의 딱딱한 표정이 어렴풋이 남아 있었다.

똑똑.

그때, 문이 열렸다. 문을 열고 들어온 이는 인상이 푸근한 중년의 여인이었다.

'저 사람은…….'

디아린은 한 박자 늦게 떠올릴 수 있었다. 자신을 어릴 때 키웠던 유모였다.

*"가주님. 아가씨가 식사를 잘 하지 않으십니다. 뭔가를 아예 안 드세요."*

'아가씨……?'

필시 디아린을 지칭하는 말일 터. 유모의 한탄에 디아린의 아버지가 입을 열었다.

*"소란 피우지 말게. 그 애가 뭘 잘 안 먹는 일쯤이야 흔하지 않나."*

눈빛만큼이나 차가운 목소리였다.

*"제 배가 고프면 어련히 알아서 먹겠지. 응석받이로 키우지 마."*

*"하지만……. 아가씨는 잠도 너무 많이 주무세요. 보통의 갓난아기보다도 너무 심하게 주무신단 말이에요."*

*"적당히 의사를 수배해 보지. 가 봐."*

유모가 서운한 낯으로 물러나자, 로르는 디아린의 눈치를 살폈다. 디아린이 알아채고 물었다.

"왜 그래?"

〈네 이번 가족사도 엉망진창이었구나.〉

"그러게."

〈괜찮나?〉

"괜찮아."

〈정말로?〉

"정말로."

그냥 하는 말이 아니었다. 디아린은 진심으로 괜찮았다.

"난 어차피 저들이 흰 사슴족의 원로들이 아닐까 해서 아주 어릴 때부터 경계했는걸."

그래서 디아린은 가족에 대한 정이라는 게 없었다. 그저 두렵기만 했을 뿐.

나중에야 제 가족들이, 흰 사슴족의 원로가 아니라는 사실을 알았지만…….

'그때 너무 늦었었지.'

오히려 이 회상을 보자 마음이 편해졌다.

어쩔 수 없지 않는가. 이렇게 냉랭한 가족 관계라는 게, 디아린에게는 다행이었으니까. 한쪽만 일방적으로 사랑을 품은 가족 관계가, 어떻게 망가지는지 디아린은 너무나 잘 알고 있었다.

서로에게 정이 없는 관계가 편하다. 그러니 디아린은 상처받지 않는다.

〈영상이 바뀌는군.〉

의사가 식은땀을 흘리며 요람 속을 진찰하고 있었다.

*"영주님. 아가씨가 왜 젖을 잘 안 먹는지 모르겠습니다. 보통 이 정도로 굶으면 먹어야 하는 게 정상인데……."*

의사는 콘클이스터 영주의 눈치를 살폈다.

*"저, 말씀드리기 외람되오나, 영주님……."*

*"말하게."*

*"아가씨는 꼭 살 마음이 없는 동물 같습니다."*

*"……."*

의사는 마른침을 삼켰다. 디아린은 그 이유를 잘 알 수 있었다. 의사를 바라보는 콘클이스터 영주의 얼굴이 무척 좋지 못했기 때문이다. 화가 난 것 같기도 했다. 붉은 눈동자가 어찌나 차가웠는지 의사가 겁을 먹는 것도 당연했다.

*"디아린에게……."*

그가 막 말을 잇던 그때였다.

*"가주님. 공작님이 오셨습니다."*
*"응접실로 모셨나?"*
*"예."*

디아린의 아버지는 바로 걸음을 옮겼다. 디아린도 서둘러 따라가 보았다. 그럴 수밖에 없었던 게, 이 수첩의 주인인 디아린의 아버지에게만 초점이 맞춰져 있기 때문이다. 다른 부분은 흑백으로 흐려지더니 사라졌다.

응접실에 앉아 있는 남자를 본 디아린이 눈을 깜빡였다.

'콘클 공작이잖아.'

지금의 모습보다 훨씬 젊지만, 분명히 콘클 공작이었다.

*"이번 출장 건도 잘 해결해 주었군. 내가 시키는 일이 많아서 성에 자주 오지 못하게 해 미안하군."*
*"아닙니다."*
*"그래. 자네가 그리 말해 주니 고맙군."*

콘클 공작은 소파에 등을 기대고 말했다.

*"그래서 말인데, 이번에도 수왈른령으로 다녀와 주었으면 해."*

디아린의 아버지는 바로 대답하진 않았다. 약간 망설이는 티가 났다.

*"뭐가 걸리는 게 있는가?"*
*"제가 저택을 자주 비워서, 딸을 볼 시간이 너무 적습니다."*
*"자네는 어찌 이리 아둔한가. 시골에만 있어서 잘 모르나 본데, 자식한테 최고의 사랑은 풍족한 재산일세."*

*"……."*

*"내게도 딸이 있질 않은가. 자라면서 바라는 게 얼마나 많은지 알 수도 없어. 자네가 부지런히 모아 놔야, 나중에 딸의 사교계 때에도 가장 좋은 드레스를 사 줄 수 있지. 기억도 안 나는 어릴 때 붙어 있어 주는 것보다 지금 부지런히 일해서 돈을 모아 두는 게 최고라는 소리야."*

디아린의 아버지는 결국 콘클이스터 영주.

그 역시 몸속에 피가 흐르는 이상 콘클 공작을 공격할 수 없다는 걸 알고 있을 것이다. 게다가 그런 마법적 구속이 아니더라도, 방계가 직계 가주의 말을 거역하긴 어려웠을 터.

영상은 금세 흐려졌다.

〈환상 마법이 완벽하질 않군. 부족한 부분은 글자로 변환해 놓은 것 같은데.〉

"아무래도 너무 어렵고 비싼 마법이니까."

〈애초에 이렇게 드문드문 구현해 놓은 것도 대단하다.〉

디아린은 고개를 끄덕였다. 처음엔 어떻게 이런 비싼 마법이 걸려 있나 했는데. 지금은 좀 짐작이 갔다.

'이런 취미가 있을 수도 있지.'

콘클이스터 영주의 취미였던 모양이다. 귀족들이 비싼 와인을 수집하는 취미 같은 것이다. 풍족하지 않은 귀족들도 취미로 한 병쯤은 아주 비싼 와인을 갖고 있으니까.

"취미 같은 거 없는 줄 알았는데."

중얼거린 그녀는 남은 페이지를 읽어 보았다.

콘클 공작의 명으로 수왈론령에 다녀와야 했다.

요즘 들어 공작이 자주 방계 가주들을 호출해 출장을 명한다.

이유는 잘 모르겠으나, 보상만은 확실하니 좋아하는 방계 가주들도 많다. 나는 별로 좋진 않다.

"왜 좋지 않다는 거지. 돈이 많으면 좋은 거 아닌가."

디아린이 중얼거렸다. 사실 반쯤은 의미 없이 중얼거린 말이었다. 디아린은 죽은 가족들을 보는 게 점점 불편해지고 있었다. 마치 업무 서류를 읽듯이, 감정을 배제하고 빠르게 읽어 내렸다. 일종의 방어 기제였다.

콘클 공작이 다녀가면 항상 죽은 땅이 발견된다.

그다음 페이지.

……이 디아린에게 손수건을 선물했다. 이상한 건, 디아린이 그 손수건을 놓지 않는다는 것이다.

디아린의 두 눈이 번쩍 뜨였다. 바로 얼굴을 찡그리고 실눈을 뜬 후, 다시 손을 찔렀다.

따끔. 뚝 떨어진 피가 수첩을 타고 흐르며, 마법진이 발동되었다.

"……."

다시 시야가 바뀌었다.

작은 요람. 그 옆 협탁에 놓인 반다의 손수건. 손수건이 담겨 있는 작은 나무 상자의 겉면에는…….

디아린이 눈을 꾹 감았다가 떴다.

"콘클 공작가의 문양……."

나무 상자의 겉면에는 콘클의 문양이 그려져 있었다.

"……말도 안 돼."

저도 모르게 중얼거린다. 그럴 수밖에 없었다. 정말로, 진심으로. 도무지 말이 안 되는 상황이었으니까.

"왜 콘클의 문양이……."

콘클 공작은 절대 원로가 아니다. 말할 필요도 없었다. 확신할 수 있었다. 이는 다시 말해…….

디아린이 싸늘하게 웃었다.

"이 수첩이 아니었으면 정말 놀아날 뻔했다는 거잖아."

원로들은 콘클 공작의 손을 빌려 디아린에게 반다의 손수건을 보낸 것이다. 콘클 공작의 문양을 빌릴 수 있을 정도라면, 원로들 역시 상당한 계급이거나 재산을 보유하고 있다는 뜻.

"빨리 돌아가서 찾아봐야겠어."

디아린이 벌떡 움직였다.

〈좀 기다려 봐라, 인간.〉

돌아서는 디아린을 로르가 붙잡았다.

"왜?"

〈저 요람에 좀 가까이 가 봐라.〉

"요람?"

로르가 어쩐지 부드러운 목소리로 말했다.

〈네 아기 모습이 있을 거 아닌가. 난 네 어릴 때 모습이 보고 싶다.〉

"……?"

그게 왜 보고 싶은데?

디아린은 이마를 찡그렸다. 게다가 현실적인 문제도 있었다.

"이 환상 구현 마법은 드문드문 되어 있잖아. 내 아기 때 모습도 선명하지 않을걸?"

환상 구현 마법은 한계가 있었다. 모든 장면이 선명하지가 않았다. 중요치 않은 부분은 흐렸고 중요한 하이라이트 부분만 선명했다. 그러니까, 이 수첩의 주인인 디아린의 아버지. 그가 중요하게 생각하는 부분만 선명한 것이다.

예컨대 수첩의 필자인 아버지 본인의 모습이라든지. 중요한 손님인 콘클 공작이라든지. 그런 것만 선명하다는 뜻이었다.

'사실 왜 이런 수첩에 뜬금없이 구현 마법을 걸어 놨는지는 모르겠지만.'

검소했던 콘클이스터 영주의 값비싼 취미. 직관적으로 이해가 가지 않는 건 사실이었다. 디아린이 원하는 대로 가 주지 않자, 로르가 툴툴댔다.

〈어차피 종이 속 구현 마법을 끝내려면, 가장 첫 장으로 돌아가야 하지 않나.〉

"그건 계급 낮은 마법사들이고. 난 그냥 강제로 나갈 수도 있거든?"

디아린은 팔짱을 꼈다.

"하지만 자애로운 주인으로서 신수의 매달림을 못 본 척할 수도 없구나."

〈매달리기는 누가…….〉

로르는 꿍얼댔지만 결국 입을 다물었다. 어지간히 디아린의 아기 때 모습이 궁금한 모양이었다.

"가장 첫 장 쪽으로 가 보지 뭐."

이 수첩의 가장 첫 장이 무엇인지는 모르겠지만.

〈인간.〉

뚜벅뚜벅 안개를 헤치고 걸어가는 디아린에게, 로르가 말을 걸었다.

〈내가 실수를 하나 했는데 말해도 되나.〉

"실수? 무슨 실수?"

〈올이 나를 부르기에 환상 마법 안으로 잡아당겼다. 근데 네 용혈이 대신 따라왔군.〉

"대신? 그럼 에제……."

뭐라 되묻기도 전에 갑자기 인기척이 느껴진다.

"디아린."

뒤를 돌아본 디아린이 깜짝 놀랐다. 거짓말처럼 이 안개 속에서 에제트가 걸어오고 있었기 때문이다.

"에제트?"

문제는 에제트와 올이 같이 있지 않다는 거였다.

"올은 어디 있어?"

"자기가 손잡이를 고정하고 있겠다고 하더군요."

"손잡이를?"

"예."

"웬일이지?"

디아린은 희한해했다. 올이라면 에제트더러 잡고 있으라고 하고, 본인이 홀랑 날아올 줄 알았는데.

에제트의 입가에 옅은 미소가 어렸다.

정확히 사정을 말하자면 이렇다. 로르로부터 얘기를 들은 올이 디아린의 아기 때 모습이 보고 싶다며 가벼운 내기를 하자고 했다. 이기는 자가 디아린에게 다녀오자고.

에제트는 순순히 응했고 올은 자신만만하게 덤볐다. 그리고 올은 무참히 져 버렸다. 에제트는 곧장 디아린을 찾아 떠났고.

"돌아갈까요."

"응. 그런데 이 환상 마법이 끝나야 나갈 수 있어."

"과거군요."

"응."

디아린 혼자였다면, 환상 마법을 강제로 중지시키고 나가는 게 쉬웠다. 하지만 타인의 육체를 끌고 나가 본 적은 없었다. 어차피 이 환상 마법도, 고작 한 장이 남질 않았나.

떠밀리듯 바뀌는 광경. 아기의 방이었다.

중앙에 놓은 요람이 눈에 들어온다.

〈네가 자고 있는 요람인가 보군. 빨리 가서 보자.〉

로르가 재촉했다. 디아린은 잠깐 망설였다. 이유를 알 수 없는 불편함이 순간 마음을 덮친 것이다. 저 안에 있을 흐리디흐릴 어린 자신이 머릿속에 그려졌다.

'어차피 잘 보이지도 않을 텐데.'

하긴, 자신이 불편할 게 뭐가 있는가.

가족들 역시 디아린에게 차가웠다는 사실이 그녀의 마음을 조금은 위로해 주었다.

우리는 서로에게 얼음 같았다.

서로에게 데면데면했으니, 서로에게 상처 받을 일도 없지 않은가.

서로에게 빚진 것도 없는 그런 관계. 가장 좋은 관계.

디아린은 요람 안으로 허리를 굽혔다. 조금 마음이 떨리는 건 어쩔 수 없는 모양일까.

어둑어둑했던 시야가 서서히 밝아진다. 흐릿하게, 그냥 인영만 있을 거라고 생각했던 어린 디아린은…….

"……."

선명했다. 눈이 부시게 선명했다.

돌아가는 모빌을 보며 깜빡이는 연보랏빛 눈동자. 포슬포슬 부드러워 보이는 머리카락. 수분을 통통하게 머금은 작은 손과 발.

태어나자마자 마력을 봉인하고, 디아린의 정신 연령은 한없이 어려졌다. 그래도 다른 아이들보다는 똑똑했다. 그럴 수밖에 없었다. 언제 또 흰 사슴족의 원로들을 만날까, 매 생을 긴장하며 살아와야 했으니…….

하지만 이 아기는.

누가 봐도 가족에게 사랑받는 아이의 모습이었다.

손에는 반다의 손수건을 꽉 쥐고. 옷은 부드러워 보인다. 팔에는 다채로운 붉은 보석들로 만들어진 팔찌도 끼워져 있었고.

로르는 물끄러미 팔찌를 보았고, 디아린은 말없이 아기의 평온한 얼굴을 바라보았다.

영주의 자식이니까. 남들 보이기에 초라해 보일 순 없겠지.

"……그러니까 잘 키운 거겠지."

별 의미 없어. 별거 아니니까.

디아린조차 의식하지 못한 그 중얼거림은, 마지막 방어 기제였다. 모래성이었다.

로르는 흘긋 에제트를 보았다. 독보적인 용혈을 지닌 저 황자 놈은 아무 말도 하지 않았다. 그저 물끄러미 디아린을 보고만 있을 뿐이었다.

그때, 문이 열리더니 디아린의 아버지가 들어왔다. 그는 요람으로 성큼성큼 걸어와 디아린을 내려다보았다.

*"네 어머니가 다치셨다, 디아린. 이렇게 어린 네게 생일 선물을 사 주겠다고 외출하더니 마차 바퀴가 빠졌다는군. 발목이 삔 정도이긴 하지만."*

커다란 창문을 통해 들어오는 가을의 햇살이 따뜻하다.

이곳은 너무도 화목한 곳이다. 삶을 거부하고, 가족들을 멀리하는 디아린만 아니었더라면 이들은 정말로 그린 듯이 완벽했을 것이다.

*"이 어린것이 뭐라고."*

디아린의 아버지가 한숨을 내쉬었다. 그래서 디아린은 씁쓸한 미소를 지었다.

"그러게요. 제가 뭐라고."

제가 없었으면 이곳은 더 완벽했을 텐데. 들리지 않을 말이었다.

그때 디아린의 아버지가 요람 속의 디아린을 조심히 들어 올려 안았다.

*"넌……. 너무 작고 어려서 부서질까 봐 겁이 나는구나."*

"……."

차가운 얼굴의 영주는 디아린을 보았다.

기억이 거의 없는 아버지.

그가 자그마한 딸에게 깊은 애정을 담아 속삭였다.

*"그래도 우리 딸로 태어나 주어서 고맙구나."*

"……."

봄을 맞닥뜨린 얼음이 이런 기분일까.

*"우린 너를 이토록 사랑하니 이젠 우리에게 조금 마음을 열지 그러니."*

아버지는 걱정스러운 얼굴로 물었다.

*"뭐가 네 마음에 그렇게 상처를 입혔을까."*

"……."

이것이 수첩의 첫 장.

〈역시 이 수첩은 널 위해 쓰기 시작했던 거였군.〉

거봐, 육아 일기 맞다니까.

로르의 목소리는 디아린에겐 들리지 않았다.

그와 동시에 짙어지는 안개.

따뜻했던 과거는 천천히 흐려지고. 작은 딸을 안고 있는 디아린의 아버지 역시 서서히 사라지기 시작한다. 다시는 못 볼 모습이다. 이것이 끝나면 환상은 더 이상 동작되지 않을 것이다.

'우리 딸로 태어나 주어서 고맙구나. 우린 너를 이토록 사랑하니 이젠 우리에게 조금 마음을 열지 그러니.'

마지막 환상. 마지막 기억.

'뭐가 네 마음에 그렇게 상처를 입혔을까.'

가족에게 그런 말을 들을 줄은 몰랐다. 그들이 그렇게 생각하고 있을 줄은 정말 몰랐다.

"……."

그 작은 몸에서, 이렇게 클 때까지. 영영 콘클이스터를 멀리했던 자신인데. 저도 모르게 후드득 떨어지는 눈물에 디아린은 당황했다.

"디아린."

"아니, 잠깐만……."

급하게 닦아 내려고 했지만, 에제트의 손이 좀 더 빨랐다. 그는 정말로 조심스러운 손길로 디아린의 눈가를 쓸었다. 그 서늘한 체온. 에제트가 정확히 무슨 표정으로 디아린을 보고 있는지, 그녀는 알지 못했다.

반면 그 얼굴이 잘 보이는 로르는 홀랑 디아린의 영혼에서 깃털 형태로 빠져나왔다. 가볍게 혀를 찬다.

〈이 주인이란 녀석은 자기가 왜 우는지도 몰라.〉

그리고 디아린의 등을 고민하다가 떠밀었다.

툭.

앞으로 넘어질 뻔한 디아린의 몸을, 바로 앞에 있던 에제트가 손으로 잡아 품에 가둔다.

"디아린."

에제트의 심장이 평소보다 빠르게 뛰고 있다는 걸, 맞닿고 나서야 알게 되었다.

"흰 사슴족이 당신에게서 빼앗아 간 게 너무 많아."

"……."

그 말이 비수가 수도 없이 찔렸던 마음을 달래 주는 것처럼 들려서. 과거도, 환상도 아닌 현실이고 실재인 에제트. 스러져 가는 자신의 모든 과거를 눈에 담은 혼약자. 디아린은 입술을 꾹 다물었다.

따뜻한 눈물이 뺨을 타고 뚝뚝 흘러내렸다.

## chapter 20

황제의 근위대가 콘클 공작저를 봉쇄하고 나흘 후.

콘클 공작이 황제에게 '깃발'을 보냈다. 가문의 문양이 새겨진 깃발. 이것은 귀족들이 하는 극히 높은 단계의 사죄 방법이었다. 따지자면, 콘클 공작은 무릎을 꿇고 발치에 엎드린 정도까진 아니었으나, 황제의 옷자락을 붙잡고 매달린 정도는 한 것이다.

생각한 것보다 훨씬 저자세로 나온 공작가.

황제는 여론을 고려해야 했다. 일단 봉쇄를 풀어 주었으며, 콘클 공작으로부터 3년간 귀족 대회의 출입 금지령을 내렸다. 영지의 3할을 국고에 귀속시켰으며 엄청난 배상금을 콘클 공작에게 청구했다.

나름대로 합당한 벌이라고, 귀족들은 수군댔다. 하지만 디아린의 생각은 달랐다.

'엄청 부족한데. 엄청, 엄청, 엄청.'

침대에 엎드리고 누워 반다의 붉은 손수건을 빤히 바라본다.

이 손수건이 담겨 있던 콘클의 상자.

확실히 조사하기 위해서, 디아린은 콘클 공작가 본성에 들어가 봐야 했다.

하지만 어떻게 들어갈 수 있겠는가?

"엘리제를 협박할까?"

혼자 중얼거리던 디아린이 바람 빠지는 웃음소리를 냈다.

"걔가 잘도 내 말을 들어주겠다."

손수건을 다시 잘 접어 품에 넣고, 디아린은 일단 해야 할 일들을 했다.

서류를 정리하고 처리하고, 에제트가 보내 온 시종이 "황자 저하께서 오늘도 저녁을 함께하자고 하십니다."라고 전해 와, 좋다고 대답하고 돌려보냈다. 디아린이 저녁 정찬 때 찰 귀걸이를 골라보던 때였다.

뜬금없는 사람이 찾아왔다.

"오드 영애님."

황후의 시녀장이었다.

"황후 폐하께서 차를 마시자고 하십니다."

"황후 폐하께서? 지금요?"

"예."

'이렇게 갑자기 왜?'

뭐, 일단 거절할 명분은 없었다.

디아린은 순순히 시녀장을 따라 황후궁으로 향했다. 봄꽃이 한껏 만개한 아름다운 정원에 자리가 만들어져 있었다.

"왔는가, 오드 영애. 자, 그럼 모두들 물러가 보거라."

"물러가겠습니다."

"물러가겠습니다. 황후 폐하."

사용인들이 재빨리 물러났다. 정원에 단둘이 앉자 고요한 침묵이 내려앉았다. 차를 한 모금 마신 황후가 부드러운 미소를 지었다.

"오드 영애."

"네, 폐하."

"생각해 보니 우리의 거리가 그다지 가깝지가 않았어."

‘가까울 필요가 있나?’

“어쨌든 에제트는 내 손주고, 영애는 손주며느리가 되지 않는가. 아가라고 친근히 부르는 것도 좋겠지.”

물론 귀족가에선 종종 그렇게도 부른다지만……. 그건 정말 격의 없이 친할 때 부르는 게 아닌가? 일단 황후와 콘클이스터 방계가 나누기에는 전혀 어울리지 않는 호칭이었다. 그래도 디아린은 일단 내색 없이 가만히 있었다.

황후가 물었다.

“나탈리를 아가가 가지고 있지?”

갑작스러운 말. 그러나 디아린에게서는 조금의 동요도 찾아볼 수 없었다.

“그게 무슨 말씀이신지요? 황후 폐하.”

“모른 척할 줄 알았지.”

오블리잔 황후는 미소를 지으며, 탁자 위에 올려놓았던 작은 상자를 열었다.

“자, 이걸 보렴.”

디아린의 두 눈이 커졌다.

‘이거.’

상자 안에 들어 있는 것은 다름 아닌 백금발 한 타래. 디아린의 눈이 순간 가늘어졌다. 저 백금발에서는, 최고위 마법사만이 감지할 수 있는 아주 희미한 마력의 잔재가 느껴졌다.

‘……내 마력이잖아.’

디아린의 마력이 담긴 가발이 오랫동안 붙어 있어서 나는 흔적. 그렇다면 답은 하나였다. 진짜로 나탈리의 머리카락이라는 것. 이 독특한 금발은 나탈리의 것이 분명했다.

‘어디서 흔적이 밟혔나? ……도망시켜야겠네.’

그런 디아린의 속을 읽었다는 듯 황후가 말을 이었다.

"나탈리 기드곤. 그 아이는 자신의 머리칼이 잘린 줄도 모를 것이다. 황제 폐하께서 이 사실을 아신다면 몹시 화를 내시겠지."

"……."

황후는 나긋나긋 웃었다. 만약 황후가 이 사실을 황제에게 고한다면, 그 분노를 디아린이 감당할 수 있을까?

결코 감당할 수 없을 것이다.

"아가. 본후는 많은 걸 바라지 않는단다. 다만 아가가 좀 더 본후의 말을 잘 들어주면 좋겠구나. 매일매일 함께 차를 마시고, 저녁 정찬을 함께해도 좋겠지."

황후의 말뜻은 하나. 가까이 보자면, 순순히 자신에게 굽히라는 것이고 멀리 보자면 더 이상 3황자 벨마르와 대척하지 말고, 황위를 서서히 포기하라는 것이었다.

"시간이 더 필요하니, 아가?"

* * *

에제트는 집무실에 앉아 서류를 보고 있었다. 활짝 열려 있는 창문. 따뜻한 봄바람이 불어와 머리카락을 장난처럼 흔든다. 에제트는 두꺼운 서류를 넘겼다. 그의 귓가에는 작은 사파이어 귀걸이가 잘 달려 있다.

똑똑.

"저하."

시종이 고개를 조아리고 말했다.

"영애님의 시녀가 찾아 왔습니다."

에제트는 시선도 들지 않았다. 시종은 당황하지도 않고, 바로 몸을 돌려 샤이를 집무실로 들여보내 주었다. 샤이는 결연한 눈빛인 한편, 조금 어리둥절한 상태였다. 너무 쉽게 들어올 수 있었기 때문이다.

북쪽 날개 궁의 보안은 결코 쉽지 않다. 더군다나 에제트는 항렬이 높은 직계 황족. 아무리 같은 궁의 사용인인 샤이라도 쉬이 만남을 허락받기 어려운 위치였다. 더군다나 디아린의 명령이나 전언을 가져온 것도 아니니까.

당연히 에제트의 집무실을 지키고 있는 겹겹의 시종들과 기사들을 뚫는 데 몹시 많은 시간이 소요될 거라고 예상했는데.

현실은 전혀 달랐다.

'황자 저하께 긴히 고할 말씀이 있습니다!'

'아. 오드 영애님의 시녀?'

'예. 제발, 어려운 건 알지만 제발 황자 저하께 정말로 꼭 드려야 하는 이야기가 있다고 말씀 한 번만 좀 올려 주시…….'

'들어가시오.'

'예?'

디아린의 직계 시녀는 직통으로 접견을 허락케 해 줄 것.

에제트가 한참 전에 이미 이런 명을 내렸다는 사실을 샤이가 알게 되는 건 나중의 일.

샤이는 긴장한 얼굴로 꾸벅 고개를 숙였다. 사실 그녀는 에제트를 독대해 본 적이 손에 꼽히게 적었다. 그때마다 샤이는 에제트가 몹시 낯설고 조금, 아니, 제법 무서웠다.

"8황자 저하께 인사 올립니다."

에제트는 여전히 서류에 시선을 고정한 채 물었다.

"무슨 일이지?"

"아가씨가 황후궁에서 하룻밤 묵고 온다고 하십니다."

서류를 부지런히 읽어 내려가던 황금빛 눈동자가 뚝 멎었다.

에제트가 자리에서 일어났다. 샤이는 꿀꺽 마른침을 삼켰다. 자초지종을 물어 올 거라는 예상과는 달리……. 에제트가 책상 뒤편에 있는 설렁줄을 잡아당겼다.

곧장 집무실 문이 소리 없이 열리고, 대기하고 있던 시종 세 명이 서둘러 들어왔다.

"황후궁에 가겠다."

알아들은 시종들이 재빨리 움직였다. 두 명이 얼른 새로운 의복을 가지러 나갔다. 에제트는 샤이에게도 역시 나가 있으라고 턱짓했다. 직후 에제트는 남은 시종 한 명에게 명령했다.

"가서 기름을 가져와."

기름?

시종은 어리둥절한 기색도 감추고 바로 머리를 조아렸다.

"바로 준비하겠습니다. 황자 저하."

에제트는 한 손으로 직접 셔츠의 단추를 풀어 냈다.

그때, 집무실의 어두운 쪽에서 갑자기 클로디어스가 나타났다. 에제트의 충실한 그림자. 얼마 전 1인 흑범에서 벗어나서 그나마 좀 여유가 있어진 남자였다.

"황후궁에 가 볼까요."

"지금 가 봤자 경이 어쩔 건데."

"영애님을 무사히 빼내 오겠습니다."

"디아린이 납치라도 된 줄 아나?"

"비슷한 것 아닙니까."

클로디어스의 말이 물론 틀린 건 아니었다. 에제트는 단추를 모두 풀어낸 셔츠를 아무렇지 않게 벗어내며 말했다.

"계속 보고 서 있을 건가?"

"아, 죄송합니다. 저하. 저하는 참 다 가지셨군요."

이미 성년으로 인정받고도 남았던 나이. 조금 있으면 결혼식조차 가능한 연령에 도달한 젊은 황자의 몸.

클로디어스는 확실히, 에제트가 아주 오랜 시간을 검에 공을 들였다는 사실을 가시적으로 깨달았다. 저런 몸은 아무래도 자신이 봐야 할 건 아닌 것 같았다.

'볼 거면 황자비 저하가 보시는 게 좋겠지.'

"경은 황후궁이 아닌 다른 곳에 가 봐."

"다른 곳이라면……."

에제트가 약하게 이마를 찌푸렸다.

짐작은 어렵지 않았다. 황후가 무슨 냄새를 맡은 거겠지. 나탈리 기드곤이 아니면 흑범. 기회는 한 번뿐이니, 신중하게 선택해 클로디어스를 보내 봐야 했다.

에제트는 집무실 창 바깥을 바라보았다. 그로부터 몇 분 후, 클로디어스는 흑범이 있는 쪽으로 신속히 움직였다.

* * *

황후는 우아하게 차를 한 모금 마셨다. 그녀는 지금 디아린과 티타임을 가지고 있었다.

황후와 디아린. 두 사람은 어쩌다 보니 이 황궁에서도 몇 안 되는, 멀쩡한 여성 황족(한 명은 아직 준황족이지만)이다. 물론 둘만 있는 건 아니었다. 황후는 디아린의 옆에 앉아 있는 3황자 벨마르를 보고 부드러운 웃음을 머금었다.

"그러고 보니, 오드 영애."

"네, 황후 폐하."

"'공평한 혈통'인 영애 눈엔 벨마르의 얼굴이 어떻게 보이지?"

"3황자 저하 말씀이시지요."

"그래."

벨마르는 그저 조용히 차를 마실 뿐이었다. 하지만 그의 허벅지에는 힘이 잔뜩 들어가 있었다. 디아린이 조심스럽게 벨마르를 쳐다보았다.
사실, 디아린은 오늘 3황자를 보고 내심 놀랐다.
'항상 파충류 비늘을 입힌 것처럼 보였는데.'
오늘은 아니었다. 디아린은 솔직하게 대답했다.
"안개가 감도는 걸로 보입니다."
"그런가. 눈과 머리색은 보이고?"
"네. 황후 폐하."
"안타깝구나. 좀 더 제대로 보이면 좋을 텐데."
디아린은 차를 마셨다.
'에제트 얼굴만 점점 선명해지는 게 아니었어.'
벨마르의 얼굴도 같은 선명도로 서서히 뚜렷해지고 있었다. 디아린은 사실, 에제트의 외모 얘기는 심심찮게 들어봤지만 벨마르에 대해선 별말을 들어 본 적이 없었다. 그저 준수하다 정도는 들었으니 나쁘지 않은 미남 정도일까.
"오드 영애가 나흘이나 본후의 궁에 머물다 가게 되었으니, 특별히 은과 장미의 정원을 개방해야겠구나."
"괜찮습니다. 황후 폐하."
"조심성 많기는. 그래, 나보단 젊은 사람들끼리 티타임을 가지는 게 더 재밌겠지. 벨마르, 네가 이 할미를 대신해 오드 영애를 오늘 잘 에스코트해 주거라."
"할마마마의 명 받들겠습니다."
벨마르는 늘 그렇듯 조금도 웃지 않았다. 다만, 이렇게 가까이서 저 여자, 디아린 오드 콘클이스터를 보는 건 오랜만이었다. 은의 산에서 스쳤던 이후로는 처음이라고 해도 좋다.
황후가 아니었으면 정신없이 쳐다보았을지도 모른다. 그 역시 사교계에 파다했었던 소문을 잘 안다. 8황자 에제트 아스페르크가 콘클의 방계에게 깊이 빠졌다고.

그건 단순한 소문이 아니라 철저한 진실일 터다.

천한 기사를 부친으로 둔 주제에, 빌어먹게도 탁월한 능력으로 황후로 하여금 견제를 샀던 8황자.

어릴 때부터 좋은 것 하나는 기가 막히게 먼저 찾아내던 놈이다. 그러니 에제트가 디아린에게 진심이라는 건 맞을 터이다.

하지만 반대는?

디아린이 에제트에게 진심이란 소문은 들어 본 적이 없다. 사실은 아무도 그에 대해선 궁금해하지 않았으니까.

벨마르는 어깨를 바르게 폈다. 에스코트를 허락받은 오늘 하루. 벨마르는 종일 디아린에게 정신없이 보여 줄 것이다. 이 호화로운 황후궁을. 그리고 에제트와는 질적으로 다른 자신의 고귀한 혈통을.

어차피 디아린에게 부족한 것은 혈통 아닌가? 당연히 고작 기사를 부친으로 둔 에제트가 아니라, 진짜 고귀한 피를 이은 벨마르 자신에게 더 끌릴 것이다.

남다른 자부심으로, 벨마르는 그렇게 확신했다.

황후궁의 기사가 급한 걸음으로 들어온 건 그때였다.

"황후 폐하."

"무슨 일이냐?"

기사는 몹시도 곤란한 표정이었다. 그녀는 흘긋 디아린을 보고 보고했다.

"……방금 북쪽 날개 궁에 불이 났다고 합니다."

"불이요?"

디아린의 얼굴에 당혹감이 스쳤다. 갑자기 왜 멀쩡한 궁에 불이 났다는 말인가?

'에제트는? 샤이 양은? 다 괜찮나?'

직접 가서 확인해 보는 게 제일일 터. 디아린이 바로 자리에서 일어났다.

"황후 폐하. 송구하오나, 저는 북쪽 날개 궁으로 돌아가……."

"오드 영애."

허나 디아린을 붙잡는 목소리. 다름 아닌 벨마르였다. 그는 특유의 어둡고 조용한 목소리로 말했다.

"불이 났으니 외려 황후궁에서 하룻밤 피신해 있는 게 안전할 겁니다."

"그래, 벨마르의 말이 맞구나. 아가. 쉬었다 가렴. 위험하지 않겠니? 황후궁엔 아늑한 손님방이 수도 없이 있지."

황후까지 거들었다. 그녀의 말은 의미심장했다.

디아린은 속으로 쓴웃음을 지었다. 그렇지, 지금 자신은 협박당하고 있었다. 나탈리에 대한 건으로 말이지.

"그렇다면 8황자 저하의 안위만 확인하고 돌아오겠습니다."

"그럴 필요 없습니다."

그때 문득 들려오는 익숙한 목소리. 지금 디아린의 시선이 돌아가는 건 그 누구도 막을 수 없었다. 뒤를 돌아본다. 대리석 바닥을 성큼성큼 걸어오는 남자.

"……아스페르크."

오블리잔 황후의 눈썹이 슥 치켜 올라갔다. 에제트가 정중하게 인사했다.

"황후 폐하께 인사 올립니다."

"그래. 북쪽 날개 궁에 불이 났다니. 안타깝구나. 오드 영애의 안위가 걱정되니, 오늘 본후가 황후궁에서 하룻밤을 재워 주기로 했단다."

"그렇습니까."

"그렇단다. 아스페르크. 설마……, 혼약자가 불씨가 남아 있을지 모르는 북쪽 날개 궁에서 잠자길 원하진 않겠지?"

황후는 바보가 아니었다. 갑자기 북쪽 날개 궁에 불이 났다고? 그걸 자신더러 믿으란 말인가?

'영악한 녀석.'

보통 머리가 좋은 게 아니다. 벌써 오드 영애가 약점을 잡힌 걸 눈치챈 모양이다. 그래서 불까지 내면서 오드 영애를 데려가려고 하는 모양인데, 웃기는 소리.

에제트는 늘 그렇듯 서늘한 목소리로 말했다.

"제 혼약자를 데리러 온 건 맞습니다. 다만 지금 데리고 가려는 건 아닙니다."

'지금 데려갈 게 아니라고?'

잠시만, 설마.

번개 같은 불쾌함이 황후의 머리를 관통했다. 황후가 다급히 입을 열려고 했으나.

"저 또한 황후 폐하께 침소를 구걸하러 왔으니 부디 손님방을 내어 주시지요."

* * *

"에제트? 무슨 생각 해?"

바로 옆에서 들리는 목소리. 다리를 꼬고 앉아 있던 에제트가 옆을 보았다. 디아린의 얼굴이 보여 바로 기분이 좋아졌다.

그는 가볍게 말했다.

"벌써 봄이 끝나 가는군요."

"아, 그러게."

무르익을 대로 무르익은 꽃향기. 다시 말해 이제 곧 끝이라는 소리였다. 에제트의 말을 진짜로 믿은 디아린은, "그렇구나." 하면서 어두운 창밖을 바라보았다. 그녀의 뒤에선 황후의 시녀장이 보석을 신중하게 고르고 있었다.

시녀장은 에제트와 디아린의 대화에 정중히 끼어들었다.

"황후 폐하께서 영애님에게 특별히 보석 장신구 세트를 빌려주셨습니다.

황후 폐하께서 국혼을 치르실 때 가져오신 것들이지요. 그중 한 점은 듀르셰 공작가의 가보 중 하나이기도 합니다."

내일 디아린이 찰 보석 장신구였다.

황후가 친히 붙여 준 시녀장의 귀는 이들의 대화를 듣기에 여념이 없을 터. 에제트는 무표정한 얼굴로 대리석 바닥을 딱딱 건드렸다. 그가 하고 있던 생각은 다른 게 아니었다. 내일 자신이 이 황후궁 손님방에서 나가고 난 후를 생각하고 있었다.

에제트가 방문을 나서고 한 시간도 되지 않아, 황후는 에제트가 머문 손님방의 벽과 바닥까지 뜯어내 버리라 명령할 게 틀림없었다. 예전부터 황후는 제 비천함을 역겨워했으니까. 그러니 주제도 모르고 감히 황후궁에 하루 묵게 해 달라는 그 청을 듣고, 황후의 얼굴이 드물게도 일그러진 것이다.

그 일그러진 낯이 떠오르자 에제트는 자신도 모르게 픽 웃음 뻔했다. 그런 생각을 하는 것치고, 눈빛은 차갑기만 했지만.

에제트는 창밖을 바라보고 있는 디아린을 눈에 담았다.

긴 연갈색 머리카락을 길게 땋아 놓은 모양은, 확실히 황후궁 시녀의 솜씨였다. 그 아래로 보이는 흰 네글리제와 나이트가운은……. 에제트는 잠시 시선을 옮겼다.

나지막이 숨을 내쉰다. 왜 이 사람의 모습은 이렇게 사소한 것 하나도 말도 안 되게 눈에 새겨지는지.

"8황자 저하, 밤이 늦었으니 이제 그만 침소로 모시겠습니다."

에제트는 무심하게 시녀장을 쳐다보았다.

"난 여기서 자도 상관없겠는데."

'여기서 자겠다고?'

디아린이 당황한 것보다, 시녀장이 대경한 게 더 컸다.

"8황자 저하. 아직 두 분은 혼약 관계이십니다! 더군다나 이곳은 지고한 황후 폐하께서 머무시는 엄숙한 황후궁이고요!"

'아니……. 그냥 자고 간다고만 했잖아요…….'

디아린은 시녀장의 반응이 더 당황스러웠다. 물론 그렇게 들릴 여지가 다분했지만. 일단 디아린에게는 에제트의 '자고 간다'는 말이 그냥 옆에서 자겠다는 말로 들렸다. 왜냐하면 그동안은 그랬으니까. 시녀장이 에제트를 파렴치한처럼 보는 게 디아린은 그저 신기했다.

자신의 혼약자는 언제나 서늘하고, 목소리는 종종 건조했다. 하지만 황족다운 기품이 몸에 짙게 배어 있었다.

'아마 에제트는 거지 굴에서 굴러도 남다를 거야.'

그렇게 마냥 고귀하게 보이는 에제트도 저런 눈빛을 받을 수가 있구나.

디아린은 이쯤에서 정리해 주기로 했다. 펄펄 뛰는 시녀장이 황후에게 가서 고하기라도 하면 복잡해지니까.

"시녀장. 내가 불면증이 있어서, 황자 저하가 옆에 있어 주시겠다는 뜻이었어요."

"그런……."

"그렇지요?"

디아린이 에제트를 보았다.

'빨리 그런 거라고 말해.'

딱 그렇게 말하고 있는 연보라색 눈동자. 에제트는 픽 웃었다.

"혼자 낯선 곳에서 자도 괜찮겠습니까?"

"그럼요."

"당신의 뜻이 그러시다면야."

에제트가 디아린에게 손을 내밀었다.

의례상 입을 맞추려나 싶어 올리는 손을, 에제트가 부드럽게 잡아당겼다. 예고 없는 포옹. 이어 에제트는 디아린의 뺨에 입을 맞췄다.

여기까지는 종종 받던 입맞춤인데…….

귓가에 닿는 입술.

순간 짚어 말하기 어려운 기묘한 감각이, 디아린의 등줄기를 따라 소름처럼 쭉 솟아올랐다.

"그럼 내일 보도록 하지요, 디아린."

"……."

그날 밤.

디아린은 제법 오랫동안 잠을 설쳤다.

* * *

북쪽 날개 궁의 화재는 온전히 에제트의 침소에 집중되어 있었다. 그나마도 그리 크지 않았다는 소식을 들은 황후는 차가운 미소를 지었다. 그런 손해까지 감수하며, 황후궁에 왔으나 그럼 뭐 하나.

에제트와 디아린은 제대로 대화도 나누지 못했는데.

오블리잔 황후는 즐거운 마음으로 황제와 함께 본궁의 식당에 들어섰다. 이미 대기하고 있던 황족들이 일제히 일어나 인사를 올렸다.

"모두 앉거라."

황제, 브루노 9세는 거대한 식당을 둘러보았다.

"이렇게 다 함께 봄 석찬을 가지니 즐겁구나. 모두 마음껏 마시고 먹거라."

"황공하옵니다. 폐하."

일 년에 네 번, 황족들끼리 갖는 정찬.

브루노 9세가 피의 숙청을 한 이후, 제대로 된 황족은 손에 꼽아 황량하기까지 했던 이 정찬이, 이번에는 이례적일만큼 참석한 황족이 많았다.

8황자와 그의 혼약자.

그리고 수문석 영지에서 올라온 어린 쌍둥이 황자들.

황후의 친손주인 3황자 벨마르와……, 이번에 그의 혼약자로 내정된 후작가의 레이디.

'저런. 잔뜩 긴장해 있구나.'

그래. 황후에겐 저런 황자비가 다루기 쉽고 편하다.

황금으로 장식한 호화로운 식탁. 봄볕을 듬뿍 받아, 맛이 제대로 든 잎사귀 샐러드가 올라온다. 이어서 레몬즙을 뿌린 신선한 굴이 껍데기째로 올라와 눈을 즐겁게 했다.

특별한 정찬임을 고려해 샴페인이 일찍 대령되었다. 커다란 잎을 말아 쪄 낸 농어 요리. 주르륵 흐르는 소스에는 좋은 버터의 풍미가 가득했다. 생선이 찜이었으니, 솜씨 좋게 구워 낸 소고기 요리가 균형을 맞추며 올라왔다. 사계탑에서 진상한 독특한 마도석 식기 덕에 기름과 육즙이 지글지글 끓었다.

버터를 껍질에 문지르고, 돌소금과 허브를 묻혀 구워 낸 살찐 칠면조 구이. 중간중간 달지 않은 치즈와, 새콤한 맛이 감도는 셔벗이 제공된다.

이 계절에 먹기에는 하나같이 귀한 식재료들이 대부분이었다. 이런 호사는 오직 자신의 친손주인 벨마르만이 영원히 누려야 마땅한 것. 비천한 8황자 따위가, 어찌 황위를 두고 다툰단 말인가.

오블리잔 황후가 디아린을 쳐다보았다.

그녀는 오늘, 봄 석찬이 끝나기 전까지 황후에게 대답을 돌려 주기로 했었다. 석찬 도중, 자신에게 다가와 한쪽 무릎을 꿇고 정중하게 가장 좋은 샴페인을 올리는 것.

디아린이 황후의 편에 서기로 했다는 것을 황제에게 가시적으로 보여 주는 행동. 그러나 디아린은 끝끝내 황후에게 오지 않았다. 샴페인을 올리지도 않았다.

그렇게 결론을 내린 것인가.

그렇다면야.

황후는 이제 디아린에게 보내는 시선을 숨기지도 않았다. 얼마나 확고하게 쳐다보았으면, 황제조차 흥미로운 표정을 지었을 정도였다.

"어찌하여 그렇게 오드 영애를 바라보는 것이오, 황후?"

"폐하. 오늘따라 오드 영애가 무척 아름답지 않습니까."

"흐음……. 그러고 보니 그렇군. 원체도 미색이 뛰어난 편이긴 했어. 그런데……."

황제가 미간을 좁혔다.

"얼굴이 유독 파리하군. 몸이 좋지 않은 것 같아 보여."

황후는 걱정스러운 미소를 지으면서 말했다.

"영애의 피부가 유독 하얘서 그런 것 아니겠습니까. 보십시오. 오늘 영애가 걸치고 있는 보석도 무척 잘 어울립니다."

"예스럽고 고상하군. 어디서 좋은 것을 구했구나, 오드 영애."

황후의 얼굴이 가볍게 꿈틀거렸다. 국혼식 때 친정에서부터 가져온 저 보석은, 황후가 자주 착용했던 것이다. 황제는 전혀 그것을 모르는 눈치였다. 디아린은 일단 칭찬을 받았기 때문에, 자리에서 일어나 가볍게 몸을 앞으로 숙였다.

"황공하옵니다. 황제 폐하. 황후 폐하."

말하는 디아린의 안색은 진실로 창백하다.

그녀의 파리한 낯빛을 살핀 에제트가, 시선을 옮겨 단 위의 황후를 올려다보았다. 오블리잔 황후가 보란 듯이 짙은 미소를 지었다.

그런 황후를 응시하던 에제트가, 돌연 자리에서 일어났다. 디아린의 손등을 손끝으로 가볍게 두드린 그가 한 발자국 앞으로 나섰다.

"무슨 일이지, 아스페르크?"

"할바마마께 아뢸 일이 있습니다."

"무엇이지?"

"그간 나탈리 기드곤을 비밀리에 보호하고 있었습니다."

"……?!"

순간 식당이 당황으로 가득 찼다.

황제조차 순간 얼이 빠져, 에제트를 쳐다보았다.

지금 자신이 무슨 말을 들은 것인가?

하지만 황후만큼 당황한 사람은 적어도 이 본궁에는 없을 터.

'저 발칙한 것이 지금 무슨……!'

"황제 폐……."

"아스페르크!"

황제, 브루노 9세의 쩌렁쩌렁한 음성이 순간 장내를 장악했다. 정신을 차린 황제의 눈동자에는 강력한 분노까지 넘실거리고 있었다. 황후는 입술을 사리물었다. 저렇게 눈이 돌아간 황제에겐 웬만한 말은 들리지도 않는다.

"어째서 레이디 기드곤을 네가 보호하고 있었다는 것이지? 대답 여부에 따라 너 또한 벌을 피할 수 없을 것이다. 아스페르크!"

황제는 결코 나탈리를 가만히 살려 둘 생각이 없었다. 감히 자신을 우롱한 티드로의 혈육이니 죽여 마땅했다. 하지만 나탈리는 미꾸라지처럼 잠적했다.

그런데 그걸 에제트가 보호하고 있었다고? 비밀리에?

에제트는 고개를 숙여 보였다. 그가 눈짓하자, 시종이 곧바로 새로이 뽑힌 황제의 시종장에게 편지를 올렸다. 황제는 에제트가 올린 편지를 펼쳤다. 편지에 함께 동봉되어 있는 것은…….

백금발 한 타래.

"……!"

황제 또한, 나탈리 기드곤의 머리 색깔을 기억했다.

그 빌어먹을 가짜 흑조의 로드인 티드로 기드곤과 꼭 같은 백금발이었으니까!

황제는 거친 손길로 편지를 펼쳤다.

아주 약간의 시간이 흘렀다. 황제의 이마에 핏줄이 벌겋게 솟아나기 시작했다. 그 편지는 발고장이었다. 황제가 단 한 번도 상상해 본 적 없는 엄청난 비밀이 통고되어 있는!

[……따라서, 지고하신 황제 폐하께 미천한 소녀가 진실을 밝힙니다. 가짜 흑조를 조작해 불어넣은 것은 다름 아닌 콘클 공작으로, 공작가 본성 지하 3층에 신수의 영혼석을 유린하는 끔찍한 비밀 사조직이 있으니…….]

쾅!
"감히, 감히 콘클 이 더러운 쥐새끼가!"
황제가 결국 팔걸이를 때려 부수며 벌떡 일어섰다. 구겨져 나뒹구는 편지를 읽은 오블리잔 황후의 얼굴이 새파래졌다.
"근위대를 전원 소집하라! 감히 짐의 나라를 뒤흔들려고 한 역도를 짐의 손으로 반드시 응징하겠다!"

* * *

그로부터 세 시간 후, 늦은 오후의 시간.
아키르 제국 5대 공작 중 하나이자, 깊은 역사를 가지고 있는 콘클 공작이 황궁으로 호출되었다.
무력으로 끌려온 건 결코 아니었다. 콘클 공작을 모시러 온 것은 황실의 호화로운 마차. 반역죄를 물은 것도 아니었다. 황궁 밖은 아직 콘클의 일을 몰라 평화로웠다.
"도착했습니다, 콘클 공작님."
"내리지."
콘클 공작은 마차에서 내렸다. 주변을 둘러보며 뒷짐을 진다. 콘클 공작은, 황제의 새로운 시종장을 응시했다. 이전의 시종장은 이미 시체가 되어 들판에 버려졌다.
"어째서 본궁이 아닌 것인가?"
콘클 공작의 목소리는 태연했다.

"황제 폐하께서 날 본궁 말고 다른 곳에 부르신 것은 처음인데."

"예. 폐하께서 콘클 공작님을 제외하고도 다른 공작님들을 부르셨습니다. 건국제에 관해 중요하게 논할 일이 있다고 하셨지요."

"건국제에 관해?"

"예. 제가 감히 거짓을 고하겠습니까."

콘클 공작은 뒷짐을 지고 시종장을 내리깐 눈으로 쳐다보았다. 시종장은 공손한 얼굴이었다. 아무것도 알아낼 수 없었다. 콘클 공작의 손이 닿지 않은 사용인이니.

얼마 전, 황궁 사용인이 대대적으로 솎아지면서 콘클 공작은 더 이상 손쉽게 황궁의 정보를 보고받을 수도 없었다.

"그렇단 말이지."

"예. 공작님."

별 말 없이, 콘클 공작은 하늘을 한번 둘러보았다.

"그러고 보니 북쪽 날개 궁과 가깝군. 온 김에 내 수양딸을 만나 뵙고 싶은데."

"그건……."

"어차피 나 말고 다른 공작들이 입궁하려면 시간이 좀 걸리지 않겠는가? 황제 폐하께선 항상 이 정도는 이해해 주셨거늘."

그 말에 시종장은 할 말이 없었다.

"폐하를 오래 기다리게 하시면 안 됩니다."

"물론이지."

콘클 공작은 성큼성큼 북쪽 날개 궁으로 걸음을 옮겼다. 이미 발 빠르게 움직인 시종이 디아린에게 기별을 넣은 상태였다.

그리하여.

"오랜만이에요. 콘클 공작님."

조용한 응접실. 디아린은 콘클 공작을 쳐다보았다.

"무슨 일로 절 보자고 하신 거죠?"

잠시간의 침묵이 흘렀다. 콘클 공작은 한 손으로 이마를 지그시 누른 후, 내내 확인하고 싶어 미칠 것 같았던 그 질문을 꺼냈다.

"디아린 오드 콘클이스터."

"네."

"네가 정녕 적조의 로드였나?"

디아린은 부드럽게 웃었다.

"네."

"……."

죽음 같은 침묵이 흘렀다. 콘클 공작의 손은 약하게 떨리고 있었다.

"……네가, 콘클성 지하 3층에서의 일을 기억하고 있었군. 그래서 황제에게 그런 편지를 보낸 거였어."

나탈리, 그 계집을 이용해서.

"어떻게……, 어떻게 네가! 마력이라곤 먼지만큼도 없던 네가!"

버럭 소리친 콘클 공작이 태도를 바꿔, 손을 내렸다.

"그래. 디아린 콘클이스터. 네가 내게 그간 서운한 게 많았겠지. 하지만……, 나는 누가 뭐래도 네 수양아버지가 아니더냐?"

콘클 공작이 가라앉은 목소리로 말했다.

"그러니 나를 좀 도와다오."

"도와달라고요."

"그래."

콘클 공작은 바보가 아니었다.

건국제를 위한 의논? 웃기고 있는 소리.

자신과 콘클의 몰락을 위한 의논을 일방적으로 듣는 곳에 불러낸 거겠지. 만약 콘클 공작이 마차를 거부했다면, 그 즉시 황실의 군대가 파견되어 압송되었을 것이다. 그러니.

“내가 아니었으면 너는 그 저주받아 썩어 버리고, 전염병까지 도는 시골 영지에서 같이 한 줌 뼛가루로 썩었을 거다. 잘 알고 있지 않느냐?”

“물론 잘 알고 있지요.”

디아린은 콘클 공작을 응시하다가 물었다.

“궁금한 게 있어요.”

그들의 앞에 놓인 최고급 차.

오늘 이 응접실에 놓인 이 값비싼 차는, 누구의 입에도 감기지 못하고 버려질 터.

“왜 콘클이스터 영지에 독을 풀었죠?”

“……뭐?”

“왜 내 부모님의 땅에 독을 풀었느냐는 말이에요.”

“그게 무슨 말이냐?”

“모르는 척은 예나 지금이나 참 잘 하시네요.”

누가 알았을까?

콘클이스터 영지가 전염병으로 썩어 죽은 땅이 되어 버린 비극이, 실은 누군가의 철저한 계획 아래 일어난 악몽이라는 사실을.

디아린의 손에는 어느새 긴 흑단목 스태프가 소환되어 있었다. 디아린은 긴 스태프를 천천히 쓰다듬으며 말을 이었다.

“공작님. 이 스태프가 뭘로 만들어졌는지 아세요? 남부 에스터 흑단목이에요.”

“…….”

콘클이스터 영지 근방에서만 조금씩 자라는 단단한 나무. 디아린은 나탈리를 상단에 넣자마자, 이 흑단목 스태프를 만든 수습 장인을 수소문했다. 언제나 마음에 품고 있었던 일인데, 마땅한 사람이 없어 진행시키지 못한 일이었다.

수습 장인은 어렸다. 정말이지, 놀랍도록 어린애였다.

바들바들 떨며 자리에 앉은 소년의 나이는 기껏해야 열네 살 정도였으니까. 다만 몸에 온통 푸른 멍이 옅게 들어 있었다.

'콘클이스터 영지에서 시체로 오인돼서 버려졌다고 했지.'

기적처럼, 정말이지 기적적으로 소년은 살아남았다. 아무도 저주받은 영지에 들어오려 하지 않았으므로, 살아남을 수 있었다. 구사일생으로 죽은 콘클이스터 영지를 탈출한 소년은, 그로부터 한참이나 지나서야 의사에게 몸을 보일 돈을 모으게 된다.

'그때 진단을 받았다고 했지.'

소년이 지독한 독에 중독되었다는 사실을.

'독…….'

아마 시체들을 태우거나 화장하지 않고, 의사를 파견해 제대로 부검했으면 바로 세상에 드러났을 것이다.

콘클이스터 영지는, 강력한 맹독으로 썩어 죽어 버렸다는 사실이.

'로르도 이상하다고 했지. 백조의 힘이 역행한 게 아닌 것 같다고.'

아마 콘클이스터 영지에 다녀오지 않았다면, 의아하기만 했을 정보였다. 무엇보다, 디아린의 아버지 수첩에도 지나가듯 한 줄이 적혀 있지 않았던가.

*콘클 공작이 다녀가면 항상 죽은 땅이 발견된다.*

디아린은 똑바로 콘클 공작을 응시했다. 그는 디아린의 시선을 피하는가 싶더니.

"크하하하하!"

불현듯 허리를 접으며 커다랗게 폭소를 터뜨렸다.

"그래, 콘클이스터. 너는 정말 머리가 좋구나. 네 추측이 맞다. 내가 그랬다."

"왜 그랬는데요?"

왜.

도대체 왜 그런 짓을 한 건가?

"이런. 머리가 좋다고 방금 칭찬해 주지 않았나?"

콘클 공작이, 크게 웃어서 눈물까지 묻어나는 눈을 닦으며 말했다.

"내게는 콘클의 '특별한 방계들'이 많이 필요했거든. 콘클이스터를 포함해서 말이지. 기억나지 않느냐? 본성 지하 3층에 너 말고도 다른 이들이 제법 있었지."

"……."

"그래. 전부 실험용이었다는 소리다. 적조의 로드로 만들기 위한."

그나마 디아린은 얼굴이 굉장히 반반했다. 영리했으며, 필리프 후작이 콘클의 양딸로 밀어 넣으려고 애쓰던 인물이었다.

게다가 이 계집은, 이상할 정도로 보유한 마력이 없었다. 어떻게 해도 적조의 영혼석 실험체로 쓰기엔 부적합해 보였다. 나이까지 적당하니, 정략혼 도구로 쓰기엔 제격이라 특혜를 베풀어 준 것이다.

"그런데 너는 은혜도 모르고, 건방진 계집! 적조의 힘……, 그 강대한 힘을 손에 넣고도 내게 복종하지 않고 뒤통수를 때리다니!"

분노를 담아 외치는 목소리가 디아린의 귓가를 울린다.

어차피 황궁으로 잡혀 들어가 끔찍하게 죽을 위인의 처절한 발악 따위. 아무렇지도 않게, 얼마든지 들어줄 수 있는데, 문득 기이한 위험 신호가 느껴졌다.

'뭐지?'

본능적으로 디아린이 보호막을 만들어 낸 직후였다.

콰콰콰쾅!

고막을 때리는 소리와 함께 응접실이 완전히 폭발했다. 디아린의 두 눈이 커졌다. 방금까지 탁자를 사이에 두고 앉아 있던 콘클 공작이, 어느새 디아린의 바로 앞에서 얼굴을 들이밀고 있었기 때문이다.

그것도 아주 멀쩡한 모습으로!

콘클 공작은 탐욕에 번들거리는 두 눈을 하고서, 디아린의 손목을 강하게 옥죄었다. 그가 그녀가 만든 강력한 방어막조차도 뚫고 들어올 수 있었던 이유는 단 하나.

“아무리 잘난 적조의 로드라도! 너는 그저 콘클이스터일 뿐! 그 몸 안의 피를 모두 빼지 않는 이상 결코 나를 거역할 수도, 공격할 수도 없다!”

“이 더러운 쓰레기가.”

디아린이 입술을 짓씹었다. 콘클 공작의 얼굴이 일그러졌다.

“건방진 계집이 감히 누구에게……!”

분노 어린 말은 끝까지 이어지지 못했다.

“콘클 공작!”

“황제 폐하의 칙명이오! 당장 반역죄를 인정하고 항복하시오.”

이미 콘클 공작의 주위에서 기척을 숨기고 따라오고 있던 근위대들. 콘클 공작은 재빠르게 시선을 옮겼다. 그중에서 8황자는 없었다.

‘그 미친 용이 이미 8황자를 나의 성으로 보낸 모양이군.’

그러니 오만하고 멍청한 황제는 이 나를 목전에서 놓치는 것이다. 콘클 공작이 비소를 지었다.

콰!

한 번 더 터지는 소리와 함께 새까만 연기가 궁을 가득 메웠다. 폭발한 잔해에 머리가 긁혀 피투성이가 된 이작이 커다래진 눈으로 달려왔다.

“주인님! 괜찮으세요? 주인님!”

텅 빈 응접실. 디아린은 멍한 얼굴로 사라진 콘클 공작의 잔해를 쳐다보았다.

“긴급 사태, 긴급 사태다!”

“콘클 공작이 없어졌다!”

“성문을 봉쇄하고 전원 수색에 집중한다!”

* * *

엘리제 콘클.

콘클 공작가의 유일한 직계 영애인 그녀는 두 손으로 드레스 자락을 꽉 쥐고 있었다. 엘리제와, 귀중품들을 빼곡하게 실은 마차는 급한 속도로 달리는 중이었다.

그러니까 아까 전, 늦은 오후.

화려하고 우아한 황실 마차가 콘클 공작을 모시러 왔다. 수도에 있는 공작들과, 건국제에 관해 중요하게 의견을 나눌 일이 있다고 했다. 콘클 공작은 별 이견 없이 마차에 탔다.

황실 마차가 콘클 공작저를 여유롭게 나서자마자, 바로 집사가 급하게 짐을 꾸려 도둑 마차를 몇 대 완성시켰다. 엘리제는 아무것도 물을 새도 없이 마차에 탔다.

이미 밖은 어둑어둑했다. 콘클 공작가의 마차는 바퀴가 빠질 정도로 급하게 달리고 있었다. 그 속도감이 느껴질 정도였다. 엘리제가 손잡이를 세게 잡은 그때.

덜컹하는 소리와 함께 마차가 돌연 멈췄다. 엘리제의 심장도 덜컹 내려앉았다.

'끝났다.'

무엇인지는 정확히 모른다. 하지만 이렇게 쫓기듯 도망친다는 건, 무언가가 잡기 위해 쫓아오기 때문이라는 것.

벌컥 열리는 마차 문.

엘리제는 들어찬 공포를 숨기려 노력하며 마차에서 허리를 펴고 앉았다. 인영 하나가 마차 안으로 들어왔다. 엘리제는 공작 영애다운 고압적인 품위를 한껏 몸에 두르고, 상대방을 노려보았다.

진갈색 망토를 뒤집어쓰고 있는 인영은…….

"엘리제 콘클."
엘리제는 저도 모르게 숨을 들이 삼켰다. 망토를 내린 사람은 다름 아닌 디아린이었으니까.
"디아린 콘클이스터?"
"이 건방진 콘클들은 내 미들 네임 잊어 먹는 게 특징인가 봐?"
"……디아린 오드 콘클이스터."
"그래."
디아린은 마차 천장을 건드려, 마도석 등불을 켰다. 공작가의 값비싼 마차답게, 은은한 빛이 금세 마차 안을 밝혔다. 엘리제는 떨리는 손을 감추며 물었다.
"네가 어떻게……, 여기에 온 거야?"
"그건 알 필요 없어."
디아린은 잠시 생각을 정리하는 듯, 눈을 내리깔았다. 풍성한 연갈색 속눈썹이 길게 그림자를 만든다.
"엘리제 콘클."
호명. 디아린은 고개를 들어 엘리제를 들여다보았다. 엘리제는 긴장되는 자신이 한심해서 헛웃음이 나왔다. 왜 저 예쁜 눈이 이렇게 종종 두렵게 느껴지는 걸까?
"돌아가서 입궁해."
"……입궁?"
엘리제는 디아린의 말이 그저 갑작스럽게만 들렸다.
대체, 왜 갑자기 입궁을 하라는 말인가?
게다가 온 길을 되돌아가다 보면, 황궁 문은 닫혀 있을지도 모른다.
물론, 제 앞에 앉아 있는 디아린 오드 콘클이스터는 북쪽 날개 궁의 주인이긴 했지만. 쪽문을 개폐할 수 있는 권한을 소유한 유일한 레이디.
"본궁으로 가서, 황제에게 자수해. 콘클 공작령의 성을 뚫을 수 있는 방법은 죄다 밝혀. 그게 네가 살 유일한 길이니까."

"……."

엘리제는 보이지 않게 손을 꽉 쥐었다. 손톱이 맨살을 파고들어 아팠다.

"내가 왜 그래야 하지? 나는 유서 깊은 콘클 공작가의 하나뿐인 직계 영애인데?"

"너 정말 아직도 모르는구나."

디아린이 다리를 꼬고 앉아, 고개를 갸웃했다.

"그 유서 깊은 콘클 공작이 황궁을 부수고 도망쳤거든."

"……뭐?"

"황제가 내 혼약자에게 공식적으로 출정 명령을 내렸고."

"……!"

엘리제의 얼굴이 딱딱해졌다. 그녀의 입가가 파르르 경련했다.

"지금 황궁으로 돌아가 황제에게 항복해. 그러면 모든 콘클은 죽겠지만 오직 너만은 살아남을 거야. 비참하게 되든 몰락해서든 어떻게든 살아남겠지."

"……."

"싫다면 어쩔 수 없지만 말이야."

어차피, 엘리제는 그저 콘클의 직계 혈육일 뿐이다.

그녀 하나가 투항하지 않는다고 해서 에제트가 콘클을 굴복시키지 걸 실패하진 않을 터. 그러니 엘리제가 이대로 콘클 영지로 도망친다고 해도 달라지는 건 크게 없다.

그저 죽을 콘클의 머리에 엘리제의 머리가 하나 더 얹힐 뿐. 디아린의 모든 함의를, 엘리제는 충분히 알아들었다.

"대체 왜."

엘리제는 이를 악물었다.

"넌 대체 왜 나를 따라와 이런 걸 말해 주는 건데?"

"그야."

디아린은 높낮이 적은 목소리로 대답했다.

"네가 나한테 손수건을 전해 줬으니까."

"……."

"이건 지금 내가 베풀 수 있는 마지막 자비야."

"……."

자비라는 그 말이, 은혜를 베푼다는 그 시혜적인 말투가.

긍지 높은 공작 영애의 심기를 건드렸을지도 모른다. 하지만 상관없었다. 디아린에게 이건 정말이지, 콘클의 혈육에게 베풀 수 있는 마지막 자비였다.

"내 호위 기사를 두고 갈 테니까 1분 내로 결정해."

밖에는 램드와 이작이 나란히 마차를 봉쇄한 상태였다.

디아린은 서둘러 황궁으로 돌아가야 했다. 황제는 이미 군대를 콘클 공작령에 파견하기로 결정했다. 엘리제는 다시 망토를 뒤집어쓰는 디아린을 보았다.

반짝거리는 연갈색 머리카락이 보이지 않게 가려진다. 보석 같던 연보라색 눈동자도 드리워진 그림자에 가려지고. 엘리제는 문득, 처음 디아린을 보았을 때 콘클 공작에게 했던 말이 떠올랐다.

'아버지. 수양딸이면 저 아이가 제 동생이 되는 건가요? 꼭 인형 같아요. 너무 예뻐요.'

'그럴 리가 있느냐? 하찮은 방계 출신일 뿐이다.'

왜 갑자기 이 대화가 떠오르는 건가.

아주 오랫동안 잊고 있던 기억이 어째서 수면 위 물고기처럼 튀어나왔는가.

"……디아린."

아주 예전에 묻어 누었던 진심을 꺼내 보인다.

"만약 그때 아버지가 아니었으면……. 난 널 친동생으로 여겼을지도 몰라."

망설임 없이 마차를 나서려던 디아린이 우뚝 멎었다. 그러나 그뿐. 천룡의 미들네임을 하사받은, 역대 최고의 명예를 자랑하는 예비 황자비는 일말의 동요도 내비치지 않는다.
그저 한 마디만이 돌아왔을 뿐.
"인생에 만약이라는 게 어디 있겠어."
엘리제가 그답지 않은 쓴웃음을 지었다.
"……그래. 그렇지."

그날, 자정에 가까운 시간.
콘클 공작의 유일한 직계 영애. 엘리제 콘클이 스스로 황궁에 들어와 황실에 투항했다.
아키르의 황제, 브루노 9세는 8황자 에제트 아스페르크 키르헨을 콘클 공작령 정벌의 총지휘관으로 임명했다.

＊＊＊

"후."
디아린은 깊이 숨을 내쉬었다. 뒤에서 온 신경을 기울이며 따라오고 있던 램드가 즉각 물고기처럼 팍 튀며 반응했다.
"뭡니까? 피곤하십니까? 혹시 어디 아프신 겁니까?"
'아니 이게 무슨 호들갑이야.'
디아린은 흐린 눈으로 램드를 돌아보았다.
"안 피곤하고 안 아파요. 왜 그렇게 놀라요?"
"그야 여긴 적진 한가운데잖습니까……."
램드는 한숨을 연거푸 내쉬고 싶은 걸 겨우 참았다. 그랬다. 이곳은 적진 한가운데였다.
바로 하루 전, 콘클 공작령이 독립 선언을 했다. 말이 독립 선언이지 합의

되지 않은 선언이다. 이것이 반역임을 모르는 귀족이 없었다.

콘클 공작은 고발당했다. 아키르 제국의 근간 중 한 축인 신수를 부정한 방법으로 연구했다는 고발. 콘클 공작이 공작령의 모든 성문을 걸어 닫은 사실이 이를 방증케 했다. 그리하여 직계 황족인 에제트가 총지휘관으로 임명되어 콘클 공작령을 봉쇄한 것이다.

콘클은 말이 공작령이지, 부유한 왕국에 맞먹을 정도로 오래되고 대단한 가문이었다. 보유하고 있는 콘클 기사단도 그 역량이 뛰어나기로 유명했다.

'그런 곳에 영애님과 들어오게 되다니.'

콘클의 성. 콘클 공작령의 심장부.

램드에겐 낯선 곳이었지만, 디아린에겐 익숙한 곳이었다.

'옛날엔 여기서 자랐으니까.'

미로처럼 얽히고설킨 긴 복도를 저벅저벅 걸어 본다.

디아린은 갑옷을 입고 있었다. 덕분에 남들이 보기에는 그냥 평범한 기사로 보였다. 다른 누구도 아닌, 디아린 오드 콘클이스터 직접 콘클의 성에 들어왔다는 사실이 퍼지면, 어떤 의미든 혼돈이 생길 테니까 탁월한 선택이었다.

'마갑은 편안하네. 평범한 갑옷이었으면 못 걸어서 우울할 뻔했어.'

"이쪽 안으로 가면 길이 있어요."

"알겠습니다."

램드는 마음을 다잡고 다시 걸었다.

디아린은 이 미로 같은 고성이 무섭지도 않은지 잘 걷기만 했다. 그녀를 호위하는 역할인 램드는 속이 떨려 죽을 것 같았다. 물론, 알고는 있다.

'이분이 7계급 마법사라는 사실을 말이야. 정말 잘 알지. 아는데 왜 이렇게 떨린단 말이야. 정신 차려라. 램드 베스턴. 지금 이분은 영애님이 아니다.'

둘은 들어오기 전, 나름대로 가칭도 정해 두었다.

"영……, 도련님!"

반사적으로 외친 램드가 홱 하고 디아린을 끌어당겼다.

피슝!

램드의 감은 정확했다.

디아린과 램드의 머리를 노리고 날아온 화살을 그대로 쳐내 부러뜨린 것이다. 램드는 곧장 바람 같은 속도로 도약해, 사각지대에 몸을 숨기고 활을 쏴 대던 궁수들을 제압했다.

디아린은 이마를 찌푸리고 어두운 성을 둘러보았다.

'손잡이는 다 어디에 숨겨 놓은 거야.'

철옹의 요새.

콘클성은 독특한 건축 양식으로 유명했다. 복잡한 함정과 순식간에 닫히는 철문 등은 소문이 자자했다. 그래서인지, 콘클의 방계인 콘클이스터 저택 역시 축소되었으나 비슷한 방식의 방어 시설이 있지 않았던가.

용이한 투항을 받아내기 위해, 이 방어 시설들을 모두 해제해야 했다. 이를 위해서는 성 곳곳에 설치된 수십 개의 손잡이들을 내려야 했다. 이 일급비밀은 엘리제가 전부 투항의 조건으로 내놓은 것들이었다. 디아린은 차가운 눈으로, 무릎 꿇린 마법사들을 내려다보았다.

"이젠 마법사들도 날 공격하네."

그녀의 앞에는 마법 방어막이 둥실 떠 있었다. 방금 전, 마법 공격을 받아 낸 방어막이었다. 마법사들은 마법사들대로 눈을 홉떴다. 갑옷을 입고 걸어가기에 당연히 기사인 줄 알았거늘!

마법사들이 소리쳤다.

"어, 어떻게 마법사가 같은 마법사를 죽이려 한단 말이오!"

"그렇소! 풀어 주시오!"

'아, 그래.'

그러고 보니 그런 통칙이 있긴 하다. 마법사들의 권익을 중요시하는 사계탑에서는, 가급적 마법사들끼리의 살인은 지양시키는 편이다.

디아린은 턱짓을 했다.

“그럼 지금 당장 마력을 봉인하고 황실에 투항해. 그 후에 사계탑으로 귀향해서 마력을 풀어.”

“마, 마력을 바로 봉인시킬 수 있는 마도구가 당장 없소.”

“맞소! 일단 황실에 투항을 먼저 하고…….”

“내가 할 수 있어.”

마법사들의 두 눈이 커졌다. 타인의 마력을 봉인하는 건, 적어도 7계급 이상의 마법사나 가능한 엄청난 고위급 마법이기 때문이었다. 그들은 그제야, 디아린의 정체를 짐작한 것과 동시에…….

“도련님?!”

예고도 없이 디아린을 공격했다. 램드가 경악한 표정으로 반사적으로 눈을 보호했다.

콰콰쾅!

거대한 마력이 바로 디아린의 눈앞에서 폭발해 버렸다. 그들의 반경을 따라, 벽과 복도가 와르르 무너져 내렸다. 자욱했던 돌먼지가 걷히고, 마법사들은 피투성이가 된 디아린을 기대했으나…….

“……!”

“……!”

멀쩡했다. 디아린은 너무도 멀쩡하게 서 있었다. 그녀의 시선 앞에 피어난 날개가 쨍 하고 깨져 사라졌다.

“이 새끼들이 진짜.”

나지막하게 욕을 내뱉은 디아린 앞으로 마법사들이 넋이 나가 벌벌 떨었다.

내려다보는 디아린의 눈이 얼음장 같아서? 아니다. 디아린이 손에 만들어 낸 마력이 감당하기 어려울 정도로 거대했기 때문이다.

“램드 경!”

램드가 바로 마법사들의 멱살을 쥐어 올렸다.

“사, 살려 주시오……, 아, 아니. 살려 주십시오!”

디아린은 마법사들의 뺨에 차례로 주먹을 내리꽂았다.

“컥!”

“흐헉!”

뺨이 터진 마법사들이 핏물을 줄줄 흘리며 기절했다. 디아린은 옷자락에 손을 닦으며 램드에게 말했다.

“경. 이 자식들 뒤에 따라오는 기사들한테 적당히 넘겨줘요.”

“예. 그런데 지금 이 마법사들은 마력이 봉인된 겁니까?”

“네.”

“그렇군요…….”

램드는 심각한 얼굴로 마법사들을 잘 겹쳐 놓았다. 그리고 군사 수신호로 흔히 쓰이는, 간단한 인식 마법이 걸린 마도구 끈으로 둘을 꽁꽁 묶어 놓았다.

‘일어나면 뺨에 제법 시꺼먼 멍이 들겠군.’

램드는 머뭇거리며, 디아린을 흘긋 보았다.

“영애……, 아니 도련님.”

“왜요?”

“그, 흐흠. 방금 그렇게 때리는 게 마력을 봉인하는 방법입니까?”

“아뇨.”

“그럼……?”

“그냥 열 받아서 때렸어요.”

“그렇군요.”

“왜요?”

“아닙니다.”

램드는 흘긋, 기절한 마법사들을 보고 바로 디아린을 따라 걸음을 옮겼다.

가면서 발견한 손잡이는 순조롭게 내렸다. 남은 1개의 손잡이는, 3층의 가장 깊은 방 안에 있다고 들었다.

"여기부턴 공기가 다르군요."

램드가 날카로운 눈으로 말했다.

이곳은 콘클성의 심장부. 콘클의 가주를 비롯한 직계 가족들이 머무는 곳으로 이중 삼중 함정이 더 장치되어 있었다.

'어릴 땐 콘클성이 정말 싫었는데.'

학대받은 기억밖에 없으니까. 하지만 그나마 어릴 때 살아 본 경험으로, 길을 잃지 않고 이렇게 바로 찾을 수 있는 게 다행인 걸까. 하긴 이렇게 생각하면 뭔들 다행이 아닌 게 있을까.

"이곳은 누구의 방이지요? 도련님. 몹시 화려하군요."

"글쎄요. 이쪽 복도로는 와 본 적이 없는데. 일단 콘클 공작 방은 아니에요."

문부터가 몹시 붉고 화려한 방.

램드가 주의 깊은 눈으로, 덜컹 하고 문의 손잡이를 돌렸다.

여타 귀족 저택의 홀로 쓰일 만큼 거대한 방이었다. 그 중앙에 놓인 커다란 소파에는 사람이 한 명 앉아 있었다.

창백한 얼굴. 절뚝거리는 다리.

생명력이 거의 꺼져 가고 있음이, 눈으로 보이는 남자.

그러나 남자의 얼굴은, 묘하게 콘클 공작과 닮아 있었다. 모르는 사람이 보아도, 콘클 공작과 혈연임을 대번에 추측할 수 있는 그 외양. 출정하기 전 이미 정보를 전해 들었던 램드 역시 바로 알 수 있었다.

"……아그란 콘클 공자?"

아그란은 푹 꺼진 눈으로 램드를 보았다가, 다시 디아린에게로 시선을 옮겼다.

"안녕. 디아린. 어릴 때 보고 정말 오랜만이네. 나 기억해?"

"……."

아그란 콘클. 그의 모습은 기괴했다. 당장 죽어도 이상할 것 같지 않은 안색으로, 오른손에는 긴 검을 들고 있었다.

검의 날을 따라 아직 굳지 않은 붉은 피가 뚝뚝 흘러 떨어져 바닥에 작은 웅덩이를 만들었다. 하지만 그런 잔인한 모습과는 달리, 미소는 그저 슬펐다. 오히려 램드의 기분이 이상해질 정도였다.

그는 감정을 다잡고 사무적인 목소리로 물었다.

"반역도 콘클 공작은 어디 있습니까?"

"아……. 이 몸의 아버지?"

말이 어쩐지 이상하다.

그런 생각이 디아린의 머리에 스친 찰나였다.

"여기에 있지."

디아린과 램드의 얼굴이 딱딱하게 굳었다. 아그란이 뒤에서 꺼낸 것은, 다름 아닌 콘클 공작의 얼굴이었다.

* * *

그러니까, 아까 전.

콘클 공작의 머리가 아직 붙어 있을 때의 이야기.

콘클의 성에 보관되어 있는, 귀중한 마도구는 수를 셀 수가 없다. 콘클 공작은 그중 몇 개를 가지고 입궁해서 황궁의 일부를 폭파하고 도망쳐 나올 수 있었다.

재빨리 콘클령으로 내려간 콘클 공작은 제국으로부터의 독립을 선언했다. 모든 가신들을 성으로 부르고, 성문을 굳건히 잠갔다. 콘클 공작령 전체에 감도는 스산하고 비장하며, 음울한 죽음의 기운.

그 중심에 있는 콘클 공작의 안색은 엉망진창이었다.

"적조의 로드였다니, 적조의 로드였다니……."

그 거대한 힘을 눈앞에서 보고도 알아채지 못했다니!

그뿐이랴.

그 비천한 방계가, 적조의 힘을 믿고 자신에게 시건방지게 굴지 않았나?

콘클 공작은 닥치는 대로 집기를 깨뜨렸다. 화가 멈추지 않았다.

"그 건방진 콘클이스터 계집! 콘클이스터는 전부터 마음에 들지 않았다. 감히 방계 주제에 '적조의 영혼석'을 갖고 있을 때부터!"

"아버지."

그때 같은 방 소파에 힘겹게 앉아 있던 아그란이 입을 열었다. 집사는 조마조마한 눈으로 아그란과 콘클 공작을 번갈아 쳐다보았다.

"벌써 잊으셨나요? 적조의 영혼석은 콘클이스터가 갖고 있던 게 아니에요."

"……뭐?"

"디아린 콘클이스터가 갖고 있었던 거잖아요."

콘클 공작이 뒤를 돌아보았다. 그 무시무시한 시선. 아그란은 바로 절뚝거리는 다리를 일으켜, 콘클 공작에게 순종적으로 걸어왔다. 하지만 콘클 공작의 분노는 이미 쉽게 임계점을 넘었다.

"아그란 콘클! 너마저 이 아비를 무시하느냐?"

"무시라니요? 아버지가 나이를 드셔서 잊은 사실을 복기시켜 드린 것뿐인데……."

"네가 감히!"

콘클 공작의 눈에 핏발이 섰다. 그는 한달음에 달려가, 아그란의 머리채를 쥐어 잡았다. 그리고 미친 사람처럼 연거푸 아그란의 뺨을 때렸다.

"가, 가주님!"

집사가 당황해서 콘클 공작의 팔을 붙잡고 만류했다. 하지만 폭발해 버린 콘클 공작의 분노는 멈추지 않았다.

"네가 몸만 멀쩡해서 소공작의 역할만 잘 해냈어도 지금 콘클이 이렇게 몰리지 않았다! 밥버러지도 너보단 덜 한심하겠구나! 네 어미도 너만 아니었다면 결코 황후에게 굽실대지 않았을 거다! 콘클의 수치이자 저주 같은 자식!"

"가주님! 가주님!"

집사가 놀라서 매달렸다.

"진정하십시오! 도련님은 몸이 허약하십니다!"

"이거 놔라!"

"악!"

있는 힘을 다해 붙잡던 집사가 콘클 공작의 발길질에 뒤로 밀려 나뒹굴었다. 아그란은 뺨이 퉁퉁 부은 채로, 한숨을 내쉬었다.

"정말 시끄러워서."

"네, 네놈이 지금!"

아그란은 안타까운 표정을 지었다.

"한심한 아버지. 이제 그만 정신을 차려요. 아버지는 디아린을 마음대로 할 수 없어요. 그 애는 아버지가 생각하는 한심한 방계가 아니야. 오히려 고귀함으로 따지면 당신이 훨씬 비천할 뿐이지……."

"아그란……, 콘클……!"

"이토록 한심한 게 내 아버지라니 얼굴을 들고 다닐 수가 없잖아요……."

"……!"

누군가 머리를 펄펄 끓는 쇳물에 담가 버린 기분이다. 깊은 분노로 뇌가 다 익어 버리는 기분.

콘클 공작은 아예 주먹을 말아 쥐고 아그란의 뺨을 퍽 때렸다. 그 직후. 날카로운 칼날이 허공을 갈랐다. 콘클 공작의 몸이 기우뚱 기울어졌다. 그의 분노 어린 눈빛은 그대로 박제되었다.

쿵.

털썩.

콘클 공작의 목과 몸이 완전히 분리되기까지 걸린 시간은 겨우 몇 초. 얼굴을 잃은 공작의 몸이 툭, 하고 바닥에 쓰러졌다. 뿜어져 나온 피가 바닥을 지옥처럼 적시기 시작했다. 이 말도 안 되는 상황을 지켜본 집사가 멍하니 중얼거렸다.

"가주……, 가주님? 도련……님?"

"……."

"가주……님? 어째서……?"

아그란 콘클은 절뚝거리며 콘클 공작의 목을 한 손으로 들어 올렸다.

피식.

아그란이 소리 내어 웃었다.

얼굴에 튄 새빨간 피는 꼭 악마의 흔적 같았다.

* * *

"……이랬지. 뭐, 그래도 집사는 살려 줬어."

아그란은 그렇게 말하고 웃었다. 그리고 한 발자국, 두 발자국 가까이 걸어왔다. 디아린이 뒤로 한 걸음 물러섰지만, 바로 벽이 등에 닿았다. 그 넓던 방이 한순간에 이렇게 좁아졌다.

방금까지 디아린의 곁에 있었던 램드는 이미 사라진 상태였다. 바닥에서 순식간에 솟아난 벽이 램드와 디아린을 떼어 놓은 것이다. 디아린은 바로 뒤돌아 이 자리를 벗어나려고 했다.

하지만 아그란이 조금 더 빨랐다. 절뚝거리던 걸음이라곤 믿기 힘들 정도의 속도였다. 무엇보다 그 힘이. 병자의 완연한 병색과는 어울리지 않게 강했다. 디아린은 정말이지, 지금 이 남자의 모든 것이 다 이상하다고 생각했다.

"콘클 소공작."

"넌 날 공격할 수 없지."

"……."

디아린의 얼굴이 굳었다. 아그란은 그 낯을 샅샅이 뜯어본 후, 슬프게 웃었다.

"디아린. 기억 안 나? 콘클 소공작처럼 딱딱한 호칭이 아니라, 친밀하게 도련님으로 부르라고 했잖아."

그러고는 나지막이 말을 잇는다.

"왜 넌 항상 내가 하는 말을 잊는 걸까?"

흘려들을 법한 그 중얼거림을, 그는 굳이 한 번 더 반복한다.

"항상 잊어, 너는. 항상."

"항상 잊는다고?"

"그래, 항상."

그 말에 담긴 기이한 기시감에 대해.

아그란은 디아린의 손을 붙잡았다. 그러고는 세상 가장 다정한 것들만 그러모은 목소리로 속삭였다.

"왜 항상 잊는 거니, 디어(Dear) 아린?"

"……."

디아린은 딱딱하게 굳었다. 다정한 목소리. 충격적인 내용.

디어 아린.

디아린의 첫 번째 생의 이름이자, 그녀가 이제까지 잊고 있었던 이름이었다.

* * *

"8황자 저하. 모든 성문을 봉쇄했습니다. 농성하던 콘클의 병력 8할이 항복했습니다."

에제트는 건조한 눈빛으로 올라오는 보고를 읽었다.

"검을 내놓고 항복하는 자는 사살하지 마라."

"알겠습니다. 저하."

사실, 이건 당연한 결과였다. 애초에 말이 안 되는 독립 선언이질 않은가. 무엇보다 이쪽에서는 콘클의 직계의 신병 하나를 확보해 놓고 있었으니 어렵지 않은 싸움이었다.

"8황자! 에제트 아스페르크 키르헨! 나와라! 수문석의 생환자라더니 모두 허황된 소문일 뿐이냐? 부하들 앞에서 꽁지를 말고 있는 것이냐! 나와 일대일로 겨루자!"

이제 남은 건 한 대대를 이끌고 있는 콘클의 기사단장. 저쪽만 처리하면 더 이상의 수고는 없을 것이다.

"황자 저하! 직접 가실 것입니까?"

"램드가 돌아오기 전까지 끝내지."

"존명."

에제트는 죽음의 기운이 감도는 스산한 콘클 공작 성을 쳐다보았다.

저 안에 디아린이 있다.

그녀는 적당히 위장해, 램드와 함께 성으로 들어갔다. 만약 디아린이 아예 흰색 제복을 입고 이름을 떠벌떠벌 외치며 들어간다고 해도, 합류를 반대하는 부관은 아무도 없었을 것이다. 그녀는 역대 전무후무한 마법사니까.

하지만 에제트는 그녀가 걱정됐다. 가끔은 걱정이 가슴을 꾹 눌러, 안에 깊은 구멍을 만드는 것 같았다.

* * *

"디어 아린……."

디아린은 아그란 콘클을 뚫어져라 응시했다. 태어난 이래, 그다지 흔들려 본 적 없는 눈동자가 정신없이 흔들렸다.

디어 아린.

첫 번째 생에서의 이름.

그제야 늦은 기억이 떠오른다. 늘 그랬다. 디아린은 삶을 거듭하면서도, 늘 디어 아린과 비슷한 이름으로 불렸다. 이번 생은 그나마 조금 달랐지만…….

"어떻게……, 네가 원로야?"

"어떻게라니."

"어떻게 나보다 먼저, 전생의 기억을 되살릴 수 있었던 거냐고!"

"이런, 이런. 친애하는 아린. 전생에서도, 그 전의 생에서도, 그렇게 걷어 올라가 첫 번째 생에서도……. 누가 널 키웠는지 몰라?"

우리잖아.

"우리가 널 키웠잖아."

두려움에 파르르 떠는 디아린을 본다.

아그란은 약하게 미소를 머금었다.

세 번째 생, 그러니까 지난 생의 디아린은 또다시 금세 죽어 버렸다. 원로들이 얼마나 탄식했는가. 그때 디아린의 영혼은 복구 불가에 가까운, 그야말로 만신창이 그 자체였다. 저렇게 지친 영혼이다. 그 특별했던 영혼도 저렇게나 지칠 수 있나 싶을 정도로.

그녀가 아무리 반다와 각별한 관계였다고는 하지만, 저렇게까지 지쳐 버렸는데.

과연 반다를 배신하지 않을 수 있을까?

우리를 배신하지 않을 수 있을까?

그래서 흰 사슴족의 원로들은, 디아린을 따라오기 전 약간의 마법 처치를 했다. 그녀는 분명 마력을 봉인할 터다. 그래서 영영 자신들을 마주치지 않기를 바랐겠지.

"그 예상이 적중해서 너무 마음이 아팠단다."

"……."

“흰 사슴족의 지혜를 너무 우습게 보았구나. 디어 아린.”
‘그럼, 지금 다른 원로들은 다시 기억을 잃은 상태라는 건가?’
아그란은 따뜻한 눈으로 디아린의 뺨을 쓸어보았다.
“보고 싶었어.”
“…….”
“너도 우리가 보고 싶지 않았어?”
아그란은 처연한 눈으로 디아린의 뺨을 감쌌다.
“너 때문에 반다가 끔찍하게 죽고 이렇게 뿔뿔이 흩어졌지만, 우린 단 한시라도 널 염려하지 않은 적이 없는데.”
핏기가 사라지는 디아린의 얼굴을 대신해.
“아린, 너도 그래?”
디아린의 등 뒤에서, 빈정거리는 목소리가 터졌다.
“듣자 듣자 하니까 이 개새끼가 지금 뭐라는 지껄이는 거죠?”
아그란이 당황해 디아린의 뒤를 쳐다보았다. 하지만 누구도 서 있지 않았다.
“……?!”
“아래로도 배설하고 위로도 배설하는 놈이군. 입은 얼굴 가죽이 모자라서 찢어 놓은 구멍인가.”
쿵!
아그란이 붉은 힘에 떠밀려 뒤로 넘어졌다.
그가 놓칠 뻔한 콘클 공작의 머리가 바닥에 엉망으로 쓸렸다. 아그란은 날카로운 눈으로 디아린의 양 어깨에서 날고 있는 붉은 새 두 마리를 바라보았다.
“……신수 석조군.”
디아린과 꼭 같은 연보랏빛 눈동자가 전에 없이 서늘했다. 아그란은 이를 악물었지만, 바로 정중하게 허리를 굽혔다.

"적조시여. 저는 다른 세계에서, 빛과 치유를 담당했던 고귀한 종족의 원로였습니다. 저는 신성한 신수와 대립하고 싶지 않습니다. 그저 저희에게 디어 아린을 돌려주십시오."

"돌려 달라고요?"

"돌려줘?"

올과 로르가 서로를 나란히 보면서 웃음을 터뜨렸다. 왜 갑자기 신수가 웃는 것인지, 짐작하기 어려운 아그란의 얼굴이 굳었다.

"아그란."

그때까지도 자신의 뺨을 감싸고 있던 아그란의 손을 밀쳐냈다.

"적조는 내 주인이 아냐. 내가 적조의 주인이지."

아그란은 밀려난 자신의 손을 이해할 수 없다는 듯이 바라보았다.

이해할 수 없겠지.

'너 때문에 반다가 죽었지만, 우린 널 원망하지 않는단다. 언젠가 네가 반드시 반다를 살려 낼 테니까.'

'저는…….'

'너를 믿어. 우릴 실망시키지 않을 거지?'

'…….'

그래. 디아린은 원로들에게 그런 말을 들으면, 그들의 눈치를 보느라 정신이 없었다.

항상 그랬다.

내내 그랬어.

아그란이 고개를 들어올렸다. 여전히 그녀의 주위를 파수꾼처럼 맴도는, 붉은 두 마리의 신수를 본다.

"디어 아린. 이번 생의 너는 너무 빨리 많은 걸 이루었구나."

아그란의 눈은 분노로 타오르고 있었다.

"아쉬워. 그래서 이렇게 되기 전에 너를 빨리 다음 생으로 넘겨야 한다고 했는데, 다른 원로들은 나랑 생각이 달라서."

"……뭐?"

아그란의 말은 무언가 이상했다. 디아린이 적조를 소환한 건, 이번 생의 일이다.

'이렇게 되기 전에 너를 빨리 다음 생으로 넘겨야 한다고 했는데.'

그런데 왜 꼭 그들이 예지를 한 것처럼 말하는 걸까?

"그게 무슨 말이야?"

아그란은 히죽 웃었다.

"디어 아린. 넌 그 적조의 영혼석이 어디에서 왔는지 알아?"

"……적조의 영혼석?"

"그래."

콘클 공작은 역시 어리석다. 왜 그런 귀한 걸 한낱 시골 영주가 갖고 있단 말인가?

"저번 생의 너도, 저저번 생의 너도 그걸 가지고 있었어."

"……."

"너는 흰 사슴족의 아이로 태어날 때부터 그것을 갖고 있었단 소리다."

디아린의 호흡이 뚝 멎었다.

〈저게 무슨 말이지……? 주인님이 전생에서부터 우리를 갖고 있었다는 말이야?

같이 그 말을 듣고 있던 적조의 한쪽 날개, 올은 이 모든 말을 도무지 이해할 수 없었다. 긴 시간을 살아오며 별로 당황해 본 적 없는 신수의 폭군ㅡ올은 고개를 흔들었다.

〈이해 안 가. 그게 말이 돼?〉

희한하게도, 당황해서 어쩔 줄 몰라 하는 건 올뿐이었다. 로르는 올과 달리 침착한 분위기였으니까. 그래서 올은 디아린과 아그란에게 들리지 않을 목소리로 물었다.

〈뭐야. 로르? 왜 그런 표정이에요?〉

〈짐작하고 있었다.〉

〈뭐라고요?!〉

올은 하마터면 날개를 심하게 퍼덕거릴 뻔했다. 로르는 여전히 진중한 표정으로 아그란을 노려보며 말을 이었다.

〈얼마 전 콘클이스터 영지에 갔을 때, 이 악마의 아버지가 남긴 과거 구현 마법에 들어갔었다. 그때 봤어.〉

아기 디아린의 손목에 채워져 있는 붉은 보석 팔찌들. 스피넬, 루비, 가넷, 산호, 파이어오팔 등이 다채롭게 엮인 팔찌 사이에는…….

〈우리의 영혼석이 있었다.〉

〈…….〉

〈그리고 그 영혼석에서 이 악마의 근원적인 피 냄새가 났고.〉

〈그게 무슨 말도 안 되는…….〉

근원적인 피 냄새가 났다. 그 말이 뜻하는 바는 하나였다. 디아린이 적조의 영혼석을 가진 채 태어났다는 소리.

올은 반사적으로 부인했다.

〈그건 말이 안 되잖아요. 우린 오드의 죽음과 함께 영혼석으로 돌아갔어.〉

〈그랬지.〉

그 후 적조는 기억이 끊겼다. 인간의 시간으로 천 년 가까이나.

〈그럼 주인님은 대체 뭔데요? 뭐였는데 우리의 영혼석을 갖고 생을 거듭할 수 있었던 거야?〉

〈신수계에 한번 다녀와 봐야 알겠군. 다녀올까?〉

〈으, 됐어요.〉

올이 바로 질색했다.

〈거기 다녀오겠다고 훌쩍 떠나면, 주인님이 다시 소환하다가 목숨 잃을지도 모르는데.〉

〈궁금하다며.〉

〈아니, 궁금하긴 한데. 그렇게까지 궁금하진 않거든요? 그냥 대충 살아요. 뭐 주인님이 주인님이지.〉

〈그래. 나도 사실 그렇게 캐묻고 싶진 않다. 어쨌든 이 인간이 변하는 건 아니니까.〉

〈그렇죠?〉

〈그래.〉

로르는 어쨌든, 하면서 말을 이었다.

〈아마 이 악마의 부모가 우리의 영혼석을 팔찌로 만들어 끼워 놓은 모양이야. 아무것도 몰랐을 테니.〉

〈주인님을 걱정한 거군요.〉

〈그렇게 생각된다.〉

천 년간 아무에게서도 발견되지 않은 적조의 영혼석.

그게 디아린의 영혼에 녹아 있었다면, 그랬다면 태어나자마자 피를 조금씩 흘렸을 것이다. 그게 뭉쳐져서 물리적인 적조의 영혼석이 되었을 터. 아무것도 알지 못했을 시골의 영주 부부는, 당황해서 보석을 디아린의 팔에 팔찌로 꿰어 주었을 것이다.

혼란스러운지 조용해진 신수.

그건 디아린 역시 마찬가지였다. 만족스러운 기분을 감추며, 아그란 콘클은 다시금 디아린에게 손을 내밀었다.

"아린. 이제 돌아가자. 우린 반다를 살려야 하잖아, 응?"

"반다를 살려야 한다고?"

"그래."

그 나긋나긋하지만 뻔뻔한 대답. 디아린은 천천히 되물었다.

"또 내 생명력을 쥐어 짜내서 반다에게 주려고?"

"……!"

"싫어."

"……!!"

처연하니 아름답던 아그란의 미소가 그대로 깨져 버린다. 숨겨 놓았던 비밀이 고스란히 드러나 버린 상황에, 아그란의 표정이 한순간 무너졌다.

"디어 아린!"

결국 아그란이 노성을 질렀다.

"감히 원로들의 명령을 따르지 않으려는 것이냐! 널 따라온 게 어디 나뿐인 줄 알아? 너의 이번 생에도 여기저기에 포진해 있는 게 우리 원로들이다!"

분노를 품고 쏟아지는 말의 끝은.

"평생 두려워하면서 살고 싶은 거야?"

조롱.

아무런 대답도 못 하는 디아린을, 아그란은 만족스러운 얼굴로 쳐다보았다.

"그러니 순순히 지금……, 헉!"

순간 머리에 별이 번쩍 울렸다. 어느새 디아린이 소환한 스태프가 아그란의 머리를 후려갈긴 것이다.

"아린! 너 지금 감히 나를……."

아그란은 끝까지 말을 잇지 못했다. 왜냐하면 디아린의 표정이 삽시간에 변해 버렸기 때문에.

그 얼굴. 원로들이 내색치 않고 두려워하던 차갑기 그지없는 그 얼굴! 흰 사슴족의 아이라면 응당 부드러운 표정이어야 하는데, 그러지를 못한다며 모두가 배척하지 않았던가.

디아린은 아그란을 쳐다보며 천천히 말했다.

"네가 그렇게 악담 퍼붓지 않아도 난 평생 두려워하면서 살았어."

"……."

그래서 디아린이 버려야 했던 게 무엇이던가.

"그러니까 날 더 이상 흰 사슴족의 아이라고 부르지 마."

"뭐? 네, 네가 어떻게 그런 말을 할 수가……!"

아그란이 눈이 뒤집혀져서 외쳤다.

"네가 아무리 발버둥 쳐도 그 몸에 흐르는 피는 바뀌지 않아!"

"너희 때문에 네 번이나 바뀐 육체야! 이제 와서 피가 무슨 상관인데?"

"디어 아린!"

"오늘이 너와 내가 보는 마지막일 거야. 아무리 많은 시간이 흘러도 나는 절대 너를 마주치지 않을 테니까."

아그란이 하 하고 코웃음을 쳤다.

"그건 네 마음대로 되는 게 아니다, 아린!"

"난 마법사잖아."

그래서 디아린 눈엔 보였다.

"그래서 네가 베어 낸 그 목에 무슨 흑마법이 걸려 있는지 보여."

"흑마법이라니, 무슨……."

순간 드는 섬뜩함. 아그란이 반사적으로 몸을 움직여 피하려고 했지만, 디아린의 마력이 그를 꽁꽁 묶는 것이 한 박자 더 빨랐다.

"이게 뭐하는 짓이야! 어서 풀……!"

아그란은 끝까지 외치지 못했다.

"아그란 콘클! 아아악! 아그란 콘클!!!"

지옥에서 기어 올라온 것 같은 끔찍한 목소리가 공간을 꽉 메웠다. 굳게 닫혀 있던 콘클 공작의 눈과 입이 크게 벌어졌다. 그러나 안에 들어찬 것은 새까만 안개일 뿐.

저건 이미 사람의 신체가 아니었다. 오직 흑마법의 매개일 뿐.

지옥 같은 목소리가 귓가를 터뜨릴 듯 울렸다.

"가주를 배신하다니! 가주를 배신하다니!"

"저, 저리 가! 이게 뭐야! 도와줘, 도와줘! 디어 아린! 내가 잘못했다! 잘못했어!"

아그란이 마구 몸부림을 쳤다. 콘클 공작의 눈과 입에서 튀어나온 검은 안개들이 아그란 콘클을 꽁꽁 묶어, 그대로 집어삼켰다.

"아악! 아아아악!"

"영혼까지 지옥으로 함께 가자! 아그란 콘클! 감히 가주를 배신하다니!"

아그란이 발버둥을 있는 대로 쳤지만, 검은 안개는 질척한 액체처럼 그의 몸에 달라붙었다. 도망칠 틈도 없었다. 뿜어져 나온 검은색 안개들이 아그란을 휩싸더니, 그를 갈가리 찢어 버렸다.

"으아아악! 도, 도와줘, 아린! 살려줘! 아린! 아……!"

흡.

아그란의 비명이 어느 순간 뚝 멎었다.

안개에 완전히 휩싸인 몸이 그대로 바닥에 고꾸라진다. 직후 거짓말처럼 사라지는 검은색 안개와 콘클 공작의 머리. 그리고……, 바닥에 생긴 새빨간 피 웅덩이.

그 어디에도 아그란 콘클은 없었다. 시체는커녕 머물었던 영혼의 흔적마저, 없던 것처럼 소멸되어 찾을 수 없다.

올이 으, 하면서 말했다.

〈영혼까지 지옥으로 끌려가는 흑마법은 오랜만인데요.〉

〈그래. 완전히 사라졌군.〉

〈꼴좋다.〉

"지옥으로 끌려갔다고?"

〈그래.〉

〈그래요.〉

로르는 한 박자 느리게 말했다.

〈다시는 널 쫓아올 수 없다는 소리다.〉

원로가 날 다신 찾아올 수 없다고? 원로가…….

고작 한 명이 그렇게 된 걸 안다. 아직 원로들이 남아 있다는 사실을 아는데도…….

디아린이 깊게 숨을 내쉬었다. 바닥에 허물어지듯 주저앉은 그녀가 두 손에 얼굴을 묻었다.

* * *

"이런 영광이 있나. 그 유명한 황자 저하가 친히 납시셨군요."

콘클의 기사단장. 그는 오만한 얼굴로 에제트를 쳐다보았다.

"머리에 피도 안 마른 꼬맹이가 대마물 스켈루스를 잡고, 수문석에서 살아 돌아왔다고 한다지요? 아키르 제국의 개족보는 거짓말을 잘하는 순서대로 포상을 주는가 봅니다?"

쩌렁쩌렁한 기사단장의 조롱. 멀찍이 떨어져 있던 콘클의 기사들이 왁자지껄 웃었다. 에제트는 별다른 동요 없이 그쪽을 일별했다. 이 기사단장의 휘하에 있는 직속 기사들. 다른 기사들이 거의 항복한 것에 비해, 이들은 마지막까지 저항하고 있었다.

기사단장은 에제트의 시선을 귀신같이 알아맞히고 크게 웃었다.

"황자 저하께도 콘클 기사들의 용맹함이 보이는 것입니까?"

"한심한 것들은 보이는군."

"하."

기사단장이 가소롭다는 표정을 지었다.

"그렇게 도발한다고 해도 넘어갈 것 같습니까?"

"도발?"

에제트가 피식 웃으며 투구를 내리썼다.

"그런 단어도 아나?"

"무슨……."

"죽을 자리 모르고 덤벼드는 게 금수보다 멍청해 보이는데 아니었군."

곱게 자랐을 황자이니 그저 고상한 말밖에 못하는 놈일 거라고 얕잡아 보고 있었는데. 제 예상이 빗나가자 기사단장의 얼굴이 붉으락푸르락해졌다.

"……이 건방진 애새끼가!"

기사단장이 바로 대검을 뽑아 에제트에게 달려들었다.

"8황자 네 목만은 저승에 가져가겠다!"

어마어마한 악력으로 검을 도끼처럼 내려찍는다. 에제트는 왼쪽으로 검을 피한 후 바로 그의 옆구리를 발로 걷어찼다.

"커헉!"

기사단장이 비틀거린 직후. 에제트의 검이 그의 목을 향해 무섭게 내리꽂혔다. 가까스로 피한 기사단장에게 이번엔 건틀릿으로 무장한 주먹이 내리꽂힌다.

굉음과 함께 기사단장의 투구가 아예 우그러졌다. 투구 안에 있던 머리가 시끄럽게 울렸다. 기사단장은 겨우 후속타를 피하며 손으로 얼굴을 감쌌다. 시야가 이리저리 흔들려 토할 것만 같았다.

"제기랄……. 제기랄! 어떻게 기사가 검투 중에 검 말고 다른 것을 쓸 수 있나!"

"개족보에서 자란 내게 많은 걸 바라는군."

에제트가 순식간에 기사단장에게 붙었다. 기사단장이 이를 악물었다. 그는 내로라하는 콘클 공작가의 기사단장이었다. 검이 짧지 않게 붙었다. 기사단장은 덩치만큼이나 그 악력이 대단했다. 하지만.

'이건 말도 안 돼!'

밀리기 시작하는 것은 기사단장, 자신이었다. 기사단장은 자신의 악력이 부족하다는 사실을 도무지 믿을 수가 없었다.

이 새파랗게 어린 게 나보다 강하다고?

대마물의 사체를 끌고 왔다는 말은 당연히 들었다. 하지만 필시 황족이니 그 잘난 마법 성물 따위로 편법을 썼을 거라고 늘 무시하는 마음을 갖고 살았다.

그랬는데.

쿵.

검을 놓친 기사단장이 그대로 뒤로 쓰러졌다.

"제기랄……!"

기사단장이 바로 몸을 뒤집으려고 했지만, 가슴을 걷어차 찍어 누르는 발길이 훨씬 빨랐다.

"컥!"

기사단장이 피를 토했다. 에제트의 검이 그대로 올라가더니.

"……!"

푸른 손잡이의 검이 기사단장의 투구를 아예 부수고 들어가며, 그 자리에 그대로 꽂혔다. 눈으로 보고도 믿기 힘든 광경. 고스란히 지켜본 콘클의 기사들이 모조리 경악했다.

기사단장의 몸이 바르르 떨렸지만, 무시무시한 악력을 뿌리칠 수가 없었다. 피가 흘러나와 대지를 붉게 적셨다.

"다, 단장님!"

"단장님!"

기사단장의 죽음. 에제트는 붉은 피가 흐르는 검을 들어 올리며, 기사들에게로 시선을 옮겼다. 살의가 가시지 않은 황금색 눈동자는 신화 속 용의 동공처럼 선득하기만 했다.

벌벌 떨던 휘하 기사들은 결국 전원 투항하고 검을 던졌다.

그때였다. 성의 보안을 해제하기 위해 파견되었던 기사 하나가 허겁지겁 뛰어 왔다.

"저, 저하! 방금 들어온 긴급 보고입니다!"

급작스러운 보고. 에제트의 눈에 대번 동요가 스쳐 지나갔다.

* * *

끼익.

디아린은 마갑 투구를 올렸다. 바닥에 주저앉아 있던 건 잠깐이었다. 그녀는 이미 아그란의 방에 있는 손잡이를 내렸으며, 또 가장 중요한 것도 찾은 상태였다.

"다른 원로들이, 아그란의 손을 빌려서 내게 손수건을 보냈나 봐."

아그란은 모르고 한 일이지만, 그의 말에서 디아린은 꽤 많은 힌트를 얻었다.

1. 원로들은 디아린이 마력을 봉인할 거라는 사실을 예상했다.

2. 원로들은 마법적 편법을 써서, 디아린보다 먼저 기억을 되찾았다.

3. 하지만 마법의 본질은 디아린이었기 때문에, 원로들은 곧 기억을 잃게 될 예정이었다. 그래서 반다의 손수건을 먼저 디아린에게 보내 놓았다.

아그란의 방을 뒤진 끝에, 반다의 손수건을 보내 온 가문의 문장을 확인할 수 있었다. 사슴뿔의 문양이었다.

'귀족 문양이겠지. 처음 보는 거지만.'

황궁으로 돌아가, 귀족의 문양 도감을 찾아보면 그만이었다.

지난 생들을 돌이켜 보면, 원로들은 항상 부유하거나 고위층이었다. 그러니 이번에도 원로들은 귀족이나 거상으로 태어났을 확률이 높았다. 디아린의 근처에서 날고 있던 올이 부리를 열었다.

"다 좋은데요, 주인님. 이제 슬슬 나가요."

로르가 거들었다.
"그래. 성이 무너지고 있어."
"성이 무너지고 있다고?"
"그래."
"그래요."
듣고 나니 무언가 멀리서 쩌적거리는 소리가 들리는 것 같기도 하고. 디아린은 콧잔등에 주름을 잡았다.
"정말 마지막까지 가지가지하는구나. 콘클은."
디아린은 곧장 방을 나가서, 복도를 돌았다. 쩌적거리는 소리는 환청이 아니었는지, 미로 같던 복도의 여기저기가 무너져 내려 있었다. 디아린은 문 앞에 가득 쌓인 대리석 잔해를 보고 이마를 찌푸렸다.
"……여기가 유일한 문인데."
마력으로 부수고 나가자니, 잘못 부수면 밑에부터 무너질 확률이 컸다. 위에서 아래를 쭉 훑어본 디아린이 결정을 내렸다.
"천장이 좀 더 부서지면 그때 부수고 나가야겠어."
디아린의 영혼에 돌아가 있던 올이 물었다.
〈그냥 성 전체를 날려 버리는 건 어때요?〉
〈올. 안 그래도 과격한 악마에게 과격한 짓을 부추기지 마라.〉
〈알겠어요.〉
디아린은 로르를 한 대 때리려다가 참았다. 그녀는 가장 단단해 보이는 벽에 등을 붙인 후, 미끄러지듯 앉았다. 그녀의 머리 위로 생성된 보호막이, 마치 우산처럼 둥글게 휘어져 떨어지는 돌가루들을 막았다.
톡, 토도독.
"하도 보호 마법을 많이 썼더니 이렇게도 만들 수 있어."
별 의미 없는 말을 중얼거려 본다. 하지만 가라앉은 기분은 영 올라가지 않는다.

디아린은 허공을 바라보다가, 무릎을 세웠다. 그리고 푹 고개를 파묻었다. 연갈색 머리카락까지 축 늘어진다.

〈망했네요.〉

〈망했군.〉

올과 로르는 나란히 중얼거렸다.

사실 아까부터 디아린은 아슬아슬해 보였다. 기계적으로 방을 뒤질 때부터, 빠르게 과부하가 오겠거니 예상은 했지만.

〈지금 같은 상황에서 과부하가 걸리면 어떡하냐고요. 주인님…….〉

그 말조차 디아린한테는 들리지도 않는 모양이었지만.

그녀는 그저 얼굴을 무릎에 묻고 엉망이 된 머릿속만 헤집었다. 올과 로르도 조용히 입을 다물었다.

토독.

토도독.

점점 굵어지는 돌가루들. 채 부서지지 못한 대리석 조각들이 방어막을 따라 흘러내렸다.

서서히 자욱해지는 먼지들. 디아린의 몸을 감싸고 있던 방어막도 서서히 두꺼워지며 밑으로 내려왔다. 그대로 계속 있으면 아예 온몸을 빈틈없이 감쌀 것 같았다.

'에제트는…….'

바깥을 다 정리했을까?

"그 얘기 해 주고 왔어야 했는데."

다른 기사들은 다 항복해도, 콘클 기사단장만은 항복하지 않을 거라는 사실을. 그러니까 그냥 그놈은 빨리 없애는 게 좋다는 사실을. 옛날에 콘클성에 머물렀던 터라, 디아린은 그 기사단장의 더러운 성격을 잘 알았다.

그러고 있는데, 문득 인기척 비슷한 게 느껴졌다.

"디아린."

그렇게 들려오는, 익숙한 그 목소리.

"제가 늦지 않게 찾아온 것 같군요."

고개를 들어 올려 본다. 고드름처럼 천천히 내려오고 있던 방어막, 그 우산 장막 같은 방어막 밑으로, 뻗어오는 손이 보인다.

에제트의 손.

제 옆에 앉아, 한쪽 무릎을 꿇고 있는 그 혼약자.

피가 묻은 갑옷. 흙먼지를 머금은 머리카락. 하지만 그녀를 응시하는 눈동자만은, 안개 속 태양처럼 헝클어지지 않았다.

늘 그랬듯이.

"……에제트."

어쩐지 울고 싶은 기분이 드는 이유는 무엇일까.

디아린은 입술을 꾹 깨물었다가 괜히 퉁명스러운 목소리로 물어보았다.

"왜 항상 데리러 오는 거야."

"당신이 오지 않으니까요."

"다음부터는 늦지 말고 돌아오라는 뜻이지."

"예."

에제트가 옅은 미소를 머금었다.

"부디."

디아린은 에제트의 내밀어진 손을 잡았다.

깍지를 껴 맞잡아 오는 단단한 손이, 이윽고 디아린을 홱 품으로 끌어안았다.

그해 초여름.

완전히 무너진 콘클성. 그 잔해를 치우고 숨겨진 지하 3층을 추적하는 데에만 달 단위의 시간이 소요되었다.

각종 인체 실험 흔적이 온 세상에 고스란히 드러났다. 콘클 공작가에서는 비밀리에 신수의 영혼석을 연구하고 있었음이 밝혀졌으며, 가짜 흑조 티드로 기드곤 역시, 콘클 공작의 소행이었음이 만천하에 알려졌다.

분노한 황제, 브루노 9세의 매서운 칙명 아래.

목 아래만 남은 콘클 공작의 시체는 한 달이 넘게 성벽에 매달려 있다가 비참하게 들판에 버려졌다.

천년을 이어 온 유서 깊은 가문, 콘클 공작가가 완전히 멸문한 그 계절.

드넓었던 콘클 공작령은 황실에 복속되었으며. 황제, 브루노 9세는 이 공로를 깊이 치하하며 8황자 에제트 아스페르크 키르헨을 황태자로 삼겠노라 마음먹었다.

## chapter 21

"이제 날씨가 제법 덥군요."

"조금 있으면 여름이 한창이겠죠."

시원하고 얇은 옷감이 불티나게 팔리는 계절.

여름 꽃 특유의 상쾌한 향기가 화단마다 피어나고, 새로운 계절을 맞아 황궁을 위시한 귀족들의 저택은 대대적으로 카펫과 커튼, 가구의 색깔을 바꾸었다. 황궁을 드나드는 귀족들의 옷이 더 가볍고, 화려해진 것은 두말할 필요도 없었다.

램드는 오랜만에, 딜리스와 함께 나란히 서 있었다. 정확히는 황제의 응접실 앞에서.

정확히 30분 전, 황제가 에제트를 알현실이 아닌 응접실로 호출했다. 그렇잖아도 '흑범'의 일로 상의할 게 있어서 딜리스와 얘기 중이었던 램드는 바로 에제트를 보좌하기 위해 따라왔다.

'무슨 일일까?'

궁금해도 황제의 응접실 앞엔 대기하는 사람들이 많았다. 모시는 주군의 품위를 지키기 위해, 램드와 딜리스는 30분 넘게 가만히 입을 다물고 있었다.

램드의 덩치는 산만 하고, 딜리스의 인상은 차가워서 그렇게 침묵만 지켜도 남들이 알아서 슬슬 피했다.

에제트가 응접실 밖으로 나온 건 조금 더 후의 일이었다. 램드와 딜리스가 서둘러 다가왔다.

'무슨 일이시죠?'

'무슨 일로 부르셨답니까?'

둘 다 그렇게 묻고 싶어 하는 기색이 역력했다. 에제트는 가볍게 턱짓으로 본궁 밖을 가리켰다.

"돌아가지."

돌아가서 이야기하지. 그런 뜻이 내포된 말이었다. 램드와 딜리스는 바로 에제트를 졸졸 따라갔다. 그러니까, 에제트가 북쪽 날개 궁으로 돌아가자는 뜻인 줄 알았는데…….

'왜 밖으로 나오신 거지?'

'왜 여기에 나오신 거지?'

램드와 딜리스는 서로 어리둥절한 표정을 지었다.

지금 그들이 온 곳은, 아키르 수도에서도 가장 번화한 상점가였다. 대륙에서도 손꼽히는 엄청난 규모의 사치품 경매장을 끼고 있는 곳으로, 둘러싼 거리 전부가 온통 귀족들을 위한 유명한 상점들이었다.

먼저 마차에서 내린 에제트는, 훌쩍 한 상점 안으로 들어갔다. 램드가 고개를 들어 간판을 보았다.

"여긴……."

"'이고트의 보석'이지. 수도에서도 손꼽히게 유명한 보석 상점이고."

설명해 주는 딜리스를 돌아보며 램드가 기가 차다는 눈빛을 했다.

"그 정도는 나도 알고 있거든."

"너 같은 놈에게도 이런 교양은 있었구나."

"허."

랩드가 헛웃음을 지었다.

뭐, 사실 디아린의 전담 호위를 서다 보니 정보 수집에 열렬한 시녀들에게 주워들은 말이기는 했지만.

'보석은 무조건 이고트! 이고트의 보석이 최고래요!'

'근데 디자이너 이고트는 콧대가 너무 높다고 욕도 많이 처먹던데요?'

'맞아요. 자기 맘대로 보석 의뢰만 받는다고 배가 불렀대요.'

'하지만 샤이 님이 찾아가면 왠지 샤이 님이 이기실 것 같지 않아?'

'샤이 님이 이긴다에 전부 걸게요.'

'나도.'

'나도요.'

내로라하는 제국의 수도에서도 특히나 유명세가 자자한 상점.

보석 장사가 얼마나 성황을 이루었는지, 건물은 크고 깨끗했다. 안쪽은 더 눈이 부셨다. 새하얀 대리석으로 만든 벽. 각양각색의 대리석 구슬이 넝쿨을 그리며 벽을 장식해, 한층 더 고급스러운 분위기를 자아냈다. 게다가 보석을 살피는 귀족들도 많았다.

저들의 눈에도, 에제트는 귀족으로만 보일 것이다. 에제트는 적당히 얼굴을 가리고 있었으니까. 황족의 화려한 예복도 얇은 재킷 안에 숨어 있었다. 그러니 남들 눈에는 그저 너무 잘생긴 귀족 도련님 정도로밖에 보이지 않을 터.

……라고 생각했는데.

"여기서 기다리고 계시면 금방 오실 겁니다."

보석 상점 종업원이 굽실대며 에제트를 2층의 아름다운 응접실로 안내했다. 램드와 딜리스는 따라오면서 깊은 의문을 느꼈다.

'저하가 누군지도 모를 텐데, 왜 저렇게 저자세지?'

그러니까, 꼭.

에제트가 이미 여기에 몇 번은 왔던 것처럼…….

쾅!

문이 큰소리를 내며 열리더니 웬 장인 하나가 어깨를 쭉 펴고 거만하게 들어왔다. 램드는 저도 모르게 검에 손을 가져갔다. 딜리스 역시 경계하는 태도로 침입한 장인을 노려보았다.

'저게 장인 이고트인가?'

'되바라졌군.'

불쾌한 표정으로 쳐다보던 것도 잠시. 램드와 딜리스는 희한한 광경을 목격했다. 세상 두려울 것 없이 입장한 이고트가 에제트에게 가까이 다가올수록 점점 두 손을 맞잡고 비비기 시작하는 것이다.

"……?"

"……?"

오직 에제트만이 태연했다. 그는 자신의 앞에 앉은 이고트를 보고 물었다.

"다 되었나?"

"아직 시일이 남지 않았습니까?"

"사정이 생겨서 그래. 더 빨리는 안 되나?"

"아이고. 황자 저하. 설사 황제 폐하가 오셔도 안 됩니다. 보석이란 건 조금이라도 저급을 쓰면 바로 티가 난단 말입니다."

장인 이고트는 진심으로 쩔쩔맸다. 에제트가 한숨을 가볍게 내쉬었다. 램드는 저도 모르게 움찔거렸다.

그러니까, 방금 에제트의 그 모습이 너무 생소했기 때문이다. 항상 서늘하고 건조했던 용혈. 어릴 때부터 마물 구덩이 속에서도 죽지 않고 기어이 살아 나온 황자다. 그런 에제트가 정말로 오랜만에……, 소년처럼 보였다.

꼭 그 나이 대의, 첫사랑에 깊이 빠진 소년처럼.

"황자 저하, 이 부분을 보시면……."

에제트를 필사적으로 납득시키려던 장인 이고트가 갑자기 뒤를 슥 보았다. 정확히는 램드와 딜리스를 말없이 노려보았다.

'나가라는 거군.'

램드와 딜리스는 즉각 밖으로 나갔다.
램드가 투덜거렸다.
"따라온 호위더러 나가라는 보석 장인은 처음 봤어."
"내 말이."
차석 디자이너가 바로 곤란한 표정을 했다.
"죄송합니다. 이고트 님이 의심이 많으셔서요. 디자인이 유출되면 굉장히 곤란해지기 때문에……."
"그렇다면 어쩔 수 없죠."
와중에도 저자가 '진짜' 이고트라는 사실이 그들은 조금 신기했다.
웬만한 귀족들도 얼굴 보는 게 힘들다고 그랬는데. 차석 디자이너는, 램드와 딜리스의 마음을 풀어주기 위해서인지 친절하게 말했다.
"이고트 님은 몹시 까다로우시지만, 8황자 저하는 예외이십니다. 사실 보석을 다루는 예술가치고 살아 있는 전설인 그분을 영접하는 걸 마다할 장인이 있을까요?"
필사적으로 에제트에게 변명하던 이고트의 모습이 재차 떠올랐다. 딜리스는 잠깐 아름다운 곳을 훑어보다가 말했다.
"난 그럼 밖에서 호위를 설게. 귀족들이 황자 저하를 알아본 것 같아."
"다섯 명 정도였지. 그래."
상점 안의 눈썰미 좋은 몇몇 귀족들은 에제트를 알아본 것 같았다. 웬만한 귀족들도 한 명의 사용인은 늘 대동하는 법인데, 그보다 위 계급인 에제트는 최소한의 수행원이 더 필요한 법이었다.
응접실 안쪽에서는 에제트가 미덥잖은 표정을 짓고 있었다.
"내 혼약자가 마음에 들어 할지 모르겠군."
장인 이고트가 바로 눈을 동그랗게 떴다.
"이런 보석을 싫어할 귀족이 세상에 어디 있습니까!"
"마음에 안 들어 한다면?"

"그럴 리가 없다니까요? 제가 이 보석들을 공수하겠다고 북부 왕국은 모조리 다녀왔단 말입니다!"

장인 이고트가 혹시나 하며 물었다.

"혹시 영애님이 선호하시는 보석 특징이 또 바뀌었답니까? 원랜 크고 반짝거리는 것만 좋아한다고 하셨잖습니까?"

"그랬지."

"아니면 사소한 선호 거리라도 더 말씀해 주십시오. 힌트를 얻어서 걸작을 만들어 내는 게 제 진짜 실력입니다."

"글쎄."

곰곰이 되짚어 봐도, 더 떠오르는 건 없다.

"딱히 선호하는 건 없었고."

에제트가 이마를 약하게 찌푸렸다. 불현듯 수문석성에서의 대화가 떠오른다.

'날 너무 믿는 거 아냐? 나 원하는 거 커.'

'뭘 원하는데요?'

'다이아몬드 광산.'

"다이아몬드 광산을 갖고 싶다고는 했어."

"……가장 눈이 부신 커팅 방식으로만 준비하겠습니다."

이고트는 재빠르게 메모를 더하고, 샘플을 가져오겠다며 잠시 자리를 떴다.

그사이 문 앞에서 정자세로 꼿꼿이 서 있던 램드가 안으로 들어왔다. 에제트는 의자에 등을 기대고 앉아 다리를 쭉 펴고 있었다. 램드는 슬그머니 물었다.

"저하. 대체 무슨 일이시기에 여기까지 급하게 오신 겁니까?"

램드는 도무지……, 짐작이 가지 않았다. 황제의 응접실에 불렸다가, 갑자기 이고트의 보석 상점으로 온 이유가. 에제트는 탁자에 팔을 얹고 뺨을 가볍게 괬다.

"건국제에서 결혼을 발표하신다더군."
"예, 결혼요……. 예?!"
랜드는 하마터면 사레가 들릴 뻔했다.
"그러니 준비를 하라고 하셨다."
"그렇군요. 결혼……, 결혼."
랜드는 에제트의 말을 곱씹어 보았다. 결혼.
그래, 사실 이게 당연하지.
디아린은 에제트와 결혼하기 위해 약혼을 한 사이였으니까. 결혼을 목적으로 콘클 공작이 강제로 만나게 한 게 아니었던가.
'근데 왜 갑자기 이작이 생각나지?'
랜드는 일단 떠오르는 상념을 지우고 물었다.
"그럼 영애님에게 결혼 기념? 같은 걸로? 보석을 선물하려고 오신 겁니까?"
"아니."
"예? 아니시면요?"
에제트가 낮게 한숨을 내쉬었다.
그가 한쪽 손으로 얼굴을 가리듯 감쌌다.
"저하?"
"청혼을 하고 싶어."
"……예?"
"청혼을 하고 싶다고."
한 박자 늦게, 랜드는 에제트의 뺨에 어리는 붉은 기를 보았다. 랜드는 저도 모르게 멍하게 입을 벌렸다.
"그런데 보석이 너무 늦는군."
"그, 실례지만 저하. 보석 주문은 언제 하신 겁니까?"
"제법 됐는데."
작년 계절, 수도에 올라오자마자 주문했으니까. 그런데도 이렇게 시간이 많이 걸렸다. 이미 만들어진 공산품이 아니라 아예 새로운 것을 디아린에게 선물하고 싶었기 때문에 더 그랬다.

자신에게도 이런 욕심이 있나 싶어서, 에제트는 스스로에게 생소함을 느끼기도 했다. 그나마 오늘 급하게 찾아와 몹시 쪼아 댔으니 이고트는 완성 시간을 어떻게든 줄여 놓을 것이다.

아마 건국제 당일에는 디아린에게 줄 수 있겠지.

건국제라.

이번 여름이 가기 전, 에제트는 디아린과 진짜로 결혼을 하게 된다. 그건 굉장히 이상한 기분이었다. 어쩐지 가슴 안쪽이 간지러워, 에제트는 몇 번이나 주먹을 꽉 쥐었다가 풀었다.

* * *

"아가씨, 이 드레스는 어떤가요?"

샤이가 새로운 드레스를 들어 올렸다. 디아린은 "오……." 하면서 대답했다.

"예뻐요."

무릇 귀족이라면 계절마다 옷장 속 의복을 바꿔야 하는 법. 얼마 있지 않으면, 귀족이 아니라 아예 황족이 될 예정인 디아린도 어김없이 옷장을 점검했다.

"요즘은 이렇게 팔꿈치에서부터 하늘하늘 떨어지는 게 유행이래요."

"그럼 장갑은요?"

"레이스 장갑을 끼면 되지요! 레이스 장갑도 엄청 비싸대요."

"레이스로도 장갑을 만들 수 있군요."

"그럼요?"

시녀들이 바삐 드레스를 정리한다. 디아린은 이렇게 드레스를 정리하는 모습을 보는 게 재밌었다. 머리 비우고 가만히 보기 좋아서인가.
'요 근래 계속 바빴으니까.'
얼마 전, 수도 한구석에 불이 난 집에서 나탈리 기드곤의 시체가 발견됐다.
'물론 가짜지만요.'
정확히는 사형수의 시체로 만든 가짜.
디아린은 에제트에게 물어본 게 있었다.
'에제트. 공도 좀 세운 셈인데 황제 폐하가 나탈리를 포기하실까?'
'글쎄요. 일단 황제는 굉장히 집요한 성격이라서요.'
에제트가 디아린의 앞머리를 손끝으로 정리해 주며 덧붙였다.
'당신도 황제의 이명을 들어 본 적 있지 않습니까?'
'그……. 미친 황제?'
'미친 황제.'
동시에 말하고, 둘은 나란히 웃음을 터뜨렸었는데.
어쨌든 불은 가짜 시체를 상당히 훼손시켰다. 그러니 황제는 더 이상 나탈리를 찾지 않을 것이다. 추적에서 자유로워진 나탈리는, 디아린이 선물해 준 가발을 쓰고 한층 더 열심히 일할 터였다.
상단 대리 주인으로 변모한 나탈리는 셈에 소질이 있었다. 초보니 장사는 아직 능숙하지 못하지만, 뭐든지 빨리 배우는 편이었다. 디아린은 갑자기 흐뭇해졌다.
'나, 돈이 많아.'
그리고 더 많아질 거야.
나탈리는 장사에 재능이 있는 것 같았고, 게다가 5월의 유원지에서 긁어모으는 돈도 엄청났으니까.
"아가씨."
한참 드레스를 정리하던 샤이가 문득 말을 걸어왔다.

"네?"

"전 저번 계절부터 새로운 꿈이 생겼어요."

"새로운 꿈이요? 뭔데요?"

"아가씨의 눈 색깔과 똑같은 보석과 드레스를 입혀 드리고 싶어요!"

"……네?"

거울을 한 번 쳐다본다. 옅은 보랏빛이 눈에 들어온다. 연보라색으로 전부 드레스를 맞추고 연보라색 보석 장신구를 달라고?

'좀. 아니, 좀 많이.'

"……촌스럽지 않을까요?"

샤이는 양 주먹을 불끈 쥐고 말했다.

"아뇨! 허락만 해 주신다면 정말로 눈부신 드레스를 건국제 대연회에 입고 나가실 수 있게 하겠어요!"

"진보라색까지는 안 될까요?"

"그 정도도 좋죠!"

똑같은 색상으로 여름 드레스 한 벌, 겨울 드레스 한 벌을 맞추리라.

디아린은 떨떠름한 표정으로 허락했고, 샤이는 즐거운 표정을 감추지 못했다. 황궁으로 초빙된 디자이너와 진지하게 얘기를 나누는 샤이의 모습에서 희한하게 평온함이 느껴진다.

디자이너는 디아린을 보면서 물었다.

"오드 영애님. 영애님은 어떤 보석을 선호하시는지요?"

"다이아몬드요."

"크기는요?"

"큰 거요."

"좋아요. 부티 나는 차림새가 취향이시군요."

역시 전문가답게 입는 이의 취향을 단번에 간파한다.

디자이너는 부지런히 수선을 떨며 메모를 꼼꼼히 했다. 그녀는 디아린의 치수를 꼼꼼히 재고, 리본 색깔 같은 사소한 것도 세세하게 적더니, 은근한 목소리로 말했다.

"오드 영애님."

"네."

"8황자 저하가 황태자 전하로 책봉되신다는 이야기가 온 제국에 가득하답니다."

"어머……."

지난 황태자가 자살하는 전대미문의 사건 이후, 황제는 차일피일 새 황태자 책봉을 미루었다. 황태자를 책봉해야 하지 않겠느냐는 간언에는 화를 벌컥 내고 벌을 주기까지 했다.

하지만 지금은 달랐다.

황제는 8황자, 에제트 아스페르크를 대놓고 총애했다. 누군가 조심스럽게 꺼낸 '새 황태자 책봉' 이야기에도 전혀 화를 내지 않고, 웃기까지 했다.

황실 사정에, 귀족들만큼 민감한 이들이 또 있을까?

새로운 황태자. 그리고 새로운 황태자비.

디자이너가 북쪽 날개 궁에 온 정성을 다해 찾아온 건 당연한 일이었다.

"예비 황태자비의 드레스를 제가 디자인하다니 이런 영광이 또 있을까요?"

오랫동안 황태자비가 부재했던 아키르 제국.

새로운 황태자비가 생긴다면 단숨에 사교계의 정점이 될 것이다. 입는 드레스도 전부 사교계 그 시즌의 유행이 되겠지. 이번 건국제 이후, 돈을 갈퀴로 쓸어 모으게 될 디자이너는 피어오르는 진실의 웃음을 감출 수가 없었다.

디아린은 디아린대로 약간의 고민에 빠져 있었다.

'디자이너도 이런 사교계 소문에 빠삭한데. 나도 좀 더 사교계 소문을 모아야 할 것 같은데.'

그래야 돈을 더 잘 벌 수 있을 것 같으니까.

'고민이 아니라 탐욕인가. 뭐, 어떤 거든 상관없지.'

물론 그녀에겐 리미르젠 작센느 공작이라는 멋진 샤프롱이 있긴 하지만. 따지자면 작센느 공작은 성실한 학자 타입이었다.

'친구를 하나 만들어 봐도 좋겠지.'

디아린은 빙긋 웃었다. 어릴 때부터 별별 일을 다 겪다 보니, 또래 귀족 동성 친구 같은 걸 만들 생각도 못 했다.

'그건 그렇고 말이지.'

"이젠 에제트를 전하라고 불러야 하겠네."

"아가씨."

디아린의 혼잣말을 들은 샤이가 빙긋 웃었다.

"아가씨도 이젠 '비전하'가 되시는 거예요. 그때가 되면 북쪽 날개 궁에서 황태자궁으로 거처까지 옮기게 되시겠지요."

"그런가요."

디아린이 따라서 미소를 지었다.

여름의 밝은 햇볕 때문일까. 아니면 우거지기 시작하는 녹음 때문일까. 그도 아니면 아그란 콘클이 너무도 뜻밖의 비밀들을 터뜨리고 죽었기 때문일까. 한번 과부하가 걸렸던 뇌가, 필사적으로 말랑해진 기분이다.

디아린은 푹신한 의자에 몸을 기대고 앉았다. 보석을 가지고 토론하는 시녀들을 쳐다보고 있으니 멍하고 안온한 기분이 가득하다.

"루비랑 오팔 중에 뭐가 좋을까?"

"시원한 색감이 낫지 않을까? 사파이어랑 아쿠아마린으로 하자."

"드레스도 푸른 계열인데 보석도 푸른 계열을 하자고?"

"왜? 시원해 보이잖아? 구두도 파란색으로 하자."

"……이런 애가 어떻게 황실 시녀가 됐지?"

그러다가 문득, 샤이가 들어 올리는 천 조각으로 시선이 갔다.

'아. 천 조각이 아니고 슬립이네.'

그냥 반쯤은 무의식적으로 한 생각이었다.

천 조각으로 착각한 게 무리가 아닐 만큼, 무척 하늘하늘한 슬립. 짧은 소매와 무릎 위까지 올라오는 치맛자락. 흰빛이 도는 얇은 슬립은 들어 올리는 샤이의 손이 살짝 비칠 정도였다.

근데 뭔가 이상했다. 샤이가 점점 가까워지고 있었다. 손에는 여전히 슬립을 든 채.

"아가씨."

샤이가 환하게 웃으면서 말했다.

"보세요. 초야에 이걸 입으시면 좋겠죠?"

"네?"

* * *

초야라니.

첫날밤이라니.

디아린은 잠시 첫날밤에 대해서 생각해 보았다.

"……."

디아린은 몇 번이나 새로운 삶을 살았지만, 한 번도 이성과 깊은 관계를 맺어 본 적은 없었다. 당연했다. 항상 어릴 때 죽었으니까. 하지만 이번 생에서, 방중술에 대한 교육을 받은 적은 있었다. 에제트에게 보내지면서, 콘클 공작의 명령으로 받은 것이다.

'에제트도 받았으려나?'

일단 에제트는……, 디아린에게 입은 자주 맞추는 편이었다.

그때 그는 항상 그녀의 손을 잡았다. 가끔은 손목을 잡을 때도 있었고, 양팔을 잡았던 적도 있지만. 어쨌든 그 외에는 건드리지 않았다. 하지만 초야는……?

"주인님?"

문득 들려오는 목소리에 디아린은 바로 정신을 차렸다. 자신을 호위하던 이작이 의아한 얼굴을 하고 있었다.

"혹시 어디 아프신가요?"

"응? 아니?"

"뺨이 갑자기 붉어지셨는데요?"

"……그냥. 조금 더워서."

"더우시다고요?"

이작은 고개를 갸웃했다.

지금은 한산한 저녁 시간이었다. 디아린은 식사 후 목욕까지 끝내고, 살랑살랑한 저녁 바람을 만끽하며 걸어 나온 것이다.

게다가 이곳은 황실 내궁 도서관. 공작위급 이상의 대귀족과, 황족만 이용 가능한 도서관으로, 디아린은 준황족이지만 특별히 입장 허가를 받았다. 역사가 깊은 이 도서관은 대연회홀처럼 넓고 아름다웠으며, 시원하기까지 했다.

의아한 표정의 이작을 두고 디아린은 안으로 들어섰다.

줄지어 선 콜로네이드를 지나자 넓고 조용한 회랑이 나온다. 귀한 고서들이 수도 없이 꽂힌 안쪽엔 아무도 없었다. 디아린은 이곳에서 계속 『귀족 문양 도감』을 살폈다.

'아직 찾진 못했지만 말이지.'

당연히 귀족의 문양이라고 생각했는데…….

아키르 제국의 수백 개의 귀족 문양 중 어디에도 그 독특한 사슴뿔 문양이 없었다. 사슴 모양이라든지, 순록의 뿔 같은 건 있었지만. 그래서 아예 왕국의 왕족들, 귀족들의 문양까지 살펴보고 있었다. 그나마도 거의 다 확인한 상태였다. 만약 여기에도 없으면?

'그럼 최악인데. 아그란 살려 두고 고문이라도 했어야 했나.'

디아린은 미처 깨닫지 못했지만, 예전의 그녀는 이런 생각을 아예 하지 못했다.

흰 사슴족 원로에게 느끼는 감정은 언제나 경애, 공포, 미움.

그리고 버리지 못한, 당신들에게 사랑받고 싶다던 구걸 섞인 애정들이 전부였는데.

닿지 않는, 높은 위치에 있는 책.

디아린은 손을 뻗었다. 발끝이 한껏 들렸다.

"왜 이렇게 높아……."

"그러게요."

굳은 살 박인 커다란 손이 쑥 들어오더니, 너무도 손쉽게 책을 내려 주었다. 디아린이 깜짝 놀라 뒤를 돌아보았다.

"에제트?"

"뭘 보고 계신 겁니까?"

에제트가 꺼낸 책을 건네주며 물었다.

"동부 왕국 문양?"

"응."

디아린은 책 제목을 확인하고, 고개를 들었다.

"고마……."

그녀 스스로도 당황스럽게, 에제트의 몸이 눈에 확 들어온다. 의도한 건 절대 아니었다. 그저 에제트가 책을 꺼내 주느라 너무 가까이 붙어 있었던 까닭이다.

오늘은 일정상 저녁을 따로 먹었는데, 황족들의 일정은 대개 비슷했다. 그래서 에제트도 식사 후 목욕을 하고 바로 이곳에 온 모양이다. 무겁지 않고 산뜻한 향유 냄새가 그에게서 묻어났다.

'아가씨, 보세요. 초야에 이걸 입으시면 좋겠죠?'

왜 갑자기 샤이의 목소리가 스치는 걸까?

왜 또 갑자기 뺨이 붉어지려는 걸까?

얼굴의 표정은 관리할 수 있지만 얼굴의 열기는 통제할 수 없다.

"책 꺼내 줘서 고마워."

디아린은 헛기침을 하고 그렇게 말했다. 적당히 다른 쪽으로 화제를 돌리려고 하는데, 두 손이 그녀의 뺨을 감싸온다.

"……."

에제트가 디아린의 입술에 가볍게 입을 맞췄다. 닿아오는 입술이 부드럽고, 키스는 산뜻하다. 더 깊이 파고들지 않고 에제트는 고개를 들었다. 디아린을 응시하는 황금색 눈동자에는 의문이 옅게 담겨 있다.

"열이 있는데요."

"……."

"디아린?"

"그……."

디아린은 "좀 더워서 그래."라고 얼렁뚱땅 넘어갔다. 솔직히 남부에서 태어나고 자란 디아린이 내놓기에는 많이 궁색한 변명이긴 했지만.

이를 잘 파악하는 에제트는 이마를 약하게 찌푸렸다. 하지만, 디아린의 얼굴에 갑자기 붉은 기가 도는 이유를 짐작할 수가 없었다. 그저 그렇게 더운가, 하고 주변을 둘러보았을 뿐. 하지만 지금은 전혀 덥지가 않은데.

에제트는 일단 디아린에게 손을 내밀었다.

"책을 다 찾으셨으면 궁까지 데려다드리지요."

"밖에 이작 있는데."

"제가 돌려보냈습니다."

"응? 왜?"

"램드가 찾더군요."

"램드 경이?"

"아하. 훈련을 해야 하나 보네."

디아린은 쉽게 납득했다.

하긴, 램드는 고맙게도 이작에게 정말 많은 가르침을 주었다. 이작의 실력이 쑥쑥 자라나는 건, 좋은 1:1 스승을 만났기 때문이고.

사실은 아니었지만.

어젯밤, 램드는 에제트의 집무실에서 검을 살피며 나지막이 중얼거렸다.

'한가해지면 이작하고 장검 좀 보러 가야겠군…….'

의자에 방만하게 앉아, 턱을 괴고 서류를 읽고 있던 에제트의 귓가에 흘러 들어왔던 말이었다.

에제트가 시선을 들고 물었다.

'지금 이작을 불러다 줄까?'

'예? 아닙니다!'

무슨 황자 저하께서 한낱 기사를 직접 불러 주시냐고. 램드가 펄쩍 뛰었는데.

'급한 일도 아니고, 그 녀석 비번일 때 가면 되는 겁니다!'

'그래?'

이런 전말이었다.

하지만 지금쯤 이작은 램드에게 도착해 있을 터. 램드도 어리둥절해할 거고 이작도 마찬가지이겠지만, 뭐 그리 중요한 일은 아니지 않나. 일단 에제트의 기준에선 그랬다.

에제트는 디아린과 함께 북쪽 날개 궁으로 향하며 말을 붙였다.

"요즘 황후가 사람을 보내지 않더군요."

"그때 나탈리 건이 완전히 뒤집혔으니까. 나한테든 너한테든 꽤 질렸을걸."

"그거 좋군요."

에제트의 말은 꽤나 진심이었다. 황후가 그간 얼마나 꾸준히 디아린에게 사람을 보냈던가. 그녀의 집요한 열정으로 보아할 때, 본래라면 건국제를 앞둔 지금은 아예 디아린을 황후궁으로 불러내려 혈안이었을 텐데.

"참. 에제트."

"예, 디아린."

"건국제 때 뭘 입을 거야? 나랑 맞춰서 입어도 돼?"

"그래야지요."

황제는 이번 건국제에, 에제트와 디아린의 결혼 날짜를 공식적으로 발표할 것이다.

실제로 이미 황족의 결혼식을 담당하는 내무부에서 여러 준비를 하느라 굉장히 바쁘다는 얘기를 들었다. 그러니 사교계 의례로 디아린과 에제트는 딱 봐도 혼약 관계임이 보이는, 통일감이 적당히 있는 옷차림을 할 필요가 있었다.

"좋아하는 색깔 있어? 선호하는 보석이라든지."

"글쎄요."

딱히 색깔이나 보석에 대한 호불호가 없는 편인 에제트는 고개를 살짝 갸웃했다.

"당신 좋으실 대로 입히셔도 됩니다."

"……나 좋을 대로?"

"예."

"그……."

디아린은 눈동자를 한 번 굴렸다.

"말을 그렇게 묘하게 하는 이유가 뭐야?"

"묘하다고요?"

"응."

많이.

"어디가 묘합니까?"

진심으로 이해가 가지 않아 되묻던 에제트의 얼굴에 순간 난감함이 스쳤다. 혹시 자신의 말이 무신경한 혼약자로 비춰졌나 하는 생각이 번뜩 든 것이다.

에제트가 바로 디아린을 멈춰 세웠다.
"디아린."
"응?"
양 어깨를 붙잡는 단단한 손. 디아린은 당황해서 에제트를 올려다보았다.
"제가 당신과 참여할 대연회에 신경 안 쓰고 있다는 뜻이 아닙니다."
"……알아."
근데 난 그런 뜻이 아니었는데 그 말을 이렇게 밝은 대낮에 못 하겠어. 그래서 디아린은 에제트를 피해 시선을 돌리며 다른 쪽을 쳐다보았다.
"아니까 놔줘도 돼."
사람이 당황하면 목소리가 의도와 달리 딱딱하게 나올 때가 있는 법.
지금 디아린의 목소리가 딱 그랬다. 그래서 에제트의 표정에 떠오른 난처함만 점점 짙어졌다. 디아린이 아직 제대로 읽을 수 없는 표정이었다. 올과 로르가, 디아린에게 들리지 않게 자기들끼리 재미있다고 구경하는 건 아무도 몰랐다.
일단 황궁 고용인들이 지나가는 바깥 정원에서 계속 이러고 있을 수는 없는 노릇. 에제트는 디아린의 보폭에 맞춰 걸음을 옮겼다. 늘 단정했던 이마가 약하게 찌푸려져 있었다.
내가 무신경했나.
생의 대부분을 필연적으로 무감정하게 살았던 에제트다. 그래서 그는 쉽게 갈피를 잡을 수가 없었다. 아무래도 일정을 수정해야겠다. 어차피 콘클 공작령에 관련된 일도 거의 마무리 지어져 가고 있으니까. 밤에 서류를 확인하고, 저녁 식사 시간은 무슨 일이 있더라도 디아린과 함께해야겠다.
에제트가 머릿속으로 일정을 수정하는 사이, 디아린은 터져 나오려는 한숨을 열심히 참고 있었다.
'왜 얼굴이 자꾸 뜨거워지는 건데?'
정말이지, 옆에 에제트만 아니었다면 두 손으로 뺨을 마구 쓸어 넘겼으리라.

'옷차림 같은 거 괜히 물어서.'

자연히 샤이가 보여준 슬립이 떠오른다.

슬립, 슬립, 슬립, 슬립.

에제트의 시종들이 에제트한테도 슬립과 비슷한 걸 보여 줬을까?

그럼 에제트도 자신처럼 당황했을까?

사람이 한 가지 생각에 푹 빠져 있다 보면, 그 말이 무의식적으로 튀어나올 때가 있다.

"슬립이 대체 뭐라고."

"……슬립이요?"

순간, 디아린의 몸이 돌처럼 우뚝 굳었다. 에제트의 한쪽 눈썹이 슬쩍 올라갔다. 디아린이 끼긱 하고 소리가 날 것 같은 부자연스러운 움직임으로 자신을 쳐다보는 걸 보니 짐작할 수 있었다.

아.

그 생각을 하고 있었구나.

결혼식을 치르고 난 이후를.

"디아린."

"……."

"그래서 아까부터 얼굴이 붉어지신 거군요."

"……."

"슬, 아니. 잠옷 생각만 하고 계신 거였습니까?"

사실 잠옷이 아니라 속옷에 훨씬 가깝겠지만.

에제트는 현명하게 말을 바꿀 줄 알았다. 디아린이 홱 시선을 피했다. 여름인지라, 한 갈래로 땋아 묶어 둔 머리는 귓가와 목덜미는 선명하게 드러냈다. 우윳빛 살갗은 새빨개진 지 오래였다.

"디아린, 혹시 궁금해하실 것 같아 덧붙이는데."

이대로 사라지고 싶은 디아린에게, 에제트가 말을 이었다.

"비슷한 건 저도 입겠지요."

"……."

'아니, 방금 날 놀린 거야?'

극심한 민망함을 뚫고 황당함이 솟구친다. 디아린은 달아오른 얼굴로 에제트를 노려보려고 했으나 실패했다. 디아린은 시선을 아예 에제트의 반대편으로 돌리고 뚜벅뚜벅 걸었다. 궁에 돌아가면 찬물에 얼굴을 담글 것이다. 한 사흘은 에제트를 피해 다니고 나면 좀 괜찮아질 것 같다.

〈이 악마도 인간 같을 때가 있군.〉

조용히 있던 로르가 혀를 찼다. 그리고 디아린에게 들리지 않는 목소리로 말했다.

〈하지만 아주 바보가 따로 없어. 네 용혈도 얼굴이 붉어졌잖나.〉

〈말 안 해 주는 게 더 재밌으니까 해 주지 말죠.〉

〈그래. 이쪽이 더 재미있군.〉

로르와 올은 에제트의 붉어진 뺨과, 디아린의 새빨개진 얼굴을 번갈아 가며 응시하며 신나게 웃었다.

두 혼약자는 서로 비슷한 생각을 하느라, 북쪽 날개 궁에 도착할 때까지 한 마디도 하지 못했다.

* * *

시간은 구름처럼 빠르게 흘렀다. 어느새 건국제 당일.

일주일 전부터 황궁의 장식은 고스란히 바뀌어 있었다. 천룡절에는 주로 천룡에 관련된 장식들이 붙었다면, 건국제 때는 신수를 상징하는 장식들이 엄청나게 많았다.

"진짜 크다."

디아린은 호수 정원 분수대 중앙에 떡하니 장식된 크리스털 조각을 올려다보았다. 마차 몸체를 족히 맞먹는 크기며 체리 같은 붉은색이 오묘하게 감도는 색감.

이 붉은 크리스털 조각은 신수 적조를 상징하는 커다란 장식품이었다.

〈흠!〉

올이 까다롭게 평가했다.

〈실재보단 위엄이 많이 부족하군! 그럭저럭 봐 줄 만은 하지만!〉

빼기는 듯한 그 말에 디아린은 웃었다.

그 장식이 드러내듯, 건국제는 순조롭게, 그리고 호화롭게 진행되었다.

지난겨울, 가짜 흑조의 로드로 인해 황제가 망신을 톡톡히 당했지만, 이와는 별개로 아키르 제국은 대륙 최고의 거국. 제국의 위엄과 부유함은 흘러넘치는 보석과 황금이 증명한다.

황제와 비슷한 황금색 정복을 입은, 오블리잔 황후가 상석에 앉아 그림 같은 미소를 지어 보였다.

청조의 소환사인 올리비아에 대한 찬사가 이어지고, 황제는 잠시 뜸을 들인 후 대연회홀에 몰린 수많은 귀족들을 내려다보았다.

"아키르의 황제, 제국의 군주인 짐은 그간 제국을 번영시키기 위해 최선을 다했다!"

나이를 믿기 힘든 힘찬 목소리가 광활한 홀을 가득 채웠다.

"그러나 황태자의 자리가 비워져 있어 제국의 근간을 제대로 세울 수 없음을 통탄했던 바, 오랫동안 심사숙고한 끝에 새로운 황태자를 봉하기로 결정하였다!"

새로운 황태자. 순간 귀족들의 시선은 세 갈래로 나뉘었다.

저들끼리 쳐다보며 놀라는 소수의 시선.

그보다는 많은 수가 황후와 3황자를 쳐다보았으며, 둘을 합친 것보다 훨씬 많은 수가 8황자 에제트를 쳐다보았다.

오블리잔 황후의 미소는 한 치 흐트러짐이 없다.

"짐은 그간 아키르 제국과 대륙에 혁혁한 공을 세운 8황자 에제트 아스페르크 키르헨을 치하한 바! 8황자 아스페르크를 새로운 황태자로 책봉하겠다!"

3황자 벨마르가 가만히 눈을 감았다.

"또한 건국제가 끝나는 나흘 후, 8황자 에제트 아스페르크 키르헨과 디아린 오드 콘클이스터의 결혼식을 거행하겠다."

"……!"

"……!"

"……!"

전자, 황태자 책봉은 어느 정도 예견이 되어 있었지만……. 후자는 귀족들의 거의 대부분이 듣지도 알지도 못했던 이야기였다. 그 무지했던 이들 중에는 오블리잔 황후조차 포함되어 있었다.

황제가 말을 끝내고 옥좌에 다시 앉자마자, 시종이 손짓을 했다. 한 치의 오차도 없이 흘러나오는 웅장한 오케스트라.

"폐하."

오블리잔 황후는 황제에게로 몸을 가볍게 숙이며 속삭였다.

"어찌 그리 급하게 결혼을 진행시키십니까. 사계탑의 주인이 친딸처럼 귀하게 여기는 오드 영애를 그리 쉬이 보내려고 할까요?"

남들이 듣기에는 그저 걱정과 염려로만 들리는 목소리.

그러나 실상도 그러할까? 지금 오블리잔 황후의 속은 새까맣게 타들어가고 있었다.

황제, 브루노 9세는 아름다운 황후의 얼굴을 보았다. 눈가에 있는 주름까지도 그저 고상한 매력으로 보이는 노련한 미인. 실제로 황후에게 연서를 보내는 젊은 기사들이 아직도 적질 않나고 하던가.

마찬가지로 황제는 황후에게 몸을 살짝 숙였다. 남들이 보기에는 황제 부부의 사이가 아직도 건재한 것으로만 보일 터.

"황후."

"예, 폐하."

황제는 남들에게 들리지 않을 목소리로 느릿하게 말했다.

"벨마르에게 황태자비를 넘보지 말라고 말하시오."

"……!"

순간 황후의 표정이 겨울날처럼 딱딱하게 굳었다. 하지만 동요도 한순간. 황후는 곧장, 그러나 가까스로 원래의 낯빛을 수복했다.

'벨마르에게 황태자비를 넘보지 말라고 말하시오.'

3황자 벨마르 엔리프에게, 디아린을 더 이상 넘보지 말라고 전하라는 말.

"권체스터는 쓸모없는 난봉꾼이라 상관없었지만, 더 이상은 곤란해."

"……."

일전에 벨마르가, 은의 산에서 죽여 버렸던 4황자 권체스터.

그 이름을 태연히 언급하는 황제. 황후의 얼굴에서 핏기가 완전히 사라졌다. 황제가 재차 물었다.

"아시겠소?"

"……."

오블리잔 황후는 대답하지 못했다. 그저 떨리는 시선으로 남편, 황제를 보았을 뿐.

용혈 특유의 강건한 눈빛. 철의 황제이자 미친 황제.

자식들을 죄 잡아 손주들의 생일에 맞춰 죽인 정신 나간 남자. 그는 어느새 온화한 폭군의 모습으로 돌아가 있었다.

"건국제의 묘미는 야회지. 야회가 기대되는군."

"……."

황후는 대답하지 않았다. 대답하지 못했다는 표현이 맞을 터였다.

황제는 탓하지 않았다. 그저 주름진 손을 들어 턱을 가볍게 괬을 뿐. 황제의 손에서 블랙 사파이어 반지가 무겁게 빛난다. 손가락 한 마디를 족히 가리는 커다랗고 귀중한 검은색 보석이 황후를 조롱하기라도 하듯이 그 자리에 있었다.

황제의 그림자를 뜻하는 표징.

'언제부터 알고 있었지? 언제부터…….'

황제의 그림자.

일당백의 실력을 가졌다는 소문만 자자한 그들.

하지만 황제의 그림자들은 황궁을 감시하는 데 쓰이지 않았다. 그보다는 역심을 품은 것 같은 귀족을 감시하거나, 동향이 수상한 타국의 왕족들을 살필 때 쓰였다.

그런데 황제가 그 인력을 내궁으로 돌려, 벨마르를 살폈다…….

벨마르가 은의 산에서 4황자 권체스터를 죽인 것도 알고 있었다…….

각종 보석과 귀한 비단으로 장식된 황후의 등줄기에 소름이 오스스 돋았다.

* * *

"후우우."

디아린은 소파에 털썩 앉아 숨을 길게 내쉬었다.

그랬다. 결혼식은 나흘 후로 이미 예정되어 있었다. 다만, 일전에 황제가 조용히 불러내, 결혼식에 관한 모든 일정을 비밀에 부치라고 해서 그냥 거기에 따랐을 뿐이었다.

흘긋.

디아린은 바깥을 보았다. 시녀들을 물린 상태고, 샤이도 없는 상태로 방은 한적했다. 인기척도 느껴지지 않았다. 디아린은 슬쩍 걸음을 옮겨서 거실로 나갔다. 슬쩍슬쩍 눈치를 보면서 뒤쪽에 있는 방으로 들어갔다. 각종 드레스, 구두, 손가방 등이 보관되어 있는 드레스 룸이었다.

안쪽에 있는 붉은 커튼을 걷어내자 새하얀 드레스가 눈에 들어왔다. 나흘 후 디아린이 입게 될 웨딩드레스였다. 그녀는 하얗고 깨끗한 손바닥을 부러 한번 확인한 후, 새하얀 웨딩드레스를 아주 살짝 쓰다듬어 보았다.

요즘 유행에 꼭 맞는 가벼운 느낌의 드레스는 아니었다. 황실의 것이 으레 그러하듯, 전통이 느껴지는 웨딩드레스였다. 실제로 역대 황태자비들이 입었던 웨딩드레스 중 하나란다.

디자이너들이 몇이나 달라붙어 손을 보아 결코 고루하진 않았지만, 확실히 어디서든 쉽게 구할 수 없을 거라는 느낌이 풀풀 났다.

에제트의 것도 이와 크게 다르지 않았다. 금실로 수놓아진 문양은, 이 드레스에도 있었으며 에제트가 입을 같은 색깔의 슈트에도 있었다.

황태자가 입을 결혼식 정복. 기분이 이상했다.

에제트가 입게 될 슈트를 떠올려 보았다. 좀 더 나중에 깨닫게 되는 사실이었지만, 디아린은 전처럼 하얀색 옷을 꺼리지 않게 되었다. 그러니 이 새하얀 웨딩드레스를 보고도 그저 마음이 간지럽기만 했지.

"아가씨?"

헉 하고 놀라서 뒤를 돌아보았다.

"샤이 양."

"드레스 보고 계셨어요?"

"아뇨. 뭐 그냥."

샤이는 따뜻한 웃음을 흘렸다. 디아린은 괜히 민망해져 뺨을 살짝 긁었다.

"아가씨에게 정말로 잘 어울리실 거예요."

"고마워요."

디아린이 북문석에 내려가, 가장 잘한 일 중 하나가 샤이를 만났다는 것이다. 디아린은 괜히 샤이를 한 번 꼭 껴안아 주었다. 빙그레 웃으며 디아린의 품에 안겼던 샤이는, 문득 의아한 표정을 지었다.

"아가씨, 잠시만요……."

"네?"

양해를 구한 샤이는 디아린의 이마에 손을 올려보았다.

“어머, 아가씨. 열이 있으시네요.”

“열이요?”

“미열이시긴 한데……, 궁의를 불러올까요?”

“아까 너무 돌아다녀서 그런 것 같아요.”

이런 대연회날 궁의를 불러오면 소문이 금방 퍼져 좋지 않았다.

“그냥 좀 잘래요.”

“그럼 이 차를 드시고 좀 주무세요.”

“네.”

샤이가 디아린에게 직접 이불을 덮어 주었다.

“야회가 시작되려면, 세 시간은 있어야 하니까 푹 주무세요.”

꿀차를 마신 디아린이 눈을 감았다.

‘피곤해라.’

고기도 먹어 본 사람이 잘 안다고, 디아린은 사치를 실컷 부려 봐 놓고 후회했다. 왜냐하면 보석을 주렁주렁 단 드레스가 그렇게까지 무거워질 줄은 몰랐으니까. 그렇게 무거운 드레스를 입고 춤을 추고 걷고 황제의 연설을 듣고 또 쉬지 않고 춤을 췄으니 몸에 미열이 감도는 것도 당연했다.

‘앞으론 적당히 좀 달아야겠다.’

디아린은 그 생각을 끝으로 잠이 들었다.

그녀가 다시 눈을 떴을 땐 사방이 깜깜했다. 샤이가 나가면서 커튼을 꼼꼼히 쳐 놔서, 창문 밖이 보이지도 않았다. 샤이가 아직 깨우러 오지 않은 걸 보니, 좀 더 자도 괜찮은 듯했고.

목이 말랐다.

디아린이 손을 뻗어 협탁에 두었던 물을 마셨다. 레몬즙을 섞고 박하 잎을 띄워 놓은 미지근한 물이 들어가 건조한 입 안을 적셨다. 다시 눈을 막 붙였을 때였다.

문득 머리카락을 부드럽게 만져오는 손길.

“누구…….”

디아린이 잠기운 묻은 눈을 떴다. 그 순간, 시야에 들어오는 새까만 머리카락. 황금빛 눈동자. 안개에 감싸여 있는 얼굴.

“에제트?”

안심하는 것도 잠시. 디아린은 당황했다. 왜냐하면…….

“……에제트?”

돌연 에제트가 침대 위로 무릎을 디뎠기 때문이다. 쏠리는 무게 중심. 걸터앉는 정도도 아니었다. 에제트는 그대로 침대를 기어 와, 디아린의 바로 옆에 멈췄다. 에제트의 양손이 디아린의 얼굴을 사이에 두고 짚었다.

“…….”

바로 위에 있는 에제트의 얼굴. 디아린이 눈만 수십 번 깜빡거렸다.

‘이게 지금 무슨 상황이지?’

첫날밤을 조금 더 일찍 치르기로 했었던가? 아닌데.

“에제트? 여기 내 침대야.”

낮은 웃음소리.

“야회 준비는 다 한 거야?”

에제트는 대답을 하지 않았다. 대신에 그의 오른쪽 손이 디아린의 턱을 쥐었다. 엄지로 가볍게 누르자, 디아린의 입술이 벌려졌다. 에제트가 그대로 고개를 숙였다. 그의 다른 쪽 손이 디아린의 팔을 강하게 눌러 잡는다. 입 안을 파고들어 정신없이 입을 맞추기 바로 직전.

“…….”

바로 지척에서 에제트가 멈췄다. 디아린이 입을 꾹 다물었기 때문이다.

어둠 속에서도 섬뜩하게 빛나는 자안. 디아린이 눈앞의 인영을 싸늘하게 노려보았다.

“너 누구야.”

이 남자는 에제트가 아니었다. 말없이 디아린을 내려다보던 남자가 몸을 일으켰다.

"모를 줄 알았는데."

들어본 적 있는 그 목소리. 디아린은 바로 알아차렸다.

"……3황자?"

"알아차려 주다니 감격이군."

3황자 벨마르 엔리프 키르헨. 그가 자그맣게 웃었다. 디아린은 눈을 꾹 감았다 떴다. 어둠에 빠르게 익숙해지기 시작하는 시야. 그럼에도 여전히 눈앞에 보이는 벨마르의 머리카락은 검은색이었으며, 눈은 짙은 황금색이었다.

디아린의 시선을 읽은 벨마르가 아, 하면서 말했다.

"가발을 빌렸지. 눈은 적당히 돈을 많이 썼다고 해 두면 될까. 조금 있으면 원상 복귀가 되겠지만……."

이 황금색을 눈에 박을 수 있다면 좋을 텐데.

벨마르는 디아린을 내려다보며 말했다.

"나는 너에게 제안을 하나 하러 왔다."

디아린은 대답조차 하지 않았다. 그저 벨마르를 노려보고 있을 뿐이었다.

"아스페르크와 파혼하고 나와 언약을 맺자."

"……언약?"

"그래. 나는 네게 청혼하는 거다."

"……."

오랫동안 감춰 왔던 감정을 드디어 드러내는 순간. 벨마르는 쾌감 비슷한 전율마저 느꼈다. 이 말을 얼마나 하고 싶었는가. 얼마나 쏟아내고 싶었던가.

그동안 벨마르는 디아린에게 전혀, 조금도 다가갈 수 없었다. 그녀의 주변을 철통같이 보호하는 에제트 때문에.

'천한 주제에.'

에제트는 디아린에게 램드를 붙였다. 단순히 측근 기사를 붙인 의미가 아니었다. 램드 베스턴은 수문석에서 살아 돌아온 생환자. 이 아키르 제국에서도, 손꼽히게 강한 기사를 그저 혼약자의 호위로 내준 것이다.

하지만 무슨 상관인가. 지금 디아린은 제 손에 있는데.

이 계획을 성공하기 위해서 얼마나 많은 공을 들였는지, 디아린. 이 여자는 알까?

여전히 미열이 감도는 몸.

오늘 디아린이 아팠던 건 우연이 아니었다. 전부 벨마르의 작품이었다.

근래 디아린은 자주 황실 도서관을 이용했다. 비슷한 범주의 책을 오랫동안 읽었다. 벨마르는 수하를 시켜, 디아린이 읽을 법한 책에 독을 발라놓았다. 강한 독은 아니었다. 그런 독은 감지가 되어 실패하고 마니까.

그저 적당한 몸살을 일으킬 정도의 가벼운 독. 디아린이 자신의 품 안에서 하룻밤 푹 자고 나면 모든 게 정리되어 있으리라.

그래, 모든 게.

벨마르의 입꼬리가 약하게 올라갔다.

그는 표정을 감추지 않았다. 어차피 디아린은 '공평한 혈통'이니까. 용혈인 자신의 얼굴 따위 그녀에게 보일 턱이 없으니까. 선부른 오해였고 자만이기는 하였으나.

디아린에게는 그 조소가 보였다. 그녀 스스로도 조금 놀랄 정도로 선명하게.

'벌써 이만큼이나 보이는구나.'

하지만, 전혀 기쁘지 않았다. 벨마르의 조소가 품고 있는 기이한 불길함 때문이었다.

'기분이 나빠.'

디아린은 그때까지 자신의 한쪽 팔을 잡고 있던 벨마르를 뿌리쳤다. 하지만 그는 곧 강한 힘으로 디아린을 붙잡았다. 용혈의 힘이란 정말. 은의 산에서 죽은 4황자 권체스터가 생각나면서 디아린은 지긋지긋해졌다. 디아린이 싸늘하게 말했다.

"놔."

"여기 있는 게 좋을 거다."

벨마르는 의미심장한 말을 했다.

"지금 대연회홀은 위험하니까."

"무슨……."

디아린이 얼굴을 찌푸렸다.

위험한 곳이라니?

사교계를 전장이라고 흔히 이르기는 하나, 무언가 이상했다. 벨마르의 말에는 무언가 묘한 다른 지칭이 감추어져 있었다. 디아린의 발끝이 움찔거렸다.

그녀는 아까부터 마법을 쓰려고 했으나, 아무것도 쓸 수 없었다.

'대체 어디서 이런 마법사 무력화 마도구를 가져온 건데.'

벨마르의 짓이 틀림없었다. 더군다나 그는 여전히 붙들고 있는 디아린의 손목을 놔주지도 않았다.

"바깥은 위험하니 나와 있어."

"너랑 침대에 같이 있는 게 더 위험한 것 같은데."

"내가 너에게 무슨 짓을 하려고 했으면 진작에 했겠지."

"에제트로 변장해 내 침대에 기어 들어온 주제에?"

"……에제트, 에제트. 지겹군. 네 입에서 다신 그 이름이 나오지 않으면 좋겠단 말이지."

벨마르가 비틀린 미소를 지었다.

그는 더 이상 디아린에게서 에제트란 이름을 듣고 싶지 않았다. 어차피 아스페르크 따위, 황태자 자리만 아니어도 자신에게 댈 혈통이 아니었다. 벨마르는 이 사실을 디아린이 똑똑히 알아야 한다고 생각했다.

"디아린. 헛된 희망은 버려. 아스페르크는 황태자가 되지 못해."
잔인한 속삭임.
디아린은 벨마르에게 말없이 손을 뻗었다. 그 기꺼운 손길.
벨마르는 황홀경에 잠기는 기분으로 기꺼이 얼굴을 내맡겼다. 디아린이 벨마르의 머리에서 가발을 벗겨 내 바닥에 던져버렸다.
"디아린!"
기대가 빗나가자, 벨마르는 분노에 차 외쳤다. 이렇게 특별한 여자가 자신이 아닌 아스페르크 따위를 사랑한다는 사실을 받아들일 수 없었다.
"왜 그 비천한 놈을 사랑하는 거지? 아스페르크는 비천하다. 비천하기 그지없어!"
디아린은 벨마르를 싸늘하게 노려보았다. 벨마르가 어린 에제트를 얼마나 괄시했을지 묻지 않아도 선했다.
"내 혼약자는 비천하지 않아."
"디아린!"
"그런데 넌 너무 역겨워."
"……!"
벨마르가 거친 숨을 몰아쉬었다. 그는 두 손으로 디아린의 양 손목을 난폭하게 틀어잡았다.
"내가 방금 전에 말했지. 아스페르크는 황태자가 되지 못한다고. 왜인 줄 알아?"
벨마르가 깊은 비웃음을 머금었다.
"지금 황제가 죽을 거니까."
"그게 무슨……."
그 순간이었다.
쾅!
마치 기다리기라도 했다는 듯이, 귀가 번쩍 뜨일 굉음이 침실에 가득 울렸다. 디아린의 두 눈이 커졌다. 벨마르가 음습하게 웃으며 말했다.
"왜 아직도 네 시녀들이 오지 않는지 궁금하지 않나? 왜 네 혼약자가 오지 않는지도 궁금하지 않고?"
디아린의 표정이 딱딱하게 굳었다.
"황제를 비롯해, 대연회홀에 있는 모든 귀족이 오늘 그 자리에서 죽을 예정이니까. 나를 앞에서든 뒤에서든 비웃었던 놈들이니 죽어도 싸지."
벨마르가 잔혹하게 웃었다.
"사계탑의 주인이 와도 막을 수 없는 걸 내가 소환했거든."
"……."
"그래도 괜찮아. 너는 이렇게 내 품 안에서 안전할 테니까. 모든 게 끝나면……."
벨마르는 끝까지 말을 잇지 못했다. 갑자기 눈앞에서 터져 나온 검붉은 날개가 그를 밀어내 벽까지 처박았기 때문이다.
"크윽……!"
등에 가해진 어마어마한 충격에 신음을 흘리면서도, 벨마르는 방금 터졌던 걸 똑똑히 보고 말았다. 그러니까, 방금 그건.
"……신수의 날개?"
마치 천지가 개벽하는 듯한 충격적인 환상.
"설마, 너……."
잠시 멍해져 있던 벨마르가 비명을 지른 건 직후였다.
"크악!"
벨마르의 허벅지에서 피가 뿜어져 나왔다. 거대한 칼날 같던 붉은 마력이 그의 양쪽 허벅지를 무자비하게 꿰뚫은 것이다.
벨마르가 거칠게 숨을 몰아쉬었다. 디아린이 벨마르의 멱살을 잡아 들어 올렸다. 강화된 팔에서 붉은 마력이 감돌았다. 디아린은 경멸에 찬 눈으로 벨마르를 노려보다가, 그대로 바닥에 패대기를 쳤다.

대리석 바닥에 부딪힌 벨마르가 끙끙대는 소리를 냈다. 디아린의 얼굴은 어느새 얼음처럼 냉혹해져 있었다. 그녀는 경멸 어린 표정으로, 그의 눈동자에 손을 얹었다.

"……!"

벨마르가 헉 하고 숨을 몰아쉬었다. 순간 눈이 불타는 듯한 고통이 엄습한 것이다. 벨마르는 본능적으로 알았다. 디아린이, 자신의 눈에서 황금색을 거둬 갔다는 것을.

"난 너 같은 걸 잘 알아. 대연회홀에 그 난리를 벌여 놓고 넌 혼자 내 침실로 도망 왔어. 그러면 대연회홀에 있는 일은 황후가 벌인 일이 되겠지?"

"……!"

속내가 까발려진 벨마르의 두 눈이 부릅떠졌다.

"너처럼 비겁하고 역겨운 게 내게 언약을 요구하다니 구역질 나."

한 마디 한 마디가 얼음송곳 같았다. 벨마르가 숨을 헐떡이며 외쳤다.

"디아린!"

"입 닥쳐."

"날 죽일 건가? 나를? 이 고귀한 나를?"

"왜 용혈들은 거의 다 이렇게 제정신이 아닐까."

디아린이 싸늘하게 웃었다.

"네 목은 내 손이 아닌 단두대로 끝나게 될 거야. 알겠어? 성벽에다가 백골이 될 때까지 걸어 놔 줄 테니까."

"디아……!"

퍽.

머리를 강하게 울리는 둔통. 벨마르는 그대로 완전히 정신을 잃었다.

* * *

"이게 대체 무슨……!"

램드는 검을 휘둘러 마물을 겨우 막았다. 대연회홀에 난리가 난 건 정확히 한 시간 전.

시작은 한 귀부인의 비명이었다. 그 후로 눈 깜짝할 새, 근처에 있는 귀족 네 명의 목이 물어뜯겼다. 마물이었다. 그것도 최상위급 마물!

전설에 준하는 대마물을 논외로 친다면, 최상위급 마물은 웬만한 기사단들도 감당하기 힘들었다. 먹이사슬의 정점에 있는 강력한 힘.

"제기랄! 대체 어디서 이렇게 쏟아지는 건데!"

거의 비명을 지르는 램드와 달리, 한 조로 움직이고 있던 딜리스는 침착했다. 그녀의 눈빛이 냉철하게 빛났다.

"야. 램드."

"왜."

"너 이거, 어디서 본 적 있지 않아?"

"뭐?"

"아니, 정정할게. 어디서 '경험'해 본 적 있지 않아?"

본 게 아니고, 경험?

"……!"

순간 램드의 머리가 번쩍 울렸다. 딜리스가 하는 말의 함의를 알아들은 것이다. 램드는 설마 하면서 물었다.

"수문석 지하?"

"그래."

"젠장!"

저도 모르게 욕설부터 쏟아져 나왔다.

그러고 보니 무언가 익숙했다. 최상위급 마물을 위시해, 끊임없이 쏟아지는 마물들. 지상의 마물들은 일정한 규칙이 있다. 지상 위는 인간의 세계였기 때문에, 오히려 마물이 페널티를 안고 있었다.

수문석 숲의 마물들도, 항상 떼로 몰려다녔다. 하지만 수문석 지하는 그저 혼돈이 우선인 곳. 등급도, 힘도, 종류도 상관없이 수천 마리의 마물이 끊임없이 죽고 죽이는 곳이다.

그러니까, 마치 지금 이 대연회홀처럼.

“설마 지금 이곳에 수문석 지하가 연결이라도 되었단 소리야?”

“추측이야.”

“그게 말이 되냐고!”

“말이 안 되는 걸 아니까 추측이라고!”

버럭 외친 딜리스가 사색이 되어 소리쳤다.

“램드! 오른쪽!”

“숙여!”

거대한 마물이 흐느적흐느적 끔찍한 모습으로 기어왔다. 뻗어오는 수십 개의 팔들을 램드는 간신히 쳐냈다. 딜리스가 방어 마법을 재형성하던 그때, 그녀의 뒤에서 수십 발의 마력 공격들이 날아왔다.

“끼야야아아악!”

마물이 쇠를 손톱으로 긁는 듯한 소리를 내며 피를 터뜨렸다. 딜리스와 램드가 뒤를 보았다.

“알데트루다 룬!”

아키르 황실 수석 마법사 알데트루다. 마법사 여럿을 이끌고 뛰어온 그녀가 심각한 얼굴로 외쳤다.

“딜리스 룬, 램드 경! 1급 긴급 사태입니다. 대연회홀에 수문석 지하가 소환되었습니다.”

“예?”

“예?!”

딜리스와 램드는 순간 자신들의 귀를 의심했다.

수문석 지하가 소환되었다고?

"방금 전 황궁에 걸려 있는 결계 마법이 작동되었습니다. 청조의 로드께서 합류하셨고, 사계탑에 지원을 요청했으며, 각 수문석 기사단들이 긴급히 호출되었습니다."

아키르의 황궁에는, 시조가 직접 설계한 수백 가지의 마법이 전승되어 오고 있었다. 앞으로 한 시간. 한 시간은 그 어떤 마물도 대연회홀 밖으로 나갈 수 없다.

"그 안에 소환진을 폐쇄하고 모든 마물을 해치우면 됩니다."

"만약에 대마물이 몰려온다면요?"

그러자 뒤에 있던 젊은 마법사가 조급하게 말했다.

"이 황궁에는 디아린 오드 영애님이 계십니다. 8황자 저하도 계시지요. 말이 안 되는 화력을 가진 분들이시니, 대마물도 이겨 볼 수 있습니다."

딜리스가 냉정한 목소리로 짚었다.

"제 말은 그게 아니라……. 수문석 지하에 있는 대마물은 한 마리가 아닙니다."

"……!"

"……!"

"……!"

두 마리 이상의 대마물.

그건 이미 상상만으로도 지옥이었다. 황궁이나 제국의 차원을 넘어, 이 대륙 자체가 쑥대밭이 될 것이다.

알데트루다 룬은 침울하지만, 고저 없는 목소리로 말했다.

"그땐 여기 있는 누구도 살아 있지 못하겠지요."

* * *

건국제에만 개방되는 대연회홀은 숲 하나가 통째로 들어갈 정도로 광활했다. 그러니 그 대연회홀을 품고 있는 궁의 크기가 얼마나 넓은지는 논할 필요가 없었다.

"이게 대체 무슨 일이냐……!"

황제는 이를 갈았다.

야회였다. 황태자를 공식적으로 책봉하기로 한 야회. 얼마나 규모가 남달랐는지 굳이 표현할 이유가 없었다. 하지만 어디에서 '쏟아지는' 마물들. 순식간에 수십 명의 귀족들이 먹혔고 시체가 나뒹굴었다. 황제를 재빨리 피신시켰던 근위대의 대부분도 이미 유명을 달리했다. 끊어진 머리가 바닥에 엉망으로 나뒹굴었다.

그렇다고 무작정 밖으로 피신할 수가 없었다. 거대한 덩치의 마물들이 홀을 휘젓고 다니면서, 기둥이 무너져 내렸고 지붕이 쏟아진 곳도 적지 않았다. 그렇게 여기저기 길이 다 막혀 버린 것이다.

"폐하. 일단 무조건 옥체를 보존하셔야 합니다."

지금은 언제나 모습을 감추고 있던 그림자조차 근위대장과 협력하고 있었다. 그만큼 긴급한 상황이었다.

"키에에에에!"

"위치가 드러났습니다!"

"제가 주의를 끌겠습니다!"

지네 모습을 한 마물들 여럿이 믿을 수 없는 속도로 바닥을 기어 달려들었다. 근위대장과 그림자가 유인하기 위해 뛰어들었고, 황제는 재빨리 입구가 있었던 쪽으로 몸을 피했다.

콰르릉!

길고 복잡한 복도들. 용혈 특유의 기감이 마물들의 등장을 감지했다. 황제는 무너진 기둥 뒤로 피했다. 기둥이 적절히 무너진 덕에 완벽한 사각지대인 곳이었다.

"폐하."

"……?"

황제는 뒤를 돌아보았다가 깜짝 놀랐다.

"황후?"

오블리잔 황후였다.

그녀는 황제와는 비교도 할 수 없을 만큼 깨끗한 차림이었다. 머리 모양도 거의 흐트러지지 않을 정도니 말 다한 셈이다. 하지만 황제는 경황이 없었던지라 미처 알아채지 못했다. 다만…….

"그건 황후의 피인 것이오?"

황후의 드레스에 심하게 흩뿌려진 핏자국이 보였다. 황후의 표정이 바로 어두워졌다.

"제 기사들과 시녀장의 혈흔입니다. 저를 대피시키려다가 전부 눈앞에서……."

"죽었군."

황제는 짧게 말을 맺었다. 그의 신경은 언제 달려들지 모르는 마물들에게 쏠려 있었다.

"황후."

"예, 폐하."

"이런 끔찍한 일을 누가 도모하였을 거라 생각하오?"

"짐작 가는 이가 있으신지요."

"있소. 그대의 친손주."

"……!"

황후의 숨이 뚝 멎었다. 황제는 여전히, 황후를 쳐다보지 않고 말했다.

"그간 그림자를 벨마르에게 집중시켰지. 그 덕에 벨마르가 흑마법사들과 몰래 접촉한다는 사실을 오늘 아침에 전해 들었소."

"……."

"오래토록 대제국을 다스려 온 짐의 감이 말하고 있소. 벨마르의 짓이라고."

"……폐하."
"아마 황후도 알고 있었겠지."
"……."
황후는 마른침을 삼키고 물었다.
"어째서 벨마르, 그 불쌍한 아이에게 그림자를 붙이신 겁니까?"
"짐은 벨마르에게 기회를 주려고 한 것이오."
"기회라니요?"
"벨마르는, 8황자 아스페르크에 비해 자질이 너무 떨어지니 그림자를 붙이고 주의 깊게 관찰한 것이오. 칭찬할 게 있으면 칭찬해 주려고."
"폐하께서는 어찌 그리 거짓을 잘 말씀하십니까?"
황후가 파르르 떨며 웃었다.
"정말로 벨마르에게 기회를 주고 싶으셨다면, 그 애에게 공을 쌓을 기회를 주셨겠지요. 좀 더 솔직히 말씀해 주시지요."
"……."
"그림자를 붙이고 감시하면서, 벨마르의 결점을 하나하나 보고받으신 거라고. 그래서 그 천하고 잘난 8황자와 사사건건 비교하며 정당화를 하신 거라고!"
황제는 황후를 일별했다. 그뿐이었다. 최소한의 변명도 하지 않는 모습.
황후는 이런 황제를 잘 알았다. 그는 모든 것이 지나치게 자신 위주인 폭군이었다. 친자식들을 죽일 때도, 친자식들의 죽음을 친손주들의 생일날로 정할 때도!
"황후."
황제는 서서히 몰려드는 마물을 보며 말했다.
"그대의 기사와 시녀장이 그대를 지키려다 죽었다고 하였지."
"……그렇습니다."
"짐 또한 근위대와 그림자를 모두 잃었소. 하지만 짐은 제국의 정점.

짐의 일신에 문제가 생기면 제국이 큰 혼란에 빠지오."

황제가 지금 하는 말의 뜻을, 황후가 모를 수가 없었다. 그래서 황후는 천천히, 그러나 늘 그렇듯 아름답게 웃었다.

"제가 저 마물들 사이로 뛰어들면 폐하께서 사시겠군요."

"그렇소."

"폐하."

황제는 턱을 가볍게 쓸었다.

"대신 벨마르에게 극형만은 면하게 해 주겠소. 피해 정도에 따라 이번 일을 완전히 덮어 줄 수도 있소. 또……, 짐이 평생 수절하는 것으로 할까. 그대 외의 다른 황후는 없을 거라고, 이 몸에 흐르는 용혈을 두고 맹세하지."

"제가 가지 않으면요?"

황제가 저도 모르게 낮은 웃음을 터뜨렸다.

"그럴 리가. 짐은 짐의 오블리잔을 잘 아는데."

"……."

"나가서 죽으시오. 짐을 위해."

나가서.

죽어.

"폐하는 정말이지 모든 걸 다 아시는군요. 신화 속 용혈을 타고난 분이라 그러신지……."

황후는 가슴 위에 손을 올리고 가볍게 고개를 숙였다. 그리고 황제에게 스스럼없이 다가가 포옹했다. 작별의 뜻이었다.

"그런데 폐하는 가장 중요한 하나를 모르십니다."

"짐이 무엇을 모르지?"

"폐하."

나지막한 속삭임.

"저는 지금 폐하를 죽이려고 이곳에 온 거니까요."

"……?!"

당황한 황제가 거칠게 황후를 떼어 내려던 그 순간이었다.

"친자식들을 잡아먹은 미친 용! 산 채로 갈기갈기 찢겨져라!! 지옥에 떨어져서 네가 잡아먹은 손주와 자식들에게 무릎 꿇고 빌어도 모자라니!!!"

12년의 악이 받친 목소리가 복도를 커다랗게 울렸다. 인간의 기척을 탐하던 마물들이 순식간에 끔찍한 괴성을 지르며 달려들었다. 몇 미터나 되는 날카로운 손톱이, 황후와 황제의 배를 동시에 관통했다.

황제가 고통스러운 신음을 흘렸다.

"크윽……, 네가……, 네가 어떻게 감히 내게……!"

"지옥에나 떨어져! 용혈이 아니었으면 뭣도 아니었을 정신 나간 폭군은!"

황제의 몸이 그대로 뜯겼다.

* * *

9황자 로르드안 이시스 키르헨은 눈물을 뚝뚝 흘렸다.

"경, 괜찮아요? 경?"

"괜……, 쿨럭."

이작은 말을 끝까지 잇지 못하고 피를 쿨럭 토했다. 로르드안의 얼굴이 새파래졌다.

방금 전, 대연회홀의 천장화가 무너져 내렸다. 어디에선가 끊임없이 마물들이 나타나 홀을 온통 헤집었다. 비명 소리와 무너지는 소리, 칼을 휘두르는 소리가 어지럽게 섞였다.

'숨이 잘 안 쉬어지는데……. 어머니랑 아버지는 무사하시려나. 형은?'

황태자를 책봉하는 건국제이다. 북문석 영지의 상징적인 가문인 드리엄 백작 직계를 비롯한, 모든 가주 내외들이 수도로 올라온 상태였다.

이작은 받은 숨을 내쉬었다. 아까 마물에게 붙잡혀 벽에 부딪힌 등이 죽을 듯이 아팠다. 그러면서 상처가 벌어졌는지 피가 끊임없이 흘러나왔다. 쇼크로 정신을 잃지 않은 건 순전히 램드와의 특훈 덕분일 터.

'주인님은 괜찮으실까.'

이젠 황태자비가 될 디아린. 야회에는 늦게 나올 거라고, 언질을 들었다. 그러니 디아린은 무사할 것이다.

이작이 겨우 기침을 삼키고 입을 열었다.

"9황자 저하."

"안 돼요."

고작 호명만 했을 뿐인데, 로르드안은 바로 새하얗게 질린 주먹을 꽉 쥐고 고개를 도리도리 저었다. 이작이 마물 쪽으로 뛰어들 작정임을 알아챈 것이다.

"날 위해 희생하지 말아요, 경."

"……황족이 그런 말씀을 하시면 어떡합니까."

로르드안의 둥글고 통통한 뺨에 눈물이 방울방울 떨어졌다. 이작은 아직 작고 어린 황자를 보면서 간신히 말을 이었다.

"제 주인이 황족이 될 분이시니, 저는 황족을 보호해야 할 의무가 있습니다."

"……."

"그러니까 이건, 9황자 저하가 아니라 제 주인님……, 오드 영애님을 위한 것입니다."

"누님……이요?"

"예. 디아린 영애님을 위해……."

디아린 영애.

환각 마물의 부작용으로, 늘 붙어 있던 '주인님'이 떨어져 나간 지는 사실 좀 됐다. 그런데도 그 호칭을 보란 척 사용한 건 이작의 고집이었지만.

이작은 검집을 받침대 삼아 간신히 몸을 일으켰다. 피가 적잖게 빠져나가서인지, 그마저도 시야가 어지러웠다.

검은 안개. 눈에서 새빨간 피를 흘리는 마물들이 어슬렁거리며 돌아다니고 있었다. 어떤 마물은 죽은 자작의 목을 휘감아 전리품처럼 끌고 다녔다.

'주인님이 보고 싶어.'

죽음을 앞두고 보고 싶은 게 왜 디아린일까.

이작 드리엄은 잠시 자신이 얼마나 불효자인지 반성하다가, 그래도 죽기 직전까지 감정을 속일 필요는 없지 않나 하고 얼굴에 튄 피를 닦았다.

"가지 마요, 이작 경. 나 때문에 죽지 말아요."

"로르드안 저하."

매달리는 사랑스러운 황자를 보며, 이작은 웃었다. 디아린이 이 어린 쌍둥이 황자들을 얼마나 귀여워했던가.

"주인님이 소중히 여기는 건 저도 소중히 여기고 싶습니다."

그 말이 전부였다.

이작은 순식간에 로르드안을 뒤쪽으로 밀어 버리고, 뛰쳐나갔다. 밀려난 로르드안이 두 손을 입을 틀어막았다. 오션 블루의 눈동자에서 눈물이 왈칵 쏟아져 바닥을 적신다.

"……!"

쉬익 소리를 내며 기어 다니던 마물들이 일거에 이작에게 달려든다. 이작이 든 검이 부러진 그 순간.

"참나."

중성적인, 하지만 소년에 좀 더 가까운 목소리.

"주인님에 대해 아는 것도 없는 게 건방지기는."

그 목소리가 바람결처럼 이작의 귓가에 스며든 직후, 새빨간 빛이 이작의 앞을 가로막았다.

쿵!

붉은빛에 가로막힌 마물들이 그대로 으깨져 흔적도 없이 사라졌다. 곧이어 이작의 두 눈이 크게 뜨였다.

붉은빛의 길고 곧은 머리카락이 바로 앞에 나타났으니까.
'붉은빛 도는 남자……?'
환상인가?
온통 붉은 옷을 입은 남자의 모습은, 환영처럼 묘하게 옅었다. 그가 이작을 돌아보려고 할 때였다.
"큭!"
망막을 가득 때리는 엄청난 빛에 이작이 두 눈을 질끈 감았다.

얼마 후, 디아린이 두리번거리며 외쳤다.
"올! 어디 있어?"
〈주인님, 여기에요!〉
디아린이 호다닥 뛰어왔다. 그녀의 두 눈이 동그래졌다. 이작이 바닥에 뻗어 기절해 있었다. 올은 깃털 상태로 그런 이작의 머리 위에 달랑 앉아 있었다.
올이 둥둥 몸을 띄워 디아린의 영혼으로 돌아갔다.
〈주인님. 뒤쪽에 걔 기절해 있어요. 로르랑 이름 똑같은 어린 황자 놈.〉
"로르드안?"
그 말대로, 뒷벽에 로르드안이 기절해 있었다.
"진짜네……."
디아린은 마물이 하나도 없는 주변을 둘러보다가, 이작에게 다시 시선을 옮겼다. 올이 흥 하면서 말했다.
〈이 건방진 자식은 여기서 처맞고 있더라고요.〉
"네가 구한 거야?"
〈구하기는 누가 구해요? 빨리 가요.〉
"……응."
디아린이 이마를 약하게 찌푸렸다.

"일단 서쪽으로 가자. 로르는 그쪽으로 보냈으니까."

〈알겠어요.〉

이윽고 쫓아온 마법사들이 이작과 로르드안을 무사히 구출했다.

디아린의 머리카락에 장신구처럼 변장하고 있던 올의 깃털이 살랑 그쪽으로 움직였다.

올이 기절한 이작의 얼굴을 쳐다보았다.

살릴 생각, 사실 없었는데.

빨리빨리 시체까지 완전히 씹어 먹혀 죽어 버리라고, 그래서 주인님 머릿속에서 영영 잊히라고 신나게 구경이나 하고 있었는데.

'주인님이 소중히 여기는 건 저도 소중히 여기고 싶습니다.'

이작의 말이 괜히 머리를 맴돈다.

〈흥.〉

* * *

"찾았습니다!"

"바로 소환진 폐쇄 마법을 준비한다!"

"예!"

알데트루다 룬은 휘하의 황실 마법사들과 함께 바로 마법을 준비했다. 함께 뛰어들었던 딜리스가 이를 악물며 외쳤다.

"수문석 지하엔 마물의 끝이 없어요! 최대한 빨리 폐쇄하는 게 답입니다!"

"에이든 룬, 샤불라 룬! 미네트 룬! 차석 마법사들은 전부 사방에 선다!"

가장 복잡한 마법진을 완성해야 하는 중앙에는 알데트루다와 딜리스가 함께 섰다. 핏빛으로 빛나던 거대한 마법진에 새로운 룬 문자가 새하얀 빛으로 음각되기 시작했다. 꾸역꾸역 기어 올라오는 마물들은 주변에 대기하고 있던 마법사들이 온 힘을 다해 처리했다.

"키에에엑!"

"키야아악!"

급격하게 소모되는 마력. 알데트루다 룬은 식은땀을 삘삘 흘리며 말했다.

"만약 우리가 아닌, 오드 영애님이었다면 분명 혼자 이 마법진 중앙에 버티고 계셨겠죠."

그 말에 딜리스가 후들거리는 다리를 지탱하며 냉정한 목소리로 대답했다.

"디아린 룬이라면 이 폐쇄 마법진을 혼자 만드셨을 겁니다."

"제가 감히 과소평가했군요."

그나마 디아린이 대연회홀로 들어간 덕에, 많은 마법사들을 소환진 수색에 돌릴 수 있었다.

조금만 더.

'조금만 더…….'

그때였다.

"으아악!"

차석 마법사의 비명이 고막을 찢을 듯 울려 퍼졌다. 알데트루다와 딜리스의 두 눈이 부릅떠졌다. 폐쇄 마법진이 말 그대로 찢어지기 시작한 것이다. 그리고 지옥의 파수꾼처럼 성큼, 소환진 위로 올라온 거대한 것들은…….

"룬! 피하십시……, 커억!"

소리치던 마법사의 몸이 휙, 종이처럼 돌 벽에 처박혔다.

* * *

귀족 중 3분의 1이 대피에 성공했다. 각종 화력이 재빠르게 황궁에 집중되면서, 마물들은 힘겹시반 서서히 진압되고 있었다. 어차피 한 시간 동안은, 시조의 보호막으로 인해 마물들이 밖으로 절대 빠져나갈 수 없다.

하긴, 3황자 벨마르 엔리프도 최소한의 머리는 있는 놈일 터다. 황위를 차지하고 싶어서 이런 끔찍한 사달을 꾸민 것. 벨마르가 죽이려고 한 건 황제와 에제트, 그리고 그들을 지지하는 귀족들이다.

그래.

그러니까, 이런 상황은 누구도 예상하지 못한 것.

마치 거대한 자연재해처럼.

10황자 솔 리다스터 키르헨은 덜덜 떨리는 눈빛으로 목을 꺾었다.

'이 마물은 대체 뭐야…….'

그렇게까지 목을 꺾어야 겨우 볼 수 있는, 막대한 마물이었다. 이토록 거대한 대마물이 서 있는데도 홀의 천장은 건재했다. 이곳에 비상용인 강력한 공간 왜곡 마법이 걸려 있다는 걸 솔은 아까 전에야 전해 들었다.

아니었다면 저 마물의 크기를 아예 감당치 못했을 것이다.

수백 개의 팔.

수백 개의 다리.

수천 개의 눈.

이제까지 간신히 피했던, 최상위급 마물도 저 정도의 크기가 아니었다.

"대, 대마물……입니다."

"대마물……?"

황실 마법사들은 수문석 마법사들보다 실력이 월등히 좋았다. 그 말인즉슨, 대마물의 이름조차 금세 알 수 있다는 소리였다.

"대마물 테르미누스입니다, 저하……."

솔의 숨이 턱 멎었다.

지난겨울. 북문석 영지를 감싸던, 그 거대하고 불길한 눈도 대마물이었다. 그걸 없앤 건 디아린이었다.

디아린이라고 들었다.

'하지만 여기엔 누님이…….'

—쾅!

솔의 호흡이 그대로 멎었다. 바로 자신의 옆에 있던 마법사와 기사들이 그대로 죽은 것이다.

바로 전까지, 족히 접빈실 몇 개만큼은 떨어져 있던 대마물이 어느새 솔의 바로 앞에 있었다. 용혈의 냄새에 이끌린 대마물의 입이 웃기라도 하듯 주욱 길게 찢어졌다.

검은 안개가 피어나고 붉은 피가 뚝뚝 떨어졌다.

"피, 피하십시오……. 피하십시오!"

가장 가까이에 있던 기사가 바로 솔을 들어 도망치기 시작했다. 한 박자 늦게 정신을 차린 솔이 뒤를 보았다. 대마물의 굵고 거대한 손톱이 기사의 등을 내리찍기 직전.

"안 돼!"

솔이 가까스로 기사를 밀쳐냈다.

쿵!

바닥이 깊게 파이며 기사가 반대로 나뒹굴었다. 아슬아슬하게 피한 것이다. 솔은 바로 팔을 그어 피를 냈다. 바닥에 굴러다니는 돌조각에 피를 묻혀, 대마물 테르미누스에게 던진다.

"저하……!"

용혈의 달콤한 냄새.

테르미누스의 주위가 잠시 그쪽으로 쏠렸다. 그러나 거대한 몸은 여전히 솔을 포위하듯 감싸고 있었다.

솔이 외쳤다.

"도망쳐! 용혈을 노리는 거니까 도망치라고!"

"저하!"

"이건 아키르의 황자로서 내리는 명령이다! 죽지 말라고! 죽지 마! 기사들을 불러와, 빨리!"

작은 몸으로 바락바락 소리치는 황자.

기사는 결국 밖으로 뛰어가기 시작했다. 솔은 잠시, 자신도 저렇게 도망갈 수 있지 않을까 생각했지만…….

쿵!

대마물의 그물 같은 손아귀 앞에서, 솔은 다리조차 움직이지 않았다. 온몸이 마비라도 된 듯 꼼짝도 하지 않았다.

모든 걸 압도하는 파괴적인 두려움에 눈물이 뚝뚝 떨어졌다.

'로르가 누님을 깜짝 에스코트 하겠다고 떠나서 다행이야.'

늘 붙어 있던 자신들이 그 때문에 떨어졌다. 그러니 로르드안은 대연회홀에 없을 것이다. 없을 거라고 믿고 싶었다.

'로르는 살 거야. 누님도 살 거야.'

언젠가 디아린과 쌓았던 눈사람이 생각난다. 북문석 성에서, 매일 저녁마다 마시던 따뜻한 초콜릿도 생각난다.

다행이었다.

만약 지금이 1년 전, 아니 반년 전이기만 했어도 솔이 떠올릴 수 있는 건, 로르드안과 부둥켜안고 매질을 피하려 벌벌 떨던 기억밖에 없었을 테니까.

'난 행복한 거야.'

죽기 직전, 이런 즐거운 추억을 생각할 수 있으니 기쁘게 알아야 한다. 용혈을 타고 태어난 황족으로서, 제국민—기사의 목숨을 구했으니 영광스럽게 알아야 한다.

대마물 테르미누스의 손톱이 솔의 몸통을 꿰뚫었다. 아니, 꿰뚫으려고 했다.

"……."

'안 아프잖아…….'

꾹 감았던 눈을 천천히 뜬다. 색깔부터 검붉은 거대한 마력 칼날이 바로 앞에 꽂혀 있었다. 대마물이 부들거리며 그 칼날을 부수려고 했지만…….

"……!"

대마물의 손이 그대로 해체된다. 거의 동시에, 솔의 팔이 홱 잡히더니 뒤로 밀려난다. 거짓말처럼, 눈앞에 구불거리는 긴 연갈색 머리카락.

쾅!

"누님!"

"뒤로 빠져!"

솔이 허겁지겁 디아린의 명령을 따랐다.

디아린이 들고 있던 스태프를 바닥에 세게 내리꽂았다. 바닥에서부터 뻗어져 나온 굵은 마력 촉수가 테르미누스의 몸을 순식간에 타고 오른다.

테르미누스는 몸부림을 치며 자신을 얽맨 촉수를 뜯어내려 발광을 했다. 대마물의 몸에서 무수히 떨어져 나가는 살점들. 완전히 얼은 채로 이 장면을 지켜보던 솔의 두 눈이 커졌다.

"마물……!"

바닥에 떨어진 대마물의 살점들이 꿈틀대더니, 이윽고 마물로 화한 것이다. 얼기설기 살아난 마물들이 디아린과 솔을 향해 무서운 속도로 뛰어들었다. 솔이 이를 악물고 검을 꺼내려던 그 순간.

솔의 두 눈이 커졌다.

디아린의 발밑으로 수도 없이 떨어지는 검은 깃털들이 시야에 들어온 탓이었다.

저게 뭐지?

'환각인가?'

솔은 재빨리 두 눈을 비볐지만, 깃털들은 사라지지 않았다. 명확히 실재하고 있었다.

이윽고 깃털이 발목까지 쌓였을 때.

디아린의 발밑에서 그려진 마법진이, 어느새 테르미누스의 몸체를 장악할 정도로 거대해졌다. 스태프에 묶여 있던 황금색 리본의 마력이 끝까지 소모되는 것과 동시에.

콰콰쾅!

"누님!"

귀를 찢는 굉음이 대연회홀을 쩌렁쩌렁 울렸다. 기둥처럼 변한 수백 갈래의 마력 촉수들이 유성처럼 뻗어 나가 테르미누스의 몸을 무자비하게 꿰뚫었다.

"키에에엑……."

쿵, 털썩.

솔이 천천히 입을 틀어막았다.

"……죽었어."

대마물 테르미누스는 더 이상 움직이지 않았다.

말이 안 됐다. 두 눈으로 똑똑히 보았지만 도저히 말이 안 되는 광경이었다.

"어떻게 사람이 혼자서 대마물을……?"

멍하니 중얼거리던 솔은, 한 박자 늦게야 디아린이 자신을 전에 없는 싸늘한 눈으로 내려다보고 있다는 걸 알았다.

그녀의 얼굴은 핏기가 죄 빠져 나가 시체처럼도 보였다.

절로 어깨가 움츠러들었다.

"누, 누님."

"용혈이 미쳤다고 마물 앞에 혼자 있어?"

"죄송……해요."

솔은 손가락을 꼼지락거렸다.

"잘못했어요."

얼음장 같은 눈으로, 솔을 내려다보던 디아린이 한숨을 내쉬었다. 스태프를 되돌려 보낸 그녀가 두 손으로 얼굴을 쓸어 넘겼다. 디아린의 눈치를 살피던 솔이, 다급한 손놀림으로 그녀의 옷자락을 붙잡았다.

"……왜?"

"누, 누님이 갑자기 어디 가 버리실 것 같아서……."

"내가?"
"이유는 모르겠는데, 그냥요……."
"그건 무슨……, 용혈의 직감 같은 거야?"
"직감은 저보단 로르가 좋긴 하지만요, 아무튼요."
"안 가니까 걱정 마. 여길 처리할 때까지 어딜 가겠……."
말은 끝까지 이어지지 못했다.
쿵!
마치 지진이 난 것처럼, 바닥이 크게 요동쳤다. 디아린이 반사적으로 솔의 손목을 틀어쥐었다.
그대로 바닥이 무너지기 시작했다.
〈제길, 인간!〉
로르의 외침과 동시에 디아린은 솔에게 급박하게 보호 마법부터 걸었다. 디아린의 몸을 보호하려던 신수 적조의 날개가, 순간 움찔하더니 피어나지 않고 접혔다.
그녀는 반사적으로 눈을 꾹 감았다.
턱.
이상했다. 상상했던 것처럼 딱딱한 촉감이 아니었다. 디아린은 조심스럽게 눈을 떴다.
"……에제트?"
자신을 내려다보는 그 낯익은 눈동자.
그리고 옆에서 황당하다는 표정을 짓고 있는 램드.
"오드 영애님?"
"램드 경?"
뒤늦게 상황 파악이 됐다. 에제트가 추락하는 디아린을 낚아채 잡은 것이다. 인기척을 감지한 로르가 일부러 날개를 피워 내지 않은 것이고.
에제트는 헛웃음을 지었다.

"지옥인 줄 알았는데 당신이 하늘에서 떨어진 걸 보니 여전히 황궁은 황궁이군요."

연갈색 머리카락이 보인다 싶어서, 머리보다 몸이 먼저 움직였는데.

"……어떻게 바닥이 무너졌는데 바닥이 또 나오지?"

디아린은 시선을 들어 올렸다. 천장이 엉망으로 꼬여 있었고, 시조의 마력이 강력하게 느껴졌다. 뒤늦게 이해가 갔다.

"공간 왜곡 마법이구나, ……에제트?"

갑자기 에제트가 힘주어 껴안는 바람에, 디아린은 얼떨떨한 표정을 지었다. 맞닿은 심장이 세게 뛴다.

"디아린."

당신이 무사해서 다행이다.

그녀는 에제트의 전부였다.

디아린이 조심스럽게 손을 뻗어 에제트의 등을 토닥여 주었다. 에제트가 픽 웃었다. 동시에 그의 눈이 날카로워졌다. 디아린을 조심스럽게 내려놓은 에제트가 곧장 도약해 기어오는 마물들을 쓰러뜨렸다. 디아린도 바로 걸음을 옮겼다.

"솔? 괜찮아?"

"괜찮아요!"

디아린은 솔의 보호 마법을 해제한 후, 에제트에게로 시선을 옮겼다.

'……완전히 피투성이구나.'

언제나 시리게 빛나던 수호자의 검은 아예 붉은 핏물로 가득했다. 에제트의 뺨에 역시 피가 적잖게 튀어 있었지만, 다친 곳은 하나도 없어 보였다.

쾅!

와르르 소리와 함께 기둥이 무너져 내렸다. 순식간에 서른 마리가 넘는 마물을 도륙하고, 에제트는 디아린에게로 되돌아왔다.

잠시간 주변이 고요해졌다.

“3황자가 수문석 지하를 소환해 냈어, 에제트.”

옆에서 듣고 있던 램드와, 다른 기사들이 바로 두 눈을 크게 떴다.

“3황자가요?”

“어떻게 그런 짓을!”

“그 미친놈이 결국은!”

씩씩댄 램드가 바로 대검을 잡았다.

3황자 벨마르는 그 목이 성벽에 걸리기 전에, 램드에게 흠씬 두들겨 맞고 사지가 마비될 미래가 보였다.

기사들이 마물 처리를 위해 흩어지고, 디아린이 털짓했다.

“에제트. 나도 빨리 지하로 가 볼게. 소환진에 문제가 생긴 것 같으니까.”

“램드를 붙여 드릴까요.”

“아니. 이쪽이 검은 안개가 유독 짙잖아. 괜찮아.”

디아린은 다른 기사들에게 들리지 않게, 에제트의 귓가에 대고 속삭였다.

“대마물이 나왔어, 에제트.”

“대마물이요.”

에제트의 눈빛이 가라앉았다. 그는 신중한 눈길로 주변을 한 번 둘러보다가…….

디아린의 눈이 휘둥그레 커졌다. 그녀가 에제트의 손을 황급히 붙잡았다.

“에제트!”

그가 또 그녀에게 용혈을 내어주려고 했기 때문이다.

“안 줘도 돼!”

“마력이 없으시잖아요.”

“……그게 보여?”

“대마물이 없잖습니까. 당신이 쓰러뜨렸다는 소리고, 그러면 마력을 거의 다 소모했을 테니까.”

“세상에.”

그렇다고 이 급박한 와중에 피를 흘리겠다니.

에제트가 손에 낸 크지 않은 상처에서 피가 스몄다. 용혈은 이윽고 맞닿은 디아린의 피부에 스며들어 인공호흡처럼 마력을 채웠다.

에제트는 조금 안심이 됐다.

정작 그녀는 잘 모르는 모양이었는데, 방금까지 디아린의 안색은 정말로 시체 같았다. 그나마 입술에 핏기가 돌아와 조금 괜찮아 보였다.

"이 정도면 됐어, 에제트. 고마워."

디아린은 자꾸만 검에 갖다 대려는 에제트의 손을 깍지를 껴서 잡았다. 그녀의 손을 결코 먼저 뿌리칠 수 없는 에제트는 그 자세 그대로 멈췄다.

"디아린."

"솔 보이지? 솔하고 계속 붙어 있을 거야."

미안한 말이라 입 밖으로 꺼내진 못했지만, 솔은 이미 몸이 상처투성이였다. 어차피 바닥에 떨어져 버릴 용혈이니 디아린이 조금이라도 흡수하는 게 효율적이었다.

"혹시, 디아린."

에제트가 미간을 좁혔다.

"제가 형제까지 손수 처리하는 희대의 폭군 같은 게 되길 바라시는 겁니까?"

당신이 원하시면 하고.

"그러지 않을 거라고 믿으니까요. 전하."

"절 너무 쉽게 믿으시는데요."

"그럼 부탁을 드릴게요."

"부탁이요."

"대신에 나중에 나도 부탁 하나 꼭 들어줄게."

마뜩잖은 눈빛으로 솔을 보던 에제트가, 디아린을 돌아보았다.

"제가 무슨 부탁을 할 줄 알고요?"

“웬만한 건 다 들어줄 수 있을걸? 나 8계급인 거 알잖아.”

8계급 마법사가 들어주지 못할 일이 어디 있겠는가.

에제트는 디아린을 바라보다가 피식 웃었다. 이런 상황에서도 디아린을 보면 웃음이 나온다는 게 신기했다.

“디아린.”

그녀는 정말로, 자신이 뭘 부탁할지 모르는 모양이다. 서늘한 황자는 말을 이었다.

“그럼 내일 저녁부터 일주일간 저를 밀어내지 마십시오.”

“밀어내지 말라고?”

“부디.”

디아린이 눈을 깜빡였다. 내일은 그러니까, 이렇게 엉망진창이 된 건국제이긴 했지만. 디아린과 에제트의 결혼식이 있는 날이다.

그날 저녁부터?

그런…….

디아린이 에제트를 보다가 홱 고개를 돌렸다. 드러난 귀가 새빨개졌다.

사실 아까부터, 계속해서. 조금씩 더. 에제트의 얼굴이 선명해지고 있었다. 이 정도면 내일이 아니라 오늘 저녁에라도 그의 얼굴이 완전히 제대로 보일 게 분명한데.

뒤도 돌아보지 않고 솔에게 뛰어간 디아린은, 재빨리 다른 쪽으로 걸음을 옮겼다. 어차피 이곳은 에제트가 있으니, 디아린은 다른 쪽에 가는 게 맞았다.

‘와. 죽을 뻔했어.’

얼마 후 디아린은 두 가지 의미로 정신을 차렸다. 요동을 친 바닥이 한 번 더 무너져 내렸기 때문이다. 급하게 펼쳐진 적조의 날개가 아니었으면, 이번에야말로 몸이 산산조각이 났을 터.

그와 함께 강력하게 느껴지는 수많은 마력의 기운.

‘소환진이 있는 곳이잖아?’

뜻밖의 지름길이었다.

빨리 달려가서, 문제가 생긴 게 분명한 소환진을 보수하는 게 이득이었다. 그렇게만 하면 더 이상의 마물은 올라오지 않을 테니까.

"……누님?"

충격에 빠진 목소리가 바로 옆에서 들려왔다. 솔의 눈이 아주아주 동그래져 있었다.

"바, 방금 그 날개……?"

'기절시킬까?'

디아린이 잠시 고민하던 찰나. 안쪽에서 비명 소리가 터졌다.

"딜리스 룬!"

"파, 팔이……!"

익숙한 이름. 디아린이 바로 뒤도 돌아보지 않고 뛰어갔다. 솔은 어안이 벙벙한 표정으로도 재빨리 쫓아왔다.

곧이어 드러난 광경은 온통 피투성이였다.

죽은 게 분명한 마법사들. 그나마 살아 있는 마법사들은 계급이 높은 마법사들뿐이었다. 알데트루다 룬은 만신창이가 되어 보호막을 만들어 놓았고, 그 옆에는 딜리스가 숨을 헐떡이고 있었다.

그녀를 본 디아린의 두 눈이 커졌다.

'팔이…….'

없어.

딜리스의 한쪽 팔이 소매째 찢겨 떨어져 있었다. 완전히 떨어져 나간 오른팔이 바닥을 굴렀다. 평범한 마법사였다면 이미 쇼크로 기절했을 상황. 붉은 피가 홍수처럼 흘러 바닥을 적셨다. 다른 마법사들이 재빨리 딜리스를 업고 밖으로 뛰어나가기 시작했다.

"오드 영애님!"

디아린을 발견한 알데트루다 룬이 크게 외쳤다.

"8황자 저하가 마물의 8할 이상을 끌고 갔습니다!"

"8할이요?"

폐쇄에 실패한 수문석 소환진. 그를 따라 끊임없이 올라오는 마물들의 움직임을, 그새 에제트가 인위적으로 제한한 모양이었다. 마물의 절반 이상이 한쪽 방으로 몰리게끔 다른 복도의 문들을 전부 부숴 버린 것이다.

'그래서 그쪽에 마물이 계속 모여드는 거였구나.'

말도 안 되는 힘을 지닌 끔찍한 마물들이 수호자의 검에 의해 줄줄이 두 동강이 났다. 알데트루다는 파리한 낯빛이었지만, 표정만은 결연했다.

아까 전, 수호자의 검으로 복도의 문들을 부숴 버리던 에제트는 인간이 아니라 괴물 같았다. 그러니까, 좋은 의미로 괴물 같다는 소리였다. 그런 사람이 황태자가 되어서 다행이라는 생각조차 얼핏 스쳐 갈 정도였다.

"시조의 방어막이 얼마나 더 지속되죠?"

"20분 남았습니다, 오드 영애님!"

20분. 아슬아슬했다.

디아린은 곧장 소환진에 다시 붙었다.

불행 중 다행으로, 폐쇄 마법진에는 이미 대량의 마력이 감돌고 있었다. 용혈을 받았다고 하지만 대마물을 쓰러뜨린 후다. 남은 마력이 다 차오르지 않았기에, 디아린에게 정말로 다행인 일이었다.

20분.

15분.

10분.

찌직. 찌지직. 꿈틀대는 소환진과 함께 피어나는 검은 안개.

"젠장!"

"알데트루다 룬!"

"마물이 또 올라옵니다!"

마법사들이 비명을 질렀다. 알데트루다 룬이 이를 악물고 새로운 마법을 시전했다. 이미 엄청난 마력의 고갈이 있었지만, 황실 수석 마법사의 힘은 절대 얕볼 게 아니었다. 몸이 파괴된 마물들이 끔찍한 비명 소리를 내며 녹아 쓰러졌다.

5분.

"조금만 더……!"

기잉-

구슬 수만 개가 한 번에 부딪히는 소리와 함께, 마법진의 끝이 완전히 복구되었다.

"오, 세상에!"

"오드 영애님!"

"영애님이 성공하셨다!"

'마력 고갈 미쳤어.'

다리가 다 후들거렸다. 디아린이 스태프를 바닥에 짚었다. 이미 치맛자락 밑으로는 깃털들이 엄청나게 쌓여 있을 것이다.

"흐억."

솔은 바닥에 털썩 주저앉았다. 황자답지 않은 짓인 걸 알지만 어쩔 수 없었다. 아까는 디아린을 감싸던 날개로 머리가 가득 차 있다가, 지금은 끔찍한 소환진을 완전히 폐쇄했다는 말에 다리가 다 풀렸으니까.

그런데, 아까 누님을 감싸던 기이한 날개.

'검정색이었나? 아니면 설마 붉은색이었나……?'

그러니까, 신수 흑조? 아니면 설마 적조……?

멍하니 눈을 깜빡이던 솔의 뺨을 누군가 콕콕 두드렸다. 솔이 멍한 눈으로 옆을 보았다.

"……어?"

작은 유령 인형 같은 무언가가 둥실 뺨 옆에 떠 있었다. 그 유령 인형이 솔의 뺨을 콕콕 찌른 것이다. 까맣게 피어나는 안개.

솔이 일어나 검을 들면서 중얼거렸다.

"마물……?"

순간, 유령 인형의 입이 주욱 귀 끝까지 찢어진다.

기괴한 웃음.

동시에, 대연회홀에 퍼졌던 검은 안개가 죽음의 밤처럼 완전히 새까매졌다.

〈주인님!〉

〈숙여!〉

"누님!"

솔이 온 힘을 다해 디아린을 잡아당겨 주저앉혔다.

일시에 붉게 피어난 날개가 쨍- 하는 소리와 함께 산산조각 나 깨졌다.

"……?!"

디아린의 두 눈이 커졌다. 올과 로르가 나란히 신음을 삼키는 소리가 들려왔다. 미처 피하지 못한 디아린의 머리카락 몇 올이 잘렸다.

'너희 괜찮아? 뭐야?'

〈대마물이다.〉

〈대마물이에요. 젠장…….〉

올이 끙끙댔다. 아까 전, 이작을 구하느라 사용했던 힘이 상당했다. 아직은 완전히 현신을 할 수 없는 신수. 그러니 쓸 수 있는 힘도 제한적인데, 아깐 잠깐 무슨 정신이었는지…….

올은 신음과 함께 중얼거렸다.

이작 드리엄인지 이작 빌어먹을인지 뭔지.

〈그 재수 없는 자식은 평생 도움이 안 되잖아…….〉

디아린의 마력을 더 빌려 올 수 없는 상황이라, 오직 맨몸으로 막아 냈더니 치명타를 입어 버렸다.

뒤를 돌아본 디아린이 경악한 눈으로, 비명을 삼켰다. 방금까지 다른 마법사들이 서 있던 곳이 완전히 으깨져 있었다. 붉은 피와 무수한 살점이 파르르 떨어졌다. 그곳에서 찢어진 입으로 환하게 웃고 있는 새하얗고 거대한 마물.

'대마물……?'

"……대마물 아포르입니다!"

단숨에 휘하의 마법사들을 잃었다. 알데트루다 룬은 미칠 것 같았지만 자신이 파악한 걸 소리쳤다.

디아린은 한 박자 늦게 정신을 차린다.

"솔!"

아포르의 손이 솔을 들어 올린 것이다.

솔의 몸은 이미 엉망진창이었다. 얼음송곳처럼 날카로운 것에 긁힌 듯, 생채기로 가득했다. 뚝뚝 떨어지는 용혈. 아포르의 손이 솔을 그대로 꿰뚫기 직전.

"키에에엑!"

붉은빛의 거대한 마력이 아포르의 팔을 그대로 잘랐다.

쿵.

바닥에 떨어지는 육중한 팔.

솔은 급박한 상황에서도, 낙법을 떠올려 착지했다. 순간 대량의 마력을 또 갖다 쓴 디아린은 이제 몸이 휘청거렸다. 솔의 두 눈이 커졌다.

"누님!"

"이리 와!"

솔이 바로 디아린 쪽으로 도망가기 시작했다.

아포르의 두 눈이 무시무시하게 시뻘건 색으로 변했다. 아포르가 솔을 뒤쫓아 기어 오기 시작했다. 아포르의 몸에서 뻗어 나온 칼날 같은 수십 개의 마력이 솔의 등에 쏟아졌다.

'용혈을 흡수했잖아.'

솔을 죽이려고 할 때 용혈을 얼마간 흡수한 것이다.

많지 않은 양이었지만, 대마물 아포르는 순간 흡수한 용혈로 스스로의 마력을 몇 배로 증폭시킬 수 있는 힘을 가졌다.

가래가 끓는 듯한 끔찍한 아포르의 소리.

동시에, 오직 살의와 파괴 본능만이 남은 대마물의 모든 공격은…….

"……!"

솔이 아니라 디아린을 향했다.

그녀의 등을 노리고 집중되는 단 한 번의 공격.

소환사의 죽음을 예감한 적조가 붉은 날개를 펼쳤으나, 용혈을 먹은 대마물의 마지막 일격은 상상 이상으로 강력했다.

쨍!

완전히 깨져 버리는 붉은 날개.

충격이 가해지며 디아린의 마법 방어막까지 순간 파도처럼 술렁여 흩어졌다. 피할 수 없는 죽음을 예감한 디아린이 반사적으로 눈을 꾹 감았을 때.

"……."

순간 시간이 멎어 버린 것 같았다.

그런 기분이었다.

"……에제트?"

에제트의 몸이 완전히 꿰뚫려 있었으니까.

그의 몸에서 터진 대량의 피가 대마물 아포르의 육신으로 흡수되기 시작한다. 검은 안개는 이제 질량을 가진 듯 주변을 무겁게 내리눌렀다. 아포르의 무너졌던 신체마저 재생되던 찰나.

비어 있던 바닥을 대량의 마법진이 빽빽하게 채웠다.

새빨갛게 차오른 빛. 폭발하는 마력 기둥.

그 지리에 있던 모든 마법사들이 순간 눈을 질끈 감아 버릴 정도였다. 비교적 약한 마법사들은 경련을 일으킬 만한 강력한 마력이었다. 가장 먼저 정신을 차린 알데트루다 룬이 경악했다.

'사라졌어…….'

그 거대했던 대마물이 흔적도 없이 사라져 있었다.

아니, 흔적은 남았다.

잘려서 나뒹구는 거대한 팔. 분명히 아포르의 것이었으니까.

"방금……."

"무슨 대마법이……."

"오드 영애님이……?"

살아남은 마법사들은 넋이 나간 표정으로 방금 있었던 대마법을 되새김질했다. 그 마법에서 언뜻, 용혈의 흔적을 느낀 건 6계급 고위 마법사인 알데트루다 룬, 그녀뿐이었다.

'오드 영애님도……, 순간 용혈을 흡수하신 거야. 저 대마물보다 더.'

용혈이 마력을 짙게 머금고 있다는 건 공공연한 비밀이었다.

알데트루다 룬은 멍하니 디아린을 보았다. 그러니까, 에제트의 피로 흠뻑 젖은 디아린을. 그리고 그녀의 곁에 쌓이기 시작하는…….

'붉은 깃털들?'

저게 무엇인가?

기원을 알 수 없는 붉은 깃털들이, 작은 성벽처럼 디아린의 주변에서 층을 쌓아 올리고 있었다.

한 박자 늦게 정신이 든다.

알데트루다 룬이 벌떡 일어나 외쳤다.

"8, 8황자 저하, 아니! 황태자 전하께서 치명상을 입으셨다!"

"당장 궁의를 불러와!"

순식간에 시끌벅적해지는 주변. 디아린의 귀에는 아무것도 들리지 않았다.

"에제트……?"

디아린은 이 모든 것이 현실감이 없었다.

제 앞섶을 가득 적시고 있는 이 붉은 피.

에제트에게서 끊임없이 흘러나오는 용혈.

구멍 난 가슴을 손으로 막아 보았지만 소용없었다. 야속한 용혈은 끊임없이 흘러, 마력이 고갈된 마법사의 몸으로 흡수되었을 뿐이니까. 그러나 마력이 보충될수록 디아린의 얼굴은 창백해지기만 했다.

"왜……?"

에제트의 얼굴에는 핏기가 없다. 그의 파리해진 입술이 눈에 들어온다. 디아린은 가까스로 미소를 띠었다.

"에제트, 나 네 얼굴이 보여."

"보이신다고요."

"보여."

언제나 안개에 휩싸여 있던 사랑하는 소년의 얼굴이 보인다. 네 얼굴이 보이면, 그땐 옅은 미소라도 보고 싶었다.

이런 죽어 가는 얼굴이 아니라…….

에제트가 핏기가 빠져나가는 눈을 힘겹게 감았다.

"생일날에 좋은 선물을 받는군요."

"오늘은 네 진짜 생일이 아니잖아."

황제가 일괄적으로 정한 생일. 모든 황족들은 건국제가 새로운 생일이 되었다. 하지만 에제트가 태어난 날은 오늘이 아니다. 그러니 진짜 생일이 아니다.

"다음 진짜 생일에 선물을 줄게. 이건 선물이 아냐."

"디아린."

"그러니까 꼭 받고 떠날 것처럼 말하지 마. 제발……."

언제부터인가 그녀는 애원하고 있었다. 디아린의 눈앞이 순식간에 흐려졌다. 어느새 뺨을 타고 흘러내리는 눈물이 뚝뚝 에제트의 몸 위로 떨어졌다.

숨이 잘 쉬어지지 않았다.

모든 게 거짓말 같아서, 도무지.

"……디아린."

에제트가 겨우 손을 들어 올렸다. 사실, 손에도 이미 감각이 없었다. 고작 이만큼 들어 올려, 디아린의 뺨을 한번 쓸어 보는 것도 숨이 막히도록 힘이 들었다.

"그때, 모르카 형님의 폐위제에서 말이에요."

황태자였던 모르카가 공식적으로 폐위됐던 날.

콘클 공작의 손에 끌려온 디아린이, 자신을 찾아와 혼약 파기에 대해 말하던 그 날.

에제트는, 디아린이 떠나던 그 뒷모습에서 눈을 떼지 못했다.

그래. 그때 알았다.

"죽어서도 당신의 뒷모습을 잊지 못하겠다고."

"……."

"나는 죽어서도 당신을 잊을 자신이 없어."

내 영혼을 별에 비추어 보면 당신 이름밖에 남아 있지 않을까.

그건 에제트가 심장을 꺼내 표현할 수 있는 사랑이었다.

자신에게 처음 찾아왔던 온기가 기이했다. 때로 느껴지던 절박함을 이해할 수가 없었다.

아무것도 아닌 자신에게 왜 당신 같은 이가 웃어 주는 거였나.

봄은 겨울을 품어 봄이었다.

에제트에게 디아린은 그런 존재였다. 기이한 차가움을 필사적으로 감추던 사람.

왜 당신은 나를 가족으로 여겼지?

디아린의 두 눈에서 쉬지 않고 흐르는 눈물을 본다. 울지 말라고 말을 해야 하는데, 그녀가 자신을 보며 우는 게 또 그리 나쁘지가 않아서.

이렇게 이기적인 성정으로 당신을 사랑했구나.

에제트의 식어 가는 몸에 붉은 깃털들이 천천히 떨어진다.

"디아린……."

안 돼. 아냐. 제발.

디아린은 자신의 목에서 그 말이 나오는지, 나오지 않는지조차 알 수 없었다.

점점 차가워지는 에제트의 손. 필사적으로 놓지 못한다. 그러나 떨어져 가는 체온은 다시 돌아오지 않는다. 심장 박동이 죽음을 선고하듯 완고하게 느려진다.

"에제트."

네가 죽을 리 없어.

"에제트……."

네가 죽을 리 없는데…….

어느 순간, 디아린의 호흡이 멎었다.

에제트.

그녀의 오랜 혼약자가 더 이상 숨을 쉬지 않았기에.

다시는 그 눈을 뜨지 못했기에.

"아아악!"

디아린이 비명을 질렀다. 차라리 숨이 끊어지면 좋겠다고 빌어 본 건 처음이었다.

* * *

황태자가 죽었다.

디아린의 혼약자가 죽었다.

완진히…….

홀로 대마물 두 마리를 쓰러뜨린, 그리하여 역사서를 다시 갱신하게 된 마법사. 디아린 오드 콘클이스터는 새까만 하늘을 올려다보았다.

마력을 바닥까지 닥닥 긁어 쓴 덕에 두 다리는 한참 전에 멈췄다. 신체 강화 마법을 걸고서야 겨우 여기까지 걸어온 것이다. 어두운 하늘엔 별이 가득하다. 온 하늘에 피 냄새가 가득하다. 마물의 피 냄새인지, 죽은 사람들의 피 냄새인지…….

다시 아래를 내려다본다.

펜나투스 호수.

신수 소환사의 소원을 들어주는 호수.

디아린은 멍하니 이 호수를 내려다보았다.

어쩔 수 없이 품은 소원을 말하게 하는, 이 신성한 성물.

디아린이 여기까지 걸어온 건 본능적인 행동이었다. 그제야 디아린은, 이 호수에 몸을 던졌다던 백조의 로드가 이해가 됐다.

“당신도 무척 간절한 소원을 품고 있었구나.”

펜나투스 호수의 부름에 이렇게 끌려올 수밖에 없었던 거였어.

나는 적조의 소환사.

목숨을 내걸으면 소원을 하나 들어준다는 게 얼마나 큰 축복인가.

“나는 에제트와 함께 환생하고 싶어. 다음 생에도 에제트를 보고 싶어. 내 혼약자를 찾아내서 보고 싶었다고 말하고 싶어.”

고해하듯 털어놓는 속마음. 누구도 대답해 주지 않는 소원.

“그런데……, 알아.”

디아린은 두 손으로 얼굴을 파묻고 울었다.

채 닦지 못한 에제트의 마지막 용혈이, 그녀의 흰 뺨에 눈물처럼 자국을 남긴다.

“이게 흰 사슴족이 생을 거듭하며 나를 얽맨 거랑 뭐가 다른데?”

디아린은 두 눈에서 뚝뚝 떨어지는 눈물을 닦았다.

왜 나를 지키다가 죽었느냐고, 말도 안 되는 원망을 쏟아내고 싶다.

그런 원망이라도 들어 줄 사람이 더 이상 존재하지 않는다는 사실이 마음을 끔찍하게 내리누른다. 숨이 잘 쉬어지지 않아 디아린은 몇 번이고 헐떡였다.

펜나투스 호수.

여기에 몸을 던지면, 그러기만 한다면 소원은 쉬이 이루어질 것이다. 너무도 이기적인 소원이 완성될 것이다. 디아린은 두 손에 얼굴을 파묻고 울었다.

"에제트……."

마음은 당장이라도 그러라고 외치는데, 가느다란 마지막 이성 한 줄이 그러지 말라고 가로막는다.

내가 이대로 에제트를 살리면.

홀로 살아남을 에제트는?

그가 나를 원망하지 않을까?

디아린의 손은 벌벌 떨리고 있었다. 그녀는 신수의 소환사이기 이전에 마법사였다. 생을 몇 번이고 거듭해 살아난 마법사. 마지막 계급을 앞둔 유례없는 고위 마법사.

그녀의 품에서 때마침 반다의 손수건이 떨어졌다.

그 우연조차 우스웠다.

"그랬지."

내 이번 생조차 반다를 살리라고 주어진 생이었지. 잊으려고 애썼지만, 그랬지. 하필 이럴 때, 생을 거듭한 속박이 디아린을 마구 자극한다.

네가 죽인 사람을 살려.

네가 죽인 반다를 살려.

"싫어."

누군가를 꼭 살려야 한다면, 그녀는 자신이 살리고 싶은 사람을 선택하리라.

"마법……."

두 가지를 걸어 보리라.

하나는 시간을 되돌리는 마법.

다른 하나는 에제트를 되살리는 마법.

뭐가 성공할지, 혹은 둘 다 실패해서 디아린의 영혼조차 바스러질지 알 수가 없었다. 사실 성공한다고 해도 디아린의 영혼은 거의 완전히 부서질 것이다.

상관없다.

내 영혼을 염려해 주던 유일했던 사람은 이미 죽었으니까. 디아린은 더 이상 남겨지고 싶지 않았다.

정말로 더 이상 남겨지고 싶지 않아…….

피 한 방울조차 마법을 걸어서 흘렸던 마법사. 디아린이 걸어왔던 모든 길이 붉었다. 새빨간 깃털이 얼마나 떨어졌는지 그녀는 굳이 뒤돌아보지도 않았다. 생혈도 에제트가 흘린 피보다는 덜 붉을 것 같았으니까.

"올, 로르."

돌아오는 대답은 없다. 이번엔 날개가 아예 깨져 버렸다. 대답을 못 하는 게 당연했다.

또다시 오랜만에, 홀로 있다는 것을 실감한다.

첫 번째 생 이후로는 거의 항상 느꼈던 그 감정이었다.

디아린은 커다랗고 맑은 펜나투스 호수 앞에 주저앉았다. 피가 묻은 두 손을 호수로 뻗었다. 유리처럼 단단했던 표면이 맑은 수면으로 변한다.

호수 앞의 마법사.

새로운 세계의 법칙을 따라 부여되었던 계급은 8계급.

전생을 기억하며 대마법진의 실패로 바쳤던 대가는 남은 수명 전부.

적조 올로르의 주인.

디아린 오드 콘클이스터의 발이 호수 앞에 디뎌지는 순간.

수많은 마법진이 일시에 허공에 그려졌다. 아무것도 디뎌지지 않는 가벼움은 한 순간. 펜나투스 호수에는 아무것도 남지 않았다.

디아린이란 사람이 존재조차 않았던 것처럼.

* * *

황태자의 혼약자가 자살했다.

* * *

에제트가 눈을 떴다.

순간 밀물처럼 몰려오는 강한 두통. 에제트가 신음 소리와 함께 몸을 웅크렸다. 옆에 있던 궁의가 서둘러 탕약을 에제트에게 먹였다. 에제트는 그게 무엇인지도 모르고 일단 받아 마셨다.

겨우 눈앞이 맑아진다.

"형님! 형님!"

"형님……!"

에제트는 두 손으로 머리를 감쌌다. 속이 파도를 치듯 울렁거렸다. 침실이었다. 왜 침실에 와 있는 거지? 여기 오기 전, 마지막으로 뭘 하고 있었지?

마지막에.

그 마지막 기억을 되살려 본다.

에제트에게 아주 중요한 사람이 우는 모습을 보았다. 그래, 우윳빛 피부. 뺨을 타고 흐르는 쉴 새 없이 흐르는 눈물. 붉은 깃털…….

어?

에제트의 호흡이 순간 멎었다. 그녀의 이름이 떠오르지 않았기 때문이다. 그뿐만이 아니었다. 그녀의 얼굴도, 눈동사 색깔도, 머리카락의 빛깔조차…….

아무것도 생각나지 않았다.

"형님, 형님……."

옆에서 눈물만 뚝뚝 흘리는 솔과 로르드안을 멍한 기분으로 돌아본다. 둘 다 붕대를 감고 있었다. 딱 봐도 정상인 몰골이 아니었지만, 에제트의 눈엔 그런 건 들어오지 않았다. 다만 한없이 발밑이 추락하는 기분이었다.

간신히 입을 열어 묻는다.

"……내 혼약자는?"

순식간에 솔과 로르드안의 두 눈에서 맑은 눈물이 한가득 차올랐다. 솔이 죽어 가는 새처럼 바들바들 떨면서 겨우겨우 대답한다.

"누님이 절 구해 주셨어요. 누님이……."

하지만 그뿐.

에제트는 마지막 구명줄을 붙잡는 조난자처럼, 덜덜 떨리는 손으로 귓가를 더듬었다. 딱딱하게 잡혀 오는 차가운 보석. 사파이어 귀걸이.

이건 현실이다.

에제트의 온몸에서 온기가 빠르게 빠져나간다. 태어난 이래, 단 한 번도 이렇게 무서웠던 적이 없었다. 암살자를 맞닥뜨렸을 때도, 마물을 만났을 때도. 수문석 지하에 추락했을 때조차도 이렇게까지 두렵지는…….

"아스페르크."

그때 문을 열고 들어오는 이. 검은 머리카락과, 자주색 눈동자. 뺨을 가로지르는 검상.

이디즈 키르헨 그리젤.

스스로 죽은 남편을 대신해 그리젤 후작위를 이었던, 그녀였다.

이디즈는 침통한 얼굴이었다.

"아스페르크. 너는 죽었다가 살아났다. 궁의들이 분명 네 심장이 멎었었다고 진단을 내렸어. 대체 어떻게 그게 가능한진 모르겠지만……."

죽었다가 살아났다고.

"대고모님."

에제트의 목소리가 흔들리고 있었다.

“제 혼약자는 어디 있습니까.”

“아스페르크…….”

이디즈는 몹시 괴로운 표정을 지었다.

수문석 지하가 소환되는, 전대미문의 사건.

아키르의 황제, 브루노 9세는 이미 죽었다. 그의 먹다 버려진 사체와, 피투성이가 되어 굴러다니던 황관을 이미 수복했다.

오블리잔 황후 역시 대마물에게 몸이 뚫려 함께 죽어 있었다. 하지만 그 어디에도 에제트의 혼약자는 없었다.

전대미문의 최연소 마법사, ……오드 콘클이스터.

“……아스페르크.”

다만 혼약자의 마지막 행방은 적잖은 마법사가 보았다.

한참 동안 에제트를 놓지 못하던 그녀는, 어느 순간 유령처럼 일어났다. 비척비척 걸어 대연회홀을 빠져 나가는 혼약자를 누구도 붙잡지 못했다. 손도 댈 수 없었다. 찢겨진 붉은 날개 두 개가 등에 힘없이 매달려 바르작거렸다고는 들었다.

“알데트루다 룬이 말했어. 혼약자가 지나가는 발밑에 붉은 깃털이 길을 이루고 있었다고. 펜나투스 호수에까지 쭉 이어졌다고. 그게 무엇인진 모르겠지만…….”

침통하게 말을 잇던 이디즈의 두 눈이 커졌다.

“아스페르크!”

“8황자 저하!”

“형님!”

“형님!!”

에제트는 비틀거리며 일어나, 붙잡는 손을 모두 뿌리치고 펜나투스 호수로 정신없이 뛰어갔다.

붉은 깃털.

언젠가 제 혼약자에게 흘리듯이 들은 적이 있질 않나. 그녀가 떨어뜨리는 깃털들은 실은 피를 토하는 것이라고…….

'혼약자가 지나가는 발밑에 붉은 깃털이 길을 이루고 있었다고.'

왜 당신이 그 많은 피를 토하면서 펜나투스 호수로 간 것인가?

말도 못 할 두려움이 가슴을 새까맣게 태워 버린다. 지키고 있던 수많은 시종과 기사들까지 합세해 매달렸지만, 아무도 에제트를 막을 수 없었다.

펜나투스 호수에는 아무도 없었다. 누구도 감히 에제트를 뒤따라 들어올 생각을 하지 못했다.

"펜나투스 호수……."

부동면의 단단한 표면. 제국 제1의 성물. 신수 소환사의 소원을 이루어주는 신성한 호수.

왜 당신이 이곳에 왔냐고. 왜 죽은 나를 두고 혼자 이곳에 왔냐고.

"당신이……."

에제트는 허물어지듯 주저앉았다. 왜 그녀가 이 펜나투스 호수로 왔는지, 알고 있다. 짐작을 했다. 그 사실을 짐작하는 자신이 역겹고 끔찍해 구역질이 나올 것 같았다.

언젠가 당신이 그랬으니까. 정신없이 창백한 얼굴로 토해내던 말을 기억하니까.

'당신 소원이 뭡니까?'

'죽은 사람을 살리는 거.'

'그래서 당신은 죽고요?'

'응…….'

순간 토기가 올라와 에제트는 제 입을 급하게 가로막았다. 지금 이 호흡이 끔찍했다. 사리 분별 없이 뛰어대는 심장이 비참했다. 내가 지금 뭐 때문에 살아 있는 거지? 당신 때문에?

당신이 죽었기 때문에?

“왜……?”

당신은 왜 나를 살렸나. 혼자 남겨지는 게 싫어서 나를 살렸나? 당신이 죽고 내가 살면 그게 대체 무슨 의미가 있다고?

“어떻게…….”

당신은 어떻게 이렇게까지 이기적인가. 혼자 남겨질 자신은? 내가 당신 목숨을 먹고 멀쩡히 살아 있으라고? 그게 가능할 거라고? 당신은 그렇게 생각한 건가? 정말로?

닿지 못한 감정을 독약처럼 쏟아낸다. 에제트의 황금색 눈동자에서 눈물이 쉬지 않고 흘러 바닥으로 떨어진다. 매 순간 뱉어내는 호흡이 처참할 정도로 끔찍해, 차라리 이 목을 조르는 게 안온할 것만 같다.

기억나지 않는 혼약자의 얼굴.

이름.

사소한 눈빛도, 목소리조차 완전히 지워지는 펜나투스 호수의 결말.

‘그러니까, 8황자님.’

이미 펜나투스 호수에 뛰어 들었던, 백조의 로드가 나긋나긋 하던 말이 떠오른다. 그녀는 호수에 뛰어들면서 모든 이름을 잃었다. 초상화 속의 얼굴도 지워져 아무도 기억하지 못했다. 그래서 황태자로 봉해졌던 모르카는 괴로워하다가 자살하질 않았나.

‘황자님은 절대 신수의 로드와 사랑에 빠지지 말렴. 굉장히 후회할 거야. 모르카처럼, 그리고 나처럼.’

영혼에 새겼던 이름을 떠올려 보지만, 아무것도 떠오르지 않는다. 그리하여 에제트는 영혼을 통째로 잃었다.

“그런데 내가 살아야 한다고.”

당신의 목숨을 빌어 구차하게 살아가야 한다고.

“내가?”

당신이 나 대신 죽어서?

숨 쉬는 자신의 모습조차 가증스러웠다. 급하게 뛰어 나오느라 터진 상처들. 붕대는 이미 새빨갛게 젖다 못해 흐물흐물해진 상태였다. 이딴 것들은 더 이상 아무 의미가 되지 못한다. 필요도 없질 않나.

에제트는 붕대를 벗어 던졌다. 고였던 피가 뚝뚝 떨어졌다. 이마에서 벌어진 상처에서도 피가 뚝뚝 떨어져, 뺨을 타고 턱까지 흐른다. 마음도 모르고 떨어진 용혈이 부동면의 호수를 맑은 물로 변화시킨다.

에제트가 호수로 몸을 기울였다.

## chapter 22

화아악-

디아린은 뒤를 돌아보았다.

풀꽃이 끝없이 깔린 광활한 들판. 그러나 디아린의 얼굴엔 별다른 표정이 없었다. 태초부터 그런 얼굴이었던 것처럼. 길게 뻗은 강을 건너기 위해서 마냥 걷기만 했을 뿐이다.

"가……, 안……."

"건……, 말고……."

어디선가 들려오는 희미한 목소리.

디아린은 다시금 뒤를 돌아보았지만, 아무도 없었다. 그녀는 스르르 시선을 옮겼다. 목적지를 향해 천천히 옮기는 발걸음. 문득 두 손을 펼쳐 본다.

기이했다.

새하얀 손이 온통 용의 비늘로 다닥다닥 덮여 있었다. 이상하게도 징그럽거나 무섭진 않았다. 그저 원래의 피부를 보는 듯, 기묘하게 그립기만 했다.

왜 이 비늘이 그리운 걸까?

알 수 없는 감정. 천천히 걸음을 떼다가, 발아래를 본다. 우윳빛 발. 붉은 냇물에 잠겨 있다. 피를 떨어뜨린 것처럼, 아니 피가 흐르는 것처럼 새빨간 냇물이었다.

이 붉은 피를 알고 있다.

용혈.

에제트의…….

"……!"

순간 유리가 깨지듯 정신이 든다. 세상이 한 번 뒤집힌다. 순식간에 강과 너른 들판은 사라지고, 디아린은 녹음이 우거진 숲속에 들어와 있었다. 본능적으로 알아차렸다. 이 광활한 숲이, 신수계라는 사실을. 그리고 제 옆에서 고막이 터져라 외치고 있는…….

"……주인님!"

"……인간아!"

적조 올로르.

디아린이 당황해서 머리를 흔들었다. 두 손으로 뺨을 탁 내리 때렸다. 미친 듯이 날갯짓을 하고 있던 올과 로르가 주르륵 미끄러져 바닥에 드러누웠다.

"와, 진짜 안 건너서 다행이잖아요!"

"건너지 말라고 외쳐도 외쳐도 안 들어서 끝인 줄 알았다!"

디아린이 건너려고 했던 것은 사자(死者)의 강.

강을 건너 이번 생을 끝내 버렸다면 신수 적조라고 해도 붙잡을 수가 없었다. 디아린은 직전에 멈춰 섰다.

에제트의 용혈에 의해서.

"에제트가 날 붙잡았어."

디아린은 핏물에 잠겨 있던 발을 보았다. 모든 게 환상이라는 것처럼, 발은 그저 깨끗하기만 했지만.

로르가 나지막이 한숨을 내쉬었다.

"그래. 그 용혈이 네게 흠뻑 묻어 있어서 다행이었다."

"그리고 그놈이 어지간히 지독하게 매달리는 놈이고요."

올이 헹 하고 빈정댔다. 올의 가벼운 분위기는 그대로였지만, 어쩐지 로르는 평소와 분위기가 달랐다.

"디아린."

로르가 그녀의 이름을 불러, 디아린은 순간 흠칫했다. 로르는 단 한 번도 그녀의 이름을 제대로 부른 적이 없었다. '인간아.' 혹은 '악마야.' 따위로 부르기만 했지. 그래서 괜히 긴장됐다.

디아린이 "……왜?" 하고 떨면서 물어보았다. 그녀를 빤히 응시하던 로르가 결국 한숨을 푹 내쉬었다. 그리고 부리 끝으로 깨끗한 이마를 톡 쳤다.

"내 생에 너처럼 무모한 건 또 처음 본다."

올이 "그건 진짜 인정." 하면서 거들었다.

"주인님 진짜로 죽을 뻔했다고요."

"농담이 아니라 이미 죽고도 남았다, 너는."

"불쌍한 주인님. 영혼 너덜너덜해진 거 어떡해?"

"쉬면서 복원하는 수밖에 없지."

디아린이 눈동자를 한 번 굴렸다.

"……너희 날개는 괜찮아?"

"이깟 거 주인님이 잠들어 있을 동안 다 복구했다고요."

"그러면."

디아린은 어쩔 수 없이 떨리는 목소리로 물었다.

"에제트는……."

그때였다.

멀리서 방울 수십 개가 부딪히는 듯한 맑은 소리가 들렸다. 우거진 녹음을 가득 울리는 아름답고 청명한 소리. 이윽고 한 노파가 모습을 드러냈다. 손에 은으로 된 종과 월계수나무로 만든 막대기를 들고 있는 노인이었다.

올과 로르를 훑어본 노인이 디아린을 향해 말했다.
“신수 적조의 소환사여.”
“누구…….”
“파수꾼이에요.”
“파수꾼이다.”
올과 로르가 나란히 제 주인에게 고했다. 그들의 고분고분한 말에 파수꾼이 웃었다.
“신수 적조가 달라졌구나.”
올이 흥 하고 고개를 돌렸다. 로르는 익숙하다는 눈빛이었다.
“나를 따라오너라. 아, 너희는 좀 쉬도록 하고.”
“뭐? 싫……!”
뎅.
파수꾼이 월계수나무로 은종을 치자, 올과 로르가 순식간에 사라졌다.
“저 신수들은 좀 더 쉬어야 해.”
“그렇죠?”
“조금만 더 쉬면 완전히 나으니 염려는 말고.”
“제가 근래 들은 말 중 가장 다행인 말이네요.”
디아린이 빙긋 웃었다.
파수꾼은 디아린을 이끌고 걸었다. 따뜻한 바람이 꽃이 가득 핀 대지를 훑고, 햇볕 냄새를 담아 부드러이 불어온다.
“소환사여.”
“네.”
“‘공평한 혈통’으로 살았던 삶은 재미있었나?”
“제 혼약자 얼굴도 제대로 못 보는 삶이라서 별로 재미없었어요.”
“하지만 어쩔 수 없지. 그건 헨의 마지막 미련이니까.”
“……헨이요?”

"그래."

아키르의 시조, 헨.

'공평한 혈통'이 그의 미련이었다고?

'이 얘기, 잘못 들으면 미친다고 했는데.'

하지만 파수꾼은 그저 온화한 분위기로 걷기만 했다. 그 분위기에 디아린은 알 수 있었다. 이곳에서는 숨겨진 이야기를 들어도, 아무런 문제가 없다는 것을.

"헨은 천룡 오드에게 항상 미안해했지."

"미안해했다고요?"

파수꾼은 어쩐지 웃음기 어린 목소리로 "그래."라고 대답했다. 디아린은 경황이 없어서 알아차리지 못한 웃음기였다.

'하지만 올로르는, 헨이 오드를 배반하고 용혈을 빼앗아 갔다고 그랬는데.'

파수꾼은 디아린을 돌아보며 말했다.

"그대는 아직 완전히 죽지 않았어. 반은 살아 있군."

"반이요?"

"그래. 그러니 원칙적으로 신수계에 오래 있을 수가 없다."

"그 말은……."

"특별히 그대는 있을 수 있다는 소리지."

"왜요?"

"그대는 역사상 유일무이한 적조의 로드니까."

디아린은 픽 웃었다.

"다른 신수들이 들으면 화내겠어요. 저 말고도 천룡이 소환했었잖아요."

"천룡? 오드를 말하는 것인가."

"네. 천룡 오드."

파수꾼이 걷던 것을 멈추고, 디아린을 돌아보았다.

"소환사여. 그대의 전생은 무엇이었지?"

"마법사였어요."

"그대가 기억하는 모든 전생이 마법사였나?"

"네."

"그럼 그 모든 전생의 이전. 모든 이들이 '최초'라고 일컫는 전생에서 그대는 뭐였을까?"

"무슨……."

디아린은 흰 사슴족의 아이였다. 반다와 함께 그렇게 태어나질 않았나. 그런데……, 그보다 더 전생의 삶에는 무엇이었냐고?

디아린이 고개를 가로저었다.

"그런 걸 어떻게 기억해요."

애초에 전생을 기억하는 사람이 어디 흔한가. 디아린처럼, 억지로 마법에 묶인 게 아니라면…….

파수꾼은 월계수 나무 막대기로 은종을 한 번 쳤다.

뎅.

울려 퍼지는 맑은 소리가 파동을 치며 신수계를 휩쓸고 천천히 퍼져 나간다. 순간 드는 위화감. 디아린은 저도 모르게 한 걸음 뒤로 물러섰다. 그녀의 새하얬던 피부가 점차 변하기 시작했다.

'아까 강을 건너기 전에 본 거랑 똑같잖아.'

푸르게 빛나는 아름다운 용의 비늘. 굴곡진 빛처럼 디아린의 피부에 떠올랐다가, 이내 깨져 버리며 완전히 사라졌다. 혼란스러운 디아린의 낯을 보며, 파수꾼은 인자한 미소를 지었다.

"그대는 영혼을 붕괴시키지 않기 위해 스스로의 기억을 완전히 봉인했구나."

"……."

"하긴, 그 기억은 인간의 육신으론 감당할 게 아니지. 당연한 선택이었다."

그리고 아주 오랫동안, 기억 속에 침잠시켜 온 그 이름을 꺼낸다.
"오랜만일세. 오드, 천룡의 환생이여."

* * *

천룡 오드.
아키르 제국의 시조이자 대마법사인 헨이 제국을 건설하는 데, 가장 큰 도움을 주었던 존재. 익히 알려져 있듯이 오드는 다섯 마리의 신수를 소환해 냈다.
백조. 흑조. 청조. 황금조.
그리고 적조.
신수들에게는 이름이 없었다. 그래서 오드는 신수들에게 손수 이름을 지어 주었다.
이후 오드는 인간의 마법사 중 가장 뛰어난 '헨'에게 신수를 넘겼다.
헨은 나라를 세웠고, 나라는 쉬이 부강해졌다. 하지만 모든 게 이토록 순탄했던 건 아니다. 지상에 강림한 천룡 오드. 오드의 선택을 받고자 했던 건 비단 대마법사 헨뿐만이 아니었으니까.
마법사와 대척되는 지점. 그리고 욕심이 아주 많은 이들.
신을 모시는 사제들도 천룡 오드의 선택을 원했다.
사제들의 목표는 신성 대제국을 건국하는 것.
하지만 오드는 천룡이었다. 마법 생물이나 마찬가지인 오드에게, 신성 제국을 강요한 사제들은 선택받지 못했다. 그리하여 아키르 제국과 사계탑은 번성하였으나, 신성 제국은 끝끝내 건국되지 못했다.
사제들은 분노에 몸을 떨며 타락했으니, 흑사제로 변모한 그들은 기어이 천룡 오드의 용혈을 훔치는 것에 성공했다. 오드는 깊은 부상을 입었다. 오드조차도 예상치 못한 공격을 당한 것이다.

천룡의 몸에서 끊임없이 피가 흘렀다. 무슨 치유 마법을 써도 도저히 멎지를 않았다.

"사제들이 이렇게까지 대단한 술수를 부릴 줄은 몰랐지."

천룡 오드에게 난 상처는 멈추지 않을 것이다. 피는 멎지 않을 것이고, 오드는 용혈을 끊임없이 흘리다가 죽어 버리리라…….

오드는 짜증이 났다.

"이들은 나를 아주 등신으로 아는구나."

드래곤은 죽음에 초연하다. 하지만 자신을 해친 흑사제들에게, 제 용혈이 넘어가게 내버려 둘 멍청하고 어리석은 드래곤은 세상에 없었다.

짧은 사이에, 모든 계산이 끝났다. 오드는 고개를 들어, 헨을 쳐다보았다. 헨은 창백하게 질린 얼굴이었다. 오랜 시간 함께 지냈기에, 오드는 헨이 무슨 생각을 하고 있는지 금세 파악할 수 있었다.

"내가 죽는 게 너 때문이라고 생각하고 있군."

"……."

"그래, 그리 틀린 생각은 아니다. 헨, 너 때문일 수도 있지."

냉정하며 신랄한 말.

"내가 너를 선택하지 않고, 그 사제들을 선택했으면 이런 일은 없었을 테니까."

하지만 오드는 헨을 상처 입히고자 하는 게 아니었다. 그저 이게 천성이었을 뿐. 인간다운 다정함이 몹시 적은 것. 그러니 오드는 종족 특유의 몰인정함과 무감함으로 사실을 적시한 것뿐이다. 뭐가 문제인지도 몰랐다. 그 점을 잘 알고 있기에 헨은 아무 말도 하지 못했다.

오드는 헨에게 거의 모든 용혈을 넘긴 후, 헨의 곁을 떠났다. 얼마 떠나지도 못해 들러붙는 존재가 있었지만. 오드는 여전히 멈추지 않고 흐르는 피를 손으로 막으며, 자신을 쫓아온 존재를 보았다.

"올로르?"

짼강!

대답보다 먼저 공격이 쏟아졌다. 오드는 공격을 피했다.

"멍청한 주인 같으니라고!"

적조는 크게 소리쳤다.

"인간 따위에게 배신당해서 용혈이나 죄 빼앗긴 멍청한 게 내 주인이라니, 너 따위에게 소환된 걸 후회한다! 인간에게 배신당한 네가 너무도 수치스럽다!"

죽어 없어지는, 비루한 시체 따위가 될 천룡이라니.

"죽어! 죽으란 말이다!"

적조가 이리 외치는 것도 무리는 아니었다. 오드가 떠나 놀라 달려온 신수 앞에서 대마법사 헨이 용혈을 죄 두르고 있었으니까. 놀라서 눈을 크게 뜨는 적조에게, 헨은 해명조차 하지 않았다.

못했다는 말이 맞을 터.

전부 오드의 생각이었으니까.

오드는 항상 최적의 계획과 시나리오를 짜는 차가운 성품의 천룡이었다. 거기에 괜한 해명 따위, 시간 낭비라고 여겼다.

그랬는데…….

"올, 로르."

"그 이름으로 우릴 부르지 마!"

"그래. 너흰 내가 붙인 이름을 별로 좋아하지 않았지."

사실 그랬다.

올로르뿐만이 아니라, 다른 신수들 역시 오드가 붙여 준 이름을 그리 좋아하지 않았다. 청조 레무스도 그러질 않았나.

'오드, 오드. 당신이 붙여 준 레무스란 이름이 무슨 뜻인데?'

'고대어로 '날개'라는 뜻이다.'

'뭐?! 너무 단순하잖아! 다, 다른 놈들은?'

'비슷한데…….'

충격에 빠진 청조는 다른 신수들의 이름 유래도 물어보았지만, 비슷비슷했다. 올로르의 이름 뜻도 단순하기는 마찬가지였다. 그래서 적조는 '올로르'라는 이름이 싫다고 발버둥을 쳤다.

그렇게 싫다고 해 놓고는, 결국은 그 이름을 순순히 받아들이던 고귀한 신수, 적조. 그리고 이렇게 자신을 쫓아와, 분노를 쏟아낸다.

헨에게 용혈을 넘겨주고, 떠나온 계획은 틀리지 않았다.

이미 소문은 두 갈래로 났다. 헨이 천룡의 용혈을 죄 빼앗았다고, 혹은 헨이 용혈을 모두 넘겨받았다고. 전자는 마치 숨겨진 진실처럼 은닉될 것이다. 그래야 헨이 천룡을 뛰어넘는 마법을 지녔다고 파악한 흑사제들이 몸을 사릴 테니까.

그래.

이렇게 틀리지 않은 선택들뿐인데…….

오드는 전에 없이 눈물을 뚝뚝 흘리고 있는 적조 신수를 빤히 바라보았다. 바로 지금. 천룡은 생애 최초로, 후회를 느꼈다.

"올로르."

적조, 너희에게만은 미리 말을 해 줄 것을 그랬나. 항상 고독하여, 스스로를 두 개의 영혼으로 나눈 이 가여운 폭군.

하지만 흑사제에 대한 이야기를 지금 한다면, 기껏 진정된 땅이 밟히겠지.

"친애하는 내 신수에게 약속하니, 나 천룡 오드는 절대로 배신당하지 않을 것이다."

적조의 두 눈에서 끊임없이 흐르는 눈물.

"그러니까, 적조여. 그만 슬퍼하라."

"……."

신성한 신수들 중에서도 유달리 강했던 존재.

단 한 번도 누구에게도 소환되어 본 적 없다가, 오드에게 처음으로 소환된 신수.

"올로르. 나는 이다음 생에도……."

반드시 너희를 소환하겠다고 약속하겠다고…….

말은 끝까지 이어지지 못했다. 오드의 동공이 급작스레 수축된 건 그 직후.

"……오드? 오드! 안 돼! 오드!"

몸 안에 남았던 용혈이 마지막 한 방울까지 남김없이 증발했다.

강력한 통증이 천룡의 육신을 휘감았다. 고통에 가득 찬 천룡의 발톱이 대지를 마구잡이로 할퀴었다. 천룡의 이 마지막은, 후일 수문석 지하를 열어버리게 하는 엄청난 결과를 낳는다.

천룡의 힘에 휩쓸린 적조는 소환이 해제됨과 동시에 그의 영혼에 스며들었다.

적조는 그대로 긴 잠에 빠졌다.

* * *

'내가 오드였다고?'

디아린은 멍하니 두 손을 들어 올려 응시해 보았다. 피부 위에 아로새겨지던 푸른 용 비늘은 환각 따위가 아니었던 것.

'그럼 오드는, 아니 나는 헨에게 배신당한 게 아니었어.'

고개를 들어 올려 본다. 신수계의 하늘은 여전히 맑고 청명하다. 현실 같지 않은 현실인 이곳.

뎅.

파수꾼의 종소리가 상념을 몰아냈다.

"소환사여. 그대는 오드의 환생이기는 하지만, 오드는 아니다. 천룡이 아니라 인간이지. 그대의 이름을 기억하고 있는가?"

"……디아린."

"그래. 그대는 디아린이다. 디아린의 이름으로 다시 살아가게 될 인간일 뿐이지."

다시 살아가게 된다. 그 말이 디아린에게는 기이하게 들렸다.

그녀에게 에제트가 없는 세상은 의미가 없다.

우습게도 그랬다.

그런데, 파수꾼의 말은 디아린이 다시 아키르의 황궁이 있던 세계로 돌아가게 될 것처럼 들렸다.

"하나만 부탁하지. 그대를 보고 싶어 하는 영혼이 있어."

파수꾼의 말과 동시에 시야가 환하게 변했다. 순식간에 파수꾼이 사라지고, 뒤에서 느껴지는 가벼운 인기척. 디아린이 뒤를 돌아보았다. 곧 그녀의 눈동자가 휘둥그레 변했다.

"안녕하세요, 적조의 소환사여."

짙은 푸른색의 눈동자며 반짝이는 금발. 이 신수의 숲에 동화된 듯한 하늘하늘한 분위기. 마치 전설 속 요정처럼 아름다운 여자였다. 디아린은 거의 본능적으로 그녀의 정체를 눈치챌 수 있었다.

"백조의 소환사?"

가슴에 손을 올리고, 고개를 살짝 숙여 보인 그녀가 웃었다.

"모르카의 연인이었던 '그' 백조의 소환사입니다."

모르카라면.

"전 황태자의……."

"그래요."

모르카 디센 키르헨.

스스로 호수에 몸을 던졌던, 아키르 제국의 전(前) 황태자.

그리고 그의 연인이자, 펜나투스 호수에 뛰어들어 이름과 얼굴을 잃었던 백조의 로드.

“지워졌던 이름은 ‘로이아나’이고요.”

로이아나. 그녀는 진줏빛으로 빛나는 손가락을 디아린에게 뻗었다. 어느새 그들의 주위는 물결치는 호숫가가 되었다. 한적한 햇볕이 수면을 황홀하게 장식했다. 바람 소리도 함께.

“당신에게선 짙은 용혈이 느껴지네요.”

로이아나의 말에 디아린이 멈칫했다. 아직도 디아린의 영혼에는 용혈이 감돌고 있었던 탓이리라. 에제트의 용혈이.

‘아니, 내가 오드였다니까 원래는 내 거 아냐?’

실없는 생각을 하면서 디아린은 조금 웃었다.

새삼 신수계가 왜 신수계인지 알 법도 했다. 부질없는 고민은 날아가고, 그저 안온하고 편안한 곳. 낙관적인 기분만이 머릿속을 채우는 곳. 다치고 다쳤던 영혼이 치료받는 느낌이었다.

로이아나는 디아린을 응시하다가, 살짝 미소 지었다.

“‘그’ 8황자의 피군요. 그 꼬꼬마 황자가 이렇게나 자랐나 봐요.”

신수 백조의 로드에게는, 약한 예지 능력이 주어졌다. 덕분에 살아생전 로이아나는 8황자에게 면담을 요청할 수 있었다.

알고 말았으니까.

용혈 중에서도, 말도 안 되게 독보적인 용혈을 지닌 저 어린 8황자가 후일 아주 신성한 로드와 반드시 사랑에 빠지고 말 것이라는 사실을.

“아키르의 황족과는 사랑에 빠지면 안 됐는데.”

로이아나의 중얼거림에, 디아린이 안색을 굳혔다.

“그쪽이 할 말은 아니잖아요.”

“……네. 맞아요.”

로이아나가 쓸쓸하게 얼굴을 떨구었다. 디아린의 말이 맞다. 로이아나가 할 수 있는 말이 아니다.

“모르카를 사랑하지 않던, 처음 그때의 마음을 지켰어야 했는데.”

"……?"

'저게 무슨 말이야?'

"원래 나는 모르카를 증오했었거든요. 우린 그저 정략적 파트너에 불과했으니까."

'이건 또 무슨 말인데?'

"정략적 파트너였다고요?"

"그렇답니다."

로이아나에게는 소원이 있었다. 온몸의 피를 다 빼내고서라도 이루고 싶었던 소원. 그녀는 미친 듯이 소원을 이룰 방법을 찾아다녔다. 그토록 집착한 소원은 단 하나.

"아키르의 모든 황족이 피를 토하고 죽어 버리는 것."

"……!"

"나는 피에 미친 황제, 브루노 9세의 무자비한 칼날 아래 멸망한 왕국의 귀족입니다."

서글픈 미소.

"그러니까, 그런 끔찍한 황족들 따위 살 가치가 없다고 생각했어요."

로이아나는 픽 바람 빠지는 웃음소리를 냈다. 그토록 간절했던 소원이다. 그러니, 로이아나는 자신이 신수 백조를 소환한 건 하늘이 응답해 준 뜻이리라 여겼다.

신분 세탁은 어렵지도 않았다. 백조의 로드가 된 로이아나는 아키르 황궁의 펜나투스 호수를 방문할 방법을 찾았다. 로이아나는 펜나투스 호수에 들어갈 구실이 필요했으며, 황자 모르카는 신수 로드의 뒷받침이 필요했다.

이렇게 이해관계가 맞아 떨어진 둘은 서로를 연인으로 두었다.

의지는 하고 이용은 하나 사랑은 하지 않는 관계.

이 단단했던 마음이 서서히 허물어지기 시작한 건 언제였을까?

아무리 발버둥을 쳐도, 소용없음을 알게 된 건 또 언제였을까.

종국에 로이아나는 모르카를 증오하게 되었다. 애증이었다. 살을 깎아 기원한 소원조차 망설이게 되는 그 사랑이 증오스러워서.

'당신은 내가 무슨 소원을 빌려는지도 모르잖아요!'

'……알아요.'

'……!'

울면서 소리친 말에 돌아오는 뜻밖의 긍정. 말문을 잃은 로이아나의 두 손을 모르카가 잡았다. 붉어진 눈으로, 모르카는 미소를 지었다.

'로아, 당신의 증오를 어떻게 풀어야 하는지는 모르겠어요. 하지만 그저 나와 미친 황제만 죽여 버리는 건 안 될까…….'

'…….'

그대로 로이아나는 모르카의 손을 뿌리치고 뛰어나왔다. 품에는 모르카가 이미 안겨 준 용혈이 한 가득이었다. 바보 같은 사람이라고 생각했다. 아무것도 모른 채 용혈을 내어준 거라고 생각했는데.

그 멍청하고 사랑스러운 황태자는……. 모르카는 다 알고 있으면서, 로이아나에게 용혈을 내준 것이다.

그리고 그 날, 백조의 로드 로이아나는 펜나투스 호수에 몸을 던졌다.

'하지만…….'

디아린은 이해가 가지 않았다.

로이아나가 제대로 소원을 빌었다면, 모든 황족들은 이미 다 죽었어야 했는데. 전부 멀쩡하지 않았나.

로이아나가 미소를 지었다.

"그래요. 멀쩡했겠지요. 나는 펜나투스 호수에 다른 소원을 빌었으니까. 마지막에 마지막까지 고민하다가……."

결국은 나쁜 선택을 했지.

"어떤 소원이요?"

"부디 다음 생에 모르카와 함께 웃게 해 달라고."

"……."

"나와 대화해 줘서 고마워요. 용혈과 사랑에 빠진 적조의 로드가 너무 궁금해서."

로이아나의 입가에 따뜻한 웃음이 어렸다.

"난 이제 모르카를 보러 갈 거예요."

다음 생을 기약할 수 있는 연인이란 얼마나 멋진 말인지.

"정말로 아름다운 곳이었어요. 당신의 영혼도 행복해지기를 바랄게."

그녀는 그대로 신수계를 한번 둘러보았다. 그런 다음 로이아나는 디아린에게 한 번 더 미소를 지어 주고, 햇볕이 쏟아지는 곳으로 걸어가기 시작했다. 걸음은 서서히 빨라져, 어느새 달음박질이 되어 있었다.

이윽고 로이아나가 빛 속으로 완전히 사라졌다.

* * *

'당신의 영혼도 행복해지기를 바랄게.'

파수꾼은 홀로 서 있는 디아린에게 제안했다.

"그대가 원한다면, 이 신수계에서 영원히 살아도 좋다. 안온하고, 한적한 곳이지. 지친 영혼을 달래기에 이곳만큼 좋은 곳은 없을 거다."

아름답고, 고요한 숲.

우거진 녹음을 본다. 비산하는 햇빛을 본다.

따뜻한 볕은 별을 깨뜨린 조각처럼 사방에 퍼지고, 꽃향기가 실린 바람이 디아린의 긴 머리카락을 부드럽게 날렸다. 저 반짝이는 호숫가에 손을 담그고 눈을 감으면 편안하겠지.

평화롭고 서정적인 곳.

이곳은 도망쳐 영원히 숨기에 정말 좋은 곳이다.

디아린이 눈을 감았다가 떴다.

"돌아갈게요."

"돌아가겠다고?"

"봐야 할 사람이 있어요. 끝내야 할 일도 있고요."

"역시 그런 선택인가……."

파수꾼은 피식 웃었다.

어떻게 된 게, 인간들은 하나같이 비슷한 선택을 하는 걸까.

다섯 마리의 신수에게 이름을 붙여 준 전설적인 천룡 오드의 환생조차도 마찬가지일 줄이야.

"정말이지 뻔하고, 연약하며, 뚜렷한 인간이로구나. 다만……."

파수꾼은 디아린에게 물었다.

"어찌 그리 선택을 하고, 속으로는 두려워하고 있는 것인가?"

"……제 마음이 보여요?"

"나는 파수꾼이니 당연하지."

파수꾼의 말은 틀리지 않았다.

사실 디아린은 두려웠으니까. 시간이 지나면서 점차 떠오르는 기억이 있기 마련이다.

디아린은 시간을 돌리는 마법이 실패했다는 사실을 알았다. 애초에 우주를 움직이는 마법을, 한낱 8계급 마법사가 할 수 있을 리가 없었다. 마력조차 고갈되다 못해 생명력까지 갖다 쓰고 있던 상태였고…….

그러니 에제트가 살아 있을 것이다.

디아린을 원망하면서.

"제 혼약자가 저를 원망하고 있을 거예요."

그녀의 이기적인 선택으로, 에제트는 끔찍하게 디아린을 원망하고 있을 것이다.

"원망이 짙어지면 증오가 되지. 사랑하는 사람에게서 받는 증오라. 하지만 무서워할 필요는 없다. 그대는 어떤 증오도 받지 않을 테니까."

"어째서요?"

"모두가 그대의 얼굴도, 이름도 잊었을 테니까."

"……모두 다요?"

"그래, 그대는 이미 신수의 세계에 이미 발을 반 걸친 사람이질 않나. 그대의 이름을 산 자가 알아내려고 하면, 세계의 마법이 그를 공격할 것이다."

"……."

"그대를 의심하게 되면 무수한 상처를 입을 터. 자연히 생각이 끊어지게 되겠지. 종국에는 영혼이 찢겨 완전히 소멸하다가, 죽을 거다."

그러니 디아린은 걱정할 필요가 없다. 세계의 마법으로 인해, 그녀의 혼약자는 결코 디아린을 기억해 내지 못할 테니까.

결코.

디아린은 지친 미소를 지었다.

"다행이네요."

파수꾼은 잠시, 저 영혼을 돌려보내는 게 맞는 건가 하는 생각이 들었다. 갈기갈기 찢겼으면서도 기어이 일을 마무리해야겠다고 하는 것이 참 대단하다는 생각이 들었다.

하지만 천룡은 선택을 번복하지 않는다. 그런 단호함이 천성으로 자리 잡은 인간. 나무가 전생이었던 인간은 성정이 올곧고, 바람이 환생한 이는 자유를 갈망하는 것처럼.

"하나 귀띔해 줄까, 천룡 오드의 환생이여."

그래서 파수꾼은, 이례적으로 친절을 하나 베풀기로 했다.

"그대는 반드시 행복해질 것이다. 적조의 로드는 틀린 선택을 하지 않지."

뎅.

묵직하고 맑은 소리가 신수계를 느리게 휘감았다. 이윽고, 디아린의 눈앞이 점멸했다.

* * *

순간, 늘 적조의 궁과 제단을 청소하는 사용인들은 눈을 깜빡였다.

약간의 침묵 후.

"……!"

"……!"

엄청난 놀라움이 그들을 스치고 지나갔다. 가장 먼저 정신을 차린 상급 사용인이 외쳤다.

"저, 적조의 제단에서 빛이 피어나고 있다고 말씀 올려라!"

아키르 제국 천 년의 역사를 통틀어 단 한 번도 빛나지 않았던 적조의 제단에서 붉은 빛이 새어 나오고 있었다.

* * *

얼마나 깊이 잠들어 있었을까.

"……."

마치 오랜 잠에서 깨어난 것처럼, 디아린은 눈을 떴다. 흐릿했던 초점이 잡히고 시야에 들어오는 드높은 천장.

'여기가 어디지.'

디아린이 눈을 깜빡였다. 그러고 보니 자신은, 긴 제단 비슷한 것에 누워 있었다. 온통 붉은 문양이 그려져 있었는데, 불길하지 않은 게 신기했다. 오히려 묘한 신성함이 묻어 나오는 제단.

어리둥절한 얼굴로 천장을 둘러보았다가, 제단 아래를 보았다. 연보랏빛 눈동자가 커졌다.

'올리비아잖아?'

청조 레무스의 소환사. 그렇다면 이곳은.

'아키르의 황궁이구나.'

대대로 신수의 소환사들이 머무는 호젓한 궁, 천록(天祿)일 터. 디아린은 그제야 상황 파악이 됐다. 이곳은 아키르의 황궁 안에 위치한 적조의 궁일 것이다.

신수계에서 본래의 세상으로 돌아온 것이니까, 이곳으로 보내진 모양이다.

'근데 딴 사람들은…….'

서 있는 사람은 청조의 소환사 올리비아뿐만이 아니었다. 두 명의 남자가 더 서 있었다.

'누구지?'

고용인이라기에는 옷이 너무 화려한데.

의아해하던 디아린의 눈이 커졌다.

그녀의 의문을 읽기라도 한 듯이, 그들의 등 뒤에서 '그것'이 피어났기 때문이다.

'날개잖아……?'

신수의 전설을 모르는 사람이라 할지라도, 눈에 담는 순간 그 경이로움에 시선이 홀릴 것 같은 신성한 날개.

청조.

백조.

황금조.

원래는 청조의 소환사 올리비아밖에 없질 않았는가?

'그사이에 신수 소환사가 둘이나 더 나타났다고?'

이게 무슨 일인가.

자고로 신수 소환사는 한 번 나타났다고 하면 온 대륙이 들썩일 정도로 대단하고 희소한 것인데.

디아린은 얼떨떨했다.

얼떨떨한 한편, 무언가 이상했다. 저 고귀한 신수 소환사들이, 하나같이 디아린의 뒤편을 보면서 넋이 나가 있었기 때문이다. 디아린은 어리둥절해 하며 제단 뒤를 돌아보았다. 그리고 곧장 두 손으로 입을 틀어막았다.

연보랏빛 눈동자. 황금빛이 감도는 붉은 머리카락.

"……!"

생전 처음 보는 얼굴을 한 커다란 청년 둘이 디아린의 뒤에서 팔짱을 끼고 있었던 것이다. 그들의 몸에서 반짝이는 붉은 깃털들.

맙소사.

누가 봐도 신수 적조, 올로르였다.

'쟤네 지금 인간으로 현신화한 거야? 누가 올이고 누가 로르지?'

디아린의 당황을 읽기라도 한 듯이, 올리비아의 등에서 얌전히 퍼덕이던 청조의 날개가 푸르게 빛났다. 순식간에 새의 형태로 현신한 청조 레무스. 청조, 레무스가 떨리는 목소리로 다가오며 물었다.

"너희 진짜 오, 올로르……!"

"뭐."

둘 중에서도 특히나 성격이 안 좋아 보이는 청년이, 삐딱한 표정으로 눈썹을 까딱였다.

"뭘 봐? 구경났냐?"

"……."

"……."

"……."

소환사들의 등에 매달려 있던 신수들의 날개가 바르르 떨렸다. 신수의 날개들이 시선을 필사적으로 피하듯, 축 처지는 게 디아린의 눈에는 너무도 잘 보였다.

'쟤가 올이구나.'

대번에 깨닫고 만 성질머리였다.

* * *

"올, 로르?"

"네, 주인님?"

"왜, 인간아."

"우와."

진짜잖아. 디아린은 당황스러운 한편 생소한 표정으로 그들을 쳐다보았다.

"그 모습 뭐야?"

"완전히 현신화했다."

"그게 원래 모습이야?"

"그래. 따지자면."

디아린은 꼼꼼히 그들을 살펴보았다. 쑥 뻗은 키. 미끈해 보이는 피부.

"너희 되게 잘생겼었구나……."

"으흠. 그렇죠?"

올이 가슴을 쭉 폈다. 곧게 뻗은 긴 붉은 머리카락이 바람을 따라 흔들렸다. 디아린의 것과 꼭 같은 연보랏빛 눈동자에 시선이 머무른다.

"그 눈은 인간으로 현신화를 해도 그대로구나."

"네 피를 썼으니까."

"내 피?"

"그래."

디아린은 반사적으로 되물었다.

"용혈?"

"아니."

로르는 단호하게 부정했다. 그는 디아린의 눈동자를 똑바로 바라보며 말을 이었다.

"네게 흐르는 인간의 피."

"……."

"넌 오드의 환생이지만, 신수 모두를 소환했던 천룡은 아니야. 오직 우리만을 소환해 준 최고위급 마법사 디아린이지."

"알고 있었구나. 파수꾼한테 맞고 잠드는 바람에 모르는 줄 알았는데."

"와, 진짜! 주인님? 저희 적조거든요? 신수 중에서도 가장 강한 적조거든요?"

올이 툴툴댔다.

확실히, 적조가 가장 강하다는 건 아까 소환사들과의 대면만 놓고 봐도 알 수 있었다. 다른 신수들이 기도 못 펴지 않았나.

올이 어깨를 으쓱했다.

"그러니까 말이죠. 전부 알 수 있었어요. 파수꾼이 주인님과 나누던 대화."

"전부?"

"전부요."

"내가 오드……의 환생이라는 것도?"

"네."

디아린이 말로 표현하기 힘든 묘한 기분에 휩싸인 그때였다.

"인간아."

실로 오랜만에 듣는 호칭. 로르였다. 성큼 다가온 그가 두 손으로 디아린의 양 어깨를 잡고 눈을 맞췄다.

"왜?"

디아린의 동공이 흔들렸다.

그녀는 신수와의 이런 가까운 접촉이 몹시도 낯선 사람이었다. 바로 앞에 있는 로르의 얼굴도 전혀 익숙하지가 않았다.

"네 이름 뒤에 오드가 붙은 건 기쁘게 생각한다. 네가 오드의 환생인 것도 기뻐. 하지만 우리가 널 사랑하는 건 네가 오드여서가 아니다."

"……."

"우린 네 전생을 알기 전부터 널 사랑했으니까."

"……."

이상했다.

항상 빈정대거나, 염세적인 말밖에 나누지 않던 적조가 보여 주는 애정이 생소했다.

왜 눈물이 날 것 같은지도 디아린은 알지 못했다.

다만 로르의 눈동자가 시선에 들어온다.

"너희, 진짜 내 눈동자 색깔이랑 똑같아."

"인간들은 다 이렇던데. 피가 이어지면 가족이라고 하더군."

"응."

"그리고 뭔가 하나 닮았지. 눈 색깔이든 머리 색깔이든. 아니면 이목구비 같은 게."

다른 건 신수 적조의 고유 생김새라 어쩔 수 없지만, 하나만은 디아린의 피를 가져와 현신했기에 변할 수 있었다. 그게 눈동자 빛깔이었다. 생의 처음부터 마지막까지, 언제나 외로웠던 주인에게.

"할 수 있다면 네게 언제나 가족을 선물해 주고 싶었지."

"드디어 할 수 있어서 다행이에요. 어……, 주인님 운다?"

"아냐."

디아린이 고개를 확 돌렸다. 뺨을 타고 흐르는 눈물을 손으로 마구 닦았다. 올과 로르가 쩔쩔매며 달려드는 걸 애써 무시하다가, 결국 두 손에 얼굴을 묻었다.

그토록 길었던 생, 슬프지 않아서 울어 보는 건 처음이어서.

* * *

퉁퉁 부은 얼굴로 디아린은 호화로운 저녁을 맞았다.

천록에서, 다른 신수의 로드들과 만찬을 함께한 후에는 향기로운 꽃잎을 가득 뿌린 커다란 욕탕에서 목욕을 했다. 부드러운 수건으로 물기를 닦고, 값비싼 향유로 마사지도 받았다. 그런 후엔 사치 좀 즐겨 본 디아린조차 순간 눈이 탁 트일 만큼 호화로운 옷이 대령되었다.

문제는, 그 옷을 가져온 사람이었다.

'샤이 양……?'

그랬다. 샤이였다. 디아린이 가장 아꼈던, 그래서 디아린과 관련된 존재들은 신분을 가리지 않고 다 한 번씩은 눈치를 보았던 그 전설의 하녀.

"적조의 로드께 인사 올립니다. 로드의 시중을 담당하게 된 샤이라고 합니다."

조심스럽게 고개를 들고, 자신을 올려다보는 샤이는 따뜻한 표정이었다. 하지만 눈빛이라든지 그런 것에서 긴장감이 은은하게 묻어 나오고 있었다.

샤이의 시중 솜씨는 여전했다. 디아린은 순식간에 편안한 옷으로 갈아입었다. 그녀는 샤이를 흘긋흘긋 보다가, 결국 궁금해져 물었다.

"샤이……, 양?"

"네, 로드."

"왜 내 시중을 맡게 된 거예요? 좌천된 건가요?"

"네? 아니에요! 제가 자원한 거예요!"

샤이는 저도 모르게 목소리를 높였다가 깜짝 놀라서 고개를 숙였다. 디아린은 괜찮다고 말해 주고, 벌벌 떨리는 샤이의 두 손을 바라보았다.

"왜 자원했는데요?"

"……."

샤이가 무겁게 고개를 떨어뜨렸다. 천천히 시선을 들어 올리는 샤이의 표정이 몹시 슬펐다.

"예전의 제가 모시던 아가씨가……, 적조의 로드이셨다는 얘기가 비밀리에 돌아다녔거든요."

말만 비밀리일 뿐이다. 디아린의 얼굴도, 이름도 완전히 지워진 작금의 상황. 8황자의 혼약자였던 그녀는 최소 흑조의 로드, 최대 적조의 로드였다고 이미 암암리에 소문이 퍼진 상태였다.

샤이는 아주 오랫동안 자신의 아가씨를 그리워했다. 그러다가 적조의 로드가 강림했다는 말에 바로 자원했다.

"제 아가씨는 2년 전에 돌아 가셨답니다. 대연회홀 참사에 휘말리시는 바람에요."

'맞아. 2년이나 지났다고 했지…….'

현세에선 그날 이후 무려 2년 가까이가 지난 후였다.

'신수계에선 고작 하루 있었던 것 같은데.'

샤이의 두 눈에는 어느새 눈물이 그렁그렁해 있었다.

"그래서, 그냥……. 죄송합니다. 잘 모실 테니까 쫓아내지 말아 주세요……. 로드?"

어느새 디아린이 샤이의 붉어진 눈가를 닦아 주고 있었다.

"울지 마요. 절대 안 쫓아낼 테니까……."

샤이가 넋을 잃고 디아린을 쳐다보았다가, 화들짝 놀라 다시 고개를 숙였다.

"이제 머리를 빗겨 드릴게요. 로드의 예쁜 머리카락을 다들 만져 보고 싶어서 손이 근질근질하답니다."

"그래요."

천록에 쏟아진 하사품은 어마어마했다. 비단 황실에서뿐만 아니라, 대륙 전체에서 수많은 공물을 보내왔다. 디아린이 이렇게 조용히 있을 수 있는 상황도 기적이나 마찬가지였다.

바깥이 얼마나 들썩이고 있는지를 알게 되면…….

샤이는 그중에서도 손잡이에 다이아몬드가 박힌 빗을 들어 올렸다. 금으로 몸체를 만들어서 몹시도 값비쌌고, 빗살은 공물로 올라온 오래된 물푸레

나무였다. 총애받는 황녀가 혼수품으로 가져갈 만큼 귀한 물건들이 적조 궁에 그득했다.

길게 굽이치는 연갈색 머리카락을 빗으로 정성스레 빗겨 내렸다. 샤이는 손에 감기는 촉감이 실크처럼 부드럽다고 생각했다. 공을 들여 빗어 놓으면 구름처럼 폭신할 것 같기도 했다.

문득 그런 생각이 든다.

예전에, 샤이의 아가씨도 참 부드러운 머리카락을 가지고 있었다. 머리 색깔은 기억나지 않지만 그런 사소한 감촉은 은은히 기억이 났다. 샤이의 입가에 미소가 어렸다.

"로드께서는 꼭 예전의 제 아가씨……. 앗!"

따끔. 샤이가 당황해서 손을 들어 올렸다. 거울에 비친 그 손에 난 선명한 상처. 디아린의 두 눈이 같이 동그래졌다.

"괜찮아요?"

"괜찮답니다. 왜 이러지? 어디에 베였나 봐요."

샤이는 피가 나는 손가락을 익숙하게 입에 물었다. 별거 아닌, 소동이라고 부르기에도 부끄러운 작은 해프닝. 그러나 다시 거울을 보는 디아린의 눈동자는 조금씩 떨리고 있었다.

'그대를 의심하게 되면 무수한 상처를 입을 터. 자연히 생각이 끊어지게 되겠지.'

파수꾼의 말 그대로였으니까.

'종국에는 영혼이 찢겨 완전히 소멸하다가, 죽을 거다.'

* * *

"……하여, 곧 본궁에서 사람이 올 것입니다. 적조의 로드시여."

다음 날.

디아린에게 명을 전하러 온 귀족들은, 감히 그녀와 눈도 마주치지 못했다. 아예 디아린을 허리 위로 올려다보는 시선조차 없었다. 이런 경외는, '디아린 오드 콘클이스터' 시절에도 받아 본 적 없던 거였다. 아니, 아예…….

'황제한테도 저러진 않았던 걸로 기억하는데.'

그럼 적조의 로드는, 황제보다도 위에 위치했다는 걸까?

디아린은 허리를 바로 폈다. 거대한 응접실의 문이 열리고, 수많은 시종들과 함께 들어온 사람은…….

"적조의 로드를 만나 뵙게 되어 영광입니다. 섭정 이디즈 키르헨입니다."

'이디즈 님?'

이디즈 키르헨 그리젤.

어찌 잊을 수 있겠는가? 죽은 남편을 대신해, 스스로 그리젤 후작이 된 황녀 출신 후작.

'그런데 섭정이라니?'

섭정은, 황제가 부재하거나 혹은 너무 어려 정무를 보기 어려울 경우에 부여되는 특수한 직책이었다.

'에제트가 어린가? 안 어린데. 이제 스무 살 아닌가? 건국제가 아직 안 지났으니까…….'

디아린의 의문이 팡팡 터지는 시선을 이디즈는 다르게 해석했다.

"아, 제 뺨에 있는 흉터를 보신 모양이군요."

"실례했습니다."

"적조의 로드께서 어찌 그러십니까. 괜찮습니다. 익숙한 시선이죠."

이디즈는 가볍게 말하고 천록을 둘러보았다. 천 년이 넘는 세월 비워져 있던, 이 적조의 궁에 나타난 로드라니.

그간 아키르 제국엔 두 명의 신수 로드가 더 나타났다. 황금조의 로드. 그리고 한 번 사라졌던 백조의 로드. 실로 유례가 없는 일이었다. 대단한 축복이라 할 수 있었다.

죽었던 땅이 되살아나고 날씨는 더욱 온화해졌다. 아키르 제국이 유례없는 대호황을 맞게 된 건 당연한 수순. 거기에 각국에서 엄청난 선물과 공물을 보내온 덕에, 황궁에선 빨래나 하는 하녀조차 보석 반지를 찬다는 말이 돌 정도였다.

로드 두 명만으로도 이리 난리였는데.

이젠 적조의 로드?

'말도 안 되는 상황이었지.'

얼마나 뒤집어졌는가. 귀족들은 대거 수도로 올라왔다. 각국에서는 아예 계승권을 가장 가까이 가진 왕족들이 사절단으로 오겠다고 바삐 연락을 해 올 정도였다.

수도의 하우스타운은 이미 꽉 차 버렸다. 그 전설 속의 적조 로드가 대체 어떤 모습이냐고. 이디즈도 굉장히 궁금했다.

'굉장히 인형 같군.'

고압적인 분위기일 거라고 생각했는데 착각이었다. 적조의 로드는 이십대 초중반의 연령대. 눈에 확 띄는 미형의 외모였다.

'죽은 혼약자도 적조의 로드였…….'

무심코 생각하던 이디즈의 손이 가볍게 까딱였다. 갑자기 손이 따끔한 것이다. 어디 베였겠거니 여기며 생각을 흘려보낸다.

"조금 있으면 황족들이 로드를 뵈러 올 겁니다."

다른 황족들이라면…….

'……에제트?'

"제 직책을 듣고 어느 정도 짐작하셨겠지만, 현재 아키르 제국의 황위는 공석입니다. 선대 황제 폐하, 그러니까 브루노 9세께서는 대연회홀 참사에 휘말려 붕어하셨습니다. 이후 2년간 황위는 쭉 비워져 있는 상태고요."

디아린의 시선이 그대로 멎었다.

2년 전, 에제트는 황태자였다. 그러니 정석대로라면 에제트가 황제가 되어 있어야 했다. 그런데도 황위가 비워져 있다는 건…….

불길함이 가슴을 서늘하게 베고 지나간다.

'그럼 에제트가…….'

죽었다는 건가.

'이 로드, 왜 얼굴에 핏기가 이렇게 사라지는 거지?'

의아함을 느낀 이디즈가, 왜 그러시냐고 막 묻기 직전이었다. 끼익. 거대한 알현실의 문이 열렸다. 이디즈의 자줏빛 눈동자가 뒤를 향한다.

"제가 조금 늦었습니다, 섭정 전하."

디아린의 심장이 순간 세게 달음박질쳤다.

그 서늘하고, 건조한 목소리.

일어나는 이디즈를 따라, 디아린도 일어났다. 입을 열면 그대로 심장이 튀어나올 것 같아 애써 손을 그러쥔다. 숨도 쉬지 못하게 뛰는 맥박. 디아린이 고개를 들어 올렸다.

다가오는 남자를 본다.

레이디들이 절로 시선을 빼앗길 만큼 아름다운 외모. 새까만 머리카락. 차갑게 가라앉아 있는 황금색 눈동자. 낯설 정도로 선명한 그 모든 얼굴을. 마지막에 마지막까지 마음에 담고 버리질 못했던 그 낯을.

한겨울 북풍처럼, 온기라곤 찾아볼 수 없는 황금색 눈동자가 디아린을 물끄러미 바라본다.

이어지는 가벼운 묵례.

"적조의 로드에게 인사 올립니다. 오드 아 키르의 황태자입니다."

에제트 아스페르크 키르헨.

자신의 오랜 혼약자였던 그 남자였다.

* * *

이디즈는 디아린의 커다래진 눈을 보았다. 어쩔 수 없이 쓴웃음이 나왔다.
'황태자가 버젓이 있는데, 섭정이 있으니 놀라신 모양이군.'
알고 있다. 이게 상식적으로 말이 안 되는 상황이라는 걸. 하지만 어쩔 수가 없었다. 모든 정통성을 손에 쥔, 그리하여 유일하게 다음 대 황제로 등극할 수 있는 황자, 에제트 아스페르크 키르헨이 그리하였기 때문이다.
국정은 정상으로 돌아갔다. 민생은 아무런 문제도 되지 않았다. 다만 황궁의 곳곳은 마치 2년 전 그때에 멈춰 있는 것 같았다.
예컨대 북쪽 날개 궁이라든지.
황실 내궁 도서관이라든지.
이데아의 숲이라든지.
사실 2년 전. 에제트 아스페르크는 자살을 기도했다. 펜나투스 호수에 뛰어들려던 에제트를 붙잡은 건 다름 아닌 램드였다. 이디즈도 그 소식을 듣고 너무도 놀랐다.
혹여 에제트가 또 자살을 기도할까 봐 전전긍긍했지만, 램드에게 대체 무슨 말을 들은 것인지 에제트는 더 이상 펜나투스 호수의 근처에도 가지 않았다.
다만 황태자로 스스로의 책봉식을 끝냈을 뿐.
원래부터 건조하고 서늘했던 그였다. 외부인들은 에제트가 무엇이 달라졌는지 알지 못했다. 하지만 이디즈는 아니었다. 그녀는 최근에야 알고 말았다.
에제트는 영혼부터 완전히 메말랐다는 사실을.
'그런데 이 로드께서는 왜 아까부터 계속 얼굴이 창백해지시는 거지.'
천록의 제단에 나타난 적조의 로드.
그녀는 인간의 모습을 하고 있지만, 인간이 아닐 수도 있었다. 그녀에 대해선 어떤 것도 속단할 수 없었다. 다만 다른 신수의 로드들이, 적조의 로드에 대해서는 몹시도 조심스러워한다는 건 알 수 있었다.

'그 풍문이 사실이었나 보군. 모든 신수는 평등하나 그 위에 적조만이 우뚝 서 있다는…….'

그럼에도 덜덜 떨리기까지 하는 디아린의 두 손을 이디즈는 보았다. 그래서 이디즈는, 본궁으로 돌아간 후 에제트에게 말했다.

"아스페르크. 쌍둥이 황자들 중 적당한 이를 적조의 로드께 말벗으로 붙여 드려야겠다."

에제트가 시선을 옮겼다. 그의 혼약자가 죽은 이후, 에제트는 그대로 얼어 버렸다. 딱 그 표현이 맞았다.

황족답게 기품은 있고, 태도는 정중했으나 삶에 한 톨의 미련도 없어 무료하기만 한 눈빛.

목소리조차 싸늘해 귀족들도 벌벌 떨 정도로 변했는데.

그나마 이디즈 정도가 이렇게 에제트에게 말을 붙일 수나 있었다.

"9황자 로르드안 이시스나, 10황자 솔 리다스터 중 하나가 좋겠는데, 누가 낫겠느냐?"

언젠가 혼약자가 달아 주었다던, 증표인 사파이어 귀걸이도 떼어 버린 지 오래인 황태자. 에제트는 창문 너머를 흘긋 응시하고 말했다.

"제가 가지요."

* * *

천록은 아름다웠다. 원래도 웅장한 천록이었지만, 시조 이후 이렇게까지 번성한 적은 없다는 말이 돌 정도였다. 호젓하고 아름다운 정원. 호반의 성. 계절마다 다른 꽃을 심어 사시사철 아름다운 꽃이 가득한 곳.

에제트는 적조의 궁으로 들어섰다.

긴 연갈색 머리카락이 보인다. 적조의 로드. 그녀를 마땅히 지칭할 말이 없어, 에제트도 그저 '적조의 로드'라고만 호칭하는 존재. 그녀의 앞에는 접견을 허락받았다던 궁중인, 겐트 백작이 자리하고 있었다.

겐트 백작가는 제국에서도 가장 큰 루비 광산을 소유한 가문이다. 붉은 보석은 적조의 가호를 받는다는 설화가 있었다. 덕분에 겐트 백작은 적조의 로드와의 접견을 허락받을 수 있었다.

겐트 백작과 로드는 한창 대화를 나누는 중이었다.

"……래서, 겐트 백작? 로드들의 권한이 원래 이렇게 큰 건가요?"

일부러 들으려고 한 건 아니었는데.

청력이 유달리 좋은 편인 에제트에게 들리는 건 어쩔 수 없었다. 겐트 백작이 신에게 기도하는 듯 두 손을 꽉 잡고 대답했다.

"천록에 관한 모든 위엄과 권한은, 2년 전 황태자 전하께서 높이셨습니다."

"……황태자 전하가요."

"예, 로드시여!"

겐트 백작은 벌벌 떨고 있었지만 대답만은 확실했다. 그 말은 사실이었으니까. 이렇게 몇몇 부분은 변한 게 있었지만, 몇몇 부분은 동결이라도 된 듯했다.

예컨대 에제트에 대해. 그는 여전히 황태자였으며, 여전히 미혼이었으니.

"그런데 내 말벗이라는 황족은 누가 오나요?"

"아, 그분은……."

에제트가 성큼성큼 걸음을 옮겼다.

"접니다."

로드의 어깨가 움찔 떨렸다.

에제트의 시선이 그 떨림에 멈췄다가, 다시 그녀의 얼굴로 옮겨졌다.

"화, 황태자 전하께 인사 올립니다."

겐트 백작을 손짓으로 물리고, 에제트는 탁지 위에 얹어져 있던 로드의 손을 잡았다. 연보랏빛 눈동자가 커지는 걸 응시하다가, 한쪽 무릎을 꿇고 앉는다.

입술을 가볍게 손등에 맞춘 후 몸을 일으켰다.

그의 눈동자가 그녀를 직시한다. 그녀는 평소와 별다를 바 없이, 옅은 미소를 머금은 얼굴이었다. 분명 잡았던 손목에서 맥박은 빠르게 뛰고 있었는데.

맞은편에 앉은 에제트가, 물끄러미 그녀의 얼굴을 보았다. 그녀는 의례적인 미소를 짓고 있었지만, 그뿐이었다.

에제트는 적당히 시선을 옮기고 화제를 돌렸다.

"어제 보니 궁이 삭막하더군요."

"보석이 많던데요."

"그동안 주인이 없이 비워져 있던 궁이니, 생화 같은 게 전혀 없지 않습니까."

한겨울 연회에도 값비싼 생화를 장식해 놓는 게 귀족들이다. 그녀는 느리게 고개를 끄덕였다.

"좋아하시는 꽃이 있습니까?"

"꽃이요?"

그녀는 고개를 저었다.

"딱히 없어요."

"그렇다면 적당히 꾸미라고 하지요."

이제나저제나. 이 두 거물의 대화만 경청하고 있던 겐트 백작이 얼른 끼어들었다.

"전하. 스위트피로 꾸미는 건 어떨까요?"

에제트가 겐트 백작을 흘긋 응시했다. 겐트 백작이 바로 움찔 긴장했다. 황태자의 저 선득한 눈을 제대로 마주할 수 있는 귀족은 극소수였다.

"좋을 대로."

짧은 대답. 하지만 긍정이었다는 점에서 몹시 다행이었다. 식은땀까지 흘리고 있던 겐트 백작의 얼굴에 대번 화색이 돌았다.

"예, 예! 전하. 제가 가서 전하겠습니다!"

겐트 백작이 서둘러 물러나고, 에제트는 말없이 차를 한 모금 마셨다. 그녀도 마찬가지였다. 침묵이 어색하게 느껴진 모양인지, 그녀는 가벼운 질문을 던졌다.

"스위트피를 좋아하시나요?"

"좋아하는 건 아닙니다."

에제트는 냉소적으로 대답했다. 그가 티스푼으로 차를 가볍게 휘저었다.

"다만 제 궁이 온통 스위트피로 장식되어 있긴 합니다."

그러니 겐트 백작이 그렇게 물어 왔겠지.

"왜요?"

에제트는 물끄러미, 눈앞의 로드를 바라보았다. 옅은 보랏빛 눈동자. 대단히 미인이긴 한데, 그뿐이다. 에제트는 아무 감흥도 느낄 수가 없었다.

"죽은 제 혼약자의 마지막 생일 때."

"……."

"선물해 주었던 꽃이어서."

"……."

그래서 그녀가 죽은 이후.

에제트가 있는 궁은 온통 스위트피로 가득하질 않았나.

* * *

다음 날에도. 그다음 날에도 에제트는 찾아왔다.

디아린은 에제트에게 자리를 권했다.

"앉으시지요. 전하."

"로드."

에제트는 무미건조한 낯으로 말했다.

"제게 말을 놓으십시오. 적조의 로드가 한낱 황태자에게 말을 높인다는 건 아키르 어디에도 없는 예법입니다."

"……."

디아린은 에제트에게 말을 놓고 싶지 않았다. 무서웠으니까. 조금이라도 과거가 겹치면, 에제트는 전부 기억해 내 버릴 것 같았다.

"괜찮습니다. 후일 황위를 이어받으실 분이니, 존중의 의미입니다."

"그렇습니까."

에제트는 "편하실 대로."라고 말하며 순순히 디아린의 맞은편에 앉았다.

꽃향기가 살랑살랑 날아드는 아름다운 정원이었다. 그는 별다른 말을 하지는 않았다. 차를 한 잔 마시고 돌아가기만 할 뿐.

"주인님."

에제트가 떠나고 난 후, 올이 스윽 고개를 디밀었다.

"왜?"

디아린이 시선을 올렸다. 그녀와 꼭 같은 연보랏빛 눈동자가 깜빡거렸다. 기다란 붉은 머리카락이 미풍에 흔들렸다.

"그러니까 말이죠. 만약에 그 녀석이 주인님을 기억해 내려면 어느 정도로 다치는지 알고 계세요?"

"너는 알아?"

"알죠."

올이 손을 내밀었다. 디아린이 어리둥절한 표정으로 손을 얹었다. 올이 빙긋 웃더니, 그녀의 두 손을 감싸 들어 제 목을 조르듯 감싸게 했다. 디아린이 질색하는 표정을 지었다.

"왜 이래?"

"잘 보세요. 주인님."

"뭘 보……, 올!"

디아린이 당황해서 벌떡 일어났다.

올이 크 단말마를 내지르며 쓰러졌기 때문이다. 곧이어 디아린의 두 눈이 더 커질 수 없을 만큼 커졌다. 올이 입고 있던 붉은 옷이, 엉망진창이 되기 시작해서.

보이지 않는 수십 개의 칼날이 올의 몸을 마구잡이로 긁어대는 것 같았다. 온몸에 아로새겨지는 상흔에서, 붉은 피가 자비 없이 터졌다. 날것 그대로의 고문 현장을 보는 듯 참혹했다.

“휴우.”

정작 올은 길게 한숨을 내쉬었을 뿐이다. 옷을 가볍게 털더니 가뿐히 일어났다.

“대충 이 정도로 아프네요.”

“…….”

“주인님?”

“…….”

“왜 그러세요?”

올이 순진한 눈망울로 고개를 갸웃했다. 디아린은 흐린 눈을 했다.

‘신수들의 폭군이라는 게 약간 돌아서 폭군인가…….’

일단 여기부터 수습해야겠다.

쪼그려 앉은 디아린은, 손수건을 꺼냈다. 올이 흘려 놓은 엄청난 양의 피를 닦아내며 입을 열었다.

“로르.”

바로 현신해서 나타난 로르가 바로 올의 뒷덜미를 잡아 들어 올렸다.

“이 자식아, 적당히 좀 해라.”

“으앗! 왜요!”

로르에게서 뒤통수를 세게 얻어맞은 올이 비명을 질렀다. 올은 자기가 뭘 잘못했냐고 고래고래 소리치다가, 겨우 풀려나고 아픈 듯 얼굴을 찡그렸다.

“아픈 게 느껴지기는 해?”

디아린이 이마를 한껏 찌푸리고 묻자, 올이 헤헤 웃었다.

"아픈 게 한 이 정도예요, 주인님. 모든 걸 잊은 용혈은 이보다 더 아프다가 꽥 하고 죽겠지만요."

그러다가 올이 불쑥 화제를 돌렸다.

"그런데 주인님. 그 용혈이 주인님을 또 사랑할까요?"

음, 하고서 고개를 갸웃한다.

"내 생각엔 주인님을 또 사랑할 것 같아."

디아린의 맞은편에 쪼그리고 앉아서, 올이 쏟아낸 피나 함께 닦던 로르가 고개를 가로저었다.

"아니. 그 용혈은 이 악마에게 너무도 진심이었잖나. 지금 와서 다른 사람에게 사랑을 느끼면 그건 배신이지."

"그게 왜 배신이에요? 아무튼 같은 사람이잖아요."

"그 용혈 놈은 애가 같은 사람인 걸 모르잖나?"

"아무튼 배신 아니에요!"

"배신이다!"

디아린은 피로 흠뻑 젖은 손수건을 내려다보았다. 그녀의 입매에 씁쓸한 미소가 떠오른다.

"난 에제트가 날 죽일 것 같은데."

다투던 올과 로르가 뚝 멎어서 디아린을 돌아본다.

그녀는 이디즈가 보낸 교지에 적혀 있던 말을 기억했다. 2년 전, 대연회홀 참사 때 에제트가 한 달 만에 정신을 차렸다고.

"정신을 차리긴 뭘 차려. 전혀 아니던데……."

2년 전의 디아린은 에제트를 가장 사랑했던 사람이다. 그래서 그녀는 그와 맞닥뜨린 순간 알 수 있었다. 에제트는 전혀 괜찮지 않았다. 조금도 괜찮지 않았다.

"나 때문이잖아……."

속삭임이 비수가 되어 디아린의 마음을 엉망으로 찌른다.

그녀는 자신의 이기적인 선택이 그에겐 끔찍한 악몽이 되었음을 알았다. 알면서도 선택한 건 디아린이었다. 하지만, 그때 그녀가 달리 무슨 선택을 할 수 있었을까?

그때 에제트를 살리지 않았다면, 디아린은 반다를 살리게 됐겠지. 그게 그동안 디아린에게 주어진 운명이었고, 족쇄였으니까. 하지만 디아린은 이런 생각도 합리화의 일부라는 걸 알았다.

"내가 에제트한테 상처를 준 건 변하지 않는 사실이니까……."

디아린은 입술을 약하게 깨물었다.

……에제트.

무릎을 꿇고 죽을 때까지 빌면, 네 마음이 조금이라도 풀릴까.

디아린은 쿵쿵 뛰는 심장의 고동 소리를 느꼈다. 에제트는 가파른 절벽 위의 바위 같았고, 언제 무너져도 이상하지 않을 정도로 위태로웠다.

눈을 돌려 궁을 둘러보았다. 온통 스위트피가 가득했다.

디아린은 조용하고 안온한 천록에서, 두 손을 마주 펼쳤다. 손목에 붉게 그려지는 적조의 문양. 이제 그녀에게 흑조의 문양은 남아 있지 않다. 온전한 적조의 문양이 손목을 타고 흐르며 거대한 마법진이 그려졌다.

이전의 마법진과는 차원이 다른 밀도. 올과 로르가 눈을 또랑또랑 뜨고 그 마력을 지켜보았다.

언젠가 사계탑의 주인인 엔리크에게 들었던 말이 있었지.

'총 네 번 죽고 다섯 번째 살아나 마지막 계급을 이루는 방법이 기록되어 있었습니다.'

'거대한 마법진을 그리면서 마력을 전부 소모하며 죽어야 합니다.'

'다섯 번째 계절.'

대마법사의 계급, 용의 계급. 9계급.

"인간아."

로르는 안 봐도 디아린의 생각이 읽힌다는 듯 툭 던졌다.

"네가 9계급에 이르렀다고, 결코 잘됐다고는 생각하지 마라. 신수계의 회복력이 아니었다면 네 영혼은 이미 조각나서 다시는 살릴 수 없었을 테니까."

"응."

성과주의적 마법사의 성향으로, 그래도 잘됐다고 생각하고 있었지만. 디아린은 순순히 고개를 끄덕였다. 그녀의 몸에 감도는 마력의 크기는 이전과 남달랐다.

파수꾼은 세계의 마법의 두려움에 대해 얘기했지만, 마법사는 원래 마법을 만들고 파훼하는 게 천직인 사람들이다. 디아린은 사실 돌아오자마자 마력을 확인하고 세계의 마법을 중화시키는 방법을 연구하고 있었다.

"이제 일주일 정도면 되려나."

수백 년이 걸릴 연구가 이렇게까지 압축된다. 그때가 되면, 세계의 마법에서 에제트를 보호하는 마법을 만들 수 있을 것이다.

"그러면 에제트가 죽지 않을 거야."

이미 목숨을 한 번 던져 지켜 낸 사랑하는 혼약자의 생명이다. 많은 걸 걸어도 좋으니 에제트의 생명이 영원히, 아주 오래, 길게 이어졌으면 좋겠다.

어느 순간 디아린의 마력이 다시 발동되었다. 누군가 그녀를 떠올린단 증거였다.

세계의 마법을 풀어 갈수록 몸이 피곤해졌다. 시력과 청력이 뚝뚝 떨어져, 바로 앞도 잘 보이지 않게 되었을 때 디아린은 기절하듯 잠에 빠졌다.

* * *

나흘째 되는 날.

뜻밖의 손님이 디아린을 찾았다. 그녀의 눈이 살짝 커졌다.

'이너럴 룬?'

디아린을 물심양면 도와주었던, 6계급의 마법사. 무엇보다 디아린은, 사계탑에 대해서는 좋은 기억밖에 없었다.

'콘클의 저주를 반이라도 파훼해 준 게 사계탑이기도 했고.'

사계탑의 주인인 엔리크는, 정말이지 열심히 콘클의 방계에 걸린 금계를 풀어 주었다. 아니었으면 디아린은, 아그란 콘클 공자—흰 사슴족의 원로를 묶지 못했을 테니까.

이너럴은 엄숙한 표정으로, 디아린에게 허리를 굽혔다.

"천룡의 가호를 받은 제국 오드 아 키르의 천 년의 역사를 기립니다. 영원히 부활하는 신수, 적조의 새로운 로드를 배알하게 되어 무한한 광영……."

기계처럼 읊던 이너럴이 한숨을 푹 내쉬었다.

"안 되겠군요. 역시 이런 뻔한 예법으로는 제 터질 듯한 설렘을 도무지 표현할 수가 없습니다."

디아린이 눈을 깜빡였다.

"만나 뵙게 되어 정말로 영광입니다! 적조의 로드시여! 제가 이토록 강력한 호감을 느끼는 걸 보니 필히 로드께서는 대단한 경지를 이루신 마법사일 겁니다! 제 말이 맞지요?"

'하나도 안 변하는 사람들도 있구나.'

디아린은 부드럽게 웃으며 뻔뻔하게 사기를 쳤다.

"오해십니다. 전 적조의 소환사라 모두에게 호감을 받는 것뿐이랍니다."

"그런 거였군요!"

사기에 당한 피해자, 이너럴은 눈을 빛냈다.

"신수 적조는 거의 모든 것이 비밀에 휩싸여 있는지라!"

이번 사절단에 뽑히기 위한 경쟁률이 얼마나 치열했는가?

사계탑의 주인인 엔리크 룬이 직접 오겠다는 걸 모든 마법사가 결사반대해서 겨우 막아 냈다. 게다가 이너럴은 눈앞의 로드에게 정말로 깊은 호감을 느끼고 있었다.

느낌상 딱 역대급 마법사를 영접한 기분인데, 그게 아니라 적조의 힘이었다니!

이너럴은 헤벌쭉 웃지 않으려고 심혈을 기울이는 한편, 최대한 디아린과 많은 대화를 나누려고 노력했다. 그녀가 사계탑에 좋은 인상을 받길 원해서였다.

적조의 로드가 사계탑에 한 번 방문해 준다면 그 얼마나 영광일지!

하지만 이너럴이 아는 얘기가 뭐가 있겠는가? 거의 다 마법에 관련된 화젯거리였다. 그 화젯거리가 디아린의 마음에 딱 들기는 했지만.

“이건 새로 연구하고 있는 마법진입니다.”

이런 대화.

“이건 사계탑에서 새로 출시한 마도구고요.”

또 이런 대화.

“이건 2년 전 북문석 정기 토벌 때에 만든 마법진인데…….”

갖은 대화 끝에 이너럴은, 디아린이 마법적 지식이 적은 편이 아니란 걸 알 수 있었다. 역시 적조의 로드라 남다른 모양이라고 생각하던 그때. 황태자궁에서 시종이 찾아왔다. 그는 에제트가 곧 천록을 방문하겠다는 소식을 전했다.

디아린이 시계를 쳐다보았다. 평소보다 훨씬 이른 시간이다. 시종이 얼른 말했다.

“황태자 전하께서 긴히 로드께 드릴 말씀이 있다고 합니다.”

“무슨 말이요?”

“그건 저도 잘……. 그런데 꼭 드려야 하는 말씀이라고 하시더군요.”

“……알겠어요.”

시종이 굽실거리며 물러났다. 디아린은 당혹스러웠다.

'에제트가 무슨 말을 하려는 걸까?'

펜대를 쥐고 있던 손에 힘이 세게 들어간다. 그녀는 이토록 긴장하고 있었다.

'저런. 긴장하셨군.'

이너럴이 안타까운 표정을 지었다.

그는 적조의 로드가, 무슨 연유인지 긴장했음을 알았으며.

그게 그저 지나치게 차가운 황태자가 어려워서라고 판단했다.

"로드시여."

"네?"

"너무 황태자 전하를 어려워하진 마십시오. 그저 그럴 만한 사고를 겪으셨을 뿐, 결코 폭군이 될 분은 아닙니다."

"……그럼요. 폭군이 될 분은 아니죠."

그는 오래토록 북문석을 수호하던 기사였으니까.

"어떤 의미로든, 황태자 전하께서는 가장 행복한 분이 되실 거예요."

그건 정말이지, 디아린이 할 수 있는 모든 진심을 털어놓은 말이었다.

나는 네가 정말로 행복해지면 좋겠어, 에제트.

이너럴은 따뜻한 미소를 지었다.

"적조의 로드께서 이렇게 믿어 주시니, 황태자 전하께서도 분명 기뻐하실 겁니다."

"기뻐해 주시면 좋겠네요."

디아린은 씁쓸한 미소를 삼켰고, 아무것도 모르는 이너럴은 "분명 그러실 겁니다."라고 장담하며 차를 한 모금 마셨다. 그러다가 탁자에 올라가 있던 마법진으로 시선을 던졌던 이너럴은 두 눈을 크게 떴다.

"……?!"

이너럴이 벌떡 일어났다.

"로, 로드? 지금 마법진을 수정하신 겁니까?"

"네? 그냥 선만 그었는데요."

"아니, 아닙니다! 이건 분명 수정하신 겁니다!"

디아린은 죽고 싶었다.

'에제트 생각을 하다가 너무 긴장했어.'

정말로 너무 긴장해 버렸다. 덕분에 아까부터 거슬렸지만, 필사적으로 모른 척하던 마법진의 틀린 부분을 무의식적으로 죽죽 그어 놓고 말았으니까. 하다못해 이너럴이 1~2계급만 낮은 마법사였어도 그 선의 의미를 파악하지 못했을 텐데.

디아린은 침착하게 두 번째 사기를 쳤다.

"신수가 그으라는 대로 선을 그었을 뿐인데 그게 수정본인 줄은 몰랐어요."

"오, 세상에……. 적조께서 해답을 알려 주시다니……."

이너럴은 더 이상 눈에 들어오는 게 없었다.

지극히 마법사다운 열의로, 그는 마법진을 몽땅 챙기고 연거푸 고개를 숙이며 감사를 표했다. 조만간 또 찾아오겠다는 말만 남기고 쌩 하니 뛰어나가 버렸다.

"말도 안 돼. 말도 안 돼."

감격해서 죽을 수 있다면, 이너럴이 오늘 첫 번째 그 대상자가 될 예정이었다.

수정이 된 이 마법진은 여타 평범한 마법진도 아니었다. 2년 전, 북문석 정기 토벌 때 맞닥뜨린 상급 악몽 마물을 파훼하기 위해 이너럴이 연구하던 마법진이었다. 하지만 몇 부분이 도무지 풀리지 않았고, 적어도 30년은 걸린 후에야 마법진이 완성될 거라고 여겼다.

물론 그때엔 이너럴이 이미 세상을 뜬 이후겠지.

다시 말해, 자신은 살아생전 이 마법진이 완성되는 걸 결코 볼 수 없을 거라고 여기고 있었는데…….

이너럴은 마법진에 고개를 처박고 걸었다. 그는 진심으로 감탄하고 있었다.

"적조께서 북문석의 상급 악몽 마물을 보고 오기라도 하신 건가…….
응? 헉! 황태자 전하!"

이너럴은 황급히 고개를 숙였다. 얼마나 마법진에 푹 빠져 있었으면, 에제트가 걸어오는 것도 모르고 있었다.

"죄송합니다, 전하. 잠시 정신이 다른 데 팔려 있다 보니……."

에제트의 차가운 눈이 이너럴이 들고 있는 마법진을 훑었다. 이너럴은 약간 긴장했다.

'좀 무섭군.'

그 역시 에제트의 변화를 적나라하게 아는 사람 중 하나였다. 하지만 크게 놀랍지는 않았다. 왜냐하면, 저 가여운 황태자는 그토록 진심이던 혼약자를 잃었으니까.

생애 가장 중요한 의미가 결여되어 버린 사람은 제정신을 유지할 수 없다. 이 사실을 이너럴은 이론적으로 충분히 파악하고 있었다. 그래서 에제트가 전과는 달리 북해의 빙벽보다 더 싸늘해졌으나 이해했다.

에제트가 물었다.

"아까 하던 말이 무슨 말입니까."

"예? 아, 그게……."

이너럴에게서 이야기를 듣는 에제트의 표정에는 별다른 변화가 없었다. 이너럴은 물론이고, 황태자의 가까이를 경호하는 근위대 역시 아무것도 모른 채였다.

다만 에제트는, 왼손을 한번 내려다보았다.

그는 며칠 전부터 외출할 때마다 항상 장갑을 끼고 다녔다. 사교계의 공사들이 흔히 끼는 흰 장갑이 아닌, 역대 황태자들이 종종 끼는 금실이 수놓아진 검은 장갑이긴 했지만.

에제트는 디아린이 기다리고 있을 응접실로 향했다.

"앉으시지요, 전하."

그녀가 권하는 의자에 앉아, 물끄러미 새하얀 낯을 쳐다본다.

디아린은 찻잔을 내려놓으며 물었다.

"제게 할 말이 있으시다고요."

"로드."

"네, 전하."

그러나 긴장했던 것과는 달리, 에제트는 품에서 보석 몇 알을 꺼냈다. 테이블 위를 도르륵 구르는 소리. 디아린이 이마를 가볍게 찌푸렸다.

"요석인가요?"

요석. 마물의 핵. 오직 '공평한 혈통'만이 탈 없이 만질 수 있는 물건. '공평한 혈통'이 아닌 이가 요석을 만지면, 바늘에 찔린 듯한 따끔한 통증을 입는다. 오래 잡고 있으면 화상까지 생길 정도였다.

에제트는 고개를 저었다.

"마력석입니다."

"마력석이요?"

마력석은 정제된 마도석들과는 달랐다. 요석과 비슷한 모양새가 있을 정도로, 형태가 자유분방한 편이었다.

에제트는 아무렇지 않게 장갑을 벗어 냈다. 순간 디아린의 이마가 좁혀졌다. 그녀는 빠르게 에제트의 손등을 훑었다. 새로 생긴 상처 자국 같은 건 없다는 걸 알고, 속으로 안도의 한숨을 내쉬었다.

'다행이야.'

대수롭지 않게 돌을 쥔 에제트가 말했다.

"근위대에서 로드를 숭배하는 이들이 많습니다. 그중 몇이 보내온 겁니다. 몇 개만 손수 쥐었다가 돌려주시면 감사하겠습니다."

"증표를 만들어 달라는 말씀이시군요."

"예."

에제트는 마력석을 직접 그녀에게 건네주었다.
디아린은 그의 길고 곧은 손바닥을 말없이 보다가 웃었다.
"경?"
갑자기 디아린에게 지목당한 근위대 기사가 당황함을 감추고 한 발 앞으로 나섰다.
"예, 로드시여."
"이 마력석을 잡아서 내게 주겠어요?"
"예?"
기사가 당황해서 에제트를 쳐다보았다. 에제트는 선뜻 말했다.
"로드의 뜻대로."
황태자의 허락이 떨어지자 기사는 바로 마력석을 잡아 디아린에게 올렸다. 어떤 통증도 느끼지 않는 반응. 그렇게 몇 번이나 반복하고 나서야, 디아린은 마력석에서 시선을 떼고, 고개를 들어 올렸다.
이토록 서늘한 황금색 눈동자가 그녀를 직시하고 있었다.
"실례했습니다. 전하."
선선한 사과.
그녀는 손에 감기는 그것을 쥐었다가, 적당히 에제트에게 돌려주는 걸 반복했다. 물끄러미 그녀를 응시하던 에제트는, 문득 인기척을 느꼈다.
"로드……, 앗."
부드러운 미소를 짓고 들어 온 샤이가, 에제트를 보자마자 황급히 시선을 내렸다.
에제트는 샤이가 자신을 무서워하다 못해 두려워하게 되었다는 걸 안다. 웬만한 귀족들도 에제트의 눈을 똑바로 보지 못하는데 사용인이라고 다를 리가. 알지만 그게 전부다.
에제트는 늘어서 있던 돌을 챙긴 후 일어섰다. 디아린이 에제트를 따라 일어섰다.

"모레부터 며칠간은 찾아오지 못할 겁니다."

"아. 네. 공적인 업무로 바쁘실 테니."

"공적인 업무라."

에제트가 피곤한 듯 눈을 감았다 떴다.

"제게만 공적인 업무면 좋았을 텐데 아쉽군요."

"네?"

"천록에 곧 연락이 올 겁니다."

황태자의 공무와 연관되는 연락이 뭘까. 신수 소환사들은 기본적으로 정치에 참여를 하지 않는 걸로 아는데.

그때, 살랑 귓가에 들리는 올의 목소리.

〈주인님?〉

'응?'

〈제가 재밌는 거 알려 드릴까요?〉

영혼에서 피어난 붉은 깃털이, 디아린의 귓가에 꽃처럼 장식된다. 하늘하늘 별빛처럼 떨어지는 황금빛 신성력.

〈저 용혈이 들고 온 것 중 마지막 돌, 마력석이 아니라 요석이에요.〉

아닌 척 굴러가던 디아린의 눈동자가 순간 멎었다.

* * *

'요석…….'

깨끗한 손바닥을 내려다본다. 요석을 탈 없이 잡을 수 있던, '공평한 혈통'의 손.

디아린은 주먹을 세게 그러쥐었다. 미리 예고한 대로, 에제트는 디아린을 찾아오지 않았다. 다만, 그를 대신하기로 하듯이 다른 이들이 찾아와서 디아린은 놀란 마음을 가라앉혀야 했다.

“황실 근위대장 램드 베스턴, 적조의 로드께 인사 올립니다.”

진홍색 눈동자. 천연 곱슬인 게 분명한 붉은 머리.

‘안 본 사이 엄청 딱딱해졌네. 게다가 근위대장이라니.’

기사로서 할 수 있는 최고의 출세가 황실 근위대장이었다. 게다가 그 뒤에 차렷 자세로 서 있는 소년은…….

‘이작이야.’

〈저 자식 안 죽었네요?〉

이작 역시 근위대의 제복을 입고 있어서, 디아린은 조금 놀랐다.

램드는 디아린의 앞에서 고개를 깊이 숙였다.

“로드시여.”

그리고 사무적인 목소리로 보고했다.

“섭정 전하의 교지를 전합니다.”

“교지요?”

디아린은 램드에게서 교지를 받아 들었다. 펼쳐 읽어 본 그녀의 눈동자가 살짝 커졌다.

교지에는 2년 전의 일이 기록되어 있었다. 3황자 벨마르 엔리프 키르헨은 흑마법사와 접촉해 수문석 지하를 소환해 냈다. 그 어마어마한 피해를 복구하기 위해, 한동안 황궁에서는 불이 꺼지는 일이 없었다고 했다.

문제는 선황후인 오블리잔 황후의 친정 가문인 듀르셰 공작가였다. 약 한 달 만에 정신을 차린 에제트는 3황자에 관련된 모든 것에 일말의 자비도 베풀지 않았다. 듀르셰도 당연히 예외는 아니었다.

황태자의 칙령에 의해 무려 2년이나 이어진 봉쇄 처분. 조금만 더 있으면, 황법에 의거해 듀르셰는 공작가의 자리도 내놓게 될 판이었다. 그랬는데 황궁에 전대미문의 기적이 나타난 것이다.

‘그게 바로 눈앞의 이 적조의 로드시고 말이지.’

이 소식을 들은 듀르셰 공작가는 정식으로 천록(天祿)에 탄원서를 넣었다.

이 봉쇄령이 합당한지, 아닌지 천록에서 판단을 해 달라고.

좋은 여론은 아니었다. 듀르셰 공작가의 행태는 황태자의 처분을 무시하려는 거라고밖에 읽히지 않았다. 그럼에도 듀르셰는 제국의 빛인 가문으로 명성이 높았으니, 슬렁슬렁 이해해 주는 이들도 만만찮았지만.

더군다나 신수의 로드들은 대부분 성품이 정결한 편이었다. 그러니 가혹한 벌은 내리지 않는 쪽으로 쏠리겠지. 여론은 그렇게 예상하는 중이었다.

디아린은 램드와 함께 온 청조의 로드, 올리비아를 보고 물었다.

"올리비아는 어떻게 생각하시죠?"

"저와 백조, 황금조의 소환사들은 의견을 이미 합치했습니다."

청조의 로드 올리비아는, 2년 사이 무척 차분해진 모습이었다.

'2년 전에 말투가 딱딱했던 건, 평민 출신이라서 예법에 실수할까 봐 그랬다고 했지.'

"저희는 적조의 로드께서 내리는 의견으로 일치를 보고자 합니다."

"제 의견으로요?"

"그게 좋다고 황금조의 소환사가 하도 벌벌 떨면서 말씀하셔서요."

"……아."

디아린은 머쓱한 표정을 지었다. 황금조의 로드가 그렇게 말한 건 며칠 전의 일 때문일 터다.

'딜리스가 날 찾아오는 바람에.'

딜리스 오안. 그녀는 디아린이 에제트 다음으로 걱정했던 인물이다. 원체 눈치가 좋아서, 디아린이 적조의 로드임도 일찌감치 알았던 마법사.

'결국 날 떠올리진 못했지만.'

세계의 마법은 너무도 강력했다. 딜리스는 다른 이들보다 훨씬 상처를 깊게 입었다. 목에까지 칼로 그인 듯한 상처를 입었으니까. 거기에 또 상처를 몇 개 입더니, 더 이상은 생각을 이어 가지 못했다.

'한쪽 팔도 결국 복구하지 못한 것 같았고.'

딜리스의 다른 쪽 소매는 헐렁했다.

그녀는 천록의 도서관을 구경해도 되냐고 물었고, 디아린은 허락해 주었다. 문제는 딜리스가 숨죽여 흐느끼는 모습을 디아린이 보고 말았다는 것이다.

천록의 도서관에는 양팔을 온전히 사용해야만 그릴 수 있는 특수한 마법진이 있었다.

참담한 심정이 된 디아린을 보며, 올이 슬쩍 말을 걸었다.

'주인님, 주인님. 그 마법사의 팔이 신경 쓰이는 거죠? 그럼 황금조의 소환사한테 부탁하면 될 텐데에.'

로르도 거들었다.

'그래. 신수 황금조에게는 치유의 힘이 있다.'

'진짜?'

디아린은 곧장 뛰어 돌아가, 하사품인 보물 상자를 뒤지기 시작했다.

'이걸 황금조의 소환사한테 주면서 부탁하면 되겠지?'

그러자 올의 얼굴이 험악하게 굳었다.

'주인님이 보석이나 바리바리 바치면서 부탁하란 뜻이 아니었어요!'

'아니면?'

'기다리고 있어 봐요.'

정확히 30분 후.

딜리스의 팔을 고칠 테니 제발 협박 좀 그만해 달라고 신수 황금조가 몰래 찾아와 우는 소리를 해댔다. 황금조의 로드가 왜 잔뜩 겁먹었는지, 디아린은 충분히 이해했다.

그녀는 교지를 내려놓았다. 그리고 올리비아와 랩드, 이작에도 시선을 주었다가 입을 열었다.

"듀르셰 공작가에 대한 모든 처분은 오직 황태자 전하의 뜻을 따르겠습니다. 이게 천록의 결론입니다."

“천록의 뜻을 삼가 받들겠습니다. 로드시여.”

램드는 깊이 절을 하고 물러났다. 자꾸 적조의 로드를 흘끔대는 이작의 뒤통수를 티 나지 않게 후려치는 것도 잊지 않았다. 디아린은 미소를 지으며 멀어지는 근위대들을 보았다.

그로부터 한 시간 후.

딜리스 오안의 팔을 완전히 낫게 했다는 소식을 황금조가 눈치를 보면서 전하고 갔다.

“…….”

디아린은 심각한 표정으로 탁자를 톡톡 두드렸다.

올의 협박이 너무도 무서웠던 까닭일까? 황금조의 기억에 심각한 착오가 생겨 버렸다. 디아린은 좀 더 시간이 흐른 후에, 딜리스의 팔이 낫게끔 해 달라고 말했는데. 신수 황금조는 이제나저제나 ‘외팔이 마법사’가 오기만을 기다리다가, 딜리스가 눈에 띄자마자 냅다 후다닥 달려가 팔을 고쳐 버린 것이다.

며칠간 악몽을 꿨다고 징징대던 황금조는 올이 오는 걸 보고 도망쳤다.

‘의심 받겠는데…….’

이렇게 빨리.

디아린이 천록에 나타나자마자, 딜리스의 팔이 고쳐진다니. 아무래도 의심을 받을 확률이 높았다. 예컨대 디아린이 딜리스와 나름 친한 사이였던지라, 이렇게 팔을 고쳐 주었다든지…….

“일단 잡아떼야지, 뭐.”

딜리스의 눈치도 한 눈치 하지만, 정말 무서운 건 에제트였다.

그는 자신을 알아본다.

수문석 지하에서도, 지상에서도 유일하게 자신을 알아본 혼약자였으니까. 이미 자신에게 요석도 만지게 했고.

‘이번에는 세계의 마법이 공격을 한다지만 말이야.’

거한 협박을 받은 황금조한테는 나중에 사과해야겠다는 생각이 들었다.

'이젠 며칠만 더 있으면 마법이 완성되니까, 그동안 아예 칩거를 할까?'

역시 그러는 게 좋겠다.

디아린이 막 사람을 부르려던 그 늦은 밤.

"로, 로드!"

샤이가 황급히 뛰어왔다.

"황태자 전하께서 찾아오셨어요!"

* * *

디아린이 응접실에 들어섰다. 그녀는 들어서는 순간, 분위기가 이상하다는 생각부터 했다.

"황태자 전하."

디아린이 가볍게 인사했다. 하지만 에제트는 평소처럼 정중하게 묵례하지 않았다. 그저 디아린을 잡아먹을 듯 노려보았을 뿐이다. 그의 분위기가 심상치 않아서, 외려 근처에 서 있던 사용인들이 겁을 집어먹고 몸을 수그릴 정도였다.

"전부 나가."

사용인들이 벌벌 떨면서 곧바로 나갔다. 그 넓은 응접실에 단둘만 남게 되었다.

성큼성큼 걸어온 에제트가 디아린의 바로 앞에 멈춰 섰다. 그러고는 돌연 두 손을 들어 올렸다. 그는 오늘 황태자의 장갑을 끼고 있지 않았다. 그래서 디아린은 몸이 뻣뻣하게 굳는 와중에도, 그의 손바닥에 새겨진 화상 자국을 똑똑히 볼 수 있었다.

일반인이 요석을 오랫동안 잡았을 때 생기는 화상 자국. 에제트가 두 손으로 그녀의 양팔을 세게 붙잡았다.

"……."

바로 앞에 멈춘 황금색 눈동자. 에제트가 금방이라도 자신의 목덜미를 물어 뜯을 것 같았다. 이렇게 형형하게 빛나는 시선은 정말로 처음이었다.

"로드."

디아린은 알 수가 없었다. 에제트가 자신을 낱낱이 벗겨 내고 싶은 건지, 아니면 죽여 버리고 싶은 건지. 도무지 저 선득한 눈빛의 진심을 파악할 수가 없었다.

"제 얼굴이 보이십니까?"

"……네."

"'공평한 혈통'이면서, 내 얼굴이 보인다고."

그 순간 디아린은 똑똑히 보았다.

에제트의 팔을 따라 배어나는 검붉은 자국. 피였다. 황태자의 예복은 최고급 비단으로 만든다. 그 두꺼운 재질에 피가 배어날 정도면, 대체 언제부터 피를…….

디아린이 에제트의 손을 뿌리쳤다. 아니, 뿌리치려고 했으나 그럴 수가 없었다. 그저 에제트를 똑바로 올려다볼 수밖에.

"저는 적조의 로드입니다. '공평한 혈통'의 속성을 가졌지만 용혈의 얼굴도 볼 수 있을 뿐이에요."

"당신은."

에제트가 형형하게 디아린을 노려보았다.

"내가 생각한 그 변명을 그대로 꺼내 놓는군."

디아린이 에제트를 똑바로 쳐다보았다.

"변명이 아니라 사실이에요."

"당신이 그저 적조의 로드일 뿐이라는 게?"

"네."

에제트가 짧게 웃었다. 조금의 즐거움도 느껴지지 않는 웃음이었다. 그가 디아린을 붙잡고 있던 손을 놓았다.

"방금 무례는 사과드리지요. 로드."

그 사과에도 진심 따위는 한 톨도 느껴지지 않았다. 무엇보다 에제트는, 이 궁에 들어선 이후 단 한 순간도 디아린의 얼굴에서 시선을 떼지 않았다. 그래서일까. 디아린은 보이지 않는 손이 뺨과 턱을 억지로 잡고 있는 것 같았다.

"듀르셰 공작가에게 내린 처분은 들었습니다."

눈빛은 차가운 불꽃처럼 타오르는데, 목소리만은 사무적이고 형식적이다.

"듀르셰에 개인적인 유감이라도 있으십니까."

디아린은 물끄러미 에제트를 바라보다가 웃었다.

"그럴 리가요. 저는 이 제국에 온 지 얼마 되지 않았는걸요."

"그러면 사감은 따로 없으시다고."

"그렇게 되네요. 제국 대부분의 사람들이 그렇게 여기지 않나요? 듀르셰는 일단은 아키르 제국의 빛이라고 알려져 있다고 들었어요."

에제트가 시선을 옮긴다. 황금색 눈동자는 며칠 전 그날부터 쭉, 저토록 차갑다. 그는 태연히 말을 이었다.

"로드의 말이 맞습니다. 거의 모든 이가 제국의 빛인 듀르셰에 작든 크든 호감을 갖고 있지요. 제가 만났던 대부분의 사람이 그랬습니다. 다만."

에제트의 호흡이 한 박자 느려진다.

"단 한 사람만 빼고요."

"……."

"제 죽은 혼약자."

에제트는 물끄러미 디아린을 바라보았다.

"그러니까, 당신처럼."

심장이 무겁게 내려앉는다. 디아린은 가까스로 떨어질 뻔한 시선을 유지했다.

그의 말이 맞았다. 2년 전의 디아린은 듀르셰 공작가를 싫어했다. 건국제 때 그들의 얼굴을 보고 싫어하게 됐다. 지고한 예비 황태자비가, 제국의 빛인 듀르셰 공작가를 싫어하게 되었다는 모순적인 사실을, 아는 사람은 한 명도 없었다.

단 한 명.

에제트만을 제외하고는.

그마저도 디아린이 흘리듯이 했던 이야기인데. 어떻게 에제트는 놓치지 않고 지금까지 이렇게 잘 기억하고 있는지 모르겠지만.

디아린의 손에서 체온이 점점 빠져나갔다. 하지만 그녀의 얼굴만은 여전히 무표정하다.

그래, 자신은 언제 어디서든 동요하지 않을 수 있다.

너의 이런 말에도 털어놓지 않을 수 있어.

"제가 들은 얘기랑 다르네요. 듀르셰는 반역자인 3황자의 혈족이라고 들었는걸요. 그러니 전하의 속단은 너무 오만하십니다."

디아린의 말투는 사뭇 차갑게 들렸다. 그렇게 들리길 바라고 한 말이니까.

한편으로 디아린은 울고 싶은 걸 억지로 참고 있었다.

에제트의 의심이 발화된 계기가, 갑자기 나아 버린 딜리스의 팔 때문이 아니라. 2년 전, 자신이 떨리는 입술로 고작 한 마디 내뱉었던 그 말 때문이라는 사실이 마음에 사무쳐서.

에제트의 두 눈이 디아린을 말없이 지켜본다. 그가 무슨 생각을 하고 있는지, 그의 눈빛이 무엇을 말하려고 하는지. 디아린은 쉽사리 짐작할 수 없었다.

길지 않은 침묵.

"그렇습니까."

에제트가 한풀 꺾여 수긍했다.

“제가 괜한 의심을 했군요. 로드.”

그 말에 디아린의 긴장이 풀린다. 아니, 풀린다고 생각했던 것 같다.

“……!”

왜냐하면 보고 말았으니까.

에제트의 손등에서 생겨나기 시작하는 처참한 상처 자국을.

심장이 떨어질 듯 놀라 디아린은 퍼뜩 고개를 들어 올렸다. 감정을 수도 없이 찢어 억지로 잡아 누른 것 같은 목소리가 들려온다.

“내가 당신에게 이렇게 말하길 원했습니까?”

“…….”

누군가 강제로 호흡을 멈추게 해 버리면 이런 기분일까. 에제트의 시선이 디아린을 완전히 붙잡았다. 그의 목울대가 움틀거렸다. 디아린은 꼼짝없이 쏟아지는 그의 시선을 받으며 말했다.

“저를 의심하시는 건가요?”

에제트는 대답이 없었다. 하지만 꼭 말로 해야만 대답일까. 그의 모든 것이 그녀에게 소리치듯 대답을 하고 있었다.

나는 당신을 의심하고 있다.

당신이 내 죽은 혼약자임을, 의심하고 있다.

디아린은 손톱자국이 날 정도로 세게 손을 말아 쥐었다.

“마음대로 하세요. 의심을 하든 말든, 저는 전하의 그 죽은 혼약자가 아니니까.”

차갑게 말하고 고개를 돌려버린다. 남들이 보기엔 화가 나서 마음이 상한 걸로 보일 터다. 그렇게 비치기를 바랐다. 디아린은 도무지, 더 이상은 무표정을 지속할 자신이 없었다.

그때.

낮은 신음 소리가 유리 조각처럼 귓가에 박힌다. 그녀가 당황해서 앞을 보았다. 연보랏빛 눈동자가 크게 벌어졌다.

"……!"

에제트가 고통스러운 표정으로 신음을 삼키고 있었다. 그의 온몸에서 피가 흘러내렸다. 에제트의 커다란 손이 탄탄한 왼쪽 팔뚝을 감쌌다가 떼어 냈다.

진득하게 묻어나는 붉은 피.

칼로 찢긴 듯 엉망이 되어 가는 황태자의 예복.

"전하!"

"당신을 의심하면 이렇게 되는 모양이군요."

올이 다쳤던 것과는 비교도 안 될 만큼 심하게 흐르는 핏물.

"그러니까, 당신이 죽은 내 혼약자임을 의심하면."

상황과 어울리지 않게 에제트가 피식 웃었다.

적조의 로드를 만난 이후로, 왜 자꾸 몸에 상처가 나는지, 그는 의아해하기만 했는데.

이제야 확실해졌다.

툭 터지는 피.

디아린은 발밑이 후들거렸다.

에제트의 팔 아래는 이미 엉망이다.

세계의 마법은 금기를 어기려는 인간을 잔혹하게 공격했다. 에제트는 핏기가 완전히 가신 디아린의 얼굴을 보았다.

선명한 연보랏빛 눈동자. 그만큼 흔들리는 연갈색 머리카락.

신수 적조의 주인.

"제 혼약자를 만나면."

"……."

"이름을 한 번만 더 알려 달라고 애원하고 싶었습니다."

"……."

나는 당신의 이름을 잊었으니까.

도무지 떠오르질 않으니까.

언제나 그녀의 이름을 부르고 싶었다. 혼약자의 이름을 불러 주고 싶었다. 그녀가 살아 있을 때, 언제나 깊은 마음을 감추고 불러야 했던 그 이름.

더 이상 떠오르지 않아, 어디에도 남아 있지 않아 에제트의 마음을 새까맣게 태워 버렸던 당신의 이름.

매번 꿈을 꿨다.

매번 꿈에서 그녀를 만났다.

멀어지는 뒷모습을 아무리 뒤쫓아도 잡을 수가 없어서, 일어나면 온 세상이 비참했다.

죽은 후라도 당신을 만나고 싶었는데, 알고 있었다.

이건 디아린이 그토록 끔찍해했던 그 원로들이 하던 짓이라는 걸.

내가 당신을 얽매려는 것과 그들이 하는 게 뭐가 다르지?

에제트가 자조적인 웃음을 지었다. 턱을 타고 흐른 눈물이 피와 섞여 바닥에 떨어졌다. 깊게 베인 상처 너머로 뼈가 드러나기 시작했다.

"절 만나러 돌아오신 겁니까?"

디아린의 호흡이 멎었다.

언제나 서늘하고 건조하기만 했던 그 황금색 눈동자가 흐려지기 시작했기 때문이다.

그 눈에 담기는 확연한 서러움.

그녀는 아무 대답도 할 수 없었고, 어떤 식의 답도 되돌려 줄 수 없었다. 디아린의 손이 덜덜 떨렸다.

안 돼. 나는 다시는 너를 잃고 싶지 않아.

"날 의심하지 마요."

제발.

마법을 완성해 올 테니까, 며칠만이라도. 아니 잠깐만이라도.

나를 의심하지 마.

몸이 찢어지는 고통을 물고, 에제트는 가볍게 숨을 헐떡였다.

"제 마음이 이미 확신을 하고 있는데."

툭.

"아니라고 말하면, 그게 의미가 있습니까?"

투둑. 투두둑.

수도 없이 떨어지는 핏물. 끝없이 늘어나는 상처.

이제 에제트의 목에까지 상흔이 새겨지고 있었다. 그의 피부가 찢겨 혈흔이 흘렀다. 마지막은 결국 에제트의 목숨이었다. 디아린이 눈에서 눈물이 후드득 떨어졌다.

그녀가 에제트의 두 손을 잡았다. 그녀의 손목에서 붉은 문양이 새겨지기 시작했다. 동시에 거대한 적조의 궁을 가득 채울 만큼 거대한 마법진이 수천 개의 수식어와 함께 떠올랐다.

우주를 감도는 대기처럼, 에제트를 공격해 오던 세계의 마법이 마법진에 가로막힌다.

하지만 아직은 완전히 9계급이 아닌 자.

마법진에 생긴 약간의 틈을 뚫고, 금기를 어긴 이의 목숨을 기어이 앗아가려던 세계의 마법은…….

〈주인님이 싫다잖아.〉

〈신목(神木)으로 돌아가라.〉

완전히 현신한 신수 적조에 의해 무위로 돌아갔다. 세계의 마법을 쳐낸 올과 로르가 나란히 얼굴을 찡그렸다. 각오했던 것보다 세계의 마법이 약한 까닭이었다.

〈생각보다 약한데요?〉

〈저 악마의 마법이 생각보다 강해서인 것 같군.〉

올이 툭 중얼거렸다.

〈불쌍한 주인님 영혼.〉

세계의 마법을 파훼했다는 건 겨울을 파훼했다는 것과 같은 소리다. 그걸 이렇게 빨리 성공했으니, 또 그 너덜너덜한 디아린의 영혼이 이번엔 얼마나 찢겼을지.

〈저 용혈이라도 많이 흡수하면 좋겠군. 저놈이랑 붙어 있을수록 치유가 되던데.〉

올과 로르는 깃털 상태로 돌아가 잠깐 생각에 잠겼다. 한때 디아린이, 그들에게 내렸던 명령이 문득 떠오른 까닭이다. 용혈과 15% 이상 접촉하려고 하면 멀리 떨어져 있으라고 했지.

문제는 에제트의 피가 온통 디아린의 몸에 묻어 있다는 거였다. 족히 15%는 될 것 같은데, 피 역시 접촉으로 쳐야 하나?

〈일단은 황금조를 한 번 더 협박, 아니, 설득하러 다녀와야겠어요.〉

〈같이 가지. 저러다 저 용혈이 죽으면 안 되니까.〉

올과 로르가 빠르게 날아 사라졌다.

그사이 디아린이 숨을 거칠게 몰아쉬었다. 아슬아슬했던 마법이다. 분명 틈이 있었는데, 그걸 막아 준 게 붉은 날개, 올로르였다.

디아린은 더 이상 상처가 나지 않는 에제트의 몸을 보았다. 피는 흐르고 있었지만, 눈을 깜빡일 때마다 상흔이 늘어나던 것이 멎었다.

또한…….

에제트의 떨리는 손이 디아린의 머리카락을 쓸어 넘기려다가 멈칫한다. 피가 너무 많이 묻어 있었다. 옷도 피투성이라 마땅히 닦을 곳도 없었다. 꽉 쥔 채 멀어지는 에제트의 손을 디아린이 붙잡는다. 그리고 제 뺨에 갖다 댄다.

그 조심스러운 손길.

눈물이 주르륵 흘렀다. 핏물 섞인 따뜻한 눈물이 뚝뚝 뺨을 타고 흐른다.

"안녕, 에제트."

에제트의 호흡이 멎었다.

"보고 싶었어."

정말로…….

"내 이름이 기억이 나지 않는다고 했지."

그녀가 웃을 때마다 눈물이 뚝뚝 흘렀다.

"디아린이야."

"……디아린."

"디아린."

"디아린……."

에제트가 느리게 디아린의 이름을 토해 냈다. 누군가 세게 죄이는 것처럼 가슴이 미친 듯이 아팠다. 에제트는 살아서 제 앞에서 숨 쉬는 디아린을 보았다.

이게 사실은 꿈이 아닐까.

이렇게 온몸이 생생하게 아픈데도 꿈이 아니냐고 현실을 의심할 수 있다니.

"죽지 않겠다고 저와 약속하셨잖습니까."

"……."

왜 당신은 나와의 약속을 깼나.

"그렇게 약속을 해 놓고 당신은."

"……."

"나를 살려 놓고 당신이 죽으면."

에제트가 디아린의 양 어깨를 세게 틀어잡았다.

"내가 얼마나 괴로웠는지 압니까?"

그의 두 눈에선 눈물이 끊임없이 흐르고 있었다.

숨도 쉬지 못하고 흐느낀다.

2년을 지옥에서 지냈는데, 죽을 수도 없었다. 끊으려던 목숨을 램드가 붙잡고 애원했다. 그 역시도 적잖이 다쳤었다. 온몸에 붕대를 감고 급히 뛰어나와 매달렸다.

'영애님이 주신 목숨이잖습니까! 저하, 제발…….'

"당신이 준 목숨이라서 죽지도 못했어."

"……."

"내가 살아 있다는 사실 자체가 너무 끔찍한데!"

"미안해……."

에제트가 이를 악물었다. 그는 그녀에게 화를 내고 싶었다. 소리를 지르고 싶었고, 사과를 듣고 싶었다. 그 사과를 받아 주고 싶지도 않았다.

그런데 막상 당신을 마주하니까. 그저 이렇게 하염없이 눈물이 흐르는 이유를 알 수가 없었다.

디아린의 얼굴을 들여다본다. 서서히 떠오르는 기억이, 무채색의 모든 것에 색깔을 덧입힌다.

옅은 보랏빛의 눈동자.

그래서 언젠가, 야생화를 꺾어 올 수밖에 없었던 그 자안.

"끔찍한데, 당신이……. 당신이 정말 끔찍했는데, 디아린……."

"에제트……."

그는 허물어지듯 그녀의 몸을 끌어안았다. 붉은 피가 뚝뚝 흘러 바닥을 적신다. 무슨 말을 해야 하는지 더는 알 수가 없었다. 피를 많이 흘려서 어지러운 것인지, 아니면 다른 이유 때문인 것인지.

당신의 지친 영혼을 내게 짊어지게 해 달라는 게 그리도 어려운 바람이었나.

"다시는 나를 두고 가지 마."

제발.

내 사랑은 언제나 이렇게 잔인했다.

디아린은 에제트의 목을 끌어안았다. 오래 기다리게 해서 미안해. 그녀는 그를 껴안고 한참을 울었다.

* * *

다음 날.

디아린은 침대에서 눈을 떴다. 눈을 깜빡이자 고작 며칠 사이에 익숙해진 침대 천장이 보였다. 그 옆으로 쭉 늘어진 하늘하늘한 캐노피. 그러다가 문득, 옆에서 무게감이 느껴진다는 생각이 들었다. 고개를 옆으로 돌린 그녀가 느리게 눈을 깜빡였다.

탄탄한 팔이 보인다.

무거운 검을 수백 만 번 휘두른 기사의 팔이었다. 그 단단한 근육이 눈에 들어오고, 그다음은…….

깊게 잠들어 있는 에제트의 얼굴.

그가 엎드린 채 잠들어 있었다.

길게 깔린 속눈썹을 본다. 무심코 손을 뻗어 만져 볼 뻔했다. 에제트는 속눈썹이 참 길구나, 하는 생각이 들었다.

2년 사이, 에제트는 정말이지 많이 자랐다. 이제는 완연한 청년의 모습이었다. 얼굴은 여전히 사람을 홀릴 듯 아름답다. 균형 잡힌 이마와 곧게 뻗은 코, 입술로 천천히 내려오는 시선.

불현듯 정신이 든다.

'왜 벗고 있는 거지, 에제트?'

디아린은 당황해서 이불을 들춰 보았다. 웃긴 건 디아린은 옷을 잘 입고 있었다. 물론 황실에서 황족들이 입는 실크 가운이 끝이기는 했지만. 일단 그 가운조차 입고 있지 않은 에제트보다는 뭔가를 더 걸치고 있었다.

'왜 이러고 있는 거지!'

디아린은 재빨리 머리를 굴려 보았다.

어제, 9계급이 쓰는 마법을 써 버려서 사실 굉장히 어지러웠다. 마지막엔 거의 앞도 안 보이고 귀도 들리지 않은 수준이었다. 그러니까 일단 눈이 보였을 때의 기억을 더듬어 보았다.

'황금조가 또 울상으로 날아왔지. 상처를 치료한다고 다 벗었지. 그다음에 에제트가 잠이 들었지.'

디아린도 그걸 지켜보다가 옆에서 잠깐 잠든 것 같은데 왜 여기에 잘 올라와 누워 있는 걸까?

디아린은 일단 슬금슬금 멀어졌다. 다행히 에제트는 깨지 않았다. 바닥에는 푹신한 카펫이 깔려 있어서, 디아린이 맨발로 돌아다녀도 소리가 나지 않고 조용했다.

'올이랑 로르는 또 어디 간 거지?'

자신의 영혼에 없는 걸 보니 어디 정원에라도 가 있는 것 같은데. 디아린은 일단 침실에 연결되어 있는 욕실에 들어가 간단히 씻고 나왔다. 보송한 수건으로 얼굴에 묻은 물기를 닦아 내며 밖으로 나왔다.

디아린은 테이블 위에 놓인 쟁반을 보았다. 탕약과 차가 놓여 있었다. 디아린은 쟁반을 들고 침대 쪽으로 다가갔다. 그리고 이불이 덮여 있는 에제트의 등을 가볍게 건드렸다.

"저기……, 에제트?"

황금색 눈동자가 곧장 드러난다.

"……디아린."

잠기운이 묻어나는 낮은 목소리. 디아린은 기분이 묘해짐과 동시에 어쩐지 민망해졌다. 그녀가 헛기침을 했다.

"그, 더 자도 되는데 탕약은 먹고 자."

"탕약이요."

"으응."

몸을 일으킨 에제트가 두 손으로 얼굴을 천천히 쓸어 넘겼다. 적조 궁은 아주 따뜻했고, 그래서 이불이 그렇게 두껍지가 않았다. 이불이 흘러내려 몸이 드러났다.

'아, 가운을 입고 있었구나.'

자다가 흘러내린 모양이었다. 디아린은 자연스러운 척, 시선을 돌렸다. 그리고 사무적인 생각을 하려고 애썼다.

'다 나았네.'

어제는 정말 옷이 온통 피투성이였는데. 아무리 황금조의 치유를 받았다지만 저렇게 한나절 만에 멀쩡해지는 게 신기했다.

탕약을 다 마신 에제트가 물었다.

"디아린."

"응?"

"씻고 오셨습니까?"

"응."

디아린이 고개를 끄덕이자, 에제트가 "욕실을 좀 빌리고 싶은데요."라고 말하며 일어났다. 허리까지 흘러내렸던 가운을 제대로 추스르며. 저도 모르게 그 넓은 등으로 시선이 향하는 건 어쩔 수 없었다.

에제트가 욕실로 들어가는 내내, 디아린은 서 있는 채로 눈을 깜빡였다. 그러니까 반쯤은 넋이 나가 있었다가, 한참 후에 정신이 들었던 것 같다.

'왜 내가 왜 여기서 기다리고 있지? 상황이 이상하잖아.'

적조 궁은 침실이 하나가 아니었다. 굳이 씻고 온다는 에제트를 기다릴 필요는 없지 않는가?

어제 최고 계급의 마법을 아주 극한까지 써 제낀 후유증이 여기 있었다. 자신이 제정신이 아닌 건 확실했다. 디아린이 바로 문 밖으로 나가 버리려고 할 때였다.

그녀가 나가는 것보다 먼저, 에제트가 돌아왔다.

"디아린."

에제트는 침대 쪽으로 걸어가며 말문을 열었다.

"응?"

"손에 힘이 잘 안 들어가는데요."

"어? 손에?"

디아린이 놀라서 바로 가까이 걸어왔다. 황금조의 치유가 만능은 아니라고는 했지만, 그래서 손이 아픈 건가? 디아린이 에제트의 손을 잡고 올려본 그 순간이었다.

에제트가 디아린의 손목을 잡아당겼다.

"에제트!"

디아린의 두 눈이 커졌다.

그녀는 지금 이게 무슨 상황인지 바로 파악이 되지 않았다. 에제트가 자신을 끌어당겼고, 그래서 품으로 넘어졌고, 그런 자신의 몸을 에제트가 안아 들어 침대에 앉은 것이다.

가슴이 쿵쿵 뛰었다.

"손 아프다며."

"농담이었어요."

"농담이라고?"

"아니면 나가실 것 같아서."

"……."

디아린이 입을 꾹 다물었다가 말했다.

"예전부터 느꼈는데 힘이 참 세."

"그런가요?"

"네. 몹시 그렇답니다, 황태자 전……."

디아린의 말끝이 흐려졌다. 에제트가 그녀의 허벅지 아래에 팔을 끼워 넣고, 다른 손으론 등을 감싸 안았기 때문이다. 그는 그렇게 제대로 자신을 보게 했다. 두 쌍의 눈이 바로 앞에서 마주쳤다.

"디아린."

"응."

"……디아린."

"응."

꼬박꼬박 돌아오는 대답. 에제트는 디아린을 침대에 눕혀 두고, 이렇게 종일 불러 보고 싶었다. 사실 자신은 꿈을 꾸고 있는 게 아닐까.

"꿈 아니야."

마음을 읽은 듯 들려오는 나지막한 목소리에, 에제트는 피식 웃었다.

"다행이군요."

에제트가 디아린에게 입을 맞췄다.

겹쳐져 오는 입술이 따뜻하다. 부드러웠고, 가슴이 꽉 죄이는 것 같았다. 에제트의 혀가 다소 성급하게 디아린의 입술을 파고들었다. 입 안을 샅샅이 훑고, 혀를 세게 옭아맸다가 놓는다. 뒤로 밀려나는 디아린의 몸을 세게 끌어안고, 정신없이 입을 맞췄다.

그녀의 체온은 따뜻했다. 그 따뜻함에 데여 버릴 것 같은 이유를 에제트는 알 수가 없었다. 그저 모든 게 꿈같았고, 현실 같지가 않아서.

디아린은 파르르 떨리는 속눈썹을 들어 올려 보았다. 언제나 단정했던 에제트의 모습이 흐트러져 있는 게 그녀에게는 너무 자극적이었다. 디아린의 손이 에제트의 손 사이사이를 파고들었다.

낮은 신음 소리가 흘러나왔다. 에제트는 디아린의 양 손목을 꽉 잡았다. 이 이상 넘어가면 안 될 거라는 확신이 들었다. 거침없이 쏟아지는 본능에 간신히 제동을 건다.

"……에제트."

그때, 나지막한 목소리가 들려온다. 현실로 잡아당기는 것 같은 목소리. 에제트가 디아린과 시선을 맞췄다. 디아린이 머뭇거리다가 물었다.

"혹시 어제 우리 무슨 일 있었어?"

"일이야 많았지요."

아, 이거. 물론 이것저것 일이 많기는 했지만.

'더 직접적으로 물어봐야 하나?'

에제트는 왜 자신의 침대에서 자고 있었나? 왜 둘은 가운만 입고 있는 것인가? 에제트는 디아린의 생각을 바로 읽었다.

"당신이 생각하는 그런 일은 없었지만요."

에제트가 슬며시 웃었다.

"할까요?"

에제트의 말에 디아린이 입을 멍하니 벌렸다.

아니, 그래. 바로 알 수 있었다.

이건 에제트가 예전부터 하던 장난인데. 에제트는 그사이 2년이나 더 나이를 먹었고. 그래서 이런 말을 들으니 무척…….

디아린이 허리를 세웠다. 아래에 있는 에제트의 눈동자를 보고, 짙은 미소를 머금었다.

"좋아."

그러고는 에제트의 뺨을 감쌌다. 에제트는 홀린 듯이 디아린을 바라보았다. 저절로 올라가는 손에 힘을 주어 간신히 내렸다.

"농담이라는 걸 알겠는데 말이지요."

"농담 아닌데?"

"아니라고요."

"응."

에제트의 목울대가 꿈틀거렸다. 그는 솔직히 말해 당장이라도 디아린을 잡아당기고 싶었다. 한편으로는 두 손으로 얼굴을 쓸어 넘기고 싶기도 했다.

결혼도 하기 전, 혼약도 치르기 전.

한 명은 대제국의 황태자였고 한 명은 전설 속의 로드였다. 차라리 에제트가 그저 흔하디흔한 황자였다면, 로드의 마음에 들어 침대를 데우는 운 좋은 놈이라고 불리겠지만…….

하필 자신이 황태자여서. 당장 이디즈부터가 펄쩍 뛰어 적조 궁의 문을 쾅쾅쾅쾅 두드릴 게 뻔했다.

순서는 명확했다. 결혼.

“이럴 땐 제가 별 볼 일 없는 기사나 되었으면 좋겠군요.”

“내가 별 볼 일 없는 마법사나 되는 게 빠르지 않을까?”

“제 쪽이 더 빠를 겁니다.”

“음…….”

디아린은 고개를 갸웃하며 에제트를 보았다.

역시 안 되겠다. 그는 너무 외모가 뛰어났다. 별 볼 일 없는 기사가 결코 될 수 없는 얼굴이었다.

“무슨 생각 하십니까?”

“에제트가 잘생겼다는 생각.”

에제트가 피식 웃었다. 그가 디아린의 등을 잡아 눌렀다. 숙여진 그녀의 입술을 찾아 키스한다. 목이 자꾸만 말라 왔다. 그녀에 대한 모든 조급함을 담아 쏟아내는 키스에 디아린의 몸에서 서서히 힘이 빠졌다.

의도치 않게 에제트의 허벅지로 떨어지는 디아린의 손. 닿기 직전에 그가 다급히 잡아 깍지를 끼었다.

* * *

그날 내내 에제트는 적조 궁에 머물렀다.

너무 자연스럽게 디아린의 침실에 있었고, 함께 식사를 했고, 천록의 정원을 함께 걸었다. 그러니까 사용인들만 시선을 나누며 ‘이게 대체 무슨 일이지?’하고 안절부절못했다.

그중 최고봉인 샤이는 내내 디아린의 표정만 살폈다. 혹여 그럴 리는 없겠지만, 황태자가 강압적으로 굴고 있는 거라면 어떻게든, 반드시, 매달려서라도 내보내야…….

'아니시네. 웃고 계셔.'

다행이야. 샤이는 가슴을 쓸어내렸다. 자연히 그녀의 입가에 슬픈 미소가 떠오른다.

예전에, 차갑기는 해도 그나마 인간미 있던 8황자는 샤이의 아가씨를 무척 사랑했었다.

샤이의 입장에서 봤을 때 그건 당연한 사랑이었다. 그녀의 아가씨는 누구보다 멋지고, 상냥하고, 강단 있고, 존경받을 만하며, 대단한 마법사였으니까.

추억을 더듬어 가던 샤이는 천천히 눈을 깜빡였다. 정원에서 황태자와 함께 걷고 있는 적조의 로드의 뒷모습이 이름을 잃은 아가씨의 뒷모습과 겹쳤기에.

'긴 연갈색 머리카락. 그리고 눈동자는…….'

샤이가 벼락을 맞은 듯 멈춰 서는 건 좀 더 나중의 이야기.

* * *

늦은 밤.

에제트는 옆으로 길게 누워, 바로 앞에서 잠든 디아린을 응시했다. 부드러운 뺨을 눈으로 쓸어보고, 흰 손등도 느릿느릿 훑어본다. 긴 속눈썹을 건드려 보고 싶다는 생각을 했지만, 디아린이 깨는 건 원치 않았다.

결국 에제트는 그녀의 머리카락을 들어 올려 입을 맞췄다. 심장이 부드러운 무언가로 꽉 죄이는 것 같다. 신전에서 수도 없이 떠들던 영혼이 충만해진다는 게 이런 뜻이었나

그녀를 숨도 쉬지 못 하게 품 안에 꽉 가두고 싶었고, 목마른 이처럼 종일 사랑한다고 속삭이고도 싶었다.

에제트는 그토록 사랑하는 사람을 앞에 두고, 꿈속에서나 간신히 더듬던 말을 건넸다.

"……당신이 보고 싶었어, 디아린."

이 목숨의 가치조차 무의미하게 느껴질 정도로.

에제트는 자신에게 돌아와 준 그녀에게 진심으로, 감사했다.

## chapter 23

아마 에제트가 하루만 더 적조 궁에 머물렀으면, 그런 소문이 파다하게 퍼졌을 것이다. 황태자가 적조의 로드에게 간택되었다고. 다시 말해 에제트는 그만큼 디아린의 침대에 오래 머물렀다는 소리다.

디아린은 에제트가 '가기 싫다'라는 표정을 지을 수 있다는 걸 이번에 처음 알았다. 그래서 결국 웃고 말았다.

'이제 이 일만 해결하면 되니까.'

지금 디아린이 있는 곳은 동부의 수문석 별궁이었다. 에제트가 수호하던 북문석과는 달리, 이미 봉인이 완전히 끝난 수문석이 있는 곳.

동부는 여덟 개의 수문석 중에서도, 가장 먼저 봉인이 끝난 곳이었다. 수도와 가장 가깝기도 했고. 덕분에 수문석 봉인을 기념하는 화려한 별궁이 지어져 있었다.

이곳에서 디아린은, 듀르셰 공작가를 만나게 될 예정이었다.

'귀족들도 엄청 많고. 다들 수문제 때문에 온 거겠지.'

수문제.

여덟 개의 수문석이 동시에 빛나는, 희귀한 정경이 펼쳐질 때 제국에서 주최하는 기념회였다. 현재 이 기념회를 관장하는 가문은 듀르셰 공작가였다.

본래는 대대로 황후가 지정하는 가문이 진행했다는데…….

“아직 이 제국에 새로운 황후는 고사하고 황태자비도 없는 실정이라 말이지요.”

“이해합니다.”

디아린은 별궁의 호숫가를 거닐다가, 문득 뒤를 보았다. 그녀의 입가에 자연스레 웃음기가 떠올랐다.

“안녕하세요, 황태자 전하.”

절반만 예의 차린 인사에 몹시 정중한 대답이 돌아온다.

“왜 여기 계신지요. 로드.”

“걷다가 보니까요. 그런데…….”

디아린이 눈을 깜빡였다. 에제트의 귓가에서 빛나는 푸른 사파이어 귀걸이 때문이었다.

“그거 오랜만이네. 버린 줄 알았어.”

“버리려고 했습니다.”

“……그래?”

“보고 있으면 괴로워져서 도무지.”

에제트가 가볍게 한숨을 내쉬었다. 그렇게 몇백 번을, 아니 몇천 번을 버리겠다고 다짐했는데 결국 버리지 못했다. 도무지 버릴 수가 없었다.

“디아린.”

갑자기 불린 이름에 디아린이 깜짝 놀랐다.

그녀가 저도 모르게 어깨를 움츠렸다.

“왜 그러십니까?”

“이렇게 사람 많은 데서 이름 들으니까 어색해서.”

물론 다른 이들은 멀찍이 떨어져 있다지만.

다들 황태자와, 적조의 로드라는 두 거물을 흘긋대느라 바빴다. 디아린은 그 시선이 다 보였다. 에제트는 주변을 천천히 훑어본 후 말했다.

"어차피 남들의 기억도 천천히 돌아온다면서요."

"그래도."

"그간은 저만 아는 이름이니 계속 부르고 싶습니다."

"내 이름을 너만 알고 싶다는 것처럼 들리잖아, 에제트."

에제트가 희미하게 웃고 싶었다.

"그러기도 하고 아니기도 합니다."

"그게 무슨 말이에요?"

"제 마음을 저도 잘 모르겠단 뜻이지요."

가볍게 말한 에제트는 디아린의 손을 잡았다. 손등에 맞춰 오는 입. 디아린은 당황한 표정을 지었다.

"정말로 적조의 소환사랑 스캔들이라도 나고 싶으신 건가요?"

"마음 같아서는요."

"세상에."

"사실 좀 후회도 했습니다."

"무슨 후회?"

"당신을 의심한 그날 곧바로 황태자비 책봉을 발표할걸, 하고 말이지요."

"나 너랑 결혼해 준다고 안 했는데?"

에제트가 슬쩍 웃었다.

"하기 싫다면 하지 마십시오. 저도 평생 안 하면 되니까."

"황태자가 어떻게 결혼을 안 해?"

"제가 결혼을 하고 싶은 유일한 사람이 마음이 없다 하는데 누구랑 합니까?"

"황실의 대가 끊기면?"

"제 알 바 아니지요."

"무슨 황태자가 벌써부터 폭군이야."

“미친 황제의 피를 이어받아서 어쩔 수 없나 봅니다.”

디아린이 눈썹을 홱 치켜올렸다.

“그렇게 따지면 나도 콘클의 미친 피와 엮여 있어.”

결국 에제트가 픽 웃었다. 그의 웃음에 디아린은 가슴이 간질간질했다. 그녀는 수문제 장식들을 둘러보았다. 모두, 관장하는 가문인 듀르셰에서 정성껏 준비한 것들이다.

“내가 황태자비였으면, 적어도 오늘 듀르셰가 수문제를 지내진 않았을 텐데.”

“듀르셰를 대신할 적당한 가문이 있습니까?”

“음……, 일리룸?”

“일리룸이요.”

마침 달이 구름에 가려져, 에제트의 얼굴이 나지막이 찌푸려진 걸 디아린은 보지 못했다.

에제트는 일리룸 하니까, 그놈의 빅토르 일리룸 소공작이 생각났다. 바로 몇 달 전부터 몸이 회복되어, 제 아비를 따라 황궁에 가끔씩 얼굴을 보이던 소공작. 빅토르 일리룸은 굉장히 핼쑥했는데, 그 이유가 상사병이라는 말이 돌았다.

좀 더 자세히는, 첫사랑이 요절해 일리룸 소공작이 상당히 오래 앓았다고. 그 첫사랑이라는 게 아무리 생각해도 디아린밖에 없었다. 그 자식도 나중에 ‘적조의 로드’가 디아린임을 알게 되겠지.

“디아린.”

“응?”

에제트는 디아린을 물끄러미 바라보다가 생각했다.

“아닙니다.”

“……?”

굳이 그런 놈의 이야기를 전해 줄 필은 없겠지.

에제트가 그런 생각을 하는 사이, 디아린은 에제트의 포켓에 꽂힌 손수건을 보았다. 마도석을 실로 만들어 낸 손수건은 어둠 속에서도 다채롭게 빛났다. 세상에 아직 없는 기술이었으니, 물론 디아린이 만들어 준 것이다.

'알데트루다 룬이 나를 기억해 내면, 이걸 신록의 방에 걸어도 되냐고 물어 봐야지.'

원랜 2년 전에 했어야 하는 청탁이었는데 말이지요.

"에제트."

"예, 디아린."

"내가 만약에……."

"만약에?"

디아린이 조용히 에제트를 응시하다가, 그의 손을 잡았다. 순순히 잡히는 손. 에제트의 피부 아래서 느껴지는 맥동을 더듬어 보다가, 디아린은 입을 열었다.

"에제트 몸에 흐르는 피가 사실은 내 것이었다고 하면 어떡할래?"

"돌려 달라고 말씀하시는 거면 드리지요."

"……그렇게 쉽게?"

"예, 그런데 그 전에."

에제트가 디아린의 손을 잡았다.

"왜 그리 말씀하시는지는 듣고 말입니다."

신수계에 있었던 이야기를 털어놓는 건 어렵지 않았다.

'사실 이 이야기를 에제트에게 하는 게 맞는 건가 싶지만.'

디아린이 실은 오드의 환생이라는 이야기.

하지만 안 할 수는 없었다. 지금부터 디아린이 '끝맺어야 할' 일에 대해 연관시켜 보자면 말이다. 며칠 동안, 몇 십 번이나 머릿속에서 정리했던 이야기라 길지 않게 설명할 수도 있었다.

"디아린."

"응, 에제트."

에제트는 모든 이야기를 듣고, 단 하나만을 되물었다.

"당신에 대해 모두가 떠올리면, 그땐 무슨 이름을 쓰고 싶으십니까?"

디아린이 고개를 갸웃했다가 "그냥 콘클만 빼도 돼."라고 대답했다.

"원하시는 대로 디아린 오드 이스터로 부르지요."

그녀가 빙긋 웃었다.

"황송합니다, 에제트 아스페르크 전하."

* * *

동쪽 수문석 별궁에 작은 소동이 생긴 건 얼마 후였다.

원인을 알 수 없는 마력이 폭발하는 바람에, 한동안 어수선했다. 디아린은 커다란 홀로 들어서, 대기하고 있는 듀르셰 공작가와 마주했다.

"적조의 로드시여."

듀르셰 일가가 깊숙이 고개를 숙였다.

"듀르셰는 모두 안전한가요?"

"예. 그렇습니다."

"그런데 한 명이 모자라네요. 제가 듣기로는, 공작 영애도 한 명 있다고 들었는데."

"아아. 그 아이는 몸이 좋지 않아서 안쪽에 있습니다."

듀르셰 공작은 "가서 디바인을 데려와라." 하고 말하고 자리를 권했다.

"로드시여."

"말하세요."

"……천록에서, 저희의 감금령을 계속 잇기로 결정하셨다는 말을 들었습니다."

"네."

듀르셰에선 서운함을 내비쳤지만, 응수하는 디아린은 다소 성의가 없었다.

"다른 소환사들의 뜻이 그러하여서."

"그 어떤 소환사가 적조의 로드보다 위대하겠습니까?"

듀르셰 공작이 이를 악물었다.

"그러니 적조의 로드께서 감금령을 계속 잇기로 결정하셨겠지요. 다른 소환사들은 그저 그 명령에 따랐을 뿐이겠고요."

디아린이 흘긋 듀르셰 공작을 쳐다보았다.

"머리가 좋네요."

"……왜 그런 결정을 내리신 건지 여쭈어도 되겠습니까? 저희는 로드와 어떤 악연도 없는데……."

"악연이 없다고요?"

디아린은 이반 듀르셰 공작을 보았다.

그는 수문제를 관장하기 위해 정복을 입고 있었고, 가슴에도 듀르셰의 문양이 수놓아져 있었다.

가시왕관.

듀르셰 공작가의 문양.

"없을 리가 없을 텐데."

"……."

디아린은 귀가 거의 왼쪽 어깨에 닿을 정도로 얼굴을 기울였다. 팔을 앞으로 쭉 뻗은 후, 손바닥을 펼쳐 시야를 반만 가렸다.

정확히 절반만 드러나는 가시왕관 문양. 그러자 마치 사슴뿔처럼 보이기도 했다.

이 트릭을 발견한 건 2년 전, 디아린의 침대 위에서였다 귀족 문양 도감을 비스듬히 펼쳐놓았던 때였지. 2년 전 디아린은 도서관에서, 에제트가 책을 꺼내 주던 장면을 가끔 머릿속에 다시 떠올려 보곤 했다.

그냥 그때의 분위기가 좋았었으니까.

여름날의 한적한 도서관. 그러다가 툭, 문양 도감을 떨어뜨렸고.
"그렇게 됐네요. 당신들을 그렇게 찾아 버렸으니까."
아그란 콘클 소공작을 통해, 디아린에게 반다의 손수건을 보낸 원로들. 그들이 듀르셰 공작가였음을, 디아린은 알고 만 것이다.
"로드……. 대체 무슨 말씀을 하시는 건지 저희로서는……."
피식.
디아린의 웃음에, 영문 모를 표정을 짓고 있던 듀르셰 공작이 굳었다.
그가 두 손으로 얼굴을 천천히 쓸어 넘겼다. 곧이어 드러나는 듀르셰 공작의 얼굴은, 남들이 입을 모아 칭송하던 '빛의 당주'의 온화한 얼굴이 아니었다.
"디어 아린."
그저 흰 사슴족의 원로였을 뿐.
"아그란을 네가 죽인 것이냐?"
새삼스럽지만 오랜만이라는 둥, 그런 식의 인사도 없었다.
디아린은 짧게 웃었다.
"그는 흑마법을 잘못 건드려서 스스로 지옥에 갔어."
"네가 그를 살렸어야지!"
"내가 왜요?"
"그는 원로다! 너는 흰 사슴족의 아이이지 않았느냐! 흰 사슴족을 보존하기 위한!"
분노하는 건 이반 듀르셰뿐만이 아니었다. 함께 있던 듀르셰의 가솔. 이반 듀르셰 외에도 네 명이 더 함께 분노하고 있었다.
총 다섯 명의 원로들. 원래 원로는 일곱 명이었다.
하나는 아그란 콘클로 환생해 죽었으며, 다른 하나는 듀르셰 공작 영애를 데려오겠다며 잠시 자리를 비웠다.
"당신들은 항상 다 함께 환생하더니 이번에도 마찬가지네."

"지금 그게 중요한 게 아니잖느냐!"
흰 사슴족의 원로들은 진심으로 분노하고 있었다.
"아린! 지금이라도 네 잘못을 빌어라!"
"빌면 용서해 주마!"
"너는 착한 아이니까……."
쿵.
묵직한 소리가 공간을 울렸다. 디아린의 흑단목 스태프가 바닥을 내리찍은 것이다. 원로들의 얼굴이 딱딱하게 굳었다.
"착각들 좀 그만해."
디아린은 싸늘하게 그들을 응시했다.
"난 당신들과의 악연을 끝내려고 온 거니까."
순간 원로들의 표정에 숨기지 못한 두려움이 스치고 지나갔다.
"우리를……, 우리를 지옥으로 보내기라도 하겠다는 거냐!"
"비슷해요."
디아린은 스태프를 잡은 손에 힘을 주고 앉아 있던 의자에서 일어났다.
"우리 이제 이 악연을 끝내자."
엄중하게 선고하며, 스태프를 들어 올린 그때.
"……."
순간 디아린의 손끝이 굽았다. 반사적인 행동이었다. 동시에 미친 듯이 뛰기 시작하는 심장. 디아린은 이 감각을 잘 알고 있었다.
"디바인 듀르셰 공작 영애를 모셔 왔습니다."
디아린은 뒤를 돌아보았다.
서서히 내려가는 눈길. 휠체어에 타고 있는 여자와 눈이 마주친다. 몸이 좋지 않다던, 듀르셰 공작 영애.
디바인 듀르셰…….
이반 듀르셰 공작은 기묘한 미소를 머금었다.

"이렇게 둘이 재회하게 될 줄은 몰랐는데. 인사하거라, 디어 아린. 잘 알지 않느냐. 너의 또 다른 목숨. 너의 생을 바쳐야 할 목표. 네가 죽인 불쌍하고 가여운 축복의 아이……."

디아린의 손이 바르르 떨렸다.

"반다……."

디어 반다. 그 애였다.

"……어떻게?"

산 채로 벼락을 맞으면 이런 기분일까?

반다의 눈에는 힘이 없었다. 죽은 이를 겨우 관에서 꺼내, 간신히 영혼을 기워 붙인 것처럼 죽음의 기운이 가득하다.

이반 듀르셰가 한숨을 내쉬었다.

"결국 이런 모습으로 네게 보이는구나. 아직 완벽히 되살리지 못한 반다다."

"이게 되살린 거라고?"

"그래. 디어 아린, 네가 마지막으로 대마법을 써 주면 된다. 마지막으로 제대로 써 주기만 하면……!"

"내 생명력 달라는 소리는 그만해."

"……!"

"……!"

"……!"

이반 듀르셰를 위시한 원로들의 두 눈이 찢어질 듯 커졌다. 이반 듀르셰가 분노를 담아 포효했다.

"디어 아린! 왜 우리에게 감사하지 않는 거냐! 우린 반다를 살려 냈어. 네가 포기한 걸 우리가 살려 낸 거란 말이다!"

"그딴 식으로 나한테 죄책감 심으려고 하지 마!"

디아린의 눈에 살의가 감돌았다. 그래. 그들은 항상 그런 식으로 말했다.

너 때문에 반다가 죽었어.

너 때문에 반다가 살지 못했어.

그러니까 네가 살려야 해…….

당신들은 항상 그런 식으로 날 통제하려고 했지. 디아린이 스태프를 휘두른 순간, 이반 듀르셰와 원로들 입가에 회심의 미소가 떠올랐다. 디아린이 마법을 쓰기만 기다리고 있었던 것이다.

쿠쿠쿵!

엄청난 굉음과 함께 별궁이 낱낱이 해체되기 시작했다.

"당신들은 늘 이런 식이야."

디아린은 위를 보면서 창백한 얼굴로 웃었다.

"내가 왜 여기 순순히 들어왔다고 생각해?"

"뭐?"

창문이 완전히 깨졌다.

원로들이 바로 당혹했다. 이건 그들이 계획한 반응이 아니었기 때문이다. 디아린에게 말렸음을 재빠르게 깨달은 원로들은 이를 악물었다. 이반 듀르셰가 분노에 차 외쳤다.

"아린!!"

"대체 당신들, 여기에 뭘 소환하려 한 거야. 수문석 지하?"

디아린이 싸늘하게 웃었다.

"그런데 어떡해? 난 그 수문석 지하 소환진을 처음부터 끝까지 기억하고 있는데."

그녀는 2년 전, 대연회홀 지하에 있던 수문석 지하 소환 마법진을 토씨 하나 틀리지 않고 기억하고 있었다.

너무 증오스러웠으니까.

자신에게서 에제트를 빼앗아 간 소환진이 너무 끔찍했으니까.

봉쇄된 소환진이 자욱한 흙먼지를 자아내며 기화하기 시작했다. 디아린이 고개를 돌리고 기침을 했을 때였다. 무언가가 손을 잡아온다. 그 온기는 감동스러울 정도로 선명해서, 디아린은 이런 상황에조차 진심으로 웃고 말았다.

"안녕, 에제트."

"디아린."

에제트가 미간을 찌푸렸다.

"당신은 이 상황이 별로 무섭지 않으신가 봅니다."

"에제트만 곁에 있으면."

"저와 비슷하시군요."

결국 짓고 마는 미소.

에제트가 디아린을 품에 안은 후 곧장 도약했다. 이미 바깥에는 수많은 인원들이 비명을 지르며 제압되어 있었다.

"황태자 전하께 인사 올립니다!"

"전하께 인사 올립니다!"

근위대 기사들이 바로 고개를 숙였다. 에제트가 둘러보며 물었다.

"이들이 전부인가?"

"예! 적어도 기백 명에 이를 정도입니다. 신전의 협조가 있어서 쉽게 파악하고 포박할 수 있었습니다."

디아린은 잡혀 있는 이들을 훑어보았다. 전부 낯익은 얼굴들뿐이었다. 그럴 수밖에 없었다. 콘클의 성 지하 3층에서, 실험을 당했을 때부터 익히 보았던 얼굴이니까.

사계탑의 주인인, 엔리크와의 대화가 떠올랐다.

'엔리크 룬, 그럼 남의 몸으로 연구와 실험을 자행하는 마법사들은 뭔가요? 풍문으로 떠돌아다니는 흑마법사들인가요?'

'흑마법사들은 인간의 몸 자체를 싫어합니다. 그래서 가혹한 환경에 집어 던지긴 하지만 직접적인 인체 실험을 하진 않아요.'

흑마법사와 비슷하지만, 흑마법사는 아닌 존재.

'흑사제들.'

"이들이 전부 흑사제들이라고."

에제트는 수문제에 오기 전, 비밀리에 이미 신전에 협조를 요청했다. 추기경 중에는 2년 전부터 에제트에게 몹시 협조적인 이가 있었기에 어렵지 않았다. 게다가 그 추기경은, 최상위급 성물 '은의 탑'의 가호를 받은 덕분에 추기경 중에서도 가장 목소리가 셌다.

흑사제는 비밀 단체로, 이렇게 대규모로 모습을 드러낸 경우는 전무후무하다시피 했다. 디아린은 흑사제들의 얼굴을 하나하나 훑어보다가, 눈을 반짝 떴다.

얼굴에 큰 붉은 점이 있는 흑사제였다.

"안녕?"

"네년은 또 뭐냐!"

"입이 험하네. 하긴, 콘클성 지하 3층에서부터 그랬지."

"뭐, 뭐?"

콘클성 지하 3층. 그 금기의 장소를 듣는 순간 점박이 흑사제와 함께 근처에 있던 흑사제들이 전부 굳었다.

디아린은 피식 웃고 앞에 쪼그려 앉아 시선을 맞췄다.

"날 기억 못 하는 것도 당연하지."

그 순간, 디아린의 등에서 거대한 붉은 날개가 피어났다.

"……!"

"……!"

"……!"

몸부림치던 흑사제들뿐만이 아니었다.

그들을 제압하던 근위대를 위시한 기사들 역시 순간 그대로 동공이 정지되었다. 점박이 흑사제가 디아린에게 삿대질을 하며 벌벌 떨었다.

"너, 너, 너, 적조의 로, 로드……! 컥!"

흑사제가 비명을 지르며 쓰러졌다. 에제트가 흑사제의 복부를 발로 걷어찬 것이다. 그는 차가운 눈으로 흑사제를 노려보았다. 군홧발로 완전히 짓밟아 버려야겠는데, 디아린이 옆에 있으니 할 수 없고.

그녀가 자리를 비우면 해야겠군.

에제트가 눈짓을 하자 곁에 있던 기사가 바로 알아듣고 절도 있게 고개를 숙였다.

주변엔 이미 거대한 방어막이 형성되고 있었다. 디아린은 듀르셰 공작가는 무슨 짓을 해도 단단히 할 것이라 했다. 실제로도 수문석 지하를 또 소환하려고 하질 않았나.

초창기에 막았지만 마물을 불러일으키는 정도의 수는 반드시 꺼낼 거라고 여겼다. 디아린의 이 예상은 어김없이 맞았고. 짙어지는 검은 안개에 대비해 기사들과 마법사들이 일사불란하게 움직였다. 사제들도 마찬가지였다.

디아린은 바쁘게 걸음을 옮기다가, 문득 눈이 동그래졌다.

"올!"

바로 디아린의 영혼에서 빠져나간 올이 현신해 쏟아지는 검은 안개를 해체시켰다.

올은 "쯧." 하고 뒤를 돌아보았다. 길고 곧은 붉은 머리카락이 살랑거렸다. 섬세하고 아름다운 연보랏빛 눈동자가 미천한 먼지를 보듯이 인간들을 훑었다.

〈내 주인의 명이 아니었으면 살리지도 않았어.〉

근위대와 함께 귀족들이 몰살될 뻔한 것이다. 눈앞에서 목격한 신수의 현신에 근위대와 귀족들은 넋이 나가서 연신 절을 하고 물러났다.

"……."

오직 한 명만이 가지 않았을 뿐.

이작 드리엄. 그는 아름다운 저 남자의 모습을 똑똑히 기억하고 있었다. 2년 전, 대연회홀 참사에서 자신을 살려 주었던 그 환영이었는데. 그게 적조라고? 그러면, 적조의 로드는…….

“주……인님?”

디아린은 당황한 표정을 지었다.

그 순간, 이작의 눈시울이 거짓말처럼 뜨거워졌다. 밀물처럼 밀려오는 디아린에 대한 잊힌 기억들 때문이었다. 잃어버려 다시는 찾을 수 없을 거라고 생각한 그 이름이 선명하게 뇌리에 떠올랐다.

디아린 오드 콘클이스터.

……그래. 그런 이름이었다.

“주인님?”

“…….”

“주인님이셨어요?”

디아린이 말문을 잃었다.

그래, 에제트 외의 사람들에게서도 서서히 자신에 대한 것들이 떠오를 거라고는 들었지만.

‘좀 빠르네.’

“이작.”

“주인님!”

이작은 디아린을 저도 모르게 끌어안으려다가 멈칫했다. 그는 한 박자 늦게야 깨달았다.

“왜 황태자 전하께서 다시 귀걸이를 하셨나 했습니다.”

이작은 두 눈에 눈물을 가득 머금고 웃었다.

“전하는 주인님을 가장 먼저 기억하신 거였군요.”

“……이작.”

“주인님.”

기어이 넘친 눈물이 이작의 뺨을 타고 뚝뚝 흘렀다.

“2년 전 일 이후로, 끊임없이 후회했습니다. 저는 주인님을 다시 만난다면, 꼭 부려 보고 싶은 욕심이 있었어요.”

한동안 자신조차 제대로 정립해 내지 못했던 그 감정. 이작이 눈물을 흘리면서 웃었다.

“주인님.”

“…….”

“전 주인님을 좋아합니다.”

“…….”

그가 좋아한다는 말이, 연인간의 연정을 뜻함을 모를 수가 없었다. 디아린이 입술을 깨물었다.

“미안해.”

“미안해하실 필요 없어요.”

그저 이 욕심을 한 번 부려 보게 해 준 것만으로도, 이작은 충분했다. 그는 아직도 살아 숨 쉬는 디아린이 꿈같았다. 환상 같았고, 머나먼 대기에서 손을 뻗는 오로라처럼만 보였다.

내게 이토록 현실성 없는 사람.

“주인님.”

이작은 디아린의 앞에 한쪽 무릎을 꿇고 앉았다. 그의 눈에서는 눈물이 쉬지 않고 흐르고 있었다. 이작이 손을 뻗어, 디아린은 손을 내밀어 주었다.

눈물에 젖은 입술로 손등에 키스한다.

“저는 이 숨이 끊어질 때까지 주인님의 기사로 살겠다고 맹세하겠습니다.”

* * *

듀르셰가 동쪽 수문석 별궁에 불러낸 마물들은 오래지 않아 정리되었다. 흑사제들도 모두 제압되었지만, 그중에 듀르셰 일족은 없었다.

‘도주할 거라고 예상은 했지만.’

그래도 그들이 오래전부터 똬리를 틀었을 듀르셰 성이나 저택으로 쳐들어

가기보다는, 바깥으로 유인하는 게 나을 것 같아서 수문제 준비를 묵인했다.
옳은 판단이었다. 텅 빈 듀르셰 영지에는 이미 군대가 파견되어 있었으며, 수도의 저택 역시 황궁 기사들로 하여금 완전히 뒤집어 놓은 상태였으니까. 엄청난 양의 비밀 마도석 창고들이 수도 없이 발견되었다는 소식이 속속들이 날아왔다.
모든 둥지를 잃은 원로들. 그들이 도주한 곳은 뜻밖의 곳이었다.
'황궁의 일부를 거점으로 삼다니. 배짱이 미쳤다고 해야 할지, 돌았다고 해야 할지.'
아키르의 황궁은 무척이나 광활했다. 그중 펜나투스 호수와 아주 가까운, 호반의 성을 거점으로 삼은 것이다. 수문제로 인해 대다수의 황족과 근위대들이 동쪽 수문석 별궁으로 빠져 가능한 일이었다. 호반의 성은 제단처럼 꾸며져 있었다. 조금 어두운 동굴처럼도 보였다.
일부러 천연석의 느낌을 살려 두면서 만들어 놓은 티가 여실히 났다.
"왔느냐. 디어 아린."
이반 듀르셰 공작이 바닥을 한 번 박찼다. 급하게 도망치느라 그의 안색은 말이 아니었지만, 눈빛만은 광기가 감돌아 형형했다.
"네게 보여 주고 싶은 게 있단다."
동시에 어두웠던 제단이 환하게 빛났다. 그리고 그 뒤에 묶여 있는 존재는…….
디아린의 영혼에서 빠져나온 붉은 새, 올과 로르가 먼저 외쳤다.
"알레스!"
"왜 저 녀석이 묶여 있는 거예요!"
흑조 알레스. 새까만 깃털을 가진 흑조는 완전히 기절한 채, 수많은 쇠사슬로 묶여 있었다.
이반 듀르셰가 소리 내어 웃었다.
"보자, 그러니까 언제부터 이랬던가. 제법 되었다오, 신수 적조여. 흑조는 예전에 이미 소환해 두었지. 그리고 신력을 뽑아 내는 용도로 쏠쏠히 사용했소."

"……!"

"그리 나쁜 놈 보듯이 보지 마시오. 우리도 흑조를 이렇게 거칠게 대하고 싶지 않았소. 흑조가 우리에게 협조를 하지 않아서 어쩔 수 없이 이런 몰골로 만들어 놓은 거지."

원로들은 디아린에 대한 기억이 완벽하지 않았다. 매개인 디아린이 기억을 봉인했기 때문에, 그들 역시 기억을 잊을 수밖에 없었다. 언제는 디아린이 기억났지만, 언제는 기억나지 않았다.

그런 건 기록으로도 남을 수 없는 일종의 금기였기 때문에…….

아그란의 경우는, 타이밍 좋게 디아린에 대해 떠올린 경우였다. 원로들은 한참 동안 전생에 대한 걸 잊고 살다가, 건국제에서 디아린을 맞닥뜨리고 나서야 서서히 잊고 있던 전생을 떠올렸다.

디아린이 차가운 눈으로 흑조와 이반 듀르셰를 번갈아 보았다.

"콘클이나 당신들이나 똑같은 개새끼들이었구나."

"아린!"

이반 듀르셰의 눈빛이 분노로 활활 타올랐다.

"우리를 모욕하지 마라! 너의 배은망덕한 태도에도 반다를 살려 내 준 우리에게 고맙지 않느냐!"

"고마울 것 같아?"

"아무것도 모르는 주제에!"

"내가 뭘 모르는데?"

디아린의 입가에 즐겁지 않은 미소가 어렸다.

그들은 항상 저런 식이었다. 디아린이 무언가 중요한 걸 모른다는 식으로 말했다.

확실히 디아린은 아무것도 모르긴 했다. 그녀 자신이 오드의 환생이었음을 몰랐지. 하지만 이제는 알지 않나. 알다 못해, 천룡의 기억과 지식으로 다른 것까지 알아 버렸으니까.

디아린은 여전히 시체처럼 미동도 없는 반다를 흘긋 보았다.

"반다가 시조 헨의 환생이라는 거?"

"……!"

"……!"

"……!"

원로들의 얼굴에서 핏기가 쭉 빠져나갔다.

그래, 이상하다고 했지.

왜 대마법사가 되려면 네 번이나 대마법을 그려 가며 죽고, 다섯 번째에 태어나야 하는 걸까? 디아린이 죽어 간 방식과 너무도 똑같지 않은가. 누군가가 일부러 그린 청사진처럼.

그리고 이런 청사진을 그릴 수 있는 존재는 오직 흰 사슴족의 원로들뿐. 디아린은 오드였고, 반다는 헨이었다. 그렇다면 원로들은 무엇이었을까?

디아린의 눈동자가 용의 그것처럼 선득하게 빛났다.

"오랜만에 인사하는구나. 빌어 처먹을 사제 놈들아."

* * *

이 이야기는 처음부터 완벽한 트라이앵글이었던 것이다.

사제들은 천룡 오드의 선택을 받아, 신성대제국을 건설하고 싶었지만 실패했다. 하지만 오드의 용혈을 일부 훔치는 데 성공했다. 사제들은 천룡의 영혼과 대마법사 헨의 영혼을 한데 잡고 환생했다.

"내가 반다를 계속 되살리면서, 그 애한테 천룡의 마력을 전부 넘겨주길 바란 거구나."

"……."

“굳이 헨의 영혼을 반다로 환생시킨 건, 헨이 대마법사여서 천룡의 마력을 감당할 수 있을 거라고 판단한 거고.”

어쨌든 천룡의 영혼보다는, 인간의 영혼이 더 다루기 편할 테니까.

“……과연 천룡은 천룡이군.”

이를 악문 듀르셰 공작은 절절한 표정으로 두 손을 내밀었다.

“그래도 아린, 우린 널 그저 고귀한 천룡으로만 대하지 않았다. 너는 정말 평범하고, 사랑스러운 소녀였어. 그래서…….”

“그래서 네놈들 뜻대로 다루기 쉬웠겠지.”

“아린!”

원로들의 턱에 힘이 들어갔다.

지금 그들은 여실히 깨닫고 만 것이다. 디아린의 말투가, 천 년 전 천룡의 그것과 점점 흡사해지고 있다는 것을.

‘설마 천룡과 동기화가 되어가는 것인가.’

그것만은 막아야 했다.

이반 듀르셰 공작이 말했다.

“그래도 우린 가족이었어! 아린, 나중엔 너를 정말 사랑했단다.”

“날 사랑했다고?”

디아린이 싸늘하게 조소했다.

“개소리 좀 그만해.”

당신들이 가족이 맞았냐고, 나를 사랑하긴 했냐고 했던 질문도 소용없었다.

“내 가족들은 그러지 않으니까.”

디아린의 죽은 가족들은 그러지 않았다.

자신을 이용만 하려던 이들과는 전혀 달랐다. 자신의 상처를 묻지도 않고 알아주었던 혈육.

이딴 것들에게 애정을 갈구하려고, 그렇게 오랜 시간을 방황해야 했나. 디아린은 새삼스럽게 스스로의 뺨을 만져 보았다.

"그래서 나더러 항상 차갑다고 무서워했구나."

지금은 완연한 인간이지만. 그땐 갓 용에서 환생한 영혼이었다. 그러니 그녀의 순간순간이 얼마나 차갑고 선연했겠는가. 디어 아린의 무표정은 분명히.

"용의 얼굴이었을 테니까……."

"……!"

"……!"

"……!"

두려워서 더 욕을 하고. 비난하고. 디아린이 움츠러들게 만든 것이다. 원로들의 얼굴이 창백해졌다.

심지어 그게 전부가 아니었다.

분명히 원로들의 등 뒤에 있던 흑조가 어느새 풀려나 적조의 등에 짊어져 있었다. 올과 로르가 몰래 기어가 흑조를 빼내 온 것이다.

"신수 적조시여! 신성한 당신이 어떻게 이런 짓을……!"

"하."

올이 기가 차다는 듯 말했다.

"내 주인님이 오드였을 시절부터 공작이나 일삼은 쓰레기들 주제에 우리한테는 신성함을 요구하는 거냐?"

"지옥으로 떨어져라. 쓰레기들아."

"제기랄!"

이반 듀르셰의 눈에 실핏줄이 툭툭 터졌다.

"디어 아린! 이런 식으로 끝을 보자는 것이냐!"

그 순간이었다. 디아린의 눈이 커졌다. 이반 듀르셰의 몸에서 뻗어져 나온 거대한 사슴뿔들이 다른 원로들을 옥죄이더니.

"으아아악!"

"아아아악!"

"살려 줘!"

그대로 잡아먹기 시작한 것이다. 피가 뚝뚝 떨어져 흥건하게 바닥을 적셨다. 디아린은 그야말로 말문을 잃었다. 이반 듀르셰가 순식간에 거대해졌다. 그는 이미 완전한 괴물의 모습이었다.

경악한 디아린을 보며 이반 듀르셰가 말했다.

"천룡의 힘을 얻는 데 이 정도 희생은 어쩔 수 없지."

"진짜 미친 새끼……."

이반 듀르셰가 킬킬 웃었다. 하지만 곧 그의 얼굴에 심한 불쾌감이 서렸다.

"벌써 너의 그 지긋지긋한 용혈의 계승자가 온 모양이군."

이반 듀르셰는 에제트 아스페르크에 대한 감정이 몹시 좋지 않았다. 원로들의 오랜 숙원을 달성하기 위해서는 설계해야 할 일이 많았는데, 빌어먹을 어린 황태자가 말도 안 되는 강력한 봉쇄령을 걸었기 때문이다. 그때 지체한 시간만 아니었더라도, 이렇게 몰리는 일 따위 없었을 것이다.

제기랄, 제기랄.

"너는 혼약자를 잘못 골랐다, 디어 아린!"

그 말과 동시에, 이반 듀르셰의 몸이 정확히 반으로 갈렸다.

쿵.

육중한 몸의 절반이 바닥으로 쓰러졌다.

디아린이 이마를 찌푸렸다.

'핵을 파괴시키지 못했어.'

이반 듀르셰는 마물처럼 웃으며 자취를 감췄다. 반다도 이미 사라진 후였다. 대신해서 피어나는 검은 안개.

아키르의 황궁에는 마법이 걸려 있다.

시조 헨이 만든 마법.

'반다를 이용하면 이 정도 마법까지 건드릴 수 있구나.'

천룡의 마법으로 해체된 마법진을 덮으며 디아린은 길게 숨을 내쉬었다.

"마력이 모자라."

"마력이요."

순간 등줄기가 오싹해지는 그 낮은 목소리. 디아린이 뒤를 돌아보는 것과 동시에, 그녀의 손에 따뜻하고 축축한 게 묻었다.

용혈이었다.

"에제트!"

이마를 찌푸리지만, 이미 들어오고 있는 용혈을 거절할 수가 없었다. 디아린은 결국 이를 악물고 마법에 집중했다.

어느 정도의 시간이 흘렀다. 엄청난 마법진을 그려 낸 후에 디아린이 안도의 한숨을 내쉬었다.

"됐어, 에제트. 고마워."

"별말씀을."

이미 소환된 마물들은 잡아야 하지만, 무한 공급이 되지 않으니 소탕은 어렵지 않을 것이다. 게다가 이반 듀르셰 역시 이런 마법은 이번이 마지막일 터. 이미 이반 듀르셰는 마력이 고갈되고 있었고, 부족한 마력을 본인의 목숨으로 충당하고 있었다.

"에제트."

디아린은 피가 흐르는 에제트의 손을 조심스럽게 잡았다.

이대로 그에게 입을 맞추고 싶은데, 그러면 피를 먹고 싶다는 뜻으로 보일까?

에제트가 웃었다.

"일전에 당신에게 말한 적이 있었던 것 같은데요."

그는 피가 묻지 않은 손으로, 디아린의 귓가를 가볍게 쓰다듬었다.

"온몸의 피를 다 빼도 좋으니 당신이 내 곁에 있으면 된다고."

"내 표정 참 잘 읽는 것 같아."

"칭찬으로 듣겠습니다."

디아린이 콧잔등을 찡그렸다. 그녀는 결국 웃으면서 한숨을 내쉬었다. 용혈이 몸에 들어오자, 그나마 부족했던 마력이 빠르게 수복되었다.

"에제트. 나는."

에제트가 그토록 사랑한 연보랏빛 눈동자가 그를 똑바로 직시했다.

"오드의 환생이었고, 그러니 나로 인해 생겼던 일은 끝을 지어야 할 의무가 있어. 물론 의무가 아니더라도, 그러고 싶어."

몇 번의 생을 걸쳐 자신을 따라다닌 끈질긴 악연을 끝내야 했다.

그러려면 에제트가 이쪽 마물들을 해결해 줘야 했고, 다시 말해 디아린을 혼자 보내 줘야 했다.

에제트는 조용히 디아린을 바라보았다.

"당신을 두고 가는 게 제게 무슨 의미인지 아실지 모르겠지만."

"나는……."

"디아린."

에제트는 플레이트 아머를 고쳐 끼우며 말했다.

"적어도 당신이 목숨을 걸고 하는 약속은 믿지 않기로 했습니다."

"……미안해."

"하지만 이젠 상관없습니다."

그는 모든 진심을 내걸고, 그녀에게 말했다.

"제가 따라가면 그만이니까요."

"진짜 안 죽을 거야. 못 믿겠지만……."

디아린은 머뭇거리다가 입을 다물었다. 또 한 번 그리 약속한다는 건, 그에겐 너무도 기만처럼 들리지 않을까.

에제트는 한숨을 내쉬었다.

"저와의 약속은 한 번 깬 걸로 족합니다."

"응."

"두 번은……."

에제트는 끝까지 말을 잇지 못했다.

디아린이 자신을 와락 끌어안았기 때문이다. 그 눈물겹도록 그리웠던 체온에 에제트는 순간 말문을 잃었다. 그의 넓은 어깨를 껴안고서, 디아린이 진심을 담아 사과했다.

"미안해, 에제트."

"……."

"이전엔 내가 마음대로 약속 한 번 깼었지?"

그러니까, 이다음에는.

"두 번째는 맹세코 깨지 않을 거야."

"디아린."

에제트는 디아린의 뺨을 감쌌다. 가호를 약속받는 기사처럼 그녀의 이마에 입을 맞췄다.

"그럼 마지막으로 믿어 보지요."

디아린이 지키고자 했던 건 약속.

에제트가 지키고자 했던 건 그녀.

"기회 줘서 고마워."

디아린이 미소를 지었다.

그의 뺨에 키스를 되돌려 준 디아린이 속삭였다.

"다녀올게. 기다려 줘."

# chapter 24

펜나투스 호수.

디아린은 헛웃음을 지으며 호숫가에 서 있는 괴물을 보았다.

“헨의 환생체가 있으니까 펜나투스의 결계도 쉽게 부수고 들어올 수 있구나.”

이반 듀르셰. 반밖에 남지 않았던 몸은 이미 수복된 상태였다. 그의 곁에 비척비척 서 있는 반다. 이미 문제는 저 둘이 아니었다. 디아린의 눈은 이반 듀르셰의 뒤를 보고 있었다.

다섯 개의 마법진이 허공에 떠올라 있었다. 성인 한 명씩은 충분히 묶을 수 있는 크기의 마법진들엔, 실제로 익숙한 얼굴들이 제압되어 있었다.

〈헨의 환생 영혼이 있으면 정말로 별의별 짓을 다 할 수 있네요.〉

〈정신 나간 놈.〉

다섯 개의 마법진. 묶여 있는 세 명의 소환사.

청조의 소환사 올리비아.

백조의 소환사 리제드.

황금조의 소환사 베른.

아키르 제국에 계승되고 있는 전설.

다섯 명의 신수 소환사가 한 자리에 모이면, 용을 강림시킬 수 있다.

내내 조용히 있던 반다가 한 발자국 앞으로 나섰다. 그녀가 두 손을 가슴 앞에 모았다.

반다의 손목에서 뻗어 나오는 흑조의 문양. 그 순간, 신수계로 되돌려 보냈던 흑조가 다시 반다의 앞에 나타났다. 디아린의 턱에 힘이 들어갔다.

"반다가 흑조의 소환사였구나."

"아하하하하! 그래, 그랬지!"

이반 듀르셰가 몸이 찢어져라 웃었다. 디아린은 새삼 그들이 참 대단하다는 생각이 들었다.

반다의 저런 기괴한 몸으로, 어떻게 신수를 소환한 걸까?

하긴 천룡 오드에게도 치명상을 입혔던 사제들이다. 그들의 지혜는 얕보면 안 되는 게 맞았다.

이반 듀르셰는 광기에 찬 목소리로, 그들의 오랜 숙원을 외쳤다.

"난 드래곤 로드를 지상에 추락시켜 그 힘을 모두 가져갈 것이다!"

디아린의 발밑에서 무수한 마법진이 떠올랐다.

쉬익!

붉은 촉수들이 바람을 가르며 이반 듀르셰에게 달려들었다. 거대한 몸을 꽁꽁 묶는 무수한 촉수들. 동시에 올과 로르가 마법진에 묶인 소환사들을 향해 움직였다.

"반다! 반다아아악!"

이반 듀르셰의 비명에, 마리오네트처럼 축 늘어져 있던 반다의 고개가 들렸다. 동시에 새까만 흑조의 날개가 펼쳐지며 마력 촉수를 엉망으로 끊어 냈다.

〈젠장!〉

〈이 괴물 같은 놈! 이미 여러 생명을 흡수했어!〉

'원로들만 먹은 게 아니었구나.'

디아린은 서늘한 눈으로 인형처럼 힘없는 반다를 응시했다. 이반 듀르셰가 자신만만하게 웃었다.

"이토록 편할 수가 있는가. 헨의 영혼이란! 신이시여, 부디 당신의 종을 구원하소서!"

"너희의 신이 잘도 응답해 주겠구나."

이반 듀르셰에게 디아린의 말은 들리지 않았다.

그들은 이미 흑사제의 도리마저 받아들이기로 한 타락한 영혼. 그래서 그들에게 지옥으로 떨어지라는 말은 엄청난 저주였고 모욕이었다. 그들이 떨어질 곳이 진정으로 지옥밖에 없었기 때문에.

그러니 영원히 지상에 자신들을 묶어 놓을 것이다.

영원토록 지상에서 군림하며 원하는 대제국을 건설하다가 마침내 신이 될 것이다.

신수 흑조의 힘이 꿀렁꿀렁 이반 듀르셰의 몸으로 흡수되었다. 인간을 소환사로 둔 신수의 힘은 10%도 끌어오지 못하는 게 정상인데, 이미 반다는 산 사람이 아니었다. 얼마든지 진짜 위력을 끌고 올 수 있는 것이다.

이반 듀르셰의 눈에 전기가 통한 듯 핏발이 섰다.

"으아아악! 으아아아아악! 괴로워! 괴롭다!"

귀를 찢는 비명 소리.

신수의 힘이 그대로 흘러 들어오면서, 감당이 어려운 것이다.

하지만 이도 잠시일 뿐. 곧 그의 육체에서 신성력이 건잡을 수 없는 힘으로 변환될 것이다. 이러려고 몇 번의 환생을 거쳤던가!

그의 몸은 이미 단단한 고치로 둘러싸여 있었다. 공격조차 할 수 없게끔.

새까만 안개는 이미 황궁 바깥에 자욱하다. 이반 듀르셰가 힘을 가질수록 마물들이 끊임없이 나타나고 있는 것이다. 그렇다면 디아린이 선택할 수 있는 길은, 애초부터 하나였다.

〈이러려고 우리가 둘이었나 보군.〉

〈그리고 영원히 타오르는 불사조이기도 하고요.〉

"……로르. 올."

디아린이 스태프를 세게 잡았다. 손등에 선 핏줄이 파랗게 도드라졌다. 그녀의 앞에 서 있는 장발의 미남.

로르는 흘긋, 디아린을 돌아보았다가 말했다.

〈신수계에서 50년만 쉬다 오지.〉

적조의 힘 절반을 완전히 쓰는 일.

올이 이를 악물었다.

〈50년은 너무 길어요. 45년만 쉬다 와요.〉

〈노력해 보겠다.〉

로르는 디아린을 돌아보지 않았다. 하지만 그의 입가에는 드물게 옅은 미소가 떠올라 있었다.

〈꼭 이겨라. 나의 주인아.〉

그 순간, 디아린이 보는 모든 곳에 수만 개의 마법진이 뒤덮이기 시작했다. 호수 위도, 소환사들의 몸을 속박한 고치 위에도, 심지어 이반 듀르셰의 몸 위에도 마찬가지였다.

"아아악! 아아아아악! 오드! 나를 그만 방해해라! 아아아악!"

디아린의 눈동자는 이미 짙은 보라색.

언제나 옅은 갈색이던 머리카락은, 황금빛 도는 붉은색으로 변해 있었다. 그때. 디아린의 호흡이 한순간 멈췄다. 그녀의 등을 얽매어 오는 팔.

"……반다."

반다였다.

그녀에게서는 사람의 숨결이 느껴지지 않았다. 하지만 죽은 것도 아니었다. 아주 미미한 생명력이, 그래서 죽기 직전의 시체 같은 생명력이 요사스럽게 느껴졌다.

"놔."

"……."

"놔, 반다!"

"……."

이반 듀르셰가 검은 피를 수도 없이 토해내며 숨 가쁘게 환호했다.

"아하하! 아하하하! 흰 사슴족의 피는 어디로 가지 않는구나! 반다, 죽여라! 저것을 죽여서 네가 흡수하는 거다! 네가 오드가 되는 것이다! 천룡이 되는 것이다!"

반다의 닫혀 있던 입이 벌어졌다.

가지런한 이를 드러내고, 디아린의 귓가로 다가온다.

"……아린."

그 나지막한 속삭임.

"나는 너랑 함께 살고 싶었어."

"……."

"나는 네가 죽는 게 싫어."

"……!"

순간 거짓말처럼 겹쳐지던, 잊을 수 없던 그 마지막 유언.

'나는……, 살고 싶었어.'

'나는 네가……, 싫어.'

직후.

반다의 몸에서 거대한 마력과 흑조의 신성력이 그대로 방출되기 시작했다. 반다의 깡마른 몸이 폭풍에 흔들리는 종잇조각처럼 마구 흔들렸다. 엄청난 마력이 디아린에게로 고스란히 흡수됐다.

이반 듀르셰의 두 눈이 찢어질 듯 커졌다.

"안 돼! 반다! 반다 네가 어떻게! 어떻게! 흰 사슴족을 배신할 수 있느냐!"

수십만 가닥이 솟아져 나와 이반 듀르셰를 단단히 묶었다.

“이대로 죽을 수 없다! 겨우 다 왔는데, 겨우 다 왔는데! 반다아아아아아아악!”

붉은 마법진이 폭발했다.

“키에에에엑! 키아아아악!”

이반 듀르셰는 더 이상 사람의 비명을 내지 못했다. 마치 마물 같은 비명 소리만 내질렀을 뿐이다. 적조의 붉은 깃털이 사방에 빛처럼 흩날리기 시작했다.

완전히 폭발한 붉은 마력이, 검은 안개조차 소멸시키며 완전히 원로들을 지옥으로 끌고 갔다.

* * *

“……또 여기네.”

아름다운 신수계. 언제나 녹음이 우거지고 햇볕이 따스한 곳.

디아린은 “또 죽은 건 아니겠지.” 하고 중얼거렸다. 그런 거면, 이번엔 진짜 에제트한테 할 말이 없잖아.

“빨리 돌아가야지.”

디아린이 서둘러 돌아가려고 걸음을 뗀 그때였다.

“오드.”

디아린이 뒤를 돌아보았다. 그녀의 눈이 동그래졌다.

진한 갈색 눈동자, 반다 꽃을 닮은 보라색 머리카락. 헨의 환생이자 반다였던 존재. 그녀였다.

“왜 네가 여기에…….”

“알레스의 날개가 들러붙어 버렸거든.”

흑조 알레스.

신수는 올곧았다. 듀르셰에게 신성력을 뽑히는 신세가 되어서도, 소환사인 반다의 영혼을 파괴시키지 못했다. 그건 오드에게서 배운 소환사에 대한 정중함이겠지.

산 것도 죽은 것도 아닌 반다. 그녀는 흑조 알레스가 치유될 때까지 신수계에 머무르기로 했다. 그게 마땅한 보답이었다. 그리고 디아린을 다시 한 번 만나고 싶었다.

생을 통틀어 가장 신성한 존재였던 천룡, 오드.

반다가 입술을 꾹 깨물었다.

"……나는 너를 지키지 못했어, 오드."

어쩌면 오드의 차가웠던 그 말이 맞다.

'내가 죽는 게 너 때문이라고 생각하고 있군. 그래, 그리 틀린 생각은 아니다. 헨, 너 때문일 수도 있지. 내가 너를 선택하지 않고, 그 사제들을 선택했으면 이런 일은 없었을 테니까.'

천룡 오드가 헨을 선택하지 않았다면, 이런 끔찍한 몇 번의 환생 따위 없었을 텐데. 애초에 드래곤의 전부인 용혈을 마법사 따위에게 넘기는 일도 없었을 텐데.

그래서 헨은, 자신에게 피를 넘겨주는 오드에게 마지막으로 약속했다.

'오드, 네게 반드시 이 용혈을 돌려주겠다. 이건 내가 하는 약속이야.'

헨이, 아니 반다가 힘없이 웃었다.

"난 너무 오만했어. 그 약속을 지킬 수 있을 줄 알았지."

천룡 오드의 선택하에, 헨에게 옮겨진 피였다. 아무리 대마법사의 칭호를 얻은 헨이라고 해도 그뿐이다. 헨에게는 천룡 오드의 뜻을 번복할 힘이 없었다.

그래서 헨은 죽기 전 도박을 했다.

"나는 세계의 마법에 모든 것을 걸기로 했어. 용혈은 어떤 식으로든 오드, 네게 돌아갈 거라고."

"난 이제 오드가 아냐. 네가 이제 헨이 아니듯이."

"그래, 디어 아린. 아니……. 디아린. 하지만."

자조하듯 말한 반다의 두 눈에 눈물이 가득 차올랐다.

"하나만 묻고 싶어. 네게 용혈은 돌아갔나? 세계의 마법이, 결국 순리를 되찾아 주었나?"

"……내 몸엔 용혈이 없어."

없지만.

"내게 용혈을 전부 쏟아 부어주려는 혼약자를 만났어."

세계의 순리가 만들어 놓은 수많은 길.

디아린은 그 수많은 길에서 에제트를 선택하고, 그의 손을 끝까지 잡는 쪽을 선택했다.

반다가 돌려주려고 했던 용혈을 가장 강하게 타고 태어난 소년.

디아린이 얼굴을 찡그렸다.

"……이렇게 말하니까 조금 이상하네. 꼭 에제트가 용혈을 옮기는 운반용 통 같잖아."

"그의 용혈을 가져가지 않을 거야?"

"않을 거야."

"……어째서?"

"나는 네게 용혈을 돌려 달라고 한 적이 없잖아, 반다."

"……."

눈물로 얼룩진 얼굴을, 반다가 천천히 쓸어 넘겼다.

그제야 반다는 이해했다.

오드는 용으로서의 삶에 완전히 마침표를 찍었던 거라고. 끝이 난 과거는 과거일 뿐. 오드의 환생인 이 마법사는 이토록 단단하다.

"오드. 너는 언제나 좋은 답을 해 주는구나. 그래서 나는 너를 정말 사랑했어."

반다가 웃었다.

디아린은 반다를 물끄러미 보다가 물었다.

"궁금한 게 있어."

"네가 원하는 거라면 뭐든지 대답하지."

"왜 '공평한 혈통'이 용혈의 얼굴을 못 보게 한 거야? 성물과 파수꾼은, 그게 네 미련 때문이라고 그랬어."

반다의 표정에 옅은 미소가 어렸다.

"나는 네 얼굴이 좋았어, 오드."

그 차갑고 고고한 천룡을 반다는 진심으로 사랑했다.

"하지만 오드. 나를 선택하는 바람에 너는 죽었고, 그 후로 나는 일생 동안 마법사로서의 의무를 지키고 시조로서 노역을 하느라 바빴지."

"그건 미안해."

돌아오는 사과에 반다가 저도 모르게 웃었다.

너는 정말로 사람이구나.

공평한 피는 오드가 죽은 이듬해 생겨난 혈통이었다.

천룡절에만 태어나며, 요석을 만질 수 있는 그 손. 천룡 오드에 가까운 혈통이라고 생각되었으니. 오드가 죽고, 시조였던 헨이자 반다는 오래토록 괴로워했다.

이런 비극을 겪은 이유가 대체 무엇이란 말인가?

마지막 남은 미련으로, 헨은 마법을 걸었다.

'공평한 혈통'으로 하여금 영원히 아키르 황족의 얼굴을 보지 못하게끔.

"……핏줄을 타고 내려간 내 추악한 얼굴 따윈 영원히 보지 말라고 말이야."

디아린이 이마를 찌푸렸다.

"마법으로 자해 같은 걸 하라고 네게 용혈을 넘긴 건 아니야."

"……."

지극히 오드의 환생다운 신랄한 말.

"너는 정말 언제나 말을 아프게 잘해, 오드."

어린애 같은 미련이었음을 반다는 인정해야 했다. 그리고 디아린의 말에서, 반다는 짙은 진심을 느꼈다. 이 길었던 비극에 네 잘못은 없었다고.

우리는 그저 다쳤던 것뿐이라고.

"아린."

반다는 디아린을 응시하며 물었다.

"네 혼약자를 사랑해?"

"사랑해."

디아린은 약하게 미소 지었다.

"정말로 사랑해."

"그래. 그 말은 네 혼약자에게 돌려주면 더 좋아하겠지."

"그런가……."

"그래."

"그럼 돌아가야지. 그 전에."

디아린은 뒤를 돌아보았다.

마치 이 아름다운 신수계의 일부처럼 느껴지는 노파가 시야에 들어왔다. 은종과 월계나무로 만든 막대기를 들고 있는, 신수계의 파수꾼.

파수꾼이 말했다.

"이제 오드의 기억은 주고 돌아가거라."

"잘 썼어요. 원래 제 것이긴 하지만."

디아린이 콧잔등을 찡그리며 한 말에 파수꾼이 소리 내어 웃었다.

"이것은 신목에게 갖다주도록 하마. 적조 올로르가 쳐낸 세계의 마법을 봉합한다고 제법 화가 났거든. 용의 기억을 선물해 주면 화가 다 풀리겠지."

그렇게 말하며, 파수꾼은 제 옆에 선 존재를 쳐다보았다.

"드래곤 로드. 그대는 잘못 소환되었으니 돌아가시오."

"……다섯 신수가 모두 모여서 나를 소환해 놓고, 돌아가라고? 황당하군."

언제부터 있던 걸까.

드래곤 로드. 태양처럼 타오르는 눈과 머리카락이 시선을 확 사로잡는다. 로드는 찌푸린 얼굴로 디아린을 쳐다보았다.

"천룡 오드의 환생이군. 정말로 오랜만이다. 적조의 소환사라……."

그때, 디아린의 영혼에서 빠져 나온 붉은 청년이 드래곤 로드를 빽 하고 노려보았다.

"그만 가까이 와요."

"올의 성품이 아이처럼 변했군. 원랜 더 잔인하고……, 뭐 그러지 않았던가."

"흥."

디아린이 눈을 깜빡였다. 올이 디아린을 품에 안고 드래곤 로드를 노려보았기 때문이다. 그러니까, 꼭 아끼는 인형을 빼앗길까 두려운 어린아이처럼.

"보이죠? 주인님이랑 우린 이런 관계예요."

"넌 그렇다 치고……."

드래곤 로드가 고개를 기울였다.

"네 옆에 있는 로르는 그렇지 못한 것 같은데."

완전한 현신이 가능한 올과는 달리, 로르는 내내 깃털의 모습이었다. 디아린의 영혼을 신수계로 털끝 하나 다치지 않고 옮겨 오느라 신성력을 대거로 썼다.

올의 얼굴이 왈칵 일그러졌다.

"신성력을 너무 많이 써서 그래요! 조금만 요양하면 돼!"

"조금이면, 인간의 시간으로 800년 정도인가."

올의 연보랏빛 눈동자가 드래곤 로드를 빠악 노려보았다. 드래곤 로드는 어깨를 으쓱한 후, 디아린에게 말했다.

"신수 올은 참 너를 사랑하는구나."

"로르도 날 사랑해."

드래곤 로드는 희한하다는 눈으로 디아린을 살폈다.

"오드의 환생일 뿐 오드는 아니구나. 당연한 일인데, 잠시 잊었다. 실례했군."

그때, 드래곤 로드의 뺨을 쿡 찌르는 존재가 있었다. 로르의 깃털이었다. 드래곤 로드가 처음으로 당황해서 "왜?" 하고 물었다.

"내 주인에게 실례했으니 내게 갚아라."

"어떻게 갚으라는 거지?"

"나도 인간으로 현신시켜 줘."

"……너, 정말 신수 적조 로르가 맞는가? 내가 아는 적조 로르는 절대 이렇지 않았는데. 몹시 차갑고 염세적이고……."

그렇게 말하던 드래곤 로드가 한숨을 내쉬었다.

"정말 순리는 순리대로구나. 세상의 모든 게 이렇게 변하는군."

"빨리."

"무슨 신수가 이렇게 사리사욕에 충실하나."

"난 이 아이와 피를 나눴으니까."

로르의 목소리는 순간이지만, 따뜻하게 들렸다. 그리고 디아린에게 들린 말은 여기까지였다. 드래곤 로드가 손을 까딱이자, 로르와 드래곤 로드만이 잠시 다른 차원에 유리되었기 때문이다.

"피를 나누면 가족이랬지. 이 아이는 가족이 없었으니까."

"가족이라. 오드에게도 가족이 생기는구나."

"오드가 아니라 디아린이다. 오드는 그 아이의 이름에 붙은 축복일 뿐이지."

"신수의 뜻이 그러하다면야."

드래곤 로드가 두 손을 길게 펼쳤다.

"삼가 받들도록 하겠다."

로드의 손을 따라 은하수처럼 아름다운 마법진이 비눗방울처럼 커다랗게 그려지기 시작했다. 유리되었던 세계의 마력이 신성력으로 변환되어 로르의 몸으로 흘러 들어왔다.

그리하여, 로르가 다시 눈을 떴을 때에는…….

"로르!"

깃털이었던 모습은 간데없다. 로르는 멀쩡히 펼쳐지는 두 손바닥을 보았다. 아마 자신은 올처럼, 붉은 머리카락과 연보랏빛 눈동자를 갖고 있을 것이다.

이렇게 현신을 할 수 있게 되면 하고 싶었던 말.

"오드, 아린. 디아린."

로르가 디아린 앞에 멈춰 섰다.

"고생 많았다. 우리의 주인아."

그리고 디아린의 어깨를 깊은 애정을 담아 끌어안았다.

디아린이 빙긋 웃었다.

"그만 돌아가자."

* * *

제국력 1005년, 아름다운 계절.

듀르셰 공작가가 멸문했다. 흑사제를 몰래 양성하고, 마물을 불러내 황궁을 침범한 죄가 역사서에 기록되었다.

또한 세 명의 로드가 펜나투스 호수에서 구출되었다. 청조의 로드. 백조의 로드. 황금조의 로드가 그들이었다.

어찌 된 일인지, 있을 수는 없는 흑조의 깃털이 다량 발견되어 한동안 황실의 수많은 마법사들이 투입되었으나 이유는 끝까지 알아내지 못했다.

그리고 펜나투스 호수에 최후로 들어갔던 적조의 로드는…….

* * *

이번에도 디아린이 눈을 뜬 곳은, 적조의 궁이었다.

저번과 다른 점이 있다면, 제단이 아닌 침대 위라는 점이었고. 또 다른 점은…….

"아가씨! 아가씨이이이!"

샤이가 눈물을 펑펑 흘리며 디아린을 답삭 껴안았다는 점이다. 그녀뿐만이 아니었다.

"주인님! 흐엉흐엉흐엉……."

이작은 꼭 수도꼭지를 틀어 놓은 것 같았다. 근위대의 엄중한 정복을 입고 저렇게 울어대니 감회가 참 새로웠다.

한편으로는 대충 감이 왔다.

'조금 한가한 이들만 기다리고 있었구나.'

"방금까지 황태자 전하께서, 흑, 국무 일정을 제외하고는 흑, 계속 옆에서 지키고 계셨는데, 흑, 섭정 전하께서 건강 상태를 나무라시며 탕약을 먹이시는 바람에, 흑, 어쩔 수 없이……."

"에제트가요? 그……, 내가 얼마나 잠들어 있었어요?"

"한 달이요……."

"네?"

디아린이 바로 일어났다.

순간 눈앞이 핑 돌았다.

"아가씨!"

"주인님!"

샤이가 급하게 따라 온 미지근한 차를 마시고야 진정이 됐다.

"괜찮으세요? 궁의들이 분명 아까도 괜찮다고 했는데……!"

"이 돌팔이 놈들! 끌고 올까요!"

샤이와 이작이 나란히 분개하는 바람에 디아린은 급히 손을 내저었다.

"아니, 아니야. 몸에 문제없어요."

궁의들이 매일 와서 디아린을 진찰했다.

적조 궁의 특수한 힘과 신성력 덕분인지, 디아린의 몸에는 아무런 문제가 없었다. 갑자기 일어나서 생긴 현기증을 제외하고는, 정말이지 한 달이나 잠들어 있었던 몸이라곤 믿기 힘들 만큼 멀쩡했다.

그러니 보러 가야 하는 사람이 있어.

"에제트를 보러 갈래요."

"아, 네! 네!"

이작이 허둥지둥 말했다.

"그럼 주인님, 제가 황태자궁에 가서 바로 말씀을 전……."

"아냐. 내가 바로 갈게."

뛰어가려는 디아린을 샤이가 막았다.

"아가씨!"

"……네?"

"제 로망을 좀 실현시켜 주세요."

황태자, 그러니까 디아린의 혼약자였던 8황자 에제트 아스페르크는 매일 디아린의 침실에 왔다. 하루도 빼먹지 않았다. 그리고 그때마다, 아주 예쁘게 차려입고 있었다.

샤이는 에제트의 눈빛이 아직 두렵다가도 이런 정성을 생각하면 또 웃음이 조금은 나오고……. 그래서 완전히 기억난 자신의 아가씨가 어서 깨어나기만을 기다렸지.

"오래 이별해 있던 연인이 재회하는 거잖아요?"

샤이가 눈물로 얼룩진 얼굴로 환하게 웃었다.

"한 번도 입지 않으신 보라색 드레스가 있어요."

* * *

에제트는 약간 몽롱한 상태였다.

섭정이자, 그리젤 후작인 이디즈 키르헨이 거의 반강제로 먹인 탕약 때문이었다.

듀르셰라는 거대한 가문을 처리하고, 영지와 가산을 국고에 귀속시키고, 망가진 황궁의 일부를 보수하고. 기타 여러 일 때문에 눈코 뜰 새 없이 바빴다. 그러면서도 밤에 잠들지 못했다.

일이 끝나면 항상 디아린이 있을 천록으로 갔으니까.

에제트는 일주일이 넘는 기간 동안 열 시간도 채 자지 못했다. 독보적인 용혈 덕에 아무리 체력이 괴물 같다고 해도 한 달이나 그런 강행군이 이어졌다. 섭정인 이디즈는 결국 '섭정의 권한'까지 내세우며 에제트에게 몸을 보강하는 탕약을 먹인 것이다.

혹사당한 몸이 노곤했다.

목욕을 끝낸 에제트는 검은 테두리에 금실이 수놓아진 흰 가운을 걸치고, 침대 헤드에 몸을 기댔다. 이대로 잠들어 휴식을 취하라고 몸은 소리치지만, 아직 디아린이 일어난 걸 보지 못했다.

펜나투스 호수에서 발견된 그녀의 몸은 멀쩡히 숨을 쉬고 있었다.

매일매일 그녀의 호흡과 맥박을 확인하고서야 에제트 역시 숨을 쉴 수 있었다.

이제 그만 일어나 달라고.

"황태자 전하."

시종이 조심스럽게 장미꽃 다발이 담긴 유리 돔을 가져온다.

"알데트루다 룬이 보내셨습니다."

에제트가 턱짓을 하자 시종은 유리 돔을 내려놓고 나갔다. 삭막하고 무심한 주인의 성격과는 달리, 황태자궁의 모습은 정작 그렇지 않았다.

파스텔톤의 스위트피가 가득한 황태자궁.

에제트의 침대 옆 협탁에는 '장인 이고트'의 서명이 새겨진 보석함이 있었다.

에제트는 오랜만에 그것을 열어 보았다. 안에는 눈부시게 반짝이는 목걸이가 들어 있었다.

디아린의 눈동자와 색깔이 거의 흡사하면서도 최고 품질의 커다란 다이아몬드들만을 찾아내겠다!

그렇게 말하며 장인 이고트가 온 다이아 산출국들을 돌아다니면서 정말로 개고생을 했었는데. 에제트는 보석함을 닫아 다시 내려놓고 침대에 나른한 몸을 기댄다.

목걸이를 바치면서 청혼을 하면 그녀가 웃어 줄까?

"누가 웃어 줘?"

"……?"

에제트가 고개를 들어 올렸다.

여전히 몽롱한 시야에 꿈결처럼 보이는 얼굴이 있다. 보석을 꼭 닮은 옅은 자안과, 굽이치며 반짝이는 연갈색 머리카락.

에제트는 생에 그토록 멍해진 적이 없었다.

가볍게 벌어지는 입술.

"피곤해 보여."

부드러운 손이 에제트의 뺨을 감싼다. 그녀가 그의 허벅지 사이를 짚고 에제트 쪽으로 몸을 기울였다. 천천히 피어나는 웃음기.

이게 우리의 순리구나.

"돌아오셨습니까."

"돌아왔습니다, 황태자 전하."

에제트가 눈을 천천히 감았다가 떴다.

그가 표정을 풀지 않은 채 말했다.

"이름으로."

"돌아왔어, 에제트."

그가 그녀의 팔을 확 잡아당겼다. 제 품으로 쓰러지는 디아린을 끌어안는다.

생생한 촉감. 온기.

빠르게 뛰는 맥박을 수도 없이 확인하고서야, 이 모든 게 꿈이 아님을 실감한다.

"디아린."

"응."

"……디아린."

"응……."

에제트에겐 살아가도 좋다는 허락처럼 들렸던 이름이다.

반드시 살아남아야 한다는 주문처럼도 들렸던 연인의 이름이다. 이토록 수많은 고비를 넘기고, 마침내 온전히 살아 있는 당신을 마주하게 되어서.

"이번엔 약속을 지키셨군요."

"약속은 한 번 깬 걸로 족하니까."

에제트의 낯에 옅은 미소가 떠오른다.

"앞으로 저와의 모든 약속은 꼭 지키시겠단 뜻이군요."

"……왜 말이 그렇게 돼?"

"싫으십니까?"

"전하가 제게 뭘 원하시는지 들어보고요."

"제가 원하는 게 그리 많지는 않습니다. 로드."

"아닌 것 같았는데."

디아린이 눈썹을 슬쩍 올렸다. 그녀가 에제트의 뺨을 감쌌다. 부드럽게 머금는 입술. 오래지 않아 떨어져 나간다. 조금 뒤로 물러나려던 그녀의 등허리를 에제트가 세게 끌어 잡는다.

"끝입니까?"
"더 해 줘?"
"부디."
그녀는 소리 내 웃다가 문득 옆을 보았다. 방금 전부터 희미한 마력이 느껴지기 시작했기 때문이다.
"마력 흔적이 느껴지는데 기분 탓인가?"
"기분 탓이겠죠."
"알데트루다 룬……? 마력 같은데 협탁 쪽에서 나."
에제트가 천장을 한번 쳐다보았다.
디아린을 풀어 준 그가 팔을 뻗어, 협탁 위에 있던 유리 돔을 가져와 뚜껑을 벗겨 냈다. 아주 정교한 보존 마법이 몇 번이나 걸렸던 내용물이 드러난다.
디아린이 천천히 눈을 깜빡이며, 품 안에 안긴 시든 장미 꽃다발을 내려다보았다. 향까지 은은하게 남아 있는, 예쁘게 시든 흰 장미 꽃다발.
버리려고 했지만, 에제트가 도무지 버릴 수가 없었던 그 새하얀 장미꽃.
디아린이 이 꽃다발을 모를 수가 있을까.
'하얀 장미의 꽃말이 '우리가 다시 재회할 수 있을까요?'래.'
흰 장미가 시들면 다른 꽃말이 생긴다.

**나는 당신과 영원함을 약속하겠습니다.**

순간 심장이 세게 고동치는 기분이어서. 디아린이 입술을 꾹 깨물었다.
"디아린."
에제트의 목소리가 다정하게 가라앉았다.
"당신이 정말 보고 싶었어."
온 진심을 그러모은 속삭임.

우리는 이 시간을 위해 얼마나 많은 약속을 걸어야 했던가. 그토록 많은 약속의 끝에 결국은 희극의 끝에 도달했으니. 비극이 끼어들 틈은 없었다는 사실을 이제야 알고 만다.

너와 한 약속을 지켰어.

디아린의 입가에 어린 미소가 깊어졌다.

〈完〉

## 외전 1
## A time for you

"이건 말도 안 돼……."

디아린은 절망적인 눈으로 거울을 쳐다보았다.

순금으로 우아하게 테두리를 두른, 성인 한 명이 족히 비칠 법한 커다란 거울. 기억이 돌아온 일리룸 공작이 손수건으로 눈물을 닦으며 선물해 준 호화로운 거울이었다. 당당히 디아린의 침실 한쪽을 차지한 이 커다란 거울에, 딱 절반만 한 아이가 비치고 있었다.

"푸하하! 푸하하하하!"

소파에 엎드려 있던 올은 그야말로 미친 듯이 웃었다. 디아린이 이를 악물고 홱 뒤를 돌아보았다. 통통한 젖살이 뾰잉 하고 흔들렸다.

올은 이제 호흡 곤란이 올 지경이었다.

"아, 안 돼. 주인님, 그만 귀여우라고요. 안 돼, 배 아파……."

"조용해!"

디아린은 화가 나서 외쳤다. 사실 그녀는, 이런 식으로 분노를 잘 표출하지 않았다. 하지만 작금의 상황은 도무지 어쩔 수가 없었다.

"이게 뭐야."

조금 전의 시간으로 거슬러 올라가.

10여 분 전.

원로들을 지옥으로 끌어 내리고, 신수계에도 다녀왔지만 디아린의 영혼이 많이 다쳤다는 건 본질적으로 변하지 않았다. 이 영혼을 복구하기 위해, 올과 로르는 주기적으로 디아린에게 신성력을 불어넣었다.

그런데 오늘은 올이 잠시 한눈을 팔다가, 순간 임계점이 넘게 신성력을 부어 버린 게 문제였다. 그 부작용의 결과가 눈앞에 있었다.

거울 속 디아린의 모습은 많이 쳐 줘 봐야 세 살.

“세 살이라니…….”

망연자실한 눈으로 너무 커져서 흘러내린 드레스를 본다. 소매에 푹 파묻힌 손을 들어 보니 정말로 쪼끄맣다.

“아하하하! 손 작은 거 봐! 완전 장난감 같네, 아하하하! 악!”

디아린의 마력으로 처맞은 올이 곧장 자세를 바로 했다.

똑똑.

문 두드리는 소리와 함께, 샤이가 들어온 건 그 직후였다.

“아가씨, 무슨 일 있으시……, 아가씨?”

샤이가 당황스러운 표정을 지었다.

내 아가씨는 어디 가고 웬 아기가…….

“샤이 양…….”

디아린이 쭈굴쭈굴 대답하자 샤이의 두 눈이 대번 동그래졌다.

“아가씨?”

잠시 멍어 있던 샤이는, 한 박자 늦게 화들짝 놀라 뛰어왔다.

“아가씨! 아가씨세요? 제 아가씨시라고요?”

작아진 디아린 앞에 주저앉은 샤이는 어쩔 줄 몰라 하며 손만 파들파들 떨었다. 디아린은 억울한 표정을 짓지 않으려 노력하며 말했다.

“신성력 부작용 때문에 이렇게 됐어요.”

"신성력 부작용……."

샤이가 기겁해서 되물었다.

"서, 설마 아가씨. 평생 이렇게 계시는 건가요?"

그 질문에 디아린이 홱 올을 노려보았다. 필사적으로 웃음을 참고 있던 올은, 디아린의 시선이 자신을 향하자마자 화들짝 놀랐다. 그리고 군기 바짝 든 병사처럼 대답했다.

"아뇨? 2주일? 정도면 원래대로 돌아갈 건데요!"

"네?! 신수 적조시여!"

샤이가 팔짝 뛰었다.

"안 돼요! 열흘 후가 아가씨 국혼인데 그게 무슨 말씀이세요!"

"헉, 맞다. 국혼."

올이 드물게 당황했다. 올은 서둘러 날개를 피워 내 몸을 꽁꽁 감싸고 디아린의 눈치를 살폈다.

'안 돼. 화났어. 화 엄청 났어, 주인님!'

올은 디아린이 화내는 게 세상에서 제일 무서웠다. 왜 로르가 디아린을 '악마야.' 하고 부르는가. 그건 디아린이 극도로 화가 나면 본성인 얼음장 같은 성향이 튀어나오기 때문이다.

그땐 일말의 자비심도 없었다.

진짜 악마였다.

더군다나 마력은 또 얼마나 강한지? 신수고 나발이고 눈에 뵈는 게 없이 때릴 수 있는 사람이 자신들의 주인이었다. 지금 생각해 보면 오드의 환생이라 저렇게 오만한 게 틀림없어. 올은 그렇게 꿍얼대면서 다급하게 로르를 호출했다.

〈로르!〉

순식간에 소환된 로르는 바로 디아린을 진정시켰다.

"인간. 진정해라. 열흘 안에 원래대로 돌아오게 할 방법이 있어."

"어떻게?"

"자, 봐라."

로르의 손에서 뻗어져 나온 붉은 신성력이, 디아린의 몸에 은은하게 감돌았다. 디아린은 이마를 찡그리고 물었다.

"이게 뭔데?"

조금이라도 수틀리는 답을 내놓았다간, 올이 오늘 거꾸로 매달릴지도 모른다.

로르는 침착하게 대답했다.

"지금부터 악마, 너는 머리도 점차 어려지면서 몇 시간 안에 완전히 아이가 될 거다. 대신에 더 빨리 원래 몸으로 돌아올 수 있지."

샤이가 두 눈을 동그랗게 뜨고 물었다.

"그럼 국혼 전에는 아가씨 몸이 원래대로 돌아오시나요?"

"아슬아슬하게."

"휴우우. 다행이다. 진짜 다행이에요, 아가씨."

샤이는 진심으로 안도했다.

"평범한 황족의 국혼도 아니잖아요. 심지어 황태자비로 책봉되는 국혼이신데……."

샤이의 말 그대로였다.

디아린은 황태자비로서 에제트와 결혼식을 올린 후, 에제트의 대관식을 거쳐 이후 황후로 책봉될 예정이었다. 에제트가 눈 하나 깜빡이지 않고 결정한 일이었다. 그는 자신의 모든 시간에 디아린이 기록되어 남길 바랐다. 그러니 디아린은 8황자비로도 불렸고, 황태자비로도 불릴 예정이며, 미래에는 황후로 지칭될 것이다.

다시 말해 디아린은 아주 바쁘다는 소리다.

비록 이디즈가 국혼에 관련된 일을 도맡아 해 주고 있긴 하지만 디아린이라고 노는 게 아니었다. 정말로 바빠 죽겠는데.

"갑자기 어려지기나 하고."

그렇게 중얼거리던 디아린은 슬슬 억울해지기 시작했다. 입술이 점점 삐죽 나오기 시작했다. 뺨도 점점 빵빵해진다.

"세상에, 아가씨."

샤이는 더 참지 못하고 디아린을 껴안았다.

"너무 귀여우시잖아요. 어릴 때 초상화가 없으셔서 몰랐는데……."

지금이다. 지금 궁정 화가를 모조리 불러서, 디아린의 초상화 수십 점을 그리게 하면 된다.

"참. 내 정신 좀 봐. 잠시만요, 아가씨."

샤이는 서둘러 일어나, 디아린에게 딱 맞는 예쁜 옷을 구해 와 입혀 주었다. 레이스가 퐁실퐁실 달린 귀여운 아이 옷이었다. 구름처럼 풍성한 머리는 잘 빗은 후 커다란 황금색 리본도 달아 주었다.

"귀여워……!"

샤이는 두 손으로 입을 틀어막았다.

"구두도 가져올게요!"

샤이가 호다닥 뛰어나가고, 디아린은 거울 속에 비치는 자신의 모습을 보았다.

확실히 나빠 보이진 않았다. 디아린은 긍정적으로 생각하기로 했다.

"그래, 괜찮아. 난 어릴 때도 아주 똑똑하고 어른스러웠으니까."

몸은 작아졌어도 머리는 그대로니까. 크게 달라지는 건 없을 테고, 바쁜 일정도 그럭저럭 소화해 낼 수 있을 것이다. 하지만 디아린은 아주 중요한 사실을 간과하고 있었다.

"악마야. 네가 그때 지나치게 어른스럽고, 어른의 기억을 유지했던 건 그 빌어먹을 원로 놈들 때문이고."

로르가 혀를 차며 말했다.

"그들은 이미 지옥에 끌려갔잖냐?"

"어?"

그러니까, 로르의 말이 뜻하는 바는…….

"와! 진짜 어린애 버전 주인님을 보게 되는 거네! 재밌겠……, 악! 잘못했어요!"

또 디아린의 마력으로 처맞은 올이 소파에 몸을 웅크렸다. 아파서 끙끙대면서도 헤실헤실 비집어 나오려는 웃음을 참는 게 너무 어려웠다.

그나저나.

〈주인님, 진짜 참을성 사라지고 있는 거 봐요. 아이고, 배야.〉

〈그러니까 계속 맞기나 하지. 네가 더 애 같다, 올.〉

〈으하하하. 하지만 주인님 저렇게 애처럼 구는 거 처음 보는데 재밌잖아요.〉

〈너는 정말 답이 없군.〉

디아린도 슬슬 '망했다'를 체감하고 있었다. 손목에 달랑대는 리본을 풀어서 흔들면서 놀고 싶어지기 시작했으니까. 지금도 이런데 여기서 더 어려지면……?

"샤이 양, 샤이 양."

구두를 가져온 샤이의 치맛자락을 디아린이 잡아당겼다.

"왜 그러세요, 아가씨?"

샤이가 흐뭇한 얼굴로 디아린과 시선을 맞췄다.

"에제트한테 갈래요."

"어머, 바로 준비할게요."

디아린은 제 정신 연령이 더 어려지기 전에 에제트를 보고, 일주일만 칩거하겠다고 말하고 와야겠다고 생각했다.

* * *

"황태자 전하."

턱을 손으로 괴고, 서류를 읽고 있던 에제트가 시선을 들어 올렸다.

"오드 영애님께서 기다리고 계십니다."

에제트는 바로 일어났다.

"어디서 기다리시지?"

"순백의 응접실에 모셔 두었습니다."

'순백의 응접실?'

에제트가 이마를 약간 찌푸렸다.

"그런 곳이 있었나?"

"예. 전하. 영애님의 시녀장이 그쪽에서 기다리길 원하셔서……."

에제트는 의문이 들었다.

그는 황태자궁 구조에 특별히 관심이 없어서 아직 모르는 곳이지만, 순백의 응접실은 대대로 황태자 부부가 아이를 낳으면 쓰는 곳이었다. 가구가 다 아이들 맞춤형이라 앙증맞고 작았다.

에제트는 여러모로 이상하다는 생각을 하면서 순백의 응접실로 들어섰다. 어른들이 사용하기엔 탁자도, 의자도 전부 작다. 아기자기한 이 응접실에, 디아린의 모습은 보이지 않았다. 다만 그보다 먼저 들려온 목소리.

"올로르. 올로르. 올로르. 온뇨느."

"……?"

응접실에 있는 거울 앞에 딱 서서 열심히 발음을 하는 작은 아이가 보인다.

아이?

이 황태자궁에 아이를 데려올 간 큰 귀족이 있을 리는 없고. 무엇보다. 리본을 묶은 연갈색 머리카락…….

"……디아린?"

아이의 어깨가 움찔 떨린다. 소매에 잔뜩 달린 작은 리본들이 흔들렸다.

둥근 머리가 뒤를 돌아본다. 고개를 잔뜩 꺾어서야 겨우 에제트와 마주치는 시선.

동글동글한 자안을 본 에제트의 눈동자가 드물게 커졌다.

“디아린?”

“에제트…….”

당황해 멎은 것도 잠시.

성큼성큼 걸어온 에제트가 한쪽 무릎을 꿇고 앉아 디아린과 눈높이를 맞췄다. 그는 잠시 말을 잇지 못했다.

작다. 너무 작은데.

왜 자신의 혼약자가 이런 모습으로…….

“마법 부작용이라도 걸린 겁니까?”

디아린이 고개를 도리도리 저었다.

“아니이. 신성력 부작용이야.”

국혼 전까지는 돌아온다고 설명하던 디아린은 갑자기 화가 났다. 안 그래도 바빠 죽겠는데 이런 모습으론 돌아다니기도 힘들고.

“올 이 바보 멍청이.”

게다가 아까부터, 점점 자신의 행동이 스스로가 생각해도 애처럼 변하고 있었다. 의자가 너무 높아 발이 닿질 않으니 달랑달랑 앞뒤로 웃으면서 흔들질 않나.

샤이가 갖다준 초콜릿 푸딩은 너무 맛있어서 열심히 떠먹질 않나.

한 박자 늦게 충격을 받곤 쨍그랑 스푼을 놓치긴 했지만.

평생 어른스럽게 살아온 디아린은, 자신의 이런 모습이 익숙하질 않았다.

이런 작은 손으론 올의 멱살도 못 잡고. 오히려 디아린이 달랑 들리는 바람에, 올이 또 배를 붙잡고 웃어 대다가 로르한테 맞고 끌려갔다.

디아린은 서러워졌나.

연보랏빛 눈동자에 눈물이 글썽글썽 차오르기 시작했다. 미숙한 눈물샘은 제어도 잘 되지 않았다. 에제트는 당황해서 디아린을 품에 안고 일어났다.
“왜 우십니까?”
“기분 나쁘단 말이야. 내가 잘못한 것도 아닌데, 바쁜데 진짜…….”
진심으로 서러웠는지 디아린은 에제트의 어깨에 얼굴을 파묻고 눈물을 펑펑 흘렸다. 에제트는 당혹스러웠다. 아니, 당혹스러운 게 아니었다. 그는 지금 어쩔 줄 몰라 하고 있는 것에 더 가까웠다.
“국혼이 문제면 제가 좀 더 준비하면 되잖습니까, 디아린. 울지 마십시오.”
“황태자 업무도 있잖아.”
그건 잠을 좀 줄이면 정말 상관없는데.
에제트는 그렇게 말하고 싶었지만, 디아린이 더 울 것 같아서 말하지 못했다.
“그럼 디아린.”
에제트는 디아린의 등을 토닥이며 말했다.
“더블렌 남작을 불러오는 건 어떻습니까.”
엉엉 울던 디아린이 고개를 들어 올렸다. 통통한 뺨을 따라 눈물이 또르르 흘러내렸다.
“북문석 성은?”
“어차피 비어 있는 성이잖습니까. 적당히 사람을 재분배하면 될 겁니다.”
“응!”
북문석 성의 집사인 더블렌 남작.
그는 재수 없는 미소와는 달리 일은 진짜 잘했다. 디아린과 함께 북문석 내정을 살핀 경험도 있으니 일손이 착착 맞는 것도 확실했다.
“그럼 돌아가서 리스트 정리할래.”
“제 집무실에서 같이 하시지요.”
“그래도 돼?”
“안 될 게 뭐가 있습니까?”

"그으럼 좋아."

빙긋빙긋 웃는 디아린을 보자 에제트는 의아해졌다. 그러니까 몸만 어려진 게 아니라, 정신도 같이 어려진 건가? 몇 살이 된 거지?

당연히도 에제트는, 어린아이의 겉모습만 보고 정확히 몇 살인지 구분할 수 없었다. 바닥에 닿지 않는 디아린의 작은 발이 달랑달랑 흔들린다. 사이가 신긴 게 틀림없는 연갈색 메리제인 구두는 앞코가 둥글둥글했다.

"에제트, 에제트, 에뎨뜨."

혼자 또 발음 연습을 하다가 뭉개지는 걸 듣고 에제트는 저도 모르게 물었다.

"디아린, 몇 살?"

"세 살!"

씩씩하게 대답한 디아린의 얼굴이 한 박자 늦게 분홍빛으로 변했다.

'내가 지금 뭐라고 대답한 거지?'

디아린은 침대로 뛰어가 베개에 얼굴을 파묻고 숨어 버리고 싶었다. 에제트가 너무 어린애 대하듯 물어서 저도 모르게 애처럼 대답하고 말았다.

너무너무 부끄러웠던 디아린은 바로 에제트를 등지고 앉았다. 그리고 서류에 작은 머리통을 파묻고 열심히 줄을 쭉쭉 그었다. 에제트는 터져 나오려는 웃음을 참느라 제법 고생했다.

세 살이라니.

세 살로까지 어려진 거구나.

자신을 필사적으로 못 본 척하는 디아린의 뒷모습을 미소를 지으며 보던 에제트는, 문득 현실적인 의문이 들었다.

세 살한테 저런 두꺼운 서류를 읽게 하는 게 맞나?

에제트는 디아린의 서류는 전부 제 쪽으로 돌리는 게 낫겠다고 판단하고, 펜을 내려놓았다. 시종을 호출해 몇 가지를 전달한 그는, 적당히 시간이 지난 후에야 디아린을 불렀다.

"디아린."
"응?"
"산책이나 갈까요."
"나 바쁜데?"
"제가 좀 걷고 싶어서 말입니다."
"……그럼 갈래."
발이 닿지 않는 의자에서 조심조심 내려오려는 디아린을 에제트가 안아 내려 주었다.
둘은 바로 정원으로 나갔다. 햇볕도 좋았고 바람도 살랑살랑 불어와, 디아린은 저도 모르게 소리 내어 웃었다.
"헤헤."
에제트가 하마터면 따라서 웃음을 터뜨릴 뻔한 웃음소리였다.
정원에는 이미 자리가 준비되어 있었다. 에제트는 디아린을 앉히고 자신도 옆에 앉았다. 시종들이 발 빠르게 날라 놓은 바구니 안에는 각종 음식이 들어 있었다. 에제트는 쿠키를 꺼내 디아린에게 건넸다. 디아린은 바로 미심쩍은 눈빛을 보냈다.
"이거 산책이 아니라 소풍이야?"
"겸하는 셈이지요."
"나 어린애 아닌데."
"제가 소풍이 나오고 싶어서 말입니다."
"……그래?"
평소라면 "거짓말." 하면서 에제트를 응시했을 디아린인데, 지금 그녀는 어려진 상태. 디아린은 또 헤헤 웃었다.
"나도 사실 소풍 좋아."
"좋으시다니 다행이군요."
에제트는 어려진 디아린의 행동이 생소했다.

이렇게 단것을 많이 먹는 디아린도 처음 봤고, 달콤한 주스만 골라서 마시는 디아린도 처음 보았으니까. 에제트가 디아린의 입에 묻은 라즈베리 소스를 부드러운 손길로 닦아 주던 그때였다.

"아스페르크!!"

저 멀리에서부터 한달음에 거리를 좁혀 온 이디즈의 노성이 들렸다.

"황태자궁에 아이가 생겼다니 대체 이게 무슨 해괴망측한 소문이냐!"

딸꾹.

갑작스러운 노성에 놀란 디아린이 두 손으로 입을 막고 딸꾹질을 했다. 에제트는 디아린이 엎지를 뻔한 딸기 주스를 내려놓았다. 어린애가 딸꾹질을 할 때 어떻게 해야 하는지 알 리가 없어서, 일단 디아린을 안아 들고 등을 토닥였다.

말이 안 되는 다정함이었다. 달려오며 그 광경을 본 이디즈의 상식으로는 도무지 이해가 가지 않았다.

'저' 아스페르크가 혼약자를 제외한 타인에게 다정한 모습을 보인다는 건 말이 되지 않았으니.

그게 하물며 어린애라고 할지라도!

그러니까 소문이 맞았다. 저 아이는 황태자의 친자식이 틀림없었다. 이디즈는 이제 배신감까지 느끼고 있었다.

이 녀석이 어떻게……. 제 혼약자를 내팽개치고……! 뒤로 이런 몹쓸……!

"정녕 사생아인 것이냐?"

에제트는 헛웃음을 지었다.

"제 인생에 사생아는 죽어서도 없습니다."

"그럼 대체 이 아이는!"

대답은 한참 아래쪽에서 들렸다.

"이디즈 님."

'이디즈 님?'

모두가 섭정 전하라고 부르는 이디즈를, 저렇게 호칭하는 건 딱 한 명뿐이었다. 이디즈는 설마 하며, 제 아래서 허리를 꾸벅 숙이는 아이를 보았다.

옅은 자수정 같은 동공. 젖살이 통통하지만, 묘하게 예비 황태자비가 생각나는 이목구비.

“설마 디아린 오드 이스터?”

“네에, 저예요.”

당혹스러운 표정을 지은 이디즈가 바로 무릎을 굽혀 작은 디아린과 시선을 맞췄다. 디아린은 최대한 발음이 새지 않게 노력하며 또박또박 말했다.

“사소한 신성력 부작용이 있었습니다. 그래서 며칠은 이런 모습일 거예요.”

“그런……, 그런 거였군.”

“네. 심려를 끼쳐 드려 죄송합니다.”

“죄송할 필요까지야……. 나 때문에 영애가 놀랐겠군.”

이디즈는 소문 단속을 확실히 시켜야겠다는 생각을 했다. 여하튼 이 삭막한 황태자궁에 아이 하나 생겼다고.

아니, 물론 그 아이를 북해 빙벽 같은 아스페르크가 너무 둥개둥개 하고 있으니까 그럴 소문이 날 법도 한데. 국혼을 앞두고 여기저기 헤벌레 풀어져서는.

쯧.

이런 생각을 하면서 이디즈는 눈썹을 살짝 올렸다. 그제야 디아린의 모습이 제대로 눈에 들어온 까닭이다. 둥실둥실 구름 같은 연갈색 머리카락. 통통한 뺨은 뽀얬고 눈도 아주 땡그랬다.

이디즈는 심각한 얼굴로 말했다.

“귀엽군.”

“귀엽지 안씁니다.”

아악.

디아린은 혀를 깨물고 싶었다. 최대한 아무렇지 않은 얼굴로 일어섰다.

"전 이만 서류를 처리하러 가게뜹니다."

아악.

디아린은 이번에는 진짜로 혀를 깨물고 총총 뛰어갔다. 에제트는 이디즈에게 가볍게 묵례하고, 디아린을 따라 집무실로 돌아갔다.

이디즈는 아이가 입을 원피스를 좀 선물하는 것도 좋겠다고 생각하며 돌아섰다.

해는 금방 떨어졌다.

에제트는 이제 서류보다, 디아린의 얼굴을 쳐다보는 데 시간을 더 많이 할애하고 있었다. 그는 자신이 평소에도 그랬음을 인지하지 못하고 있었다. 어쨌든 해가 떨어지자마자 눈이 풀려 꾸벅거리는 디아린의 모습도 처음이었다.

"졸리십니까?"

"으응. 왜 이러지."

서류 속 글자는 이제 너무 어려웠다. 눈에 아예 들어오지도 않았다. 두 눈을 마구 비비던 디아린은, 에제트에게 두 팔을 뻗었다.

"안아죠."

에제트가 얼떨결에 디아린을 안아 들었다. 디아린은 에제트의 품에서 그대로 잠이 들었다. 아이 특유의 높은 체온이 옮겨 와 에제트의 가슴이 점점 따뜻해졌다.

창밖을 물들이는 주황빛 노을.

에제트는 조심스럽게 디아린을 편하게 안겨 눕게끔 고쳐 안았다. 디아린이 약간 칭얼대는 소리를 내서 멈췄다가, 또 한 번 조심조심.

자은 손이 에제트의 셔츠를 꽉 쥐고 잔다. 그는 웃음이 나올 것 같았다.

어릴 적의 당신은 이런 성격이었나.

좀 더 일찍 당신을 만났으면 좋았을 텐데.

똑똑.

"전하."

집무실에 램드가 들어온 건 얼마 후였다. 에제트가 손가락을 들어 올려 입가에 갖다 댔다.

"쉿."

바로 기척을 지운 램드는 눈을 둥글게 떴다. 디아린의 호흡이 아주 느려지고야 에제트가 고개를 들었다. 램드가 최대한 조용한 목소리로 말했다.

"샤이 양한테 얘기는 들었는데 진짜군요. 진짜로 영애님이……."

너무 본격적으로 어려졌는데.

안 그래도 에제트는 키가 컸다. 그렇게 큰 남자의 목에 달랑달랑 매달려 있으니, 디아린이 무슨 나무열매 같았다.

'하긴 저분도 어릴 때가 있는 게 당연하긴 한데.'

원체 대단한 사람이라서 자꾸 잊는단 말이지. 문득 램드가 손가락을 들어, 디아린의 키를 가늠하기 시작했다.

"뭐 하는 거지?"

"아, 전하. 다른 게 아니고……. 나중에 황녀 저하가 태어나시면 저런 느낌이실 것 같아서 말입니다. 영애님은 어릴 때 초상화도 제대로 없던 분이셨으니……."

내일부터 궁정 화가들이 모조리 호출되어 디아린을 그릴 예정이었다. 샤이는 일 처리가 아주 시원시원한 성격이었다.

에제트는 램드의 말에, 여전히 잠들어 있는 디아린을 내려다보았다.

그녀를 닮은 딸이라. 그건 아주 괜찮을 것 같았다.

에제트는 어쩐지 웃음이 나왔다.

사실 에제트는, 그런 미래보다 디아린이 지금 제 품에서 어린 모습으로 잠들어 있다는 사실이 너무 재밌었다. 평소엔 절대 이러지 않을 사람인데.

디아린은 이걸 기억할까?

에제트는 한쪽 손으로 읽던 서류를 내려놓으며 명령했다.

"화가를 한 명 데려와. 손 빠른 쪽으로."

램드가 근위 대장답게 품위를 지키며 고개를 숙였다.

"존명."

절도 있게 대답한 후, 나가려고 문을 연 램드의 두 눈이 커졌다. 문 바로 앞에 신성함을 마구 내뿜는 붉은 남자가 서 있었기 때문이다.

"신수 적조시……."

"쉿."

램드가 바로 입을 다물었다. 적조는 둘이었고, 눈앞의 이는 그중에 성격이 좀 더 나빠 보이는 쪽이었기에.

"주인님이 겨우 잠들었네."

만족스럽게 웃은 올이 후 하고 깃털을 날려 불었다. 커다란 깃털은 에제트 앞에 사뿐 내려왔고, 거기엔 글자가 적혀 있었다.

[헨의 자손아. 너의 구역에 들어가도 되겠느냐?]

에제트가 긍정의 의미로 고개를 끄덕였다. 올이 위풍당당 집무실로 걸어 들어갔다. 하지만 램드는 보고 말았다. 소리가 나서 디아린이 깰까 봐 발뒤꿈치를 열심히 들고 걷고 있다는 것을.

램드는 못 본 척 집무실 문을 조심스레 닫고 나갔다.

올은 집무실에 들어오자마자, 디아린의 귓가에 신성력부터 불어넣었다. 황금빛 감도는 붉은색이 디아린의 귓가를 은은하게 감쌌다.

"휴. 이제 안 깨겠네. 주인님이 깨면 내 사지가 멀쩡할 것 같지가 않아서 말이지."

올은 히히 웃으면서 에제트의 품에 잠들어 있는 디아린을 살펴보았다.

아니. 진짜 자기 주인이라서가 하는 말이 아니다.

이건 객관적으로 너무 귀엽잖아?

올이 손가락으로 디아린의 토실토실한 뺨을 콕 찔러 보려는데, 손목이 잡혔다. 에제트가 정중하게 말했다.

"깨겠습니다."

"이 내가 마법을 거는 모습을 보지 못 하였느냐, 헨의 자손아?"

"소음을 소거시키는 마법 아니었습니까?"

"음……."

"건드리면 깨겠지요."

"……."

올이 어흠 하면서 말했다.

"헨의 자손이라 그런지 똑똑하구나."

디아린이 깨면 올은 또 도망을 쳐야 했기 때문에, 방금 전 막힌 건 좀 다행이었다.

"그럼 내가 주인님을 안고 있으마. 너는 그 서류들이나 읽도록 하거라."

이런 자비로운 신수가 세상 또 어디 어디에 있겠는가?

하지만 에제트는 디아린을 넘겨주지 않았다.

"제 혼약자가 저를 선택하셔서."

"허?"

올이 눈썹을 치켜올렸다. 언제나 디아린과 함께 있는 에제트만을 보았던 올이다. 그래서 올은 에제트의 오만한 거절이 몹시 낯설었다.

"주인님한텐 다 져 주더니 순 내숭이었구나!"

"제 아내에게는 달라야 정상이지요."

"결혼도 안 했는데 무슨 아내야?"

"며칠 후면 죽을 때까지 제 아내잖습니까?"

"인간들에게는 이혼이라는 제도가 있어!"

"이혼해 줄 생각은 죽어도 없습니다. 그리고 생각난 김에 말씀드리는데."

"말하지 마."

"국혼 후 일주일은 디아린과 단둘이 있고 싶습니다."

그러니까 그땐 눈치껏 나가 있으란 소리였다.

올은 에제트를 이글이글 노려보기 시작했다. 그 시선을 에제트가 전혀 피하질 않아서, 그들은 제법 오랫동안 서로를 노려보았다.

똑똑.

"전하, 화가를 데려왔습니다."

"들어와."

램드가 데려온 화가는 에제트도 얼굴을 알 만큼 유명한 예술가였다.

"황태자 전하께 인사 올립니다!"

문제는 그의 뒤를 따라 들어오는 또 다른 적조였다.

신수, 로르.

로르는 올과 똑같은 방식으로 집무실에 들어가도 되냐고 묻고, 에제트가 수락하자마자 바로 걸어 들어왔다. 그리고 당당하게 책장 쪽 의자에 팔짱을 끼고 앉았다.

로르가 올에게만 들리는 목소리로 말했다.

〈저 악마한테 맞기 싫으면 와서 앉아라.〉

〈쳇.〉

올은 순순히 의자에 앉았다.

보는 순간 무릎을 꿇고 싶을 정도로 신성한 신수. 그런 적조가 따라오는 바람에 다리가 다 후들거렸던 화가는 겨우 정신을 차리고 준비를 했다.

이미 램드에게 언질을 들어서 뭘 그려야 하는지는 잘 알았다.

황태자 전하와 그분이 안고 계신 어린애. 그리고…….

올이 조용히 날개를 피워 냈다. 평소와는 달리, 날개에서는 붉은빛이 예술적으로 사르르 떨어지고 있었다. 덕분에 화가는 하마터면 기절할 뻔했다. 마치 예술가를 홀리려는 듯 나붓나붓 흔들리는 신성한 날개.

로르는 한심하다는 표정을 지었다.

〈아, 로르도 날개 꺼내라고요. 빨리. 빨리. 빨리! 꺼내야 저 화가 놈이 우리도 그려 줄 거 아니에요! 나도 주인님 아기 때 모습에 같이 그려지고 싶다고요! 빨리! 빨리!〉

〈알았으니 좀 다물어라.〉

로르는 올의 징징거림에 어쩔 수 없이 따라서 날개를 꺼냈다.

"……!"

화가의 눈에 예술혼이 불타올랐다.

그는 미친 듯이 그림을 그리기 시작했다.

며칠 후.

국혼을 앞두고, 서북문석 영지에서 올라온 쌍둥이 황자 솔과 로르드안은 "우와." 하면서 커다란 그림을 쳐다보았다.

"솔, 누님이 진짜 어려졌나 봐!"

"이럴 줄 알았으면 며칠만 더 일찍 올걸."

쌍둥이 황자는 그림에서 눈을 떼지 못했다. 뗄 수가 없다는 표현이 맞을 것이다. 잠들어 있는 디아린과, 그녀를 안고 있는 에제트. 그리고 그들의 뒤에 앉아 있는 신수 적조.

그림 속에서 적조는 이례적으로 그 아름다운 붉은 날개를 활짝 펼치고 있었다. 붉은 보석까지 갈아 넣은 값비싼 물감을 아낌없이 쓴 그림은 정말이지 걸작 그 자체였다.

궁정 화가답게, 황족 중심으로 구도를 잘 잡아서 다행이지. 까딱 잘못했으면 적조가 주인공이 되어 버렸을 화려함이었다.

굉장히 순진한 편인 로르드안은 눈을 동그랗게 떴다.

"신수 적조께서 누가 봐도 누님이 로드인 걸로 보이길 원하셨나 봐."

"그렇……지?"

그런 걸 염두에 둔 거겠지?

솔은 왜 자꾸 적조가 본인들도 그리라고, 화가한테 무언의 압박을 가한 걸로 보이는지 모르겠다는 생각을 했다.

"두 분 황자 저하. 영애님이 낮잠에서 깨셨……, 아니 접견을 허락하셨습니다."

둘의 눈동자가 반짝 뜨였다. 그들은 바로 몸을 틀어 디아린이 있을 곳으로 빠르게 걸어가기 시작했다.

## 외전 2
## 초야

드디어 국혼이 끝난 저녁이었다.

"황태자비 전하."

"전하, 이쪽으로 오시지요."

디아린은 정신이 없었다. 국혼이 이어지고 황태자비의 관을 받고.

저 멀리서 샤이가 눈물을 펑펑 흘리고 있는 게 언뜻 보였던 것 같기도 한데. 샤이가 우는 건 그럴 수도 있다 싶었는데, 쌍둥이 황자들은 왜 우는지 이해를 할 수 없었다. 딜리스는 왜 또 그렇게 펑펑 울어서 말이야.

디아린은 그들 외에도 눈물을 삼킨 이들이 제법 많다는 걸 알지 못했다. 일리룸 공작가와 작센느 공작가에서도 보이지 않게 통곡한 이들이 있다는 사실은 짐작도 못했다.

'그다음엔 정신이 없었지.'

대대로 황태자비가 쓰는 관에는 최상품질의 다이아몬드가 수없이 박혀 있었고, 묵직했다. 황태자비가 입는 새하얀 예복도 보석이 주렁주렁 달려 몹시 무거웠다.

황태자비로는 대대로 기사를 맞아야 하는 게 아닐까?

목욕할 때는 아예 잠들었던 것 같다.

시녀들은 정말로 솜씨가 좋아서, 디아린이 잠들게끔 내버려 두었다.

조심스럽게 깨우는 손길에 일어나니 디아린은 반짝반짝 반질반질 깨끗해져 있었다. 온몸에는 부드러운 향유로 긴장을 풀기 위한 마사지를 받았다. 긴 머리카락은 끝만 둥글게 말아 자연스럽게 늘어뜨렸다.

최종적으로는 샤이가 서른 벌 사이에서 고민해 고른 얇디얇은 슬립까지 입었다. 그 위엔 기다랗고 복슬복슬한 가운을 걸치고, 푹신한 슬리퍼까지 잘 신은 후 걸음을 옮겼다.

디아린은 심호흡을 하며 침실로 들어섰다.

'에제트는 아직 안 왔구나.'

디아린도 이 침실에 들어오는 건 처음이었다. 대대로 황태자 부부만이 쓰는 침실은, 호화롭긴 했으나 생각보다는 고풍스럽게 꾸며져 있었다. 그리고 무엇보다 침대가 무척 컸고, 구름처럼 푹신했다.

혹시나 싶어서 디아린은 두 손으로 체중까지 실어 매트를 꾹꾹 눌러 보았다. 신기할 정도로 소리가 안 났다. 왜 소리가 안 나게 만들었을까? 당연히 왜인지는 짐작하고 있다.

갑자기 침실이 덥게 느껴지는 이유가 뭘까?

디아린은 손부채질을 하다가 테이블 위에 있던 샴페인을 땄다. 기포가 퐁퐁 올라오는 샴페인을 잔에 따른 그때였다. 문이 열리는 소리가 들렸다.

"……황태자 전하. 비전하께서는 안에……."

문틈 사이로, 그런 소리 비슷한 게 귓가에 들려왔다. 디아린이 잔을 든 채로 굳었다. 그러니까, 첫날밤에 혼약자를, 아니.

'이젠 남편이긴 한데.'

이상하게 간지러운 호칭.

어쨌든 남편을 어떤 기분으로 기다리고 있어야 하는지, 디아린은 잘 몰랐다.

'이렇게 긴장되는 줄 알았으면 내가 좀 더 늦게 올걸.'

쿵쿵 세차게 뛰는 가슴. 디아린은 갑자기 갈증이 심하게 나, 들고 있던 샴페인을 그대로 마셔 버렸다.

"디아린?"

그때 딱 들려오는 에제트의 목소리. 디아린은 아무렇지 않은 표정으로 미소를 지었다.

"안녕, 에제트."

"혼자 드십니까?"

"목이 좀 말라서. 에제트도 마실래?"

"좋지요."

"잠시만."

디아린이 샴페인을 새로 따라 주자 에제트가 빙그레 웃었다. 그가 그렇게 웃는 건 드문 일이라서, 디아린의 가슴이 괜히 두근거렸다. 샴페인을 마시는 에제트의 목울대에 괜히 시선이 고정된다.

그녀는 자연스럽게 고개를 돌렸다가, 이윽고 눈을 크게 떴다. 에제트가 입고 있던 두꺼운 가운을 벗어 탁자에 올려놓았기 때문이다.

문제는 그 가운 안의 옷차림이었다. 샤이가 디아린에게 입혀 준 슬립과 비슷한 노출도의 얇은 가운을 입고 있었으니까.

아니, 오히려 디아린의 슬립보다 더 심한 것 같았다. 재질이 너무 얇고 반투명해서 안쪽 근육들이 그대로 비치니까. 그나마 하반신 쪽은 불투명해서 다행인가?

대체! 황태자궁의 누가 저런 문란한 옷을 황태자에게 입히자고 의견을 냈는지 알 수가 없었다. 그마저도 에제트는 거추장스러운 듯, 허리끈을 바로 잡아당겨 풀어 버리려고 했지만.

디아린의 눈동자가 흔들렸다.

"에제트? 왜 이렇게 빨리 벗어?"

"입고 할 순 없잖습니까?"

"……."

디아린이 말문을 잃자, 에제트는 고개를 갸웃하다가 "아." 하면서 다가왔다.

"당신은 벗으실 필요 없습니다. 제가 벗겨 드릴 테니."

"아니……. 너무……."

"왜요?"

디아린은 에제트의 몸으로 자꾸 내려가는 시선을 애써 다잡았다. 침이 자꾸 고이는데 이유를 알 수 없었다.

"너무 거침이 없어서."

에제트가 피식 웃었다. 그는 그녀의 귀가 점점 빨개지고 있다는 게 잘 보였고, 솔직히 만족스러웠다.

에제트는 디아린의 앞에 서서 달아오른 귀와 뺨을 만졌다.

"결혼했으니까요."

결혼한 후의 당신은 후회할 수가 없다.

그게 에제트의 진심이었다. 국혼의 끝머리에서, 그의 처형당한 부모가 문득 생각났었다.

에제트의 부모는 평생 그들의 어울리지 않는 결혼을 후회했다. 결혼 전의 사고를 되돌리기를 바랐다.

에제트는, 아버지를 증오스러운 눈으로 쳐다보던 어머니를 머릿속에서 지웠다. 아니, 지울 수밖에 없었다.

"에제트?"

디아린이 팔을 뻗어 제 손목을 잡아당겼기 때문이다.

"피곤해? 표정이 안 좋은데."

"아뇨. 옛날 기억이 좀 떠올라서."

그녀가 눈을 깜빡이다가 말했다.

"안 좋은 기억이면 잊어."

"잊으라고요."

"잊기 힘든 거야? 그런 거면 내가 좀 도와줄 수 있어."

에제트가 희미하게 웃었다.

"어떻게요?"

디아린은 에제트의 손목을 그대로 잡아당겼다. 그녀의 힘이 강해 봤자 얼마나 강하겠는가. 하지만 에제트는 순순히 디아린의 앞으로 몸을 숙였다.

그녀가 그의 입술을 찾아 키스했다. 입 안을 더듬고, 혀를 부드럽게 얽어매는 입맞춤. 디아린이 무심코 에제트의 허벅지를 짚었다가 움찔 놀랐다. 이 키스가 초야의 발화점이 될 거라는 사실은 알았지만, 예상치 못한 촉감이 느껴졌기 때문이다.

감촉이 너무 딱딱하고, 무엇보다.

원래 이렇게 큰가? 혹시 안에 물병이라도 숨겨 놨나?

당혹스러움에 슬그머니 멀어지려는 손을 에제트가 잡았다. 그녀의 입맞춤이 뚝 멎었다. 감았던 눈을 뜨자, 황금색 눈동자가 바로 앞에 있었다.

"……에제트?"

"만지실 거면 계속 만지셔야죠."

"아니. 방금 실수였어."

"저는 실수가 아닌데 어쩝니까."

"……어?"

더 이상의 말은 없었다. 에제트는 디아린의 가운을 풀어 젖혔다. 스르르 떨어지는 가운. 안에는 에제트의 것만큼은 아니지만, 어쨌든 몹시 얇은 슬립이 잘 입혀져 있었다. 슬립을 벗겨 내는 것도 그리 어렵지 않았다. 그저 리본 두 개만 당겨서 풀면 됐으니까.

디아린의 슬립이 벗겨지는 것과 동시에, 에제트는 자신이 걸치고 있던 반투명한 가운도 벗겨지고 있음을 알았다. 에제트의 가운이 디아린의 손에서 미끄러져 바닥으로 떨어졌다.

그녀는 홀린 듯이 에제트의 몸을 보았다.

"만져 봐도 되나요, 전하?"

에제트가 픽 웃었다.

"기꺼이."

디아린의 손이 에제트의 어깨를 만졌다가, 팔뚝을 꾹꾹 눌러 보았다.

"엄청 단단해."

그러다가 다시 허벅지 쪽으로…….

에제트가 디아린의 몸을 끌어안았다. 맞닿은 피부에서 맥박 소리가 세게 들렸다. 누구의 심장이 더 거세게 뛰고 있는지 알 수가 없었다. 없는데.

아니, 사실 에제트는 제 고동 소리가 이렇게 큰 거라고 생각했다.

"디아린."

호명 한 마디에 짙은 욕망이 무겁게 배어 나온다.

심장이 이렇게 불규칙하게 뛰는 이유가 무엇인지. 디아린은 어느새 침대에 제대로 누워 있었다. 바로 위에 있는 에제트를 눈을 깜빡이며 응시한다.

투명해서 바닥이 비치는 자안.

에제트의 목울대가 움틀거렸다.

눈으로는 처음 보는 살결들이 어지럽게 에제트의 시선을 붙잡는다. 그는 잠깐 그런 생각을 했다. 긴장된다고. 그런 마음과는 달리, 몸만은 아까 전부터 착실하게 반응하고 있는 건 스스로도 웃겼지만.

이제 조금 아픈 것도 같았다.

사춘기 소년도 아니고. 하긴, 그 시절부터 눈에 담은 게 당신이니 어쩔 수 없겠지.

에제트는 디아린의 눈가에 입을 맞췄다. 입술이 그녀의 뺨에 이어 목덜미를 따라 밑으로 내려갔다. 굳은살로 딱딱한 손바닥이 디아린의 피부를 훑었다.

그녀의 목덜미에 소름이 오스스 돋았다. 디아린이 움찔거릴 때마다 에제트는 갈증이 미친 듯이 갈증이 났다. 그녀의 체온이 그의 혀에 감긴다. 어느 순간 에제트의 팔을 그러쥐고 있던 디아린의 손에 힘이 세게 들어갔다.

"에제트……."

평소와 다른 목소리에 에제트는 심장이 터질 것 같았다.

그가 낮은 신음 소리를 토해 냈다.

* * *

황태자 부부 침실의 불은 몇 시간이 지나서야 꺼졌고, 천록의 아름다운 정원에서는 신성한 붉은 신수 둘이 배회하고 있었다.

올이 툴툴거렸다.

"아니, 진짜 일주일 동안 오지 말라는 게 말이 돼요? 변했어요, 주인님이! 디아린 오드 이스터 키르헨이!"

변했다고 화내면서 바뀐 풀 네임을 제대로 불러 주는 건 당최 무슨 심리인지…….

로르는 차를 마시며 말했다.

"계속 15% 이상 붙어 있을 거라니까 어쩔 수 없지 않나."

"아! 그 발칙한 용혈 놈이 우리 주인님 잡아먹겠네! 아주!"

"어려서 힘이 좋을 테니 비슷하겠군."

"공감해 주지 마요, 로르!"

"거기에 기사니까, 흠……."

"아!"

"올. 애처럼 굴지 마라. 인간들의 결혼엔 필수 불가결인 부분이다. 불만족하면 부부 관계에 타격이 가니. 악마가 다른 인간에게 눈을 돌려 봐. 용혈 놈이 그 인간들을 살려 놓겠나?"

"뭐……. 집착 하나는 엄청난 놈이었죠."

"그러니까 부부 생활에 만족하는 게 모두에게 이롭지."

"아니까 설명 그만해요!"

올은 그 이후로도 한참을 툴툴댔다.

"둘이 딱 세 시간만 떨어져 있으면 내가 바로 돌아간다."

"악마한테 맞아 죽으려고?"

"그럼 좀 더 생각해 보고요."

올은 살짝살짝 로르의 눈치를 보다가, 디아린이 에제트와 세 시간이 살짝 넘게 떨어졌을 때 바로 날아갔다. 날아갔다가…….

로르가 한심한 표정을 지었다.

"쫓겨났나?"

"으아아! 용혈 놈 가만 안 둬!"

한편으로는 혹시나 싶었지만, 정말로 올과 로르가 다시 디아린의 영혼으로 올 수 있게 된 건 그로부터 일주일이 지나서였다.

## 외전 3
## 이것도 신혼여행인가요

"하여, 황제 폐하. 마지막 수문석인, 남부 수문석에 이와 같은 일이 발생한 바……."

에제트 아스페르크에게 이런 보고가 올라온 건, 어느 가을의 오후였다. 보고서를 읽은 그는, 그날 정무가 끝난 후 황후궁으로 향했다.

실은 어제도 갔고, 그제도 갔고. 아니, 그냥 대관식 이후 쭉 황후궁에서 저녁을 먹고 잠을 청하긴 했다. 덕분에 황제궁의 식당은 귀빈 접대용으로 변질됐고, 침실은 차디차게 식은 지 오래되었지만 에제트는 전혀 신경 쓰지 않았다.

"황제 폐하께 인사 올립니다."

"황후께서는?"

"신수 두 분과 함께 계십니다."

에제트는 시계를 보았다.

"기다리지."

"예, 폐하."

황제가 기다린다는 사실에 대해 송구스러워하는 사용인도 없었다. 왜냐면 이런 일이 종종 있었기 때문이다. 대관식이 고작 두 달 전의 일이었음을 생각하면 더더욱 그랬다.

에제트는 새삼스러운 눈으로 황후궁을 둘러보았다. 오블리잔 선대 황후가 주인이었을 적과 완전히 달라져 있었다.

그냥 장식을 바꾼 정도가 아니었다. 디아린은 황태자비로 봉해지자마자, 기존의 황후궁을 폭파하고 아예 새로 짓는 쪽을 택했으니까.

전통을 따지는 문관 귀족 몇이 소심하게 항의했지만, 적조의 로드에게 성질을 마음대로 낼 수 있는 이는 몹시 드물었다. 게다가 황후궁을 폭파한 것도 순전히 디아린의 마법이었다. 와르르 큰 조각으로 무너져 내리기는커녕 거친 돌가루로 증발하는 수만 개의 벽돌들.

디아린은 손을 들어 햇볕을 가리고 상쾌하다는 표정을 지었다.

'어머, 폭파 마법은 이렇게 쉽네요.'

'…….'

'…….'

'…….'

그 말을 듣고는 마지막으로나마 항의하려던 귀족들이 뿔뿔이 흩어졌다.

사실 에제트는 이쪽이 더 좋았다. 더 이상 꺼림칙하지 않았으니까. 어릴 적부터 오블리잔 황후의 심한 견제를 받던 에제트다. 그러다 보니 언제나 황후궁이 달갑지 않았는데, 그 좋지 않던 기억도 날아간 기분이었다.

크림색 대리석 외벽. 흰 떡갈나무로 조각한 창문틀.

북문석 성과 같은 색의 지붕.

이렇게 새로운 궁을 빨리 지을 수 있었던 건 사계탑의 전폭적인 협력 덕이 컸다. 더군다나 디아린의 사재가 상상 이상이었다.

'황제 폐하. 이건 대외비인데요.'

디아린의 속삭임이 떠오른다.

'당신의 아내가 생각보다 부자랍니다.'

그녀는 대외적으로 대마물 사체 3개의 주인.

대마물 하나의 가치가 다이아몬드 광산 몇 개임을 생각해 보았을 때, 그녀는 한때 제국에서 가장 부유하다던 듀르셰 공작가보다도 부자인 게 맞았다.

더군다나 디아린에게는 무럭무럭 자란 상단도 있질 않던가.

가짜 흑조 소환사 티드로 기드곤의 동생이던 나탈리 기드곤. 그녀는 외양과는 달리 뚝심이 있었고, 디아린이 죽었다고 알려진 후에도 착실히 상단을 키워냈다. 이후엔 디아린에게 고스란히 갖다 바쳤고 말이다. 이런 속사정을 아는 사람은 아주 극소수이기는 했지만.

그날 밤.

"에제트, 그만……."

세 시간이나 시달린 디아린의 뺨에 흐르는 눈물을 닦아 주고, 에제트는 그녀에게 깊게 입을 맞췄다. 축 늘어진 몸을 안아 제 위에 올린 후, 머리카락을 만졌다.

에제트는 금방 잠들 것 같은 디아린에게 속삭였다.

"사계탑에 7계급 마법사를 초빙해야 할 것 같습니다."

졸린 목소리로 디아린이 "왜?" 하고 물었다.

"남쪽 수문석에 최상위급 고치가 나타났다는군요."

잠들려던 디아린의 두 눈이 반짝 뜨였다. 그녀가 고개를 들어 올렸다. 연갈색 머리카락이 쏟아져 에제트의 벗은 몸 위로 흘러내렸다. 에제트는 그녀의 긴 머리카락을 귀 뒤로 넘겨주며 눈동자를 빤히 쳐다보았다. 디아린이 물었다.

"악몽 마물?"

"예."

"수문석에 똬리를 튼 최상위급이면 엄청 강할 텐데."

더군다나 마지막 수문석이고.

천 년에 가까운 세월 동안 겨우 절반만 봉인하는 데 성공한 수문석.

이제는 고작 한 개만을 남겨 두고 있었다. 오드의 지식 덕분이었다. 용의 기억과 지식은 파수꾼에게 곱게 헌납했지만, 수문석에 관한 건 일부러 빼놓았다.

'조금 늦게 준다고 뭐, 신목이 나를 때리겠어, 어쩌겠어.'

디아린은 남은 수문석들을 빠르게 봉인해 버렸다. 이후 누구도 수문석을 다시는 무기로 쓰지 못하도록. 이제는 남문석만 남았다.

남문석까지 완전히 봉인하면, 대제국 아키르의 유일한 걸림돌이었던 '불안전성'은 완전히 사라지는 것이다. 마물의 정기적인 수급과 충당은 그보다 훨씬 안정적인 이데아의 숲에서 하는 걸로도 충분했다.

언젠가 디아린이 생각했던 것처럼, 에제트는 완벽한 황제가 될 것이다. 후세가 그렇게 기록하겠지. 디아린은 미소를 지었다.

"남부 수문석엔 내가 갈래."

"그럼 같이 가시는 걸로."

"에제트도?"

"마법사만 보낼 순 없잖습니까?"

"황제 폐하께서 정무를 내팽개치시고 남부 수문석에 가신다고요?"

"그 정도 공백은 충분히 준비해 놓고 갈 수 있습니다. 그리고 수문석 토벌에 경험이 충분한 황족이 그리 많지가 않습니다. 쌍둥이들은 어리고."

사실 에제트 기준에선 이젠 별로 어리다고 보호해 줄 나이는 아니긴 했다. 하지만 그는 굳이 말하지 않아도 될 걸 생략할 줄 알았다.

"그런……. 그런가?"

디아린은 어느새 설득당하고 있었다.

하긴, 그녀로서도 군대 하나가 파견되이 자신을 따라오는 것보다는 에제트가 함께 가는 게 편했다.

그는 독보적인 용혈이며 그 자체로 가장 뛰어난 기사였으니까.

차라리 함께 가서 빨리 끝내고 오는 게 좋지 않을까.

“그럼 일주일 정도 뺄 수 있어?”

“가능합니다. 조용히 다녀오는 게 좋겠지요.”

“응. 에제트 좋을 대로.”

그때의 디아린도, 에제트도 몰랐다.

남부 수문석에서 그들이 어떤 일주일을 보내게 되는지.

* * *

“남부는 여전하네.”

디아린은 남부 특유의 따뜻한 햇살을 눈을 찡그리고 즐겼다.

오랜만에 방문하는 남부는 거리에서 잘 익은 과일 향기가 나는 것 같았고, 어디든 따스했다. 디아린은 옆에서 함께 걷고 있는 에제트를 보았다. 그는 평소처럼 검 한 자루만 차고 있는 상태가 아니었다.

모처럼 부유한 평민처럼 보이게 차려입은 에제트. 그렇게 입혔음에도 너무 귀티가 났고 잘생겼다. 황족은 황족인 건지. 디아린은 흘긋흘긋 에제트를 쳐다보는 영지민들을 보면서 괜히 뿌듯해했다.

그래요.

모르겠지만 이 사람이 당신들의 황제랍니다.

잘생겼죠?

디아린은 에제트가 등에 메고 있는 커다란 자루를 보면서 물었다.

“에제트.”

그가 바로 그녀에게 고개를 숙였다.

“왜 부르십니까?”

“그 짐 안 무거워?”

"이 정도로요?"

에제트는 진심으로 의아해하며 되물어서, 디아린은 두 눈을 깜빡였다.

그랬지.

에제트가 늘 차고 다니던 수호자의 검도 어마어마하게 무거웠지. 아무래도 디아린과는 신체 구조가 근본부터 다른 모양이었다.

신체 구조…….

디아린은 갑자기 에제트의 허벅지 쪽으로 내려가려는 시선을 뗐다. 헛기침을 한 후 걸음을 옮겼다. 둘만 이렇게 바깥에서 걸어 보는 건 오랜만이었다.

'우리 둘만 나온 건 아니지만요.'

어쨌든 황제와 황후의 행선지는 알려지지 않는 게 좋았기 때문에, 이도 비밀스러운 외출이었다. 대외적으로는 황제와 황후는 천록에서 휴가를 즐기는 것으로 알려질 터.

'일을 일찍 끝내면, 진짜 에제트랑 천록에서 쉬다가 나와도 되겠지?'

자신은 그렇다 치는데 에제트가 너무 바쁘게 일해서.

물론 황제가 바삐 일해야 좋다는 건 알지만, 그래도 여유가 되는 한에선 휴식도 권하고 싶은 건 어쩔 수 없지 않나.

나흘 정도는 수문석 숲에 머물러야 한다.

수문석 숲에는 시조 헨의 마법으로 구현된 마을이 있으니, 노숙을 할 필요는 없다. 그러니까 식량만 잘 챙겨 가면 된다.

미리 황궁에서 조달해 올까 했지만, 아무래도 비밀리에 나오는 거라 근처 영지의 시장에서 사기로 했다. 해가 떨어지기 전에 수문석에 가야 했으므로, 어떤 걸 준비해 갈지 에제트와 미리 정해 놨다.

"과일은 꼭 있어야 돼."

수문석으로 향하는 길은 일았지만, 상세한 시장 위치는 잘 몰랐다. 디아린은 지나가는 이들 중 제일 만만해 보이는 사람을 붙잡고 물었다.

"근처에서 제일 큰 시장이 어느 쪽이죠?"

디아린의 얼굴을 본 남자의 눈이 번쩍 뜨였다. 그는 바로 친절한 표정을 지었다.

"여기 앞인데 제가 안내해 드리지요."

이것 봐라?

에제트의 눈썹이 슬며시 기울여졌다. 그런 줄도 모르고 디아린은 안내에 따라 과일 상회 쪽으로 갔다. 디아린이 "감사합니다." 하고 인사하자, 남자의 뺨이 확 붉어졌다.

"저, 그, 혹시 시간이 있으시다면 저와……. 억! 악!"

갑자기 남자가 비명을 삼켜서 디아린이 당황했다.

"왜 그래요?"

"아니, 아닙니다."

남자는 얼얼하다 못해 끊어질 것 같은 어깨를 겨우 감추고, 파들파들 떨었다. 디아린이 모르게, 남자의 어깨를 멍이 들기 직전까지 쥐었던 존재는 당연히 에제트. 그는 평소와 다를 바 없는 목소리로 물었다.

"다른 쪽도 좀 안내해 주었으면 하는데. 살 게 많아서."

"예? 예……!"

남자는 더 이상 디아린을 쳐다보지도 못했다. 에제트는 디아린에게 말했다.

"금방 다녀오지요."

"응? 응."

에제트와 남자가 떠나고, 디아린은 과일을 둘러보았다.

"아가씨, 아까 그 총각이 참 잘생겼는데. 남편이야?"

"네."

"어휴, 아가씨 복 받았네. 내가 여기서 30년간 장사하면서 저렇게 잘생긴 남잔 본 적이 없어. 근데……, 총각도 복 받았네. 아가씨도 너무 예뻐."

"어머."

"젊은 부부가 햇사과를 나눠 먹으면 평생 잘 산다는 속설이 있는데, 들어 본 적 있을까~?"

"들어 본 적 없는데요?"

"아이참, 아가씨도!"

디아린은 피식피식 웃으며 사과를 샀다. 신선한 사과 냄새에 기분이 좋았다. 들고 가던 와중, 사과를 한 알 떨어뜨렸다. 주우려고 몸을 숙이는데, 낯선 남자가 대신 주워 디아린에게 내밀었다.

"저, 여기 있습니다."

"감사합니다."

디아린이 사과를 받으려고 손을 내밀자, 남자가 우물쭈물하면서 말했다.

"저기요."

"네?"

"실례지만 호, 혹시 정혼자가 있나요?"

"정혼자는 없고 남편……."

은 있는데.

"다행이군요!"

그러나 남자가 흥분해서 디아린의 손을 덥석 잡았다.

"처, 첫눈에 반했습니다!"

"아니, 저 남편이 있는……."

"악!"

남자가 갑자기 소리를 꽥 질러서 디아린은 당황해 한 발 물러섰다. 하마터면 마력으로 머리를 후려칠 뻔했다. 남자가 시뻘게진 얼굴로 뒤를 홱 돌아보았다.

곧 그의 얼굴이 새파래졌다.

"뭐, 뭡니까, 당신?"

분노로 타오르는 황금색 눈동자가 자신을 물어뜯기라도 할 듯이 노려보고 있었던 것이다.

"손 놓지 그래."

"당신이 뭐, 뭔데……. 으악!"

손이 뜯길 것 같은 고통에 남자가 비명을 질렀다.

"아주 잘리고 싶은가 보군."

진짜 자를까?

에제트가 홱 남자의 뒷목을 잡아 바닥에 던지듯 내팽개쳤다. 남자는 상상도 못 한 악력에 휘청거리다가 바닥에 쓰러졌다.

에제트는 디아린의 손을 잡았다. 아주 불쾌감 어린 표정으로 그는 주변을 둘러보았다.

이 자식이 용기를 좀 낸 거다.

디아린이 잠깐 혼자 있었을 뿐인데, 흘긋흘긋 쳐다보는 놈들이 이렇게 늘었다. 에제트와 마주친 눈들이 잽싸게 시선을 피하고 재게 걸음을 놀린다.

자신이 떨어지자마자 바로 이렇게 달려들다니. 디아린의 손에 적당한 반지라도 하나 끼워 주고 나왔어야 했는데.

디아린이 선호하는 보석이 원체 다 큰 것밖에 없어서, 에제트도 그런 것만 선물하다 보니까 부유한 평민이라도 쓸 법한 보석이 하나도 없었다. 그렇잖아도 근위대에서 툭 하면 디아린에게 연서를 써서 신경이 거슬리는데.

근위대는 황제의 직속 기사단.

그래서인지 근위대가 황후에게 연서를 보내는 관습은 전통 있는 낭만으로 불렸다. 하지만 그중 몇은 진짜로 디아린한테 반한 티를 필사적으로 감추는 게 보여 여러모로 제 심기를 벅벅 긁는데. 바깥에 나와도 별반 달라지는 게 없으니 에제트는 영 짜증이 났다.

가진 건 시력밖에 없는 놈들이.

에제트는 짜증스러운 시선으로 바닥에 자빠져 있는 남자를 훑어보고 말했다.

"갑시다. 부인."

디아린이 눈을 깜빡였다.

부인이라는 말은 처음 들어 보는데. 그녀는 적당히 대응하는 단어를 떠올렸다.

"그래요. 여보."

에제트가 가볍게 움찔거렸다.

그가 디아린을 내려다보았다. 그녀가 빙긋 웃으며 잡은 손을 흔들었다. 함께 걸어가면서 디아린이 말을 이었다.

"왜? 사실 한 번은 이렇게 불러 보고 싶었어."

"좋군요."

"나도 그렇게 불러 줘."

"부인?"

"아니."

"여보."

장난기 어린 미소가 피어났다.

"네. 여보."

"잠행도 좋군요."

"응. 좋아."

디아린은 에제트의 눈을 빤히 들여다보면서 말했다.

"정말 좋아해."

에제트는 순간, 디아린이 자신의 심장을 세게 틀어쥔 게 아닌가 하는 착각이 들었다. 방금은 정말로 가슴이 세게 고동쳤으니까. 홀린 듯이 디아린을 응시하던 에제트는 그녀의 뺨을 잡았다가

"여기선 싫어."

디아린이 사람들 시선을 의식하며 거부하는 바람에 순순히 손을 내렸다. 아니, 내리려다가 디아린의 손을 잡고 걸음을 빨리 했다. 인기척 없는 곳을 파악하는 것쯤은 에제트에게 일도 아니었다.

그가 그렇게 디아린을 데리고 간 곳은 한적한 뒤편이었다. 담쟁이덩굴이 뒤덮인 이곳에 사람이라곤 정말 없었다.

디아린의 등이 벽에 닿았다. 그녀가 시선을 들어 올렸다. 첫사랑에 달뜬 소년처럼 에제트는 디아린의 허리를 다급히 감싸 끌어안고 고개를 숙였다. 목마른 이처럼 조급히 입술을 찾아 더듬고 벌린다. 여유조차 느껴지지 않을 정도로 갈급하게 파고드는 혀에 디아린의 속눈썹이 파르르 떨렸다.

여긴 침실이 아닌데, 왜 꼭 침실에서 하던 것처럼……. 단단하게 붙잡힌 디아린의 손에 힘이 빠졌다. 강한 입맞춤에 혀뿌리는 다 얼얼한데 몸은 녹을 것 같아 다리가 다 휘청거렸다.

에제트가 한쪽 손으로 디아린을 가볍게 들어 올려 껴안았다. 그녀가 두 팔로 에제트의 목을 끌어안았다. 에제트의 입가에 미소가 어린 걸 디아린은 미처 보지 못했다.

다시 쏟아진 키스는 한참이 지나고서야 겨우 끝났다.

사실, 디아린은 다리 쪽으로 느껴지는 감촉이 있어서 에제트를 밀어냈다. 발갛게 달아오른 뺨으로 숨을 몰아쉬고, 둘은 수문석 숲 안쪽으로 걸어갔다.

수문석이 위치한 곳은 이미 비워져 있었다.

디아린은 "와." 하면서 고개를 들어 올렸다.

"고치 진짜 크네."

2년 전에 보았던 고치 크기와는 비교가 되지 않았다. 거의 고성 하나만 했다. 예상은 했는데, 수문석을 아예 둥지로 삼다니 운이 대단한 마물 놈이었다.

그리고 이미 기다리고 있는 세 명의 신수 소환사들.

청조의 소환사 올리비아.

백조의 소환사 리제드.

황금조의 소환사 베른.

디아린은 어차피 악몽 마물을 치우는 김에 마지막 수문석도 완전히 봉인해 버릴 예정으로 그들을 끌고 왔다.

"준비 다 됐죠?"

셋이 열심히 고개를 끄덕였다.

디아린은 그들을 고치 반대편으로 보낸 후, 곧장 스태프를 꺼냈다. 뻗어나간 붉은 마력이 고치를 완전히 감싸며 복잡한 마법진을 그렸다. 대마물만큼은 아니지만, 기존의 수문석을 건드리지 않으면서 마물을 파훼하려니 꽤나 섬세한 조절이 필요했다.

〈주인님.〉

〈인간아.〉

올과 로르가 나란히 말을 꺼냈다.

〈이거, 잘만 하면 며칠 만에 수문석 봉인할 수 있겠는데요?〉

〈우리가 반대편에서 고치 근원을 부수면 되겠군.〉

〈다른 신수 놈들이 힘이 좀 달리니까!〉

그러니까 지들이 제일 잘났다 이거다. 디아린은 픽 웃으며 에제트를 쳐다보았다.

"여보."

"예."

디아린이 웃음을 터뜨렸다. 에제트가 뻔뻔히 대답해 주는 게 이렇게 즐거울 줄이야.

"나흘 정도 수문석 숲에 있어도 될까요?"

"물론입니다."

"고치 속에 잠깐 들어갔다 와야 할 것 같은데요."

"같이 가시지요."

"응."

디아린이 빙긋 웃었다. 그녀가 신수 소환사의 힘을 개방했다. 곧바로 반응하는 악몽 마물. 새까만 그림자가 디아린을 덮쳐, 고치 안으로 잡아당겼다. 에제트는 틈을 놓치지 않고 훌쩍 뛰어 안으로 함께 들어갔다.

〈우리도 가 볼까.〉

〈그래요.〉

로르와 올은 바로 현신해, 세 마리의 신수와 세 명의 소환사들이 있는 쪽으로 날아갔다.

신수들의 힘이 빛나며 고치와 수문석을 완전히 감쌌다. 수문석 봉인에는 신수들의 힘이 꼭 필요했던지라, 그들은 계속 각 수문석에 불려 다녔다. 지금까지의 경험이 있으니 이번 봉인도 어려운 일이 아니었다. 다만 문제는…….

"어?"

올의 표정이 당황으로 물들었다. 로르가 이마를 짚었다.

"수문석을 둥지로 삼은 마물은 이게 문제군."

신수의 힘이 뒤엉키며 고치가 오히려 훨씬 딱딱해졌다. 이 말이 뜻하는 바는 하나.

올이 식은땀을 흘렸다.

"우리 주인님이랑 용혈 놈이 저기 갇혀 버렸네요?"

* * *

디아린은 고개를 들어 올려 높디높은 하늘을 보았다. 저 하늘도 마물이 만들어 낸 환각이겠지만, 아무튼 지금 보기엔 바깥과 다를 게 없다.

"에제트?"

"예, 디아린."

"우리 나흘간 여기 갇힌 것 같은데."

"……?"

디아린은 짐작한 바깥 상황을 에제트에게 말해 주고, 품에서 마법 성물 하나를 꺼냈다. 이너럴 룬이 악몽 마물 대응책으로 선물해 준 건데, 이렇게 쓸 줄은…….

곧장 마법진을 그린 디아린이 이너럴 룬에게 받았던 마법 성물을 중앙에 던졌다. 그러자 눈앞에서 흐물흐물 기묘하게 움직이던 성이 갑자기 딱딱하게 고체화가 되었다.

에제트가 검날 끝으로 단단해진 탁자를 두드려 보았다. 바로 알 수 있었다. 환각에 불과하던 성이 '진짜'가 되어 버렸음을.

"나흘간 여기서 머무는 겁니까?"

"으응."

디아린은 난감한 표정으로 주변을 둘러보았다.

"하필 여기일 줄은 몰랐는데 말이야."

악몽 마물은 매개체의 기억을 더듬는 곳. 그래서 2년 전에도, 북문석 성이 고치 안에 완성되어 있었는데.

지금은…….

"콘클이스터 성, 아니. 이스터 성."

콘클이란 이름은 완전히 삭제되었으니까. 디아린이 나고 자랐지만 오래지 않아 폐쇄되었던 그 성. 당혹함을 감추지 못하는 디아린을 보던 에제트는 가볍게 말했다.

"그럼 못 갔던 신혼여행을 온 거라고 생각하지요."

디아린이 눈을 깜빡였다.

"그렇게 생각해도 돼?"

"안 될 이유가 있습니까?"

"아니. 딱히 있는 건 아니지만……."

하긴 좋은 게 좋은 거라고.

어차피 며칠은 꼼짝없이 나가지 못하게 되었으니까. 좋게 생각하는 쪽이 더 나을 것 같았다.

더군다나 이 악몽 마물 고치는 디아린의 옛날 기억을 토대로 한 거라, 아주 깨끗했다. 전염병이 돌기 전의 안락하고 아늑했던 남부의 그 작은 이스터 성이 맞았다.

"그럼 에제트. 내 방으로 갈래? 거기서 쉬어야 할 것 같아."

"그러지요."

에제트는 순순히 걸음을 뗐다. 걸으면서 본 모든 부분이 완전히 안정화가 되어 있었다. 정말 그냥 성이라고 해도 믿을 정도였다.

'이너럴 룬 마법 성취 대단해…….'

디아린은 푹신한 침대를 만져 보며 그렇게 생각했다. 마물의 기운은 성 내부에서 전혀 느껴지지 않았다. 마물도 아마 모든 힘을 바깥에서 쏟아지는 신수의 공격에 집중한 것 같았다.

"우린 나흘간 고치 안쪽에서 마법진만 그려 주면 돼."

"마법진만요."

"응."

혹시 몰라 침실에 보호막을 만들어 걸고, 마법진까지 그리고 나니 딱히 할 게 없었다. 디아린은 정원에 있는 그네에 앉아 저도 모르게 툭 말했다.

"평화롭네."

에제트는 디아린의 그네를 밀어 주다가 픽 웃었다.

"악몽 마물 안인데 말이지요."

"이상하지?"

"글쎄요. 제 생각에도 평화로운 것 같은데요."

국혼 후에도 둘 다 제법 바쁘지 않았나. 물론 매일 밤에는 어떻게든 시간을 냈지만. 어찌 되었든 지금은 꼭 휴가처럼 느껴졌다. 그러니까 최상위급 악몽 마물의 미궁 안에서.

에제트와 디아린은 성 안으로 다시 들어왔다. 그는 그녀에게 물어 성의 부엌으로 향했고, 디아린은 식량은 사 와서 다행이라고 생각했다. 생각했는데…….

에제트가 익숙하게 화롯불에 불을 붙이는 걸 보고 눈을 깜빡였다.

"요리할 줄 알아?"

"어느 정도는요. 수문석 토벌을 자주 다니다 보니 몇 개는 배웠습니다."

"난 뭐 도와주면 돼?"

에제트가 희미하게 웃었다.

"앉아 계시지요, 부인."

"네. 여보."

디아린이 바로 얌전히 앉았다. 그녀는 에제트가 요리하는 뒷모습을 보면서 감상에 빠졌다. 저녁을 만들어 주는 황제라니. 너무 황공하니까 맛없어도 맛있다고 해 줘야지.

빵은 시장에서 미리 사 온 게 있고. 훈제한 베이컨과 감자, 당근을 썰어 넣고 끓인 스튜와 심지어 사과를 졸인 간단한 디저트까지 나왔다. 어쨌든 이스터 성은 착실히 구현되어 있었기에 귀족가다운 우아한 커틀러리도 잘 갖춰져 있었다.

디아린은 스푼을 들어 스튜를 한 입 떴다.

'어?'

그녀의 눈이 동그래졌다.

"맛있어."

에제트의 입가에 미소가 어렸다.

"다행이군요."

디아린은 스튜 위에 뿌려진 사프란을 보고, 고개를 갸웃했다. 사프란은 귀한 향신료라서 귀족가나 황실에서나 취급하는데. 시장에서 이런 걸 파나?

"이건 언제 산 거야?"

"샤이가 챙겨 놓았더군요."

"샤이 양이?"

샤이가 디아린과 에제트의 짐을 모두 챙기긴 했다. 하지만 디아린의 짐에는 향신료 같은 건 전혀 없었는데. 디아린은 설마 하면서 생각했다.

'샤이 양……?'

혹시 처음부터 에제트에게 요리를 시키려고 한 건가요……?

디아린은 조금 떨떠름해졌지만, 어쨌든 저녁은 맛있었다. 최상위급 악몽 마물의 고치 안에서 목욕까지 끝내고 나니 저녁이었다. 디아린은 작은 테라스로 나가서 별이 잔뜩 수놓아진 밤하늘을 올려다보았다.

가짜 하늘인 주제에, 바깥과 똑같이 어둠으로 물들어 간다는 게 어이는 없었지만. 환각이라는 걸 아는데도 예뻐서 웃겼다.

테라스 문이 열렸다.

"디아린. 여기 계셨습니까?"

"응. 다 씻었어?"

"예."

테라스의 난간에 팔을 기대자 부드러운 바람이 불어왔다. 원래 악몽 마물 내부라 기분이 나빠야 정상인데, 바깥에서 온갖 신수가 신성력을 들이붓고 있어서인지 전혀 그렇지 않았다.

정화될 대로 정화된 신선한 밤바람이라 외려 기분이 좋아졌다.

이런 식으로 완전히 단둘만 있는 건 오랜만이었다. 디아린은 정원을 내려다보다가 문득 옆을 보았다. 내리깔린 긴 속눈썹. 그 아래 황금색 눈동자가 정원을 응시하다가 자신을 향한다.

디아린이 미소를 지었다.

"무슨 생각 해?"

"당신 생각이요."

디아린이 “아니.” 하면서 웃음을 터뜨렸다. 너무 막 사랑받는 남편의 표본 같은 대답이잖아.

“그거 말고는?”

“당신 생각 말고 딱히 한 게 없는데요.”

“나에 대한 무슨 생각?”

“좀 솔직히 말해도 됩니까?”

“응? 응.”

에제트가 디아린의 귓가에 작게 속삭였고, 그녀의 얼굴이 한 박자 늦게 붉어졌다.

“왜 그런 생각을 해?”

“솔직히 말해도 좋다고 하셨잖습니까. 어쨌든 신혼여행 아닙니까?”

디아린은 못 들은 척 테라스에서 벗어나 침실로 돌아갔다. 에제트는 웃음을 삼키며 그녀의 뒤를 따라갔다. 침실에는 여전히 9계급 마법사의 보호막이 둘러져 있었다.

디아린이 침실에 들어서자마자, 에제트가 그녀의 손목을 잡아 세웠다. 한 순간에 그가 그녀의 허리를 껴안아 시선 위로 들어 올렸다. 디아린의 발에 신겨져 있던 슬리퍼가 카펫 위로 툭 떨어지며 맨발이 드러났다.

“정말 왜 이렇게 힘이 좋은 거야.”

한숨을 내쉰 후, 디아린은 아직 물기가 남아 있는 에제트의 검은 머리카락을 손끝으로 정돈해 주었다.

양손으로 그의 뺨을 감싸고 물었다.

“키스해도 돼?”

“그런 건 묻지 말고 해 주셨으면 하는데요.”

“좋아. 하지만 에제트는 나한텐 묻고 해야 해.”

“왜요?”

“아니면 사람들 볼 때도 하려고 하잖아.”

"사람들 시선이 싫으신 거면 환궁하자마자 황명을 내리지요."

"무슨 황명을 내리게?"

"궁내에선 전부 고개를 들지 말고 다니라고."

"세상에, 내 남편이 폭군이라니……."

에제트가 웃으면서 고개를 들어 올렸다. 디아린이 기꺼이 입을 맞춰 주었다. 가볍게 시작된 키스는 순전히 한쪽에 의해 순식간에 깊어졌다.

달빛이 유리로 된 창문을 타고 흘러 들어온다. 디아린이 바로 앞에 있는 에제트를 보면서 몽롱하게 중얼거렸다.

"내가 본 남자 몸들 중에 제일 예쁜 것 같아."

탄탄히 짜인 근육과 균형이 완벽히 잡힌 몸. 긴 팔다리와 넓은 어깨. 그녀의 칭찬에 에제트가 픽 웃었다. 어디 성인 로맨스 소설의 삽화라도 본 게 틀림없었다.

에제트는 디아린을 놀려 줄 생각으로 물었다.

"다른 남자 몸들을 봤습니까?"

"응. 근위대 3연무장에서 많이들 벗고 훈련하기에 봤지."

잠시만. 에제트가 이마를 찌푸렸다. 농담인 줄 알았는데.

"거길 당신이 왜 가신 겁니까?"

"아니, 난 램드 경한테 할 말 있어서 갔다가."

"가서 기사들 몸만 구경하다 왔다고요."

"구경 안 했어!"

디아린은 억울했다.

애초에 남성 근위대 중에는 레이디나 귀부인들에게 잘 보이고 과시하고자 일부러 상체를 탈의하고 훈련하는 이들이 있다. 일부러 그쪽으로 걸어가는 다른 귀부인들이 얼마나 많았는데. 디아린은 그저 스치듯 지나가다가 본 게 전부인데.

하지만 에제트의 생각은 달랐다.

근위대들 중 몇몇은 디아린에게 어필하려고 일부러 옷을 내다 벗은 게 틀림없었다. 그녀에게 연서를 유독 열성적으로 보내는 이름 몇을 기억하고 있는 에제트의 한쪽 눈썹이 슬쩍 올라갔다.

애초에 내 아내에게 낭만시를 곁들인 연서를 보내는 걸 왜 관대히 이해해야 한단 말인가. 도무지 이해가 안 되는 황실의 관습인데, 이참에.

"에제트? 3연무장 없애면 안 돼."

"가서 또 보시려고?"

에제트가 빈정대자 디아린이 눈을 깜빡이다가 "내가 왜?" 하고 되물었다. 그녀가 에제트의 넓게 벌어진 어깨를 손가락 끝으로 느릿느릿 쓸었다. 탄탄한 촉감에 중독될 것 같다. 에제트가 입고 있던 가운이 디아린의 손끝에서 흘러내려 시트 위로 떨어졌다.

"에제트."

어느새 에제트의 머리가 베개 위에 눕혀졌다. 그의 눈가를 디아린이 진득하게 쓰다듬었다.

"난 에제트 몸이 제일 예쁘다고 했잖아."

디아린은 그의 위에 앉아 미소를 지으며 입술을 향해 고개를 숙였다. 에제트의 붉어진 뺨 옆으로 디아린의 긴 머리카락들이 흘러 앉았다.

다음 날, 해도 뜨지 않은 캄캄한 새벽.

디아린은 눈을 떴다. 침대가 낯설어서 평소보다 너무 이른 시간에 깼다.

"맞다……."

여긴 황궁이 아니지.

황후 업무도 없으니 일찍 일어날 필요가 없는 악몽 마물의 성, 미궁. 낯선 천장을 보고 흐릿한 시선을 흘렸다. 옆으로 시선을 돌리자, 자신을 안은 채 잠들어 있는 에제트가 보인다.

디아린은 그쪽으로 조심조심 몸을 돌려, 잠든 에제트를 빤히 관찰했다.

평화롭게 감긴 눈이 좋다. 어디에서도 피를 흘리고 있지 않아서 좋아. 네가 내 옆에 있다는 게 가장 좋았다.

그의 뺨을 가볍게 건드리고, 부드러운 입술을 살짝 건드려 보았다가.

"에제트."

디아린은 자그맣게 에제트에게 속삭였다.

"사랑해."

널 만나게 되어서 기뻐.

진심으로.

잠기운 섞인 미소를 지었다.

잠들어 있는 에제트의 얼굴을 보니 그녀도 다시 잠이 쏟아졌다. 디아린은 그의 이마에 입을 맞추고 그대로 다시 잠에 빠졌다. 에제트의 귓가에 붉은 기가 어렸지만 디아린은 미처 보지 못한 반응이었다.

평소라면 그는 지금이 일어날 시간이었다.

하지만 여기서는 일찍 일어나도, 수련 말고 딱히 할 게 없었다. 그나마 디아린과 먹을 아침을 차려 놓는 정도. 황제의 업무가 없는 며칠이라는 건 기이한 기분으로 다가왔다.

그러니 조금 더 디아린과 같이 있어도 되지 않을까.

사랑하는 이 사람과.

디아린이 속삭여 준 사랑한다는 말이 가슴에 깊게 스며든다. 그녀가 일어나면 종일 같은 고백을 되돌려 주고 싶은데.

사랑한다고. 진심을 다해.

에제트는 한참이고 디아린을 품에서 놓지 못했다.

* * *

그로부터 나흘 후.

최상위급 악몽 마물이 완전히 파훼되었다.

다만 성은 사라지지 않고 그대로 남아, 디아린은 희한하다는 표정을 지었다.

나중에 알고 보니, 이너럴 룬의 마법적 아이디어에 사계탑의 주인 엔리크 룬이 아끼던 마법 성물을 내주어 결합시킨 경우였다.

제국의 모든 수문석을 봉인한 대가로 디아린은 그 성을 달라고 청했고, 남쪽의 그 아기자기한 성은 후일 오드 이스터 성으로 불리게 된다.

'가끔 에제트랑 놀러 가면 좋겠지.'

게이트도 설치하면 금방 왔다 갔다 할 수 있으니까.

그런 생각을 하며 디아린은 모처럼 딜리스와 차를 마시고 있었다.

4계급 마법사이자, 곧 5계급 마법사가 될 그녀.

딜리스는 국혼 때 디아린을 보며 하염없이 울어서 디아린을 당황시킨 인물 중 하나였다. 저 차가운 얼굴로 엉엉 우는 게 참 괴리감이……. 거기에 램드 경까지 어쩌다 합석하게 되었다.

램드는 차를 마시다가, 문득 물었다.

"황후 폐하."

"네, 램드 경?"

"혹시 발이나 다리를 다치셨습니까?"

"아뇨? 왜요?"

"아니, 환궁 이후 걷는 게 미묘하게 온전치 못하신데."

"……."

디아린이 움찔했다. 딜리스는 '저 눈치 없는 자식을 어쩌면 좋지?' 싶었다.

에제트가 함께 간 토벌이다. 그럼 에제트가 크게 다치지 않고서야, 디아린이 어디 조금이라도 다칠 일이 있겠는가. 에제트가 다치지 않았고 디아린도 다른 외상이 없다. 그런데 디아린이 걷는 게 미묘하게 불편해 보인다면 이유가 하나뿐이질 않겠는가?

사이를 위시한 황후궁 시녀들조차도 충분히 짐작하고 눈치껏 아무것도 안 묻고 있는데.

저건 진짜 바보인가?

딜리스는 진심으로 램드가 한심했다. 근위대장이라는 모양새 빠지지 않는 타이틀에 생긴 것만 멀쑥하지, 하는 짓은 영 어리바리하다.

"그럼 궁의라도 불러오겠습니다. 제가."

한심한 친구를 대신해 딜리스는 궁의를 호출해 왔다. 그게 얼마나 잘한 일이었는지는 30분 후에 결론이 났다.

* * *

"램드 베스턴."

딜리스가 램드의 뒤를 따라가며 물었다.

"지금 어디 가는 거야?"

"황제 폐하께."

"말씀 올리게?"

"그래. 올려야지. 황후 폐하에 대해……."

램드는 드물게 긴장한 표정이었다. 딜리스는 특유의 차가운 눈으로, 성큼성큼 걸어가는 거대한 근위대장을 보았다.

"야."

"왜?"

"넌 진짜 생각이라는 게 있는 녀석인 거야?"

"뭐?"

램드가 뒤를 돌아보았다. 딜리스가 아주 한심하다는 표정으로 쏘아붙였다.

"그걸 왜 네가 말해? 황후 폐하께서! 궁의들한테 입단속시킨 거 보고도 생각이 없냐?"

딜리스가 마력을 담은 손으로 램드의 팔뚝을 쾅 후려쳤다.

램드가 흡 숨을 크게 들이켰다. 예상했던 것보다 들어오는 대미지가 너무 컸기 때문이다.

딜리스가 완전한 5계급을 달성했다는 건 며칠 후에야 밝혀지는 일.

"넌 그냥 조용히 있어. 두 분 사이에 끼어들지 마."

딜리스는 손목에 묶고 있던 천으로, 램드의 입을 꽁꽁 감쌌다. 그리고 다른 쪽으로 끌고 갔다.

* * *

에제트는 오늘 정무가 제법 늦어졌다.

대귀족 회의가 있었던지라, 늦은 밤이 다 되어서야 황후궁으로 발걸음을 했다. 평소보다 황후궁이 조용한 것 같은데, 이유는 알 수 없었다. 에제트는 디아린이 있다는 침실로 곧장 걸음을 옮겼다. 테라스에는 디아린 혼자였다.

그녀의 등에는 좀처럼 볼 수 없었던 커다란 붉은 날개가 펼쳐져 있었다. 혹자라면 그대로 기절할 만큼 아름다운 모습이었겠지만, 에제트의 눈엔 아니었다.

디아린이 금방이라도 날아가 버릴 것만 같아서.

고작 몇 걸음 사이, 에제트는 디아린의 팔을 단단히 틀어쥐고 있었다.

"에제트? 이제 와?"

디아린이 그를 돌아보면서 반가운 표정을 지었다.

동시에, 별 조각처럼 깨져서 사라지는 붉은 날개. 에제트가 오기면 하면 15% 이상 붙어 있으니, 올과 로르는 알아서 정원으로 날아가 버리곤 했다.

"디아린."

에제트가 물었다.

"날개는 왜 꺼내고 계셨던 겁니까?"

"아."

디아린이 그녀답지 않게, 난감한 미소를 지었다.

"있잖아, 에제트. 나 할 말이 있어."

"무슨 말입니까?"

디아린은 자신의 팔을 잡고 있던 에제트의 손을 떼어 냈다. 그리고 두 손을 깍지를 껴서 잡은 후, 눈동자를 한 바퀴 굴렸다.

"음, 에제트."

"예."

"그러니까……."

"그러니까?"

디아린이 에제트의 손을 제 복부 위에 얌전히 갖다 댔다. 그리고 귓가에 속삭였다. 오늘 궁의들에게 들었던 진단 결과를. 디아린조차 순간 귀를 의심했던 그 한 마디를.

'회, 회, 회임하셨습니다! 황후 폐하!'

"우리, 아이가 생겼어."

에제트의 눈이 커졌다.

그의 시선이 디아린의 아랫배에 꽂혔다. 복부에 맞닿아 있던 단단한 손도 그대로 굳었다. 지금 자신이 들은 말이, 그러니까.

"아이요."

"응, 아이."

"아이……."

돌처럼 굳어 있던 에제트가 순간 이마를 찌푸렸다. 그가 갑자기 주먹을 쥐고 본인의 팔을 세게 내려치는 바람에, 디아린이 깜짝 놀라 붙잡았다.

"에제트? 왜 그래?"

"꿈이 아니군요."

"아니, 무슨……."

둘 다 젊고 건강하고 그렇게 매일 함께 밤을 보냈는데 당연한 결과 아닌가?

디아린이 그렇게 되물으려고 했을 때였다. 디아린의 입이 자그맣게 벌어졌다.

"꿈이 아니라고……."

에제트가 멍하니 중얼거리는 것과 동시에, 그의 얼굴이 전에 없이 붉어졌기 때문이다.

그가 손으로 입매를 가리고 시선을 피했다. 하지만 드러난 귀가 달아오른 건 가릴 수가 없었다. 그래. 그는 지금 딱 그런 표정이었다.

방금 들은 말을 의심하는 것 같기도 하고, 머리를 한 대 얻어맞은 것 같기도 하고. 공통점이 있다면…….

"왜 그렇게 웃는 거야, 에제트."

"……제가 웃고 있습니까?"

"네. 엄청 많이요. 폐하."

에제트가 이렇게 웃는 건 처음 보았다. 본인은 의식조차 못하는 미소.

'신기해.'

디아린은 가슴이 간질간질했다. 솜털이 뺨을 마구 간지럽히는 기분이다.

"침실에 거울이 있을 텐데……."

들어가려던 디아린을 에제트가 잡아 품에 가뒀다. 세차게 뛰는 고동 소리가 디아린에게까지 전해졌다.

"디아린."

"응."

"제가 지금 당신께 뭐라고 해야 합니까?"

"음……."

디아린이 짓궂은 미소를 지었다.

"제 아이를 가져 주셔서 감사합니다?"

"그거면 됩니까?"

농담이라고 말할 새도 없었다. 에제트가 한쪽 무릎을 꿇고 앉아, 디아린의 손등에 입을 맞췄기 때문이다. 그녀가 당황해서 에제트의 손을 잡아당겼다.

"농담이야!"

"농담이라고요?"

"일어나, 빨리."

디아린이 에제트를 일으켜 세우려고 하자, 그가 순순히 일어났다. 황금색 눈동자가 아직은 납작한 디아린의 복부를 바라보았다.

아이라고.

그토록 사랑하는 여자가, 자신의 아이를 가졌다는 게 믿기질 않았다. 그런 행복이 자신한테 주어진 게 얼떨떨했다. 매일 밤 디아린을 만지는 유일한 남자인 주제에 그런 생각을 하다니 모순이었지만, 어쨌든 에제트는 현실감이 들지 않았다.

꿈이 아니라는 게 신기했다. 자신이 이렇게 행복해도 되는지 의구심이 들었다. 그는 손을 느리게 쥐었다 풀었다. 현실인 걸 몇 번은 확인하고서야, 어느 정도 정신이 든다.

그렇다고 완전히 든 건 아니지만.

"디아린."

에제트도 상식은 있었다.

임산부라는데, 배는 누르면 안 될 것 같고. 에제트는 디아린에게 안고 있는 건 되냐고 물어보았고, 그녀는 고개를 갸웃하다가 대답했다.

"아마도?"

그러자 에제트가 디아린을 가볍게 안아 들었다.

'껴안고 있겠단 소리가 아니구나.'

디아린의 허벅지와 허리를 안정적으로 받쳐 든 에제트는, 넓은 테라스를 산책하듯 천천히 걸었다. 솔직히 본인 정신을 차리기 위해서 좀 걷기는 해야겠는데, 와중에도 디아린은 계속 품에 가두고 싶으니까 이런 식으로 이용하는 거였다.

에제트가 입을 열었다.

"디아린."

"응?"

"아까 그 날개는 뭐였습니까?"

"아. 아이 가졌잖아. 올이랑 로르가 미리 육아하는 기분을 느껴 보겠다고 그러고 있었어."

"……?"

에제트가 얼굴을 찌푸렸다.

"제 아이인데 왜 적조가 돌보겠다는 겁니까?"

낳는 건 제 아내가 낳겠다니, 키우는 건 자신이 키워야 할 거 아닌가. 거기에 왜 적조가 끼어드는지 에제트는 도무지 이해가 가지 않았다.

디아린은 디아린대로 이해가 가지 않았다. 이런 말 하면 올도 에제트도 별로 좋아하진 않겠지만, 둘이 반응이 좀 비슷하다.

'직접 키울 것처럼 얘기하지?'

왜 꼭 본인들이 스스로 업고 키울 것처럼 얘기하는 걸까. 유모는? 보모는? 황궁 사용인들은?

"적조께는 제가 따로 말씀드리지요."

"그, 에제트? 에제트는 공적인 업무가 너무 많잖아."

"그 정도 조정쯤이야 충분히 할 수 있습니다."

에제트가 너무 단호하게 말해서, 디아린은 "응? 그럼 뭐……." 하고 대답만 했다. 그러다가 문득 에제트에게 키스를 받았다. 뺨에 와 닿는 짧은 키스였다.

"에제트."

디아린은 문득 생각난 게 있어서 말했다.

"내가 일부러 읽은 건 아닌데, 황후 교육을 받을 때 말이야."

"예."

"아키르 제국 역대 황제 부부가 언제 첫 아이를 가졌는지도 봤단 말이야?"

그녀의 뺨이 살짝 붉어졌다.

"그런데 말이지. 우리가 너무 빨라."

에제트는 그제야 디아린의 긴 화두를 이해했다.

무슨 말을 하나 했더니.

디아린의 말이 맞긴 했다. 역대 아키르 제국 황제 부부 가운데서도, 독보적으로 빨랐으니까. 첫 아이를 가게 된 기간이.

사교계의 귀족들은 황족들의 사생활에 관심이 아주 많다. 그런데 젊은 황후가 이렇게 일찍 아이를 가져 버렸다. 여기저기서 아하하 황제 부부 금슬 아하하 침대 속사정 아하하 신나게 떠들 게 분명하겠지.

에제트는 디아린의 얼굴에 올라오는 따뜻한 열감을 느꼈다. 그는 피식 웃고, 디아린의 이마에 입을 맞췄다.

"디아린. 그게 걱정이시면 방법이 하나 있습니다."

"무슨 방법?"

"아이가 태어날 때까지 사교계를 전면 폐쇄하면 되지요."

"……나 재밌으라고 하는 농담이지?"

에제트가 말없이 웃었다. 농담이 아니었나 보다.

디아린은 "세상에." 하면서 말했다.

"저는 제 남편께서 희대의 성군으로 후대에 기록되길 원한답니다."

"당신이 원하신다면야."

"내가 원해서가 아니잖아."

디아린이 빙긋 미소를 지었다.

"내 혼약자는 원래 그럴 사람이었는걸."

오랫동안 북쪽 수문석을 묵묵히 수호해 왔던 어린 용혈. 에제트의 고요한 고귀함을 디아린은 언제부터 사랑했던 걸까?

“그건 적조 로드로서의 의견입니까?”

“네, 아스페르크 폐하.”

에제트가 웃었다.

“그렇다면 기꺼이 로드의 기대에 부응하지요.”

적조의 로드가 강림하사 모든 죽은 땅을 피워 내고, 곳곳이 옥토가 되었으니. 에제트가 연일 회의로 바빴던 것도, 썩어 버린 땅들에서 싹이 올라오고 있었기 때문이다.

드넓은 제국 곳곳에서 이런 일들이 바쁘게 보고되었다.

“쌍둥이들더러 영지 시찰을 다녀와 보라고 할 예정입니다.”

“응.”

디아린이 고개를 끄덕였다.

“수문석은 이제 다 닫혔으니까.”

이제는 수문석 영지로 어린 황족들을 보내지 않아도 된다. 에제트는 디아린을 응시했다. 그녀는 솔과 로르드안에게 보석 광산을 발굴해 오라고 말할까 말까 고민하고 있었다.

어쩐지 웃음이 나왔다. 당신이 내게 준 평화가 이토록 기껍다. 기꺼웠고, 따뜻했다.

이 가을날 햇볕처럼.

“디아린.”

“응.”

“디아린.”

“응?”

“디아린.”

“……폐하? 제 이름을 너무 좋아하는 거 아니신가요?”

"당신이 좋은 겁니다."

디아린의 눈동자가 동그래진다. 에제트는 옅은 미소를 지었다.

이 이후로, 천룡의 이름이 붙은 이 제국은 역대 다시없을 번성기를 맞이할 터다. 후대의 기록엔 언제나 그녀의 이름이 함께하겠지.

에제트 아스페르크 키르헨이 평생을 걸쳐 경외했으며 사랑한.

사랑할.

디아린 오드 이스터 키르헨.

붉은 날개를 가진 마법사의 이름이.